호접몽전

호접몽전

청빙 최영진 장편소설

7

전란의 불길

폭스코너

- **원직 서서** 정사에서는 유비의 군사였다가 그를 탐낸 조조가 그의 노모를 회유해 데려간 인물. 조조에게 갈 때 제갈량을 유비한테 추천해주었다. 정사와 달리, 서서는 유비의 군사로 활약하고 있다.

- **여방** 지살위 54위. (대상을 죽이지 않고도) 지정한 대상과 똑같이 변하여 그 대상이 가진 힘의 7~8할을 쓸 수 있는 천기를 가졌다. 다만 평생 단 한 번 쓸 수 있는 천기이다. 현재 여포 휘하에서 여포로 변신하여 주군 대리로 활약 중이다.

- **상문신 포욱** 지살위 60위. 별호 상문신은 저승사자 혹은 사신이라는 의미이다. 이 세계로 오기 전의 그는 나름의 원칙하에 악한 자들만 청부받아 죽인 살인청부업자였다. 지구력은 다소 약하지만 지살위치고는 무력이 매우 강한 캐릭터이다.

- **성수장군 단정규** 지살위 멤버로 수공의 달인. 물빛의 파란 머리카락에 작은 키를 가진 소녀. 물과 공명하여 조종하는 천기를 가졌으며, 가공할 위력을 가진 대신, 평소에는 잔잔하나 폭주하면 제어가 어려운 단점이 있다.

- **신화장군 위정국** 지살위 멤버로 화공의 달인. 새빨간 단발머리에 피부가 가무잡잡한 소녀. 불을 다루는 천기를 가지고 있다. 단정규와 위정국은 열 살 정도의 어린 소녀들이다.

- **백면낭군 정천수** 지살위 74위. 희고 아름다운 얼굴 때문에 백면낭군 (白面郎君)이라는 별호를 가지고 있다. 그의 천기는 '검의 길'을 보는 것이다. 즉 그가 보는 길을 따라 검만 휘두르면 지치기 전까지 대부분의 근거리 공격을 막고 상대를 벨 수 있다.

- **공인 동소** 특기는 적이 흘린 거짓 풍문을 간파하여 대비하고 반대로 적을 이간해 토벌하는 것으로 현재 원소의 휘하에 있으며 청하성에서 진용운군을 맞는다. 정사에 따르면 원소 이후 조조에게 의탁하였으며 기주목으로 임관한 후 조조의 손자인 조예가 즉위할 때까지 3대에 걸쳐 위나라를 섬겼다.

- **맹탁 장막** 청류파의 명사. 원소, 조조와 더불어 젊은 시절부터의 벗. 정사에서는 원소가 반동탁연합군의 맹주를 맡으며 독선적인 면을 드러내자, 사이가 벌어진다. 정사와 달리, 원소에게 직언을 했음에도 오히려 죽임을 당할 뻔한 후 위기를 느끼고 조조에게 의탁하게 된다.

- **유평 주태** 양주 구강군의 미천한 집안 출신으로 수적질을 하다가 손책이 강동을 평정했을 때 귀순했으며 손권 대에 활약했다. 감녕과 더불어 오나라의 쌍벽이라 할 만한 맹장으로, 매우 용맹하고 충직하여 손권의 목숨을 여러 차례 구해준 바 있는 오나라의 대표 장수이다. 하지만 이 책에서는 진용운 휘하에서 무관으로 활약 중이다.

(＊각 인물의 역사적 발자취에 대해서는 본문 안에 충분히 언급하고 있으므로, 여기서는 이 책 내에서의 특징만 설명하였습니다. 따라서 본래 역사와 다를 수 있습니다. -편집자 주)

차례

1
어제의 적

"자, 인사해라. 이쪽이 말썽꾼 손책, 여기는 맹랑한 주유다."

용운은 진한성의 임시 거처를 살피러 갔다. 거기서 얼떨결에 손책과 주유를 소개받았다. 처음 보는 사내 둘이 와 있다했더니 무려 손책, 주유일 줄이야.

'희대의 영웅들을 무슨 동네 꼬마 소개하듯 하시네. 말썽꾼 손책과 맹랑한 주유라.'

손책은 겸연쩍은 표정으로 말했다.

"사부님도 참, 말썽꾼이 뭡니까?"

"집 나온 소년이라고 해주랴?"

"말썽꾼 하겠습니다."

손책과 주유는 산양성에서 천강위 및 병마용군들과 싸우다가 중상을 입었다. 마침 화타가 용운과 동행한 덕에 치료받으며 휴양하고 있었다. 이제 거의 완쾌해서 진한성을 찾아왔다가 용운과 만난 것이다. 그사이 용운은 아버지로부터 손가와의 인연에 대해 전해 들었었다.

　"네가 이 세계에 와서 처음 접하고 가까워진 이가 조운이듯, 내게는 그런 벗이 손견이었다."

　진한성은 담담하게 이야기를 시작했다. 처음엔 살아남기 위해 안정된 세력에 의탁했다. 그 후 자연스레 그 세력을 돕게 되었다. 그러는 과정에서 친밀감과 우정이 생겼다.

　"그러나 손문대는 공손찬 쪽에 붙어 있던 위원회의 함정에 빠져 본래 역사보다 일찍 죽고 말았지. 난 은인이자 진정한 친구였던 이를 구하지 못했다."

　진한성의 목소리에서 그리움과 회한이 묻어났다.

　"아무리 손문대가 요절할 운명이었다 해도 그 일에 대한 책임감으로 손책의 곁에 머물러 있었다. 물론 네 행방을 알았다면 즉시 그리로 찾아갔을 것이다. 장안에도 그래서 갔던 거니까."

　"그러셨군요. 전 그때 독립하여 탁군으로 갔어요."

　"공손찬의 칭제를 보고 허락 없이 떠난 거겠지. 그러니 비밀리에 갔을 테고."

"네, 맞아요."

"내 한정된 정보망으로는 너의 움직임을 제대로 알아낼 수 없었다."

용운은 말없이 고개를 끄덕였다. 그 뒤 그에게도 진한성에게도 많은 일이 일어나 부자의 만남은 더욱 늦어졌다. 아버지의 행보는 낯선 세상에 떨어진 이방인이 취할 수 있는 보편적인 것이었다. 용운 자신이 밟은 과정과 비슷해 더 와닿았다.

'아버지도 살아남으려고 나름 노력했구나.'

그때의 대화 이후, 용운은 좀 더 자주 아버지를 찾아가게 되었다. 대개 각자 지난 일들을 얘기하거나 앞으로의 일을 의논했다. 오늘도 그렇게 왔다가 손책과 주유를 만났다.

"말씀 많이 들었어요. 손책 백부라고 합니다. 진 사부님의 자제분을 뵙다니, 반갑습니다."

싹싹한 손책이 먼저 머리를 긁적이며 인사를 건넸다.

뒤를 이어 주유가 정중히 포권하며 말했다.

"주유 공근입니다. 산양성을 얻으신 것, 감축드립니다."

"진용운입니다. 두 분 호걸을 뵙게 되어 영광입니다."

용운은 인사를 받으며 대인통찰을 발동했다.

손책과 주유, 《삼국지》에서도 손꼽히는 영웅인 둘의 능력치와 자신에 대한 감정이 궁금해서였다. 이는 자연스러운 호기심이었다.

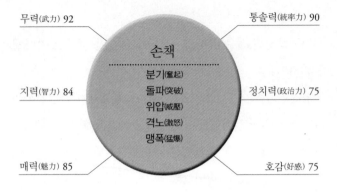

무력(武力) 92 　　　　　　　　　　통솔력(統率力) 90

손책

분기(奮起)
돌파(突破)
위압(威壓)
격노(激怒)
맹폭(猛爆)

지력(智力) 84 　　　　　　　　　　정치력(政治力) 75

매력(魅力) 85 　　　　　　　　　　호감(好感) 75

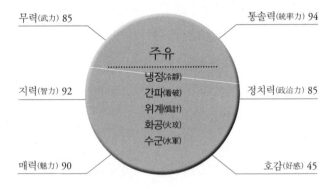

무력(武力) 85 　　　　　　　　　　통솔력(統率力) 94

주유

냉정(冷靜)
간파(看破)
위계(僞計)
화공(火攻)
수군(水軍)

지력(智力) 92 　　　　　　　　　　정치력(政治力) 85

매력(魅力) 90 　　　　　　　　　　호감(好感) 45

특기로 본 손책은 전형적인 돌격형 무장이었다. 그러나 장비와는 달리 지력이 높았다. 돌격형이면서도 계책에 잘 빠지지 않는, 적의 입장에서는 매우 까다로운 상대이리라.

'역시 손책. 아직 스무 살이 안 됐는데 장료와 맞먹는 무력

수치를 가졌다는 게 후덜덜하네. 격노와 맹폭 특기도 처음 보는 건데, 유니크급의 특기일지도…….'

아버지 진한성을 사부라 부르며 존경해서일까. 용운에 대한 호감 수치도 꽤 높은 편이었다. 주유 또한 명성에 걸맞은 능력치를 가졌다. 거짓 책략을 내어 적을 속인다는 의미의 위계. 불을 이용해 공격하는 화공. 이런 책략계 특기를 가졌으면서 무력도 강했다. 뿐만 아니라 정치, 매력 등 모든 수치가 높았다. 그야말로 사기 캐릭터라 할 만했다. 어느 분야에 꽂아놔도 평균 이상은 해낼 듯했다.

'이건 지략형 장군이라 해야 하나, 아니면 무력형 책사라 해야 하나.'

그러다 주유의 호감 수치를 본 용운은 멈칫했다. 45, 중간보다 아래였다. 적대감이랄 것까진 없으나 미미한 경계심을 느끼고 있다고 봐도 좋았다.

'나한테 왜?'

용운은 저도 모르게 주유를 다시 쳐다보았다. 겉으로는 여전히 온화한 미소를 머금은 채였다. 이유는 몰라도 내심 용운을 경계하고 있었다. 용운은 일단 둘과 친교부터 쌓기로 마음먹었다. 북쪽에는 유우라는 굳건한 동맹이 있었지만 남쪽에는 딱히 우호적인 세력이 없었다. 이제 손책 덕에 그 문제가 해결될 것 같았다. 단, 그가 곧 돌아가야 한다는 게 아쉬웠다.

'주유가 왜 날 맘에 안 들어 하는지는 모르겠지만 어차피 지금 옆에 둘 사람은 아니니까.'

그보다 용운은 제일 궁금했던 문제가 있었다. 바로 아버지 진한성의 능력 수치였다. 처음에는 아버지가 특별한 힘을 가졌다곤 생각하지 못했다. 대상이 너무 친숙하다 보니 간과한 것이다. 그러나 천강위 열둘과 싸워 버텨내고 그중 여섯을 해치웠다는 걸 알고 생각이 달라졌다. 보통 사람이 아닌 정도가 아니라, 《삼국지》의 특급 장수라도 해낼 수 없는 일이었다.

'지금 볼까?'

지금껏 몇 번의 기회가 있었지만 어쩐지 확인하기 꺼려졌다. 뭔가 아버지를 속이는 기분이 들어서였다. 용운은 결국 호기심을 이기지 못했다. 손책과 주유의 능력치를 본 김에 아버지의 그것도 확인하기로 마음먹었다.

무력(武力) 235 + 40   통솔력(統率力) 75

진한성

사자후(獅子吼) (천기)
시공역천(時空逆天) (천기)
천기자(天技者)
금강불괴(金剛不壞)
안목(眼目)
위압(威壓)

지력(智力) 94   정치력(政治力) 55

매력(魅力) 88   호감(好感) 99

용운은 저도 모르게 눈을 비볐다.

'잠깐, 내가 지금 뭘 본 거지?'

무력이 235에 더하기 40, 그러니까 총 275. 이 세계에서 아버지는 괴물이 되어 있었다. 상상을 초월할 정도로 강할지도 모른다고 생각했지만 막상 눈으로 보니 어처구니가 없었다.

'무슨 치트키라도 쓰셨나?'

수치뿐만 아니라 천기와 특기의 명칭도 심상치 않았다. 시공역천 같은 건 대체 효능이 뭔지 짐작조차 안 갔다.

"응? 왜 그러냐? 바보 같은 표정을 하고."

진한성의 목소리에 정신을 차린 용운은 고개를 설레설레 저었다.

"아니에요……."

그때 용운의 품 안에 있던 벽옥접상이 부르르 진동했다.

'또 이러네.'

언제부터인지 벽옥접상은 아버지의 곁에만 오면 진동을 일으켰다. 진한성 또한 왼손 중지로 옮겨 낀 태을환이 진동함을 느꼈다.

'저 녀석만 오면 이러는군. 뭔가 연관이 있는 게 분명해.'

마침 하인이 연회 준비가 끝났음을 알려왔으므로, 두 사람의 생각은 거기에서 멈췄다. 산양성을 떠나기 전, 마지막으로 승전을 축하하는 연회를 거하게 열기로 한 것이다. 연회라고 해서 측근들만 즐기는 자리가 아니었다. 시장과 내성 앞의 광장 등 사람들이 많이 모이는 자리에서 일시에 열어, 최대한 많은 이가 참여토록 했다. 이는 고생한 가신들과 병사들에 대한 포상 겸 산양성의 백성들을 다독이기 위한 목적이었다.

"두 분도 꼭 참석해주십시오. 그런데 백부 님은 술 좀 하십니까?"

용운의 물음에 손책이 히죽 웃었다.

"제가 이제껏 못 이긴 사람은 진 사부뿐입니다."

"그러시군요. 기대하겠습니다."

용운과 손책, 주유는 화기애애한 분위기에서 연회장으로 향했다.

진한성은 묘한 심정으로 그 뒤를 따랐다.

'저 셋이 함께 있으니 보기 좋구나. 계속 적이 되는 일 없이 친구처럼 지내면 좋을 텐데……. 내가 너무 태평한 꿈을 꾸는 건가.'

한편, 진류 내성의 후원.

진류성은 축제 분위기인 산양성과 대조적이었다. 용운에게 다녀온 가후가 그쪽의 요구사항을 전달한 후였다. 주무는 동료들의 묘비 앞에 서서 무덤을 바라보고 있었다.

'이로써 원소하고도 싸우게 되어버렸구나. 이유는 모르겠

으나 원소는 천강위가 밀어주는 군웅이다. 이제 그쪽과도 확실히 척을 졌다고 봐도 되겠지.'

두렵지는 않았다. 아군은 늘지 않는데 적만 많아지는 게 답답할 뿐. 여포는 특별히 성혼대 전사자들의 유해를 내성 안쪽 뜰에 안치하도록 배려해주었다. 한바탕 폭우가 퍼부은 뒤의 을씨년스러운 바람이 여름임에도 서늘하게 느껴졌다.

'편히 쉬고 있습니까, 다들.'

주무는 옥을 깎아 만든 묘비를 어루만졌다. 지살 66위, 옥비장(玉臂將) 김대견(金大堅)이 만든 것이다. 현대에서는 공학자였으며 물건 복제와 생산 관련된 천기의 소유자였다. 주무는 동료들의 애도와 더불어 한 가지 사실에 온통 생각이 쏠려 있었다.

'소멸되지 않았다.'

그랬다. 본래 위원회의 인물들은 죽는 순간 그 시신이 먼지처럼 부스러져 흩어져버렸다. 그렇다고 진짜 먼지가 되는 것도 아니었다. 안도전은 그 현상을 연구하기 위해, 시신 잔해를 수거하려 한 적이 있었다. 그러나 잔해는커녕 먼지, 아니 분자 하나조차 건지지 못했다. 마치 그대로 존재 자체가 지워진 것처럼.

그런데 견성 싸움에서 전사한 인원들은 모두 시신이 남았다. 안도전은 혼란스러운 표정으로 말했었다.

"모르겠어. 이건 과학이나 의술의 영역이 아니라, 그 위의 어떤 것 같아. 차라리 시신이 사라졌던 건 이해할 수도 있거든? 우린 시공을 거슬러 왔고 여기 존재하지 않았던 사람들이니까, 죽는 순간 원래 있던 곳으로 시체가 전송되는 게 아닌가 하는 생각을 했었어. 그런데 이번엔 또 왜 그냥 남는 거야?"

주무는 거기에 대해 나름대로 해석을 했다. 이 세계가 자신들을 '받아들인' 게 아닌가 하는. 견성 전투는 지살위 전체가 여포의 휘하에 들기로 한 후, 자신들만으로 나선 첫 전투였다. 이는 이제 역사에 기록으로 남을 것이다.

'192년 여름, 여포는 휘하의 책사 주무로 하여금 특수부대 성혼대를 지휘하여 견성을 공격하게 했다. 그러나 성을 방어하던 하내태수 왕광과 정립의 활약으로 희생자를 여럿 냈다. 그 후 성을 차지하는 데는 성공했으나 정립의 지시를 받은 한호가 본대의 식량을 불태워, 결국 진류성으로 퇴각했다. 이 정도로 기록되려나? 하.'

그는 자조적으로 씁쓸하게 웃었다. 그래서 주무가 내린 결론은 자신들이 이 세계의 역사 일부로 편입되었기에 일어난 현상이라는 거였다.

'어차피 이유를 정확히 알아봐야 의미도 없고.'

시신이 있든 없든 그게 무슨 상관인가. 죽어서 사라지긴 마찬가지인 것이다. 단, 이 현상은 자신들이 위원회와 확실히 결별했음을 알려주는 신호 같긴 했다. 주무에게는 그보다 더 중요한 일이 있었다. 바로 진용운 세력과의 동맹 체결이었다.

'설마 진용운과 손을 잡는 날이 올 줄이야.'

아무리 생각해도 그것 외에는 방도가 없었다. 한참 고민하던 그가 고개를 들었다.

'역시 내가 직접 가야겠지. 그러기 위해선 꼭 데려가야 할 사람이 있다.'

주무는 이 문제에 대해 조언을 구하기 위해 가후의 처소로 바삐 걸음을 옮겼다.

며칠에 걸친 성대한 연회가 끝났다. 산양성의 사람들은 두고두고 이야깃거리가 될 잔치라고 말했다. 아직도 술이 덜 깬 사람이 많았다. 하지만 산양성에서도 치안대를 운용한 덕에 큰 소란은 벌어지지 않았다. 민심은 완전히 진정됐다. 돌아갈 때가 온 것이다.

용운은 종요를 태수로 임명하여 성을 맡겼다.

"과분한 역할, 최선을 다해 수행하겠습니다."

관인을 받아든 종요는 진중한 어조로 말했다. 그는 정사에서 폐허가 되다시피 한 낙양의 재건에 큰 역할을 했다. 행정뿐만 아니라, 지역의 방어에도 뛰어났다. 새로 얻은 성을 맡기기에 더없는 적임자였다.

"양봉을 지휘관으로 한 군사 사만을 내주겠습니다. 이 정도면 당분간 성을 지키는 데는 문제없을 겁니다."

용운의 말에 종요는 힘차게 고개를 끄덕였다.

"충분합니다."

용운이 내린 군사는 대부분 흑산적 출신으로 이뤄졌다. 실질적으로 수성을 위한 병력이 필요했을 뿐만 아니라, 전투가 끝난 후 적당한 기간 동안 흑산적들을 갈라놓기 위함이기도 했다. 야생 늑대를 길들여 군견으로 만드는 과정이었다.

'이번 싸움으로 어느 정도 소속감이 생겼겠지만 습성은 쉽게 바뀌지 않는 법. 궁극적으로는 더욱 세분화해서 나눈 다음, 각 장군들 밑에 편입한다. 진정한 우리 군으로 거듭나게 하기 위해서.'

나머지 삼만은 장연에게 주어, 업성으로 귀환하는 용운 자신을 호위하게 했다. 장연은 자기 부하들이었던 흑산적을 허락받고 부려야 하는 게 불만인 듯했으나 순순히 따랐다.

업성으로 옮겨온 용운은 곧 여포와의 동맹 건을 놓고 회의를 열었다. 가후의 방문은 용운 세력에 적지 않은 파장을 일으켰다. 주요 가신들이 회의에 전원 참석했다. 여포와의 동맹에 반대하는 의견도 있었으나 대체로 나쁘지 않다는 쪽이 우세했다.

"진류에 버티고 있는 여포는 복양성에 실질적인 위협이 됩니다. 그와 동맹을 맺는다면 적어도 남쪽에서의 침공은 염려할 필요가 없어집니다."

순욱의 말에 이어, 곽가가 입을 열었다.

"원소를 먼저 치는 데 동의했으니 속임수를 쓸 가능성은 적습니다. 물론 끝까지 방심하면 안 되겠지만 말입니다."

마지막으로 희지재가 두 사람의 말을 거들었다.

"여포는 황제와 낙양을 원술에게 빼앗겼고 우리는 주공이 살해 위협을 받았소. 그 보답으로 산양성을 쳐서 차지했으니, 원술에게는 선전포고한 거나 마찬가지. 공동의 적을 두었으니 동맹을 맺지 않을 이유가 없소이다."

현재 용운 세력의 삼대 책사라 할 만한 순욱과 곽가 그리고 희지재가 모두 찬성하니, 마침내 동맹이 이뤄졌다. 용운이 그 사실을 진류성에 알리자, 며칠 후 사절단이 업성을 찾아왔다. 용운은 고개를 약간 숙인 채 대전에 선 이들을 물끄러미 내려다보았다.

"주무라 합니다."

그 옆에 함께 선 장한이 뒤를 이어 말했다.

"번서입니다."

번서는 어쩐지 몸이 불편해 보였다. 지살 61위, 혼세마왕 번서. 예전에 특기인 환각을 이용, 자신을 전예의 모습으로 보이게 하여 용운을 암살하려던 자였다. 그의 정보를 보고 위원회라는 집단이 《수호지》를 본떴음을 확신하는 계기가 되기도 했다. 반천기에 당해 죽은 줄 알았는데 용케 살아 있었던 모양이다.

'그게 다가 아니었지.'

함곡관에서는 양춘, 진달을 보내 암살을 꾀했다. 유비가 없었다면 꼼짝없이 죽었을지도 몰랐다. 하마터면 그때 유비까지 당할 뻔했다. 그 원흉인 주무가 여포의 군사로 있었을 줄이야. 더구나 하필 그자가 사자로 왔다. 이게 뭘 의미하는지 용운은 궁금했다, 진심으로.

"지금 뭐 하자는 겁니까?"

용운은 나직하게 말했다. 목소리에서 한기가 느껴졌다. 그는 기본적으로 관대하나 자신을 죽이려 했던 상대에게까지 너그러울 정도로 속이 없진 않았다. 가신들은 저도 모르게 몸을 부르르 떨었다.

주무는 식은땀을 흘리면서도 침착하게 대꾸했다.

"아시다시피 기주목께서는 봉선 님은 물론이고 저와도 악연이 있습니다."

"그래서요?"

"혹 그로 인한 분노와 불신이 남아 있다면 차후 우리의 동맹에 큰 걸림돌이 될 것입니다. 그것을 해소하러 왔습니다."

"어떻게 해소하겠다는 거죠?"

용운의 말이 떨어지자마자 번서가 엎드렸다. 그러더니 그대로 이마를 바닥에 내리찧었다. 갑작스러운 일에 사람들은 멍하니 바라보았다. 그사이 번서는 두 번째로 머리를 박았다. 쿵! 대전 바닥은 다듬은 돌로 되어 있었다. 바로 이마가 찢어지며 피가 터져나왔다. 번서는 피를 줄줄 흘리며 머리를 뒤로 젖혔다. 이 기세라면 곧 뇌수를 쏟고 죽을 듯했다.

정신 차린 용운이 당황해서 외쳤다.

"저런 미친. 청몽, 막아!"

눈이 풀린 번서가 머리를 힘껏 내리찍을 때였다. 바람처럼 튀어나온 청몽이 발등으로 그의 이마를 받았다. 그녀가 번서를 보며 나직하게 내뱉었다.

"지랄, 가지가지 한다."

용운을 죽이려 했던 자들이니 고와 보일 리 없었다. 신발에 피가 묻은 것도 마음에 안 들었다.

"이게 무슨 짓입니까!"

용운의 노성에 주무가 비장한 어조로 말했다.

"번서도 그때 기주목의 반격으로 뇌를 다쳐, 쭉 혼수상태이다가 며칠 전에 겨우 깨어났습니다. 하나 어쨌든 먼저 공격한 쪽은 우리이니 죽음으로 죄를 씻겠습니다. 다만, 저는 부끄럽게도 봉선 님의 참모를 맡고 있어 사사로이 목숨을 버리기가 어렵습니다. 대신……."

그는 왼팔을 앞으로 쭉 내밀고 말을 이었다.

"이 팔을 가져가셔도 좋습니다. 책사는 머리만 있으면 되니까요."

그때 눈을 뒤집은 번서가 뒤로 쓰러졌다. 청몽은 넘어지는 그를 받쳐주진 않았다.

용운이 고개를 저으며 한숨을 내쉬었다.

"후…… 알았어요. 진심을 믿을 테니 자해는 그만. 그런 거 좋아하지 않습니다. 원소를 칠 때 적극적으로 나서준다면 불신은 자연히 해소될 겁니다."

"가, 감사합니다!"

"됐으니까 저 사람 데려가서 치료받게 하세요."

주무는 용운이 생각보다 쉽게 자신들을 받아들인 데 대해 반가움 반, 불안함 반의 심정이었다. 정말 번서를 죽게 할 마음까진 없었으나, 방관하면 그를 말리고 자기 팔은 진짜 내줄 각오였다.

당연히 용운은 괜히 그런 게 아니었다. 대인통찰로 두 사람의 상태를 본 결과였다. 표정과 말로는 속일 수 있어도 대인통찰로 보이는 호감도 수치는 절대 속이지 못한다.

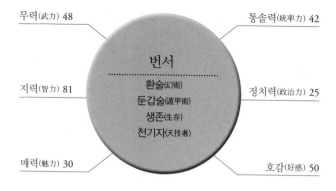

무력(武力) 48
통솔력(統率力) 42

번서
환술(幻術)
둔갑술(遁甲術)
생존(生存)
천기자(天技者)

지력(智力) 81
정치력(政治力) 25

매력(魅力) 30
호감(好感) 50

무력(武力) 62
통솔력(統率力) 87

주무
통찰(洞察)
언변(言辯)
냉정(冷靜)
진법(陣法)
천기자(天技者)
현혹(眩惑)

지력(智力) 90
정치력(政治力) 75

매력(魅力) 80
호감(好感) 51

용운은 두 사람의 능력치를 보면서 생각했다.

'번서는 혼수상태로 일 년 넘게 누워 있었다더니, 그 탓인
지 전 능력치가 다 하락했군. 정치력이 올라간 건, 정확한 이
유는 모르겠지만 아마 나에게 당하고 왔다는 이유에서 동료

들을 결집하는 역할을 했거나, 뭔가 상징적인 의미가 있었겠지. 그래봐야 25지만. 주무는 지살위의 수장답게 상당히 쓸만한데? 무력만 빼면 어정쩡한 천강위보다 낫겠어.'

그가 주무의 말을 믿은 이유는 두 가지였다. 첫 번째는 그가 가진 천기, '현혹' 때문이었다. 현혹은 이름만 봐도 어떤 능력인지 짐작이 갔다. 상대를 제 뜻대로 움직이는 것이리라.

'그런데 나한테 그걸 안 썼다.'

이는 주무가 이번 동맹을 진심으로 대하고 있음을 의미했다. 발각될까 우려되어 그랬을 수도 있겠지만, 최소한 일을 쉽게 해결하려는 태도는 아니었다.

두 번째는 둘의 호감도 수치 때문이었다. 각각 50과 51. 정확히 중간을 찍고 있었다. 그간의 경험으로 미뤄보아 호감과 비호감을 가르는 기준이 50이었다. 용운에게 악감정을 품었을 경우 호감도는 30 이하가 되어야 정상이다. 반면 60을 넘는다면 호의가 있다는 것이고, 90 정도 되면 충성을 바친다. 즉 주무와 번서 둘 다 최소한 악의는 없었다. 용운의 앞에서 과거를 사죄하는, 어찌 보면 굴욕스러운 상황인데도. 특히 서로 죽일 뻔했던 번서는 보통 사람이라면 40대를 유지하기도 힘들 터였다. 이게 용운이 주무를 믿기로 한 이유였다.

'난 내 사람이 아닌 이의 말은 신뢰하지 않아. 하지만 데이터는 믿는다. 그나저나 저들이 저렇게 변한 것이 설마 여포에 대

한 충성 때문일까? 그럼 위원회와는 완전히 결별했다는 건가.'

용운은 주무와 번서의 행동에서 위원회에 뭔가 문제가 생겼음을 눈치챘다. 주무 등을 받아들이는 건 위원회를 분열시키는 수단도 될 것 같았다.

'설마 지살위와 손잡는 날이 올 줄이야.'

번서를 마주한 용운은 문득 과거의 공포가 떠올랐다. 바로 내 주변 사람으로 둔갑한 적이 근처에 있을지도 모른다는 두려움이었다. 그는 사람의 얼굴과 세세한 습관까지 기억한다. 그러나 늘 주변의 모두를 관찰하고 있을 수는 없는 노릇이었다. 그다음부터 설령 가까운 이라 해도 꼭 대인통찰로 확인하는 습관이 생겼다. 이제 번서가 제 발로 찾아왔으니 그럴 일은 없겠지만……

'생각난 김에 또 한 번 확인해보자.'

용운은 대전 안에 있는 전원을 향해 대인통찰을 발동했다. 극심한 두통이 일어났으나, 지금 확인하지 않으면 계속 찜찜할 듯했다. 눈이 마주치면 영문도 모르고 웃어 보이거나 살짝 묵례하는 가신들에게 미안함이 일었다.

'어쩔 수 없다. 모두를 믿기 위한 일이니.'

죄책감과 고통을 무릅쓰고 사람들을 살피던 용운이 멈칫했다. 그의 시선이 한 사람에게서 잠깐 멎었다가 곧 아무렇지 않게 지나갔다. 용운은 최염을 손짓해서 부르더니 말했다.

"계규, 저들을 거처로 안내하고 의원도 보내줘요."

"예, 주공. 자, 저를 따라오십시오."

최염은 즉시 일어나 주무의 곁으로 다가갔다. 주무는 번서를 부축하여 최염의 뒤를 따랐다. 셋이 나간 뒤, 용운은 잠시 뜸들이며 앉아 있었다. 가신들이 무슨 일인가 하고 그의 눈치를 보았다. 잠시 후, 용운이 입을 열었다.

"뭔가 얘기할 게 하나 더 있었는데 생각이 나지 않네요. 이 자리는 이걸로 파하겠습니다."

진궁이 걱정스러운 표정으로 말했다.

"산양성에서 돌아오신 지 얼마 되지 않아 아직 피로하신가 봅니다. 좀 쉬십시오."

"하하, 알았어요. 괜히 붙잡아서 미안합니다. 다들 나가도 좋아요. 국양은 물어볼 일이 있으니 잠깐 남아줘요."

"옛."

원래 전예는 정보 및 첩보 담당이라, 용운과 단둘이 얘기하는 일이 흔했다. 이에 가신들은 크게 이상하게 여기지 않고 대전을 나갔다.

청몽을 제외한 전원이 자리를 뜨자, 전예가 물었다.

"무슨 일이십니까, 주공?"

"지난번에 말한 일, 잘됐어요? 내부의 적에 대한 것."

가짜 흑영대원 사건 후, 전예는 흑영대 안에 숨어들었을지 모를 적을 찾는 데 주력했다. 더 나아가 가신들까지 조사하고 있었다.

"아, 그게…… 한 사람으로 좁혀지긴 했는데 아무래도 이상해서 말입니다."

전예가 난감한 표정을 지었다. 그에게는 드문 일이었다.

"뭐가 이상하다는 거죠?"

"뭐라고 말씀드려야 하나……. 절대 변절할 수가 없는 인물인데 최근의 행적이 수상합니다."

"혹시 그자가 공환인가요?"

전예는 깜짝 놀랐다.

"어찌 아셨습니까?"

조금 전 나간 가신들 중에 공환이 있었다. 그는 동군 태생으로, 업성에서 나고 자란 토박이였다. 한복 때부터 관리로 일했으며 그의 사후 용운을 섬겼다. 특별히 뛰어나지도 부족하지도 않은 평범한 자였다. 맡긴 일은 확실하게 해냈고, 욕심을 부려 일을 크게 만들지도 않았다. 노모가 병으로 죽고 결혼도 안 해서 홀몸이었다. 그런 그에게도 한 가지 개성이 있었다.

"아시다시피 절대 업성 밖으로 나가지 않는 사람이지요."

전예의 말에 용운은 고개를 끄덕였다. 그냥 업성 자체를 안 나가고 사는 사람은 의외로 많았다. 현대로 치면, 인천에서 태어난 사람이 초·중·고를 모두 인천에서 마치고 대학도

인천 소재의 학교를 졸업하여 취업까지 인천시 공무원으로 한 경우였다. 극단적이긴 하나 아예 불가능하진 않았다. 공환이 바로 그런 사람이었다. 그는 한술 더 떠서 아예 내성 밖으로 나가지 않았다. 필요한 물품은 하인을 시켜 시전에서 사 오게 했으며, 전쟁이 터졌을 때도 살던 곳에서 한 발자국도 움직이지 않았다. 꼼꼼한 행정 처리 능력 덕에 최근에는 최염의 수하로 임명되어 일을 처리하고 있었다. 맡은 일이 내정이니 내성 밖 출입을 안 한다고 해서 문제될 것도 없었다.

"그런데 얼마 전부터 간혹 밤에 성내를 돌아다니더군요. 내성 밖을 나가는 건 물론이고요."

전예가 말했다.

용운은 일부러 최염을 불러 주무와 번서를 데려가게 했다. 그러면 그의 직속 부하인 공환은 먼저 일어나 두 지살위를 안내하거나, 최소한 최염을 수행하여 같이 움직여야 정상이었다. 하지만 공환은 최염이 나갈 때까지도 멍하니 앉아 있었다.

'뭔가 더 캐내기 위해서였겠지. 아니면, 조직 생활에 익숙지 않거나.'

용운의 대인통찰이 공환을 향했을 때, 그에게서는 아무 정보도 뜨지 않았다. 다른 사람의 정보가 뜬 게 아니라, 아예 정보 자체가 나타나지 않은 것이다.

'번서 때와는 또 다른 능력. 혹시 천강위인가?'

그것만으로도 충분했으나 다른 이들도 납득할 증거가 필요했다. 전예를 붙잡은 이유였다. 아무튼 이로써 확실해졌다. 행여 실수할 우려는 완전히 사라진 것이다. 용운은 무거운 어조로 말했다.

"그 공환은 가짜입니다. 진짜 공환은 아마 죽었을 거예요. 그자를 붙잡으세요."

"……바로 이행하겠습니다."

전예는 용운이 그걸 어떻게 알았는지 궁금했다. 그러나 더는 묻지 않았다.

'불확실한 일을 이처럼 단정적으로 말할 분이 아니다. 뭔가 내가 몰랐던 걸 잡아내셨을 터.'

용운은 빠른 어조로 말을 이었다.

"단, 인명 피해가 날 수 있으니 절대 방심하지 말고 강자들을 동원하세요. 사천신녀와 장군들을 부려도 좋습니다. 아마 가짜 공환은 지금쯤 계규를 미행하여, 여포군 사절의 거처를 알아두려 할 겁니다. 그자도 되도록 죽이지 말고 생포하세요."

그 공환이 가짜이고 여전히 위원회에 충성하고 있다면 주무와 번서를 가만둘 리 없었다.

"알겠습니다."

사태의 심각성을 깨달은 전예의 얼굴이 굳어졌다.

2

반격 시작

마초는 상당 전투의 부상으로부터 회복했다. 보통 사람보다 훨씬 낮는 속도가 빨랐다. 창을 가까이할수록 상처가 빨리 아물었다. 그런데 정작 마초 자신은 그 사실을 몰랐다. 원래 평소에도 늘 창과 붙어 있었기 때문이다.

'흐흐, 역시 이 몸은 회복력도 영웅급이지.'

최근 들어 가끔 사린을 만날 때 외에는 수련에 전념하고 있었다. 뭔가 실마리를 잡은 감각 때문이었다. 그는 얼마 전 드디어 심검(心劍), 아니 심창(心槍)의 경지에 다다랐다. 적어도 본인은 그렇게 믿고 있었다. 무공에서 심검이란, 생각한 대로 검이 움직이는 경지를 의미했다. 그러려면 검과 마음으로 통해야 하지 않겠는가. 그랬다. 마초는 드디어 창과 대화하기 시작했다. 아직 꿈속에서만 가능하긴 했지만.

"금마창아, 내 동생과 사촌들은 어찌 됐을까?"

낮잠을 자던 마초는 꿈에서 이제 익숙해진 아름다운 여인을 보자마자 물었다.

금마창, 조개는 어이없다는 듯 대꾸했다.

"미친놈아, 그걸 내가 어찌 아느냐?"

그녀는 이제 나신이 아니라 갑옷 차림이었다. 아무리 염체(念體, 생각으로 이뤄진 몸) 상태라 해도, 언젠가부터 다 벗고 마초 앞에 나서기 부끄러워져서였다. 갑옷을 구성하는 만큼의 정신력을 소모해야 하니 비능률적이었다. 그래도 어느 순간 마초가 잠들면 재빨리 정신의 갑옷을 구성했다. 그런 자신을 발견하고 조개는 탄식하곤 했다.

'내가 미쳤지. 진짜로 방어 가능한 갑옷도 아닌, 그저 눈에 보이는 모습일 뿐인데 거기에 소중한 영혼력을 소모하다니.'

그녀의 대답에 마초는 고개를 갸웃거렸다.

"왜 몰라? 넌 신선 같은 거잖아."

그 모습이 참을 수 없이 귀여워서 조개는 버럭 성질을 냈다.

"누가 신선이냐! 난 그냥 창에 깃든 혼이다."

"그렇구나. 쩝."

마초는 금세 풀이 죽었다.

곁눈으로 그를 보던 조개가 조심스레 물었다.

"그들이 걱정되느냐?"

"응…… 가족인데 당연하잖아. 주공께서 양주 쪽을 정벌해주셨으면 좋겠는데, 그걸 바라기에는 너무 염치없겠지. 산양성을 치고 온 지도 얼마 안 됐으니까."

"걱정 마라. 아마 그들은 무사할 것이다."

실제로 용운은 마초의 세력이 있던 천수 방면에도 흑영대원들을 파견해둔 상태였다. 그러나 거리가 워낙 멀고 지형이 험한 데다 정세도 매우 혼란스러웠다. 그런 탓에 한 번 소식이 오가려면 최소 한 달은 걸렸다. 조개는 마초의 일족이 살아 있으리라 짐작했다. 다른 사람은 몰라도 역사대로라면 최소한 마초의 사촌동생 마대는 죽으려면 한참이었다. 심지어 마초보다도 오래 살아남아 활약했다. 그러니 영 근거 없는 말은 아니었다.

"고마워."

마초는 힘없이 웃었다. 비 맞은 강아지 같았다.

조개는 안쓰러운 마음에 그에게 다가가 조심스레 머리를 쓰다듬었다.

"꿈인데도 기분 좋네. 헤헤."

마초는 갑자기 조개의 허리를 안고 배에다 얼굴을 비벼댔다.

"뭐 하는 짓이냐, 멍청아."

얼굴이 벌게진 조개가 그를 쥐어박으려는 찰나.

—저, 맹기 님?

허공에서 목소리가 들려왔다. 둘만의 공간이 사라지는 순간이었다. 조개는 주먹을 내리고 아쉬운 듯 말했다.

"애송아, 그만 깨어날 시간이다."

"저, 맹기 님……?"

마초를 찾아온 하급 흑영대원은 그냥 돌아갈까 심각하게 고민하고 있었다.

"혜에, 혜…… 금마창아……."

창을 끌어안은 채 뺨을 비벼대면서 자는 마초의 모습은, 아무리 봐도 정상은 아니었다.

'자기 창에 푹 빠졌다더니 뭐야, 저거. 무서워…….'

그러나 전예가 더 무서워서 그냥 참기로 했다. 전예는 평소에는 너그럽고 자상한 상관이었다. 하지만 합당한 이유 없이 임무를 팽개치면 저승사자처럼 돌변했다. 논리적인 질책을 동반한 그의 잔소리는 보통 한 시진 이상 계속되었다. 그 공격을 당한 흑영대원들은 차라리 맞고 싶다고 간절히 바라게 된다 하였다. 특히, 만약 임무가 업성과 용운의 안위와 관계된 것일 때는 잔소리 정도로 끝나지 않았다. 흑영대원이 짐작하기에 이번 일이 바로 그런 류에 해당되었다.

'빨리 깨워야 하는데 손대긴 싫고.'

흑영대원은 목소리를 높여 한 번 더 마초를 불렀다. 그때, 마초가 눈을 번쩍 떴다.

"아, 좋았는데. 왜 깨우고 난리야?"

뭐가 좋았다는 걸까. 흑영대원은 침을 삼켰다.

마초의 언짢은 눈길이 그를 향했다.

"무슨 일이지?"

"저, 대주님께서 급한 작전을 수행해야 한다고 최대한 빨리 오시랍니다."

"알았어."

마초는 의외로 두말없이 일어났다. 그가 용운의 세력에 몸담은 지도 제법 시간이 지났다. 전예가 쓸데없이 호출할 사람이 아니라는 것쯤은 깨달은 후였다. 가장 최근의 용운 구출 작전만 봐도 알 수 있었다.

"가자. 앞장서라."

"저……."

"왜? 최대한 빨리 오라며."

"그래도 옷은 입으셔야……."

"아차."

창 속에서 조개가 탄식했다.

—가지가지 하는구나.

서황을 찾아간 흑영대원의 놀라움 또한 마초에게 간 대원 못지않았다. 서황은 더위 때문에 마루에 나와 앉아 열심히 바느질 중이었다. 그의 솜씨는 일취월장해서, 개인적으로 가깝게 지내는 양수가 채염에게 선물할 생각으로 하나만 만들어 달라고 조를 정도였다. 투박한 손가락으로 얇고 작은 여자 옷을 조심스럽게 집어든 그가 말했다.

　"밖에서는 말하지 말게."

　"예……."

　대원은 좋게 생각하기로 했다.

　'그래, 취향은 개인적인 거니까.'

　하지만 저러면서 주무기는 사람 키보다 큰 도끼라니.

　"무슨 일인가? 여기까지 직접."

　"국양 님께서 공명 님을 지금 바로, 최대한 빨리 모시고 오라 하셨습니다. 중요한 작전이 있다고……."

　"그래? 알겠네."

　서황은 이제 완전히 손에 익은 유물 도끼, 해골파쇄기를 들고 몸을 일으켰다. 그의 명치 부근 옷자락이 살짝 꿈틀거렸다.

　공환, 아니 그를 복제한 병마용군 유라는 용운의 예상대로 최염 일행을 은밀히 뒤쫓고 있었다. 그녀는 대전에서의 대화를 듣고 여포의 사자가 지살위의 주무와 번서임을 알았다. 대화 내용으로 보아, 둘은 여포에게 붙어 위원회를 완전히 저버린 듯했다. 유라는 나름대로 재빨리 머리를 굴렸다.

'배신자들을 처단하면 노준의 님께서 기뻐하시겠지. 그럼 자연히 오빠에 대한 평가도 올라갈 테고. 게다가 진용운과 여포의 동맹도 물 건너갈 것이니 이거야말로 누이 좋고 매부 좋고…… . 호호! 나 진심 똑똑한 듯?'

산양성으로 향했던 유당은, 업성에 돌아와 거기서 있었던 일을 유라에게 전했다.

"회가 완패했다."

용운의 수하 장수들은 전원 생존했다. 사실은 다수가 전사했지만, 용운이 현실을 재구성해버렸으니 없던 일이 되었다. 유당은 현실의 한계를 벗어날 수 없으니, 당연히 그런 일이 있었다는 자체를 깨닫지 못했다. 회에서는 병마용군을 포함, 여섯이나 죽었다. 완패라고 봐도 무방한 결과였다.

"죽은 자들은 모두 송강 쪽의 사람이었다. 정확히는 중도파라고 봐야겠지만, 어쨌든 노준의한테 붙은 멤버들은 아니니까. 이로써 위원장의 힘이 크게 줄어들었다."

"그랬구나. 진용운의 저력이 생각 이상이네."

"그보다 진한성이 무시무시했지…… ."

유당은 진한성의 이름을 입에 올리면서 반사적으로 몸을 부르르 떨었다. 전투 광경을 눈으로 본 게 아니라 소리만 들었는데도, 그가 싸우는 모습이 짐작이 갔다. 소리를 단순히 소리로만 듣는 게 아니라, 초음파의 진동으로 받아들이기에 가능한 일이었다. 돌고래가 초음파를 쏴 보내 돌아오는 음파의 형태로 장애물의 위치와 모양을 파악하는 것과 비슷한 원리였다. 눈 감은 유당의 머릿속에서 상황이 선명하게 그려졌다. 진한성의 강함은 이미 알고 있던 것 이상이었다. 그 괴물이 이곳, 업성으로 와버렸다. 까딱했다간 죽을지도 모른다는 생각이 들었다.

"당분간 처신을 잘해야겠어. 넌 여기 머무르면서 최대한 많은 정보를 수집해라. 절대 들키지 않게 조심하고."

겁먹은 유당의 모습에 유라는 순순히 대답했다.

"알겠어, 오빠."

소식을 전한 유당은 산양성 전투 결과를 노준의에게 보고하기 위해 북쪽으로 떠났다. 그는 경거망동하지 말라고 몇 번이나 당부했다. 유라는 그 후 혼자 업성에 남아서 용운 세력의 동태를 살피던 중이었다. 이제까지는 유당의 말대로 최대한 행동을 조심했다. 새로운 몸으로 문관을 택한 것도 아예 싸울 일 자체를 만들지 않기 위해서였다.

"그럼, 편히 쉬십시오."

유라는 담벼락에 붙어서 최염이 떠나는 모습을 유심히 지켜보았다. 사실 최염은 그녀가 다음 목표로 정한 자였다. 그의 밑에서 일하고 있는 데다 가까이에서 보니 얼마나 많은 업무를 처리하는지 알게 되어서였다. 최근에 보강된 종요도 산양태수로 임명됐으니, 업성 행정 실무의 5할 이상은 최염이 책임지고 있다고 봐도 좋았다.

'언젠가 저 남자를 복제해버려야지. 그것만으로도 진용운의 세력은 혼란에 빠질 거야. 마음 같아선 세력을 총괄하는 두뇌나 마찬가지인 순욱을 복제하고 싶지만, 전예란 놈이 철저히 경호하는 바람에 다가가기조차 어려우니……'

생각하던 유라는 깜짝 놀랐다. 누가 빼앗은 몸 주인의 이름을 갑자기 불러서였다.

"공환, 여기서 뭐 하고 있습니까?"

유라는 천천히 고개를 돌렸다.

'일단 상대를 확인. 당황하지 말고 자연스럽게.'

호랑이도 제 말 하면 온다고, 거기에는 어쩐 일인지 전예가 멀뚱히 서 있었다. 평소에는 얼굴 한 번 보기도 힘든 자였다.

'으엑. 왜 하필 이 자식이야. 도무지 속을 알 수 없는 놈인데……'

전예의 날카로운 눈빛이 속을 꿰뚫는 것만 같았다. 유라는 최대한 태연하려고 애쓰며 대꾸했다.

"아, 국양 님! 일 때문에 계규(최염) 님께 여쭤볼 게 있어서 찾아왔습니다. 회의 때 주공께서 이리로 보내셨으니까……"

그녀의 능력은 변장 수준이 아니라 다른 사람 자체가 되는 것. 복제한 시점에서의 작은 흉터와 점 하나는 물론 기억까지 완벽하게 간직한다. 언행만 주의하면 발각될 턱이 없었다.

"그러셨군요. 그런데 계규 님은 벌써 여기 들렀다 떠나셨습니다. 오는 길에 저랑 마주쳤어요."

"저런, 엇갈렸나 봅니다."

"하하, 그러게요. 저는 오늘 방문했던 사신들에게 뭐 좀 확인할 게 있어서, 실례하겠습니다."

전예는 유라를 등지고 주무와 번서가 쉬고 있는 가옥의 울타리 문으로 향했다. 유라의 눈앞에 무방비상태인 전예의 등이 훤히 드러났다. 한때 그토록 찾아 헤매던 자의 등이. 지난 시간 동안 한 번도 잡지 못한 기회였다. 유라의 마음속에서 극심한 갈등이 일어났다.

'배신자들을 처단하는 게 나을까, 전예를 제거하는 게 나을까? 지금 전예를 죽이면, 더 이상 여기 머물긴 힘들 거야. 하지만 진용운에게는 그야말로 큰 타격을 줄 수 있겠지. 그의 정보 체계가 거의 마비되는 거니까……. 아니, 아예 전예를 복제해버리면?'

죽여야 하는 건 마찬가지지만, 그냥 죽이는 것과 복제하는 것은 달랐다. 전예의 모습과 생각을 취한다면, 꼭 순욱이 아니더라도 용운에게 가까이 가는 건 일도 아니었다. 그 전에 순욱도 복제하거나 제거할 수 있다.

'나 혼자 진용운의 세력을 무너뜨리는 거나 마찬가지야.'

유라는 결국 그 유혹을 이기지 못했다. 공환의 도포 소매에서 날카로운 비수가 나왔다. 그것을 움켜쥔 유라가 전예에게 다가갈 때였다.

"동작 그만."

나른한 목소리가 그녀의 귓가에 울려 퍼졌다. 유라의 발이 우뚝 멎었다. 어느 틈에 나타난 마초가 길게 하품을 했다.

"왜, 이번에는 국양 님한테 비수를 전하려고?"

"……."

유라의 눈빛이 사나워졌다. 목격자가 생겼다. 전예가 발을 멈추고 고개를 돌렸다.

"어, 맹기 님? 무슨 일입니까?"

유라는 전예의 목소리를 들으며 생각했다.

'전예는 무력이 그다지 강한 편은 아니다.'

즉 지금이라면 마초 하나만 상대할 수 있다.

'어쩔 수 없지. 둘 다 죽이고 여길 떠야겠다.'

유라가 마초를 향해 한 발 다가선 순간, 그녀의 등 뒤에서 굵직한 음성들이 들려왔다.

"그런 일이 있을 수 있나 했는데, 진짜로군."

"조심하십시오, 맹기 님."

서황과 방덕이 동시에 모습을 드러냈다.

유라의 눈빛이 흔들렸다. 그녀는 천강위의 병마용군인 만큼 기본적으로 강했다. 하지만 엄밀히 말해 본격적인 전투용은 아니었다. 그녀가 강점을 보이는 분야는 적의 모습을 빼앗아 숨어드는 교란 쪽이었다. 일대일의 대결에서는 이규의 병마용군 흑랑보다도 약했다. 그 흑랑은 태사자와 호각을 이루며 싸운 바 있었다. 마초 하나라면 몰라도 서황과 방덕 거기에 전예까지 상대하여 이기긴 무리였다. 이렇게 기다렸다는 듯이 강자들이 나타나다니. 서늘한 예감이 유라의 등골을 스쳤다.

"뭔가 오해하신 것 같습니다, 장군님들."

유라는 완벽한 공환의 목소리로 말했다.

마초와 서황의 얼굴에 살짝 당혹감이 떠올랐다. 그러나 전예는 별로 당황한 빛도 없이 대꾸했다.

"너냐? 7호를 해치고 그로 둔갑했던 자가?"

공환, 아니 유라는 어리둥절한 표정을 지었다.

"7호? 무슨 말씀이신지요?"

"공환도 이미 죽었겠군."

"저는 여기 멀쩡히 있는데, 영문을 모르겠군요."

"맘 같아선 이 자리에서 찢어 죽이고 싶다만."

전예의 눈빛이 차갑게 가라앉았다.

"어디서 나왔는지, 어떻게 모습을 똑같이 훔치는지, 어떤 식으로 숨어들었는지 알아내야 할 게 산더미니까……."

긴장감이 감도는 순간, 서황의 옷섶을 헤치고 요원이 빼꼼 고개를 내밀었다. 그녀는 공환을 보자마자 외쳤다.

"앗, 병마용군이다!"

서황은 도끼자루를 잡은 손에 힘을 주었다. 전예 또한 이 것으로 확신이 생겼다. 그는 마초와 방덕 그리고 서황을 향해 말했다.

"제압하십시오. 저자는 공환이 아닙니다."

세 장군이 일제히 유라에게 달려들었다. 유라는 일부러 저 항하지 않고 순순히 잡혔다. 싸워봐야 어차피 질 테니, 그럴 바에는 몸이라도 상하지 않게 하는 편이 나았다. 그러다 잘하 면 옥지기를 복제하여 달아날 수 있을지도 몰랐다.

"어이쿠, 왜들 이러십니까!"

마초는 공환을 무릎 꿇리고 결박하면서도 반신반의하는 표정이었다.

'이거 어째 엄한 사람 잡는 것 같은데? 전에도 이런 일이 있었던 것 같은 기분이…….'

지이잉— 금마창이 울린 건 그때였다. 마초에게 뭔가를 전하려는 것 같았다.

—속지 마라, 멍청아. 그자는 공환이 아니야.

마초는 조개의 목소리를 들은 듯한 기분이었다.

세 장군과 전예는 포박당한 유라를 끌고 갔다.

"찾아내서 붙잡았다고 합니다."

집무실에 있던 용운에게 흑영대원이 보고했다.

용운은 서류에 직인을 찍으며 고개를 끄덕였다. 여포와의 동맹을 최종 수락하는 문서였다.

"다른 한 가지 임무도 처리했나요?"

"예. 그쪽으로는 4호를 보냈다고 하셨습니다."

"그러면 괜찮겠지요. 알았습니다."

정중히 포권한 흑영대원이 모습을 감췄다.

이것으로 내부의 마지막 불안요소도 없앴다. 이제 남은 일은 하나였다.

'오래 기다렸다, 원소.'

그때 진한성이 집무실로 불쑥 들어왔다. 원래 용운의 집무실은 아무나 들어올 수 없었다. 자유롭게 출입이 가능한 자는 순욱과 곽가, 진궁 그리고 조운 정도였다. 그가 용운의 아버지란 걸 알기에 경호원들도 막지 않은 듯했다.

"어쩐 일이세요, 아버지?"

놀라서 묻는 용운에게 진한성이 말했다.

"너, 설마 원소와 전쟁이라도 할 생각이냐?"

진한성 또한 용운 못지않은 천재에 역사학자다. 업성에 와서 보고 들은 것, 현재 용운의 상황, 거기에 여포와의 동맹 건까지 겹치자 앞으로의 일을 유추해냈다.

용운이 살짝 굳은 표정으로 대답했다.

"예. 그럴 생각입니다."

"그만둬라."

"왜요?"

"몰라서 묻느냐? 전쟁, 그것도 네가 먼저 일으킨 전쟁은 그 여파가 이제까지와 차원이 달라!"

"그럼 어쩌라는 겁니까? 원소의 공세를 방어하기만 하라고요?"

"안 그래도 언제 말할까 했는데……."

잠깐 망설이던 진한성이 말을 이었다.

"지금이라도 믿을 만한 자에게, 예를 들어 순욱에게 기주목의 자리를 넘기고 나와 같이 떠나는 게 어떠냐? 내 곁에 있으면 적어도 위험할 일은 없을 게다."

"제가 무서워서 이러는 줄 아세요?"

"용운아, 잘 들어라. 시간과 역사란 그 자체로 의지를 가진 초월적 존재 같은 것이다. 우린 거기에 끼어든 이물질이고."

"……."

"우리와 마찬가지인 위원회를 제거하는 것은 아무 상관이 없다. 하지만 시간이 이 시대의 일부로 인식하는, 특히 역사적으로 그 족적이 컸던 자의 운명을 바꾸거나 해치는 일에는 큰 부작용이 따른다. 역사가 좀 달라졌다고 해도 살아야 할 사람은 살고 죽을 자는 죽기 마련인데, 그것마저 바꿔버리면 엄청난 반동이 돌아올 거다."

"당하기만 하다가 죽는 것보다는 낫겠죠."

"용운아!"

용운은 자리에서 벌떡 일어섰다.

"아버지, 책임질 사람들이 생긴다는 게 어떤 건지 아세요? 아버지는 모르시겠죠. 엄마도 저도, 아버지한테는 버리고 떠나버리면 그만이었으니까."

"뭐라고?"

"하지만 저는 다릅니다. 이제 이 성의 모두가 내 사람이에요. 천하가 안정된 후면 모를까, 이대로는 못 떠납니다. 저는 이들을 책임져야 합니다. 그게 제가 역사를 바꾼 데 대한 속죄입니다."

"기어이 원소를 멸망시키겠다는 거냐?"

"어차피 제가 아니더라도 망할 세력이잖아요."

"그 일을 행할 이는 조조여야지, 네가 아니다."

용운은 피식 웃었다.

"조조는 저한테 깨져서 패국에 틀어박혔는데요? 그러니 조조를 몰아낸 제가 대신해도 상관없지 않을까요?"

"역사는 그렇게 네 입맛대로 돌아가지 않아. 아마 곧 조조의 움직임이 있을 거다. 어쩌면 이미 움직이기 시작했는지도 모르지."

"이미 늦었어요, 아버지. 여포와의 동맹도 체결했습니다. 원소를 먼저 멸하는 것을 조건으로."

"너……."

"모르시겠어요? 이 세계에 온 것 자체가 이미 늦어버린 겁니다. 우리가 역사에 관여하지 않기에는 말입니다. 아버지의 생각대로 하려면 누구하고도 마주치지 말고 누구의 눈에도 띄지 않았어야 해요. 아버지도 혼돈 이론과 나비효과에 대해 아시잖아요? 게다가 정작 그러는 아버지야말로 이미 손책의 운명을 바꾸신 거 아닙니까? 그 행동이 저와 다를 게 뭐 있어요?"

진한성은 주먹을 불끈 움켜쥐었다.

그의 뒤에 서 있던 이랑은 안절부절못했다.

'마스터, 아들은 패면 안 됩니다. 진짜 죽어요.'

부자는 한동안 서로 노려보며 서 있었다. 잠시 후, 한숨을 내쉰 진한성이 내뱉었다.

"네 마음대로 해라."

그는 등을 돌려 집무실을 나왔다.

내성 밖으로 나왔을 때 이랑이 물었다.

"마스터, 어쩌시려고요? 설마 원소 편에 서서 아드님과 싸우신다거나."

"그럴 리가 있어, 멍청아."

"아, 혹시나 해서요. 그럼 어떻게……."

"용운이가 역사를 바꾸는 폭이 클수록 언젠가 그 여파도 크게 돌아올 거야. 역사 또한 엔트로피의 법칙에서 벗어나지 못하니까. 지금 당장은 드러나지 않겠지만, 곧 주위 사람과 용운이 자신에게 엄청난 고난이 닥칠 거야."

"네에."

"알겠냐? 우린 바이러스야. 모든 걸 총괄하는 시간 그 자체를 뇌라고 치고 이 시대와 공간을 육체라고 보면, 우린 거기에 침입한 신종 바이러스라고. 죽은 듯 숨어 있어도 위험할 판에, 증식해가면서 설치면 백혈구님들이 출동하겠지. 그 백혈구가 바로 시간의 수호인 거고."

"시간이 우릴 잡아먹으려 들겠네요."

"더 큰 문제는 말이야."

진한성이 무거운 목소리로 말했다.

"설령 바이러스가 승리한다 해도, 그 결과는 결국 육체의 사멸이라는 거지."

이 시대의 종말? 이랑의 눈빛이 흔들렸다.

"그럼 어떡해요?"

"뭘 어떡해. 아비 바이러스가 새끼 바이러스를 지켜야지. 내가 녀석의 곁에서 시간의 수호를 대신 받아낼 거야. 다행히 위원회 놈들을 없애는 걸로도 어느 정도 상충되니까. 이번에 여섯 놈이나 죽여서, 내게 할당된 시간의 수호는 많이 줄었을 거다. 일이 다 끝난 후, 돌아갈 방법을 찾아낼 때까지는 그렇게 버틸 수밖에."

"마스터……."

진한성은 이랑의 머리를 쓰다듬어 헝클었다.

"그런 눈으로 보지 마라. 이게 아비 마음이다."

패국, 소패성.

조조는 얼마 전부터 이곳에 주둔하고 있었다. 망탕산에 자리 잡은 여포가 떠날 기미를 안 보이니, 싸움이 길어질 것을 예감한 패국상 진규가 군사를 내준 것이다.

오용은 소패성 집무실에서 죽간을 읽고 있었다. 그가 별안간 읽던 죽간을 바닥에 팽개쳤다. 제갈량의 형, 제갈근으로부터 온 서신이었다.

'조조 님에게 임관하지 않고 형주로 가겠다고?'

용운이 산양성에 머무르는 사이, 낭야군에는 역병이 돌았다. 역병의 기세는 지독했다. 마치 낭야에 '죽음 그 자체'가 들르기라도 한 것 같았다. 공손승이 발을 들였던 후유증이었지만 그 사실을 아는 이는 아무도 없었다. 월영조차 공손찬의 사기(死氣, 죽음의 기운)가 그 정도로 구체화되리라곤 예상하지 못했다. 그 역병으로 인해 제갈근 형제를 돌봐주고 있던 숙부 제갈현이 사망했다. 직전에 형주목 유표에게서 임관 권유가 있었다. 제갈근이 숙부의 사망 소식을 알리자, 유표는 그가 대신 출사해도 좋다는 의사를 보내왔다. 그즈음 제갈근은 이미 유망한 젊은 학자로 이름을 떨치고 있었다.

'이제 숙부님마저 돌아가셨으니 내가 집안의 어른이 되었다. 량과 균 그리고 두 누이가 장성할 때까지 책임지고 보살펴야 한다. 그러자면 안정적인 형주로 가는 게 나을 터. 마음은 맹덕 님에게 끌리지만 어쩔 수가 없구나.'

이런 사정으로 제갈근은 오용의 권유를 거절하게 된 것이다. 그는 아쉬움과 미안함에, 필요 이상으로 세세한 상황을 써서 알렸다. 오용과 조조가 자신의 처지를 이해해주길 바라는 마음에서였다. 그러나 서신을 읽은 오용의 반응은 사뭇 달랐다. 오용은 차갑게 가라앉은 얼굴로 생각에 잠겼다.

'그러니까 모든 가솔을 이끌고 형주로 남하하겠다, 이 얘기지? 이는, 즉 제갈량이 역사대로 양양에서 성장하게 됨을 의미한다. 어차피 서주 대학살이 일어날 일도 없고, 조조 님이 형주를 차지한다면 문제가 안 되겠지만…….'

오용은 벽에 걸린 지도를 흘끔 바라보았다. 조조가 망탕산

의 여포 무리를 치고 청주 황건적을 손에 넣기에는 아직 힘에
부쳤다. 반면 진용운은 산양성을 손에 넣어 드디어 남쪽으로
도 세력을 넓히기 시작했다.

'문제는 산양성을 차지한 진용운이다. 정확히는 놈이 인
재 콜렉터라는 게 문제다. 산양에서 낭야까지는 업성과의 거
리에 비하면 그리 멀지 않다. 게다가 진용운, 놈도 역사를 알
고 있지. 순욱을 비롯하여 수많은 인재를 수하로 거둔 게 그
사실을 증명한다. 이제까지 놈이 보여온 행보대로라면, 제갈
량 형제도 반드시 손에 넣으려 할 터.'

오용은 엄지손가락의 손톱을 잘근잘근 깨물었다.

'여기서 진용운이 제갈량까지 거둔다면 현재뿐만 아니라
미래도 없다. 이놈, 대체 어디까지 나와 조조 님의 앞을 가로
막을 셈이냐!'

업성에 파견했던 성혼단 소속의 세작이 정보를 알려온 건
그때였다.

"오용 님."

"말하라."

"급한 소식이 있어 달려왔습니다. 진용운이 여포와 동맹
을 체결했다고 합니다."

"뭐라고!"

오용은 저도 모르게 자리에서 벌떡 일어났다. 진규와 조조

는 지난번 여포의 공격에도 간신히 버텼다. 거기에 진용운까지 힘을 더해온다면 끝장이다. 단, 세작은 동맹의 세부 내용까지는 몰랐다. 전예의 감시망이 워낙 철저했기에 성내에 숨어드는 게 고작이었다.

평소의 오용이었다면 용운과 여포가 손잡고 원소를 먼저 칠 것이라는 데 생각이 미쳤으리라. 그러나 상황이 그를 조급하게 하여 이성을 어지럽혔다. 여포는 망탕산에서 압박하고 있고 거기에 진용운이 가세했다. 제갈근은 떠나려 하고 있다. 자신이 직접 나섰음에도 불구하고 인재 등용은 잘되지 않았다.

"게다가 여포한테는 주무 놈도 있지⋯⋯. 그런데도 진용운과 손잡다니. 기어이 회를 배반하겠다는 것이냐?"

진용운, 진용운, 진용운, 진용운, 진용운, 진용운, 진용운, 진용운, 진용운, 진용운, 진용운! 그놈 때문에 날아오르기도 전에 조조의 날개가 꺾여버렸다. 오용은 손톱을 피가 나도록 깨물었다. 하지만 자신은 그것을 전혀 느끼지 못했다. 세작이 두려운 눈길로 그 모습을 흘끔 보고선 얼른 고개를 숙였다.

'그래. 네놈이 인재들을 다 빼앗아가는데 난 임관 요청마저 거절당한다면, 최소한 네놈이 갖는 거라도 막아야겠다.'

제갈근의 성격상 억지로 붙잡아온다고 따를 리가 없었다. 울지 않는 수탉은 쓸모없다.

'계책을 내놓지 않는 책사도 마찬가지.'

오용은 한쪽 무릎을 꿇고 앉아 대기 중이던 성혼단원 세작에게 말했다.

"낭야로 가라. 거긴 지금 역병의 후유증으로 혼란하니 숨어들긴 어렵지 않을 게다."

"가서 무엇을 할까요?"

"제갈 가문의 사람들이 형주로 향하기 전에……."

오용의 눈동자가 섬뜩하게 빛났다.

"모조리 죽여라. 계집이나 어린애까지 모두 다."

월영이 떠난 후, 제갈량은 영 기운이 없었다. 그런 와중에 제갈현마저 죽었으니 상심이 컸다. 이제 그는 즐기던 산책도 거의 하지 않고, 방 안에만 틀어박혀 있었다. 살도 빠져 핼쑥해졌다. 역병이 한바탕 휩쓸고 지나간 지 얼마 안 되었으니 산책이나 할 상황이 아니기도 했다. 밤이 깊었으나, 제갈량은 잠을 못 이루고 천장을 바라보며 누워 있었다. 어제 저녁, 식사 자리에서 제갈근이 말했었다.

"공명, 유경승 님이 날 초빙하셨다."

"형주의 유표 님이요?"

"그래. 본래 숙부에게 벼슬을 내리려 했으나, 부고를 듣고 애석히 여겨 그 자리를 나로 하여금 대신하게 하겠다고 했다. 고마운 일이 아니냐."

"응, 잘됐네요. 형님."

아직 어린 제갈균이 신나서 물었다.

"형아, 그럼 우리 이사 가는 거야?"

"하하, 그래. 다 같이 형주로 가서 사는 거다. 어차피 챙길 짐도 얼마 없으니 내일 바로 떠나자꾸나."

"와! 형주로 간다! 형주에는 병도, 전쟁도 없다고 했어."

제갈량은 아무래도 좋았다. 어차피 월영도, 숙부님도 떠난 이곳 낭야에는 별 미련도 없었다. 형주는 살기에 나쁘지 않았다. 적어도 지금은. 단 한 가지, 나중에 월영이 이리로 돌아오지 않을까 하는 염려만이 마음에 걸릴 뿐이었다.

'유표의 사람됨은 미심쩍어도 학자들을 아낀다는 평이니 형님에 대한 대우는 괜찮을 거야. 형주가 지금 같은 처세로 언제까지 버틸지는 모르겠지만.'

날이 밝으면 새로운 고장으로 떠난다는 게 실감이 잘 나지 않았다. 이런저런 생각을 하며 잠들려고 애쓸 때였다. 방문이 벌컥 열리더니, 하인이 뛰어들어왔다. 제갈 가문에 몇 안 남은 충실한 하인 중 하나였다. 놀란 제갈량이 일어나 앉았다.

"장삼? 무슨 일이에요?"

"도련님, 도망……."

순간 제갈량은 방 안을 채워오는 비린내를 느꼈다. 지독한 피비린내였다. 목을 부여잡고 헐떡이던 하인, 장삼이 쓰러졌다. 그의 목에서 흘러나온 피가 방바닥으로 번지는 모습을 제갈량은 두려운 시선으로 바라보았다.

"이, 이게 무슨……."

뒤이어 얼굴이 온통 피투성이인 사내 하나가 방 안으로 들어섰다. 손에는 검을 들고 있었다. 그는 발로 하인의 시체를 툭 쳐서 뒤집었다. 이어서 제갈량에게 곧장 시선을 주었다.

그의 눈빛을 받은 제갈량은 몸서리를 쳤다. 감정이라고는 조금도 느껴지지 않는 눈빛이었다. 제갈량의 앞에 다가와 선 그가 검을 치켜들었다.

"모든 것은 별들의 뜻대로……."

그 순간 제갈량은 그에게서 미미하게 바람이 불어옴을 감지했다. 악취를 풍기는 나쁜 바람이었다. 왜 이걸 못 느꼈을까. 제갈량은 지나치게 잡념에 잠겼던 자신을 원망했으나 이미 늦은 후였다.

"원한은 없지만 잘 가거라. 꼬마야."

후웅! 소년의 정수리를 향해 검이 떨어졌다.

'형님! 월영!'

제갈량이 눈을 질끈 감은 그때였다. 푸슉! 섬뜩한 파육음이 울렸다. 동시에 그는 누군가가 자신을 안아 올리는 걸 느꼈다. 눈을 뜨자 제일 먼저 보인 것은 복면을 쓴 남자의 옆얼굴이었다. 피투성이 살인자는 가슴이 갈라진 채 이미 뒤로 넘어가 있었다. 복면의 사내가 작게 속삭였다.

"안심하십시오. 저는 적이 아닙니다."

"누구……."

사내는 제갈량을 안고 방을 나서며 빠른 투로 말했다.

"저는 원수화령이라 합니다. 그냥 4호라 부르셔도 됩니다. 기주목 진용운 님의 명으로, 제갈 가문의 여러분을 보호하고 있었습니다."

"기주목……."

"성혼단 놈들의 수가 생각보다 많아서 하인까지는 지키지 못했습니다. 죄송합니다."

제갈량은 이제 여느 때의 침착함을 되찾았다.

어린애가 너무도 빨리 평정을 찾자, 4호는 속으로 적이 놀랐다.

"형님과 동생들은요?"

"모두 무사하십니다. 앞에 마차를 대기시켜뒀으니, 우선 산양성으로 이동하도록 하겠습니다."

기주목, 진용운. 아아, 이런 거였나. 제갈량은 원수화령이라는 복면 사내의 목을 양팔로 안으며 눈을 감았다.

복룡과 용운의 운명이 마침내 얽혀드는 순간이었다.

3

위험한 힘

192년 10월. 업성은 평화로워 보였으나 분주했다. 추수와 전쟁 준비가 겹친 까닭이었다. 용운과 가신들은 눈코 뜰 새 없이 바빴다. 오죽하면 격무에 익숙해진 순욱조차 쉬어본 게 언제인지 모르겠다고 한탄하겠는가.

덩달아 화타와 제자들도 보약을 짓느라 정신없었다. 청낭 원은 늘 약 달이는 냄새로 가득했다. 화타는 바쁜 와중에도 가끔 좌자를 걱정했다.

'원래도 자주 깨어나시진 않았지만, 벌써 몇 개월째 잠잠 하구나. 이런 적은 처음인데. 산양성에서 대체 무슨 일이 있 었던 걸까…….'

여포와의 동맹 체결 이후, 용운의 세력은 차근차근 전쟁 준비를 하면서 적당한 시기를 노렸다. 그 바탕에는 수세에서 벗어나기로 결심한 용운의 태도 변화가 있었다. 이제까지 선제공격은 늘 지양해왔다. 그러나 원소는 얼마 전 유우까지 공격하면서 선을 넘었다.

'이제 더는 좌시하지 않겠다, 원소.'

용운은 가신들에게 원소를 칠 것임을 천명했다. 산양성의 식량 잉여분이 업성으로 이송되었다. 십만 흑산적은 점차 길들여지기 시작했다. 거상이 된 장세평과 소쌍 그리고 사마 가문의 활약으로 자금도 풍부해졌다. 인력과 식량, 돈. 모든 게 갖춰졌으니 싸우지 못할 이유가 없었다. 용운의 모사들 또한 전쟁의 바람이 불어오기 시작함을 감지하고 있었다.

용운을 제외한 다른 군웅들은 대개 정체기였다. 원술은 견성에서의 승리 후, 하내까지 진출한 채 더는 나아가지 않았다. 기령까지 포로가 되면서 사기가 꺾이고 마땅한 장수가 없는 탓이었다. 여포 또한 진류성에 웅크리고 내실을 다졌다. 원소는 무리한 원정을 연이어 벌이다, 자금난에 빠졌다고 전예가 보고해왔다.

"주공께 연패한 뒤 북쪽으로 진출하여 활로를 열어보려 한 모양인데, 그게 실책이었지요."

전예의 말에 용운은 싸늘하게 웃었다.

"내가 이미 할아버지를 지원했으리라곤 생각도 못했겠죠."

"백안(유우) 공은 성품이 온건해서 그렇지, 전력 자체가 약한 것은 결코 아닙니다. 오히려 인덕으로써 오환과 흉노 등을 감복시켰기에 마음만 먹으면 당장이라도 흉포하기 짝이 없는 오환, 흉노 연합군 십만 정도를 일으킬 수 있다는 분석이 나왔습니다."

"오호."

"거기다 주공께서 식량과 유능한 장수라는, 딱 맞는 지원을 해주셨지요. 압도적으로 뛰어난 장수조차 없는 지금의 원소라면, 절대 백안 공을 무너뜨릴 수 없습니다."

전예의 말대로였다. 연이은 패전으로 궁핍해진 원소는 시선을 돌렸었다. 용운이 아닌, 좀 더 만만한 상대를 향해서. 그게 바로 일전에 제위에 오르라는 자신의 권유를 거절했던 유우였다. 그쪽도 식량 사정이 나쁘긴 매한가지였으나, 얼마 전부터 용운의 지원으로 한결 나아졌다. 그 유우를 치면 용운에게도 손해를 입히면서 급한 불도 끌 수 있는, 일석이조의 효과가 있다고 본 것이다.

'이렇게 된 이상 유우의 병사와 자원을 흡수한다. 그 여세를 몰아 끝내주마, 진용운!'

그러나 봉기가 그 작전을 반대하고 나섰다.

"주공, 이 전략은 무리입니다."

"뭐가 무리란 거요?"

"여름이 다 갔습니다. 북쪽은 이미 겨울일 테고 앞으로 더욱 추워질 겁니다. 이 시기의 북벌은 좋지 않습니다."

"한겨울이 오기 전에 속전속결하면 될 일."

"그게 다가 아닙니다. 유주목은 덕망이 높으니, 그를 함부로 쳤다가는 백성들과 천하의 재사들로부터 비방받을 겁니다. 지금은 우리 편이 한 사람이라도 더 필요한 때입니다."

듣고 있던 곽도가 불쑥 끼어들었다.

"아니, 원도(봉기) 님. 그 말은 이상하구려. 그렇다면 주공은 덕망이 없단 소리요?"

"그, 그런 뜻이 아니지 않소!"

봉기는 일전에 용운에게 생포됐다가 아무 조건 없이 풀려나 돌아온 적이 있었다. 그 후로 알게 모르게 원소의 의심 어린 눈초리를 받고 있었다. 물론 봉기는 절대 변절한 건 아니었다. 하지만 선정을 펴서 칭송을 듣고 있는 용운과, 전쟁을 지속하기 위해 가혹하게 세금을 걷어 원망의 소리가 자자한 원소가 내심 비교되었다.

"전쟁을 거듭하긴 기주목도 마찬가지인데, 대체 어떻게 민심을 사로잡았기에 칭송 일변도인가."

자신을 그냥 풀어준 데 대한 호감도 더해져, 용운을 칭찬

하는 말을 몇 번 흘리기도 했다. 그런 태도가 은연중에 드러나 더 의심을 산 건지도 몰랐다.

둘의 언쟁을 듣던 원소의 표정이 험악해졌다. 그는 뭔가 억누른 목소리로 순심에게 물었다.

"우약, 그대의 생각은 어떻소?"

순심은 지난번 전투에서 흑산적 대군을 맞아, 청야전술로 평원성을 지켜냈다. 원소는 청야전술 탓에 아무것도 남지 않은 평원성을 유비에게 넘겼다. 비록 갑작스러운 장연의 역습으로 용운을 공격하진 못했지만, 흑산적 대군을 성공적으로 격퇴하고도 유비와 포신에게 큰 보답을 하지 않을 수 있었다는 점이 원소의 마음에 쏙 들었다. 그때의 공으로 순심은 예전 봉기의 지위를 꿰차고 있었다. 잠시 생각하던 순심이 천천히 말했다.

"추운 날씨가 걸리긴 하지만, 주공의 말씀대로 빨리 격파하면 될 일입니다. 또 유주목의 덕망이 높다 하나 주공만 못할 것입니다."

"내 생각이 바로 그렇소."

흡족한 어조로 답한 원소는 봉기를 돌아보았다.

"원도, 그대는 원정에 반대하여 괜히 아군의 사기를 떨어뜨릴 우려가 있으니 자중하고 있는 게 좋겠소. 집으로 돌아가 당분간 근신하시오."

"주공……."

뭔가 더 말하려던 봉기는 힘없이 팔을 늘어뜨렸다.

순심은 씁쓸한 심정으로 그 모습을 보았다.

'원도 님, 지금의 주공은 낙양 시절 그대와의 우정이 통하는 상대가 아니오.'

사실 순심의 생각 또한 봉기와 다르지 않았다. 그러나 순심은 이미 한 번 근신을 경험했다. 전장에 나서는 것도, 책략을 펴는 것도 지위를 유지해야 가능한 일이었다. 아무것도 못하고 갇혀 있는 것보다는 잠깐 아부하여 그 순간을 넘기는 편이 나았다. 그리고 국면 전환의 필요성도 없진 않았다.

'여기서 진용운에게 한 번 더 패배한다면…….'

물러나는 봉기의 뒷모습을 바라보던 순심의 눈에 무거운 빛이 드리웠다.

'더 이상 미래는 없다. 물러날 곳이 없어.'

이런 사정으로 출병했으나, 유우가 있는 계를 치기는커녕 탁성에서부터 발목이 잡힌 것이다. 탁군태수는 선우보였으며, 동군에서 그를 돕기 위해 파견된 장수는 바로 여건이었다. 그는 관도에서 장료를 통해 임관하여, 첫 전투에서 원소의 대군을 막아낸 경험이 있었다.

용운은 원소와의 일전을 앞두고 중요한 거점이 될 관도성에 자랑하는 사천왕을 보냈다. 조운, 장료, 장합, 태사자의 네 사람이었다. 미리 파병하여 보급선을 확보하고 근처 지형을 확인하는 한편, 추가로 병력도 모집할 셈이었다. 시차를 두고 마초, 방덕, 서황도 투입할 계획이었으니 그야말로 전력을 쏟아붓는 싸움이었다. 동시에 포상을 위해 관도성주를 불러들였다. 장료가 입에 침이 마르도록 칭찬한 여건을 대면하는 순간이었다.

"주공을 뵙습니다."

"그간 고생했어요. 관도성에서의 활약은 잘 들었습니다."

용운은 따뜻한 시선으로 여건을 바라보았다.

여건은 이미 업성에 들어서면서부터 사람들의 밝은 표정과 깨끗하고 번화한 거리, 또 생전 처음 보는 신기한 시설물들에 탄복해 마지않았다. 그 감탄은 대전에서 용운을 마주했을 때 절정에 달했다.

'이분이 바로 기주목님……'

그는 용운을 보자마자 자신의 선택이 잘못되지 않았음을 알 수 있었다.

용운은 그에게 업성에서 머무를 저택과 하인 그리고 양곡이천 석을 내렸다. 또한 동군교위에 임명하여 장군들을 보좌하게 했다. 그 후 탁성으로 가 유우를 지원할 장수를 뽑는 회의가 열렸다. 거기서 여건이 강력하게 자원한 끝에 그 일을 맡게 된 것이다.

"돌아온 지 얼마 되지도 않았는데, 좀 더 쉬어야 하지 않겠어요?"

용운의 물음에 여건은 믿음직스럽게 답했다.

"저는 쉬면 탈이 나는 사람입니다."

"하하, 그래요. 그럼 부탁할게요."

"맡겨주십시오, 주공."

선우보 또한 뛰어난 장수였고 인물됨이 좀스럽지 않았으므로 기꺼이 여건을 환영했다. 심지어 빈손으로 온 것도 아니고 오천의 정예와 충분한 식량까지 가져왔으니 박대할 이유가 없었다.

원소군이 탁성을 공격한 지 보름째 되는 날. 선우보는 직접 망루에 올라, 견디다 못해 물러나는 원소군을 바라보며 말했다.

"놈들이 드디어 후퇴하는구려. 자각(여건) 님의 공이 컸소."

"아닙니다."

거기에 용운이 여건과 동행시킨 젊은 책사.

"저보다는 덕조(양수) 님 덕이지요."

양수의 지략까지 더해졌으니, 순심 혼자서 극복하기는 역부족이었다. 여건의 겸손한 말에 양수는 손사래를 쳤다.

"에이, 저야 안전한 데서 머리 굴린 것밖에 더 있습니까."

크고 작은 몇 차례의 전투를 경험하면서, 약관의 풋내기이던 양수 또한 점차 어엿한 모사로 성장해가고 있었다.

'후후, 이걸로 문희에게 자랑할 공적이 또 늘었군.'

싸움의 목적이 여전히 좀 애매하긴 했지만.

유우의 승전보를 들은 용운은 전예를 치하한 후 말했다.

"수고했어요, 국양. 이제 정말 때가 온 것 같군요."

"네. 원소는 탁군에서 물러나 역성에 틀어박혔다고 합니다."

"그사이 우리는 원소의 근거지인 발해를 칩니다. 아마 역성이 그자의 무덤이 되겠죠."

"흑영대도 준비하도록 하겠습니다."

"그래요. 아, 그리고 그자의 상태는 어떤가요?"

그자란 최염 휘하의 관리로 변해 있던 괴인을 의미했다. 그 정체는 병마용군 유라지만, 아직 변신을 풀지 않고 버티고 있었으므로 거기까진 알 수 없었다.

"아직 침묵을 지키고 있습니다. 고문도 안 통하고요. 그냥 공개 처형을 해버리는 게 어떨지요?"

전예는 무서운 말을 아무렇지 않게 꺼냈다. 살짝 당황한 용운이 반문했다.

"고, 공개 처형이요?"

"예. 어차피 성혼단의 첩자임은 확실한데 더 캐낼 정보가 없으니, 원소와의 대전(大戰)을 앞두고 성혼단 놈들에게 경각심이나 주고자 합니다."

"으음…… 생각 좀 해볼게요."

전예가 물러간 후, 용운은 피로가 급격히 몰려옴을 느꼈다.

'할아버지가 이겼다고 하니 안심이 되어서 그런가? 오늘 따라 엄청 피곤하네.'

산양성에서 돌아온 후로 하루도 제대로 쉬지 못했다. 바빠서이기도 했지만 다른 이유가 있었다. 그날 이후, 이상한 악몽을 꾸기 시작한 것이다. 깨어 있을 때도 이상한 위화감이 그를 괴롭혔다.

'후, 잠깐이라도 눈 좀 붙이자.'

용운은 의자에 앉은 채 꾸벅꾸벅 졸기 시작했다.

'주군……'

천장에 있던 청몽이 그를 안쓰럽게 바라보았다. 이유는 모르겠지만, 요즘 들어 용운이 매일 잠을 설친다는 건 알고 있었다. 아마 그녀밖에 모를 터였다. 그러나 딱히 해줄 수 있는 게 없어 안타까웠다. 너무 심하게 가위눌린다 싶으면 깨워주는 정도가 전부였다. 그때 청몽의 얼굴이 딱딱하게 굳었다.

'응?'

용운의 집무실로 스산한 바람이 불어온 듯했다. 그러더니 검은 그림자가 스며들어 형체를 이뤘다. 청몽은 전신을 긴장시키며 눈을 부릅떴다. 그림자의 정체는 바로 산양성에서 싸우다 달아난 천강위 중 하나, 손에서 검은 용 형태의 불꽃을 뿜어내던 소년이었다. 그의 이름을 떠올린 청몽은 경악하고 말았다.

'진명!'

용운은 여전히 세상모르고 자고 있었다.

'안 돼!'

진명이 용운의 옆에 선 것을 본 그녀가 뛰어내리려 할 때였다.

"방해입니다."

청몽은 뒷덜미에 소름이 돋았다. 등 뒤에서 억양 없는 소녀의 목소리가 들려온 것이다.

'병마용군.'

청몽이 순간적으로 사슬낫을 소환, 몸을 돌리며 내뻗었다. 챙! 진명의 병마용군, 윤하의 앞에 예의 쇠구슬들이 모여들어 사슬낫을 튕겨냈다. 이어서 쇠구슬들은 탄환처럼 날아와 청몽의 전신을 관통했다.

"으윽!"

목, 가슴, 배 할 것 없이 무수한 구멍이 뚫렸다. 여기에는 아무리 회복력이 뛰어난 청몽이라도 버티지 못했다. 그녀는 피를 뿜으며 바닥에 추락하여 그대로 움직이지 않았다.

그 소란에 용운이 눈을 번쩍 떴다.

"여, 깨어나셨군. 후후, 잠든 채로 태워 죽이는 건 재미없을 것 같았는데 잘됐어."

손에 흑염룡을 불러낸 진명이 말했다.

"너는⋯⋯."

진명을 본 용운의 시선이 쓰러져 있는 청몽에게로 향했다. 바닥이 온통 피바다였다. 한눈에 보기에도 위험한 상태였다. 어쩌면 이미 늦었는지도 몰랐다.

'청몽!'

두려움과 비통함이 몰아쳤으나, 우선 이 상황을 모면해야 했다.

"누구 없습니까!"

용운의 외침에 집무실 문이 벌컥 열리더니 두 사람이 뛰어 들어왔다. 면면을 확인한 용운의 얼굴에 화색이 돌았다. 그들은 바로 조운과 검후였다.

"형님! 검후! 조심해요. 어서 이자를⋯⋯."

그때였다. 멈칫하며 집무실 안을 둘러보던 조운이 창끝으로 용운을 가리키며 말했다.

"그런데 너는 누구지?"

"······형님, 무슨 말씀이세요?"

뭔가 이상함을 느낀 용운이 다급히 검후를 보았다. 순간, 그는 가슴이 철렁 내려앉았다. 그녀의 표정이 냉랭하기 짝이 없었기 때문이다. 마치 생전 처음 대하는 사람을 보는 듯했다. 검후가 조운에게 차가운 목소리로 말했다.

"주군의 집무실에 침입한 자입니다. 처리하세요."

"검후······?"

검후의 말이 끝나기가 무섭게 창이 날아왔다. 창끝은 어이없게도 용운을 향하고 있었다.

"으악!"

용운은 정신없이 창을 피했다. 하지만 더욱 경지가 높아진 조운의 공격을 피하기엔 역부족이었다. 순식간에 온몸에 상처가 생겼다. 구경하던 진명이 재미있다는 듯 웃었다.

"하하!"

용운은 도무지 뭐가 어떻게 된 일인지 알 수가 없었다. 더욱 이상한 점은 조운과 검후가 진명은 마치 눈에 보이지도 않는 것처럼 행동하는 거였다.

"헉, 헉. 형님, 검후. 어째서······."

말하던 용운이 눈을 부릅떴다. 두 사람의 등 뒤에 나타난 누군가를 본 것이다.

"형님, 검후. 침입자는 아직 처리 못했어요?"

그는 바로 용운 자신이었다. 한없이 사악한 눈빛을 한. 용운이 경악하는 순간, 발밑이 무너져 내렸다. 그는 끝없는 나락으로 떨어졌다.

"아…… 으아아아!"

공포에 질린 용운이 힘껏 비명을 질렀다. 그때 익숙한 목소리와 함께 손이 뻗어와 그의 뒷덜미를 붙잡았다.

"용운아, 정신 차려!"

"으아아아, 으으……."

용운은 신음하다가 간신히 눈을 떴다. 근심스러운 진한성과 이랑의 얼굴이 보였다.

"아버지……?"

"그래, 나다. 왜 그래? 악몽이라도 꾼 거냐?"

용운은 주위를 둘러보았다. 집무실 안이었다.

"주군, 괜찮으세요?"

진한성의 등 뒤에서 청몽이 울먹였다. 분명 온몸에 관통상을 입고 쓰러진 걸 봤는데…….

'아, 꿈이었구나.'

용운은 크게 한숨을 내쉬며 의자 등받이에 기댔다. 온몸이 땀에 흠뻑 젖어 있었다.

'이번에도 진짜 이상하고 무서운 꿈이었어.'

용운은 마치 영화를 보듯, 꿈속의 자신을 지켜보았다.

더구나 자신은 물론 청몽과 진명, 조운, 검후 등의 생각까지 자연스럽게 알 수 있었다. 진명이 갑자기 나타났을 때 그의 살의와 황망함과 더불어 자신을 지키려던 청몽의 마음과 용운을 완전히 타인처럼 느꼈던 조운, 검후의 기분까지. 그 모든 것들이 너무도 낯설고 무서웠다.

그런 아들을 가만히 바라보던 진한성이 말했다.

"아가씨들, 잠깐 나가주겠나?"

청몽과 이랑은 순순히 집무실에서 나갔다.

"어떻게 된 거냐?"

"아버지는 어떻게 오셨어요?"

"청몽이 얼굴이 새파래져서 어디론가 달려가다가 나와 마주쳤다. 화타에게 가는 길이었던 모양이더구나. 네가 잠든 채로 비명을 질러대는데, 아무리 깨워도 일어나질 않는다고."

"그냥 좀 심하게 가위눌린 거예요."

"그때 그 일 때문이지?"

"네?"

잠깐 망설이던 진한성이 입을 열었다.

"산양성에서 위원회 놈들과 싸웠을 때, 네가 현실을 재구성했던 일."

"……."

용운도, 진한성도 의식적으로 피하던 화제였다. 뭐라고, 어디서부터 말해야 할지 몰라서였다. 특히 용운은 이 현실이 자신이 있던 현실이 맞는지 혼란스러워졌다. 사천신녀를 비롯하여 아끼던 장수들이 죽는 모습을 눈앞에서 봤다. 그때 자신이 뭔가 알 수 없는 힘을 발휘해 그들 모두를 되살려냈다. 그런데 그것은 죽은 사람을 부활시켰다기보다 마치 '또 다른 그들이 있는 세계'로 옮겨온 듯한 감각이었다. 그게 용운을 두렵게 했다.

아버지 진한성 또한 자신이 알고 있던 아버지가 아닐지도 모른다고 생각했다. 그렇다고 누구에게 털어놓지도 못할 얘기였다. 진한성이 먼저 말을 꺼내주자 오히려 마음이 편해졌다.

"알고 계셨어요?"

"그래. 아마 나만 느꼈을 거다, 그 현상을."

"그게 세계의 재구성이라는 거군요. 아버지의 시공역천도 비슷한 건가요?"

진한성은 깜짝 놀랐다.

"네가 어떻게 시공역천을 알고 있지?"

긴장이 풀려 무심코 말한 용운은 아차 싶었다. 그는 결국 다 털어놓기로 마음먹었다. 생각해보면 굳이 숨길 이유가 없었다, 특히 아버지에게는. 이 시대의 사람들이야 해괴망측한 소리로 여기겠지만, 진한성은 용운과 거의 같은 처지다. 오히려 왜 이제껏 말하지 않았나 의아했다.

"사실 저는 이 세계로 온 후 이상한 힘을 갖게 됐어요. 아버지도 그런 것 같은데……."

용운은 모든 것을 게임 데이터화하여 보는 자신의 능력에 대해 설명했다. 언제부터 그런 현상이 벌어졌으며 어떤 효과를 가졌는지 등등.

듣고 있던 진한성의 얼굴이 놀라움으로 물들었다.

"무슨 그런……. 과학이나 종교, 어떤 쪽으로도 원리를 설명할 수 없는 힘이라니."

"어차피 우리가 여기로 온 것 자체가 그렇잖아요. 이제 아버지의 힘에 대해 말씀해주셔야죠."

진한성도 용운에게 자신의 힘에 대해 들려주었다. 그러나 시공역천을 쓸수록 수명이 깎인다는 사실은 숨겼다. 괜한 걱정을 할까 봐서였다.

듣고 난 용운의 놀라움 또한 진한성 못지않았다.

"헐…… 조금 전 그 말씀, 그대로 돌려드릴게요."

"뭘?"

"과학과 종교로 원리를 설명할 수 없는 힘이라는 거요. 아버지야말로 사기 아니에요?"

"마음대로 남발할 수 있는 힘은 아니다. 부작용이 있어……, 아니 어떤 부작용이 있을지 모르거든. 모든 힘과 에너지는 작용, 반작용이라는 게 있으니까. 네가 겪는 위화감과 악몽 또한 현실을 재구성한 데 대한 역효과가 분명하다."

"어떤 역효과요?"

"내 생각은 이렇다. 네가 가진 힘은 엄청나지만 불안정하다. 너 또한 신이 아니고. 그러니 현실을 재구성할 때 완벽하게 해내지 못했을 거야."

"완벽하게……요?"

"예를 들어, 조운이라는 친구의 겉모습과 특징은 똑같이 재현해낼 수 있겠지. 넌 순간기억능력도 가졌으니까. 하지만 그의 성격이나 마음속까지 재현할 수 있을까? 아무리 친해도 드러내지 않은 부분이 있을 수 있는 거다."

"으음……."

"결국, 그런 미세한 차이가 널 불안하게 한 거겠지. 외모는 분명 네가 알던 사람인데 미묘한 차이가 느껴지니까. 네가 순간기억능력이 있어서 더 그럴 거고. 거기에 네 눈앞에서 네가 아끼는 이들을 해쳤던 위원회에 대한 두려움이 더해지면서 정신적으로 불안해진 것 같다."

"그런 걸까요?"

듣고 보니 그럴듯했다. 그 외에는 딱히 다른 이유가 떠오르지도 않았다. 사실 용운의 새로운 천기 '시공복위(時空復位)', 즉 리셋(reset)은 현실 재구성과는 달랐다. 정확히 말하면 재구성이 아니라 복원에 가깝다. 데이터가 손상됐을 때 가장 최근에 정상적으로 작동한 시점으로 복구하듯, 특정 대상을 최근의 원하는 시점으로 되돌리는 것이다. 쉽게 말하면 게임의 세이브(저장), 로드(불러오기) 기능과 마찬가지였다. 진한성의 시공역천과도 비슷했으나, 용운은 일정 범위 내에서 원하는 시점으로 되돌릴 수 있다는 점이 달랐다.

용운은 그 힘으로 자신의 주변을 되돌렸다. 당연히 누군가 죽거나 다쳤던 일도 무효가 됐다. 그런데 그 과정에서 반작용이 일어났다. 모든 천기는 금지된 힘인 만큼 반작용이나 부작용을 동반했다. 첫 번째 반작용은 이 세계의 수호자 역할을 하던 '좌자'의 부재. 그 틈을 노리고 시공을 초월한 무언가가 얼핏 모습을 드러냈었다. 차원의 틈을 통해 그 거대한 눈동자와 마주쳤던 용운은, 그것만으로 정신에 타격을 입었다.

두 번째 반작용은 시공복위를 사용할 때 벌어진 오류였다. 이는 근처에 시공복위의 영향을 벗어난 존재가 있었던 데서 비롯되었다. 그 존재는 바로 진한성이었다. 그가 '되돌리기 전의 현실'을 기억하는 바람에, 그 영향이 용운에게까지 미친 것이다. 그 탓에 결과적으로는 죽지 않은 사람들이, 그의 꿈속에서 계속하여 죽고 있었다.

세계의 혼란을 틈타 침입을 노리는, 제갈량이 '나쁜 바람과는 비교도 안 될 정도의 무서운 어떤 것'이라 느낀 존재의 잔영(殘影). 진한성으로 인해 생긴 시공복위의 오류가 꿈을 통해 보여주는, 복원하지 못했을 경우의 세계. 이 두 가지가 용운이 고통받는 원인이었다.

정확한 이유를 알아내진 못했으나, 용운은 한결 마음이 가벼워짐을 느꼈다. 아버지의 설명이 그럴듯하다고 생각해서였다. 이유를 알고 나니 마음이 좀 안정된 것이다. 또 생각해보니 자신의 능력에 대해 누군가에게 사실 그대로 말한 게 처음이었다. 홀가분했다.

'역시 아버지가 있으니까 좋구나. 자꾸 싸우긴 하지만……. 날 걱정해서 하시는 말씀이니까 내가 좀 참아야지.'

용운이 이런 생각을 할 때, 마침 진한성이 말을 꺼냈다.

"용운아, 그런데 너, 원소와 기어이 전쟁을 할 셈이냐?"

"그래야죠. 이미 여포와 동맹까지 맺었는데."

"이제라도 돌이킬 수는 없겠니?"

"그건 좀 어려울 것 같아요, 아버지. 그저 단순히 준비한 게 아까워서가 아니고……. 사실 그것도 좀 아깝긴 하지만, 지금 내버려두면 원소는 분명히 세력을 가다듬어 또 저를 공격해올 거라고요. 그러면 또 제 백성들이 다치고 저의 사람들이 고통받게 돼요. 그럴 바에는 기회가 왔을 때 먼저 쳐들어가는 게 나아요. 이 악연의 고리를 끝내야죠."

용운은 발끈하지 않고 평소보다 차분하게 설명했다.

"그래서 말하지 않았니. 다 내려놓고 나와 떠나는 편이……."

"아니요."

용운은 그 대목에서만큼은 단호하게 고개를 저었다.

"여러 번 말씀드렸지만 그건 안 돼요, 아버지. 적어도 지금은 아니에요. 제 사람들을 그렇게 배신하고 떠날 순 없어요."

"네 백성, 네 사람들이라. 넌 완전히 이 세계의 군웅이라도 된 듯이 말하는구나. 아니지, 이미 그렇게 되어버렸나……. 지금쯤 우리가 있던 미래에는 너의 이름이 사서에 실려 있을지도 모르겠다."

중얼거리던 진한성이 물었다.

"그래서 결국 넌 뭘 하려는 거냐? 원소를 격파하고 그다음은? 천하 통일이라도 할 셈이냐?"

"필요하다면요."

"용운아, 넌 시간의 무서움을 몰라서 그래. 네가 하는 짓은 강 가운데 서서 그 흐름을 바꾸려는 것과 같다. 결국 강은 흐르던 대로 흐르게 마련. 일어난 일은 일어나는 쪽으로 진행되려 한다. 그렇게 되면 너는 쓸려내려가고 말 거야."

"둑을 쌓으면 되죠."

"뭐라고?"

"둑을 쌓고 수문을 달 거예요. 그리고 힘에 부친다 싶으면

한 번씩 열어서 물을 흘려보낼 거고요. 그렇게 해놓고 제가 원하는 방향으로 물길을 낼 겁니다."

"이 고집쟁이 녀석."

내뱉듯 말한 진한성이 등을 돌렸다.

"이해해주세요, 아버지."

진한성은 집무실을 나가려다 멈추더니 말했다.

"내 생각은 여전히 같다. 물론 어느 정도의 변화는 이제 어쩔 수 없겠지. 네 말마따나 우리가 이 세계로 온 것 자체가 역사를 바꾼 셈이니까. 그러나 좀 어긋났다고 해서 될 대로 되라는 식으로 전체를 엉망으로 바꿔버리는 건 잘못이라고 본다."

"네……."

"하지만 네 입장, 이해한다. 네가 이 세계로 온 데는 내 책임도 있으니까."

"아버지."

"단, 이건 알아둬라. 나는 원소와의 전쟁에 참여하지 않을 거다. 대신, 네 주변 사람들을 보호해주는 정도는 하도록 하마. 손책에게도 같은 일을 해줬는데, 내 자식에게 그 정도는 해줘야겠지."

피로에 찌들었던 용운의 얼굴이 환해졌다. 아버지의 귀신 같은 강함을 알게 된 그였다. 손을 보태주는 것만으로도 큰 도움이 될 터였다. 용운은 방을 나가는 진한성을 향해 외쳤다.

"아버지, 고마워요!"

"됐다, 인마."

진한성은 한 손을 가볍게 들어 보이고 사라졌다. 그의 뒤를, 밖에서 기다리던 이랑이 종종걸음으로 따랐다.

청몽이 얼른 집무실로 들어와 말했다.

"주군, 좀 괜찮으세요?"

"응. 놀랐지?"

"네……. 정말 얼마나 놀랐다고요."

용운이 갑자기 옆에 와서 선 청몽의 허리를 감아 당겼다. 그리고 그녀의 배에 얼굴을 묻었다. 따뜻하고 부드러운 감촉이 와닿았다. 야릇한 자세로, 용운은 작게 속삭였다.

"나도 놀랐어. 엄청나게."

"뭐가요?"

청몽은 움찔했으나 피하지 않고 그의 머리를 어루만졌다. 용운은 마음속으로 생각했다.

'꿈에서 네가 죽었을 때. 결국은 내가 널 구하지 못한 줄 알고…….'

잠시 그렇게 있던 용운이 벌떡 일어섰다.

"어디 가시게요?"

아쉬움을 감추고 경호를 위해 은신 상태로 돌아간 청몽이 물었다.

"기분 전환하러. 내 활력을 충전해주는 곳으로 가려고."

"또 제갈량 보러 제갈 가문의 장원에 가시는 거예요?"

"맞아."

"정말 지겹지도 않으신가봐. 그 사람들 온 후로 하루가 멀다 하고 가시네요. 충전은 나한테서 하시면 되지. 쳇."

"하하!"

얼마 전, 용운은 제갈근과 그 동생들을 업성으로 맞아들였다. 그중에는 제갈량, 《삼국지》에서 유비의 모사로서 촉을 건국할 때까지 유비 세력의 중추 역할을 하며, 유비의 사후에도 유지를 이어 중원 진출을 도모한 희대의 전략가인 제갈공명이 있었다.

'4호가 갑자기 제갈 가문의 생존자들을 데려왔을 때는 얼마나 설레고 떨렸는지.'

그 보답으로 용운은 4호에게 특별 휴가와 포상금을 내렸다. 그러나 4호는 딱히 갈 데도 없다며 업성 시전을 방황하고 있는 듯했다.

'순욱을 비롯해 곽가, 희지재, 순유, 진궁, 종요 등등. 거기에 어린 사마의까지. 이제 책사는 충분하다고 생각해서 무인 쪽에 집중하려 했는데, 원술의 습격을 받았을 때 생각이 바뀌었지. 그때 맛본 정욱의 지휘력……. 단 한 사람의 책사로도

많은 게 바뀔 수 있음을 알아서……. 역시 책사는 다다익선 이었어.'

용운은 흑영대원 4호를 보내, 제갈 가문을 암중에서 지켜 보게 했었다. 월영이 제갈량을 떠난 직후의 시점이었다. 이미 제갈량의 부모는 사망한 후였으나 숙부 제갈현이 보호자로 있었으므로, 기회를 보아 그를 초빙하려는 생각에서였다. 그럼 제갈량도 자연히 따라올 것이기 때문이다.

한데 뜻밖의 일이 벌어졌다. 역사에는 없던 역병이 일어나 제갈현이 죽었다. 게다가 정체를 알 수 없는 자객들이 남은 제갈 가문의 일족을 모두 없애려 들었다. 확인한 바로는 성혼 단원들로 짐작되었다.

'4호가 감시하고 있지 않았다면 그 제갈공명이 채 피어나 보지도 못하고 죽었을 거 아냐? 세상에, 소오름……. 위원회 는 대체 왜 그런 짓을 벌인 거지? 아직 제갈근이 어디에 임관 한 일조차 없으니, 경계할 필요도 없을 터인데.'

제갈량에게는 불행이었지만 그 일은 용운에게 어부지리로 돌아왔다. 4호가 제갈 가문의 생존자들을 지켰고 덕분에 그들을 업성으로 데려오게 된 것이다. 아직 제갈근이 임관 의사를 표하진 않았지만, 예정대로 형주로 떠난 것보다는 훨씬 나았다. 이에 용운은 제갈근에게 작은 장원을 내주어 생활에 불편함이 없도록 해주었다. 또 틈나는 대로 거기 들러, 제갈근은 물론이고 어린 제갈량 및 제갈균 등과 어울리고 있었다.

'잘 보여서 내 사람으로 만들려는 목적이긴 하지만, 제갈량과 대화하는 자체가 즐겁기도 해.'

용운이라고 원소와의 전쟁이 좋은 건 아니었다. 얼굴과 이름 하나하나까지 모두 외우는 병사들을 죽음의 길로 내몰아야 하니까. 또 그 병사들을 잃고 슬픔에 우는 가족들의 모습도 봐야 하리라. 아무리 보상을 해줘도 죽은 사람이 살아 돌아오진 못했다. 그런 압박감을 느낄 때면, 아버지의 말대로 다 때려치우고 은둔하고 싶은 충동도 생겼다. 그러나 이제 그러기에는 너무 멀리 와 있었다. 용운은 제갈량과 대화할 때면 그런 심적인 고통을 잠시나마 잊을 수 있었다.

'참 신기하단 말이야. 열두 살짜리 꼬마 주제에 마치 내 마음속을 꿰뚫어보는 듯하니. 역시 2천여 년 후의 미래에까지 명재상이자 책사로 이름을 남긴 데는 이유가 있다니까.'

그는 제갈가의 장원으로 가는 걸음을 재촉했다.

4

거대한 흐름

유당은 요동으로 가서, 산양성 전투의 결과와 진한성의 동향, 송강 쪽 일파의 움직임 등을 노준의에게 보고했다. 요동은 북쪽 끝이라 가는 데만도 시간이 꽤 걸렸다.

'돌아갈 때는 대종이 데려다줄 테니 반나절이면 되겠지.'

신행태보 대종은 바람처럼 빠르게 달리는 천기의 소유자로, 노준의의 편에 서 있었다.

유당이 전한 소식을 들은 노준의는 미묘한 표정을 지었다.

"으음……. 먼 길 오느라 고생했어, 유당 형제. 위원장의 힘이 꺾인 건 반갑지만, 나와 아무 원한도 없는 형제들이 죽었으니 안타깝군."

"그렇습니다."

"임충 형제가 죽은 건 충격적인데……. 우리 동료가 될 사람은 아니었으니 다행이라고 해야 하나. 이거 참."

노준의가 머무르고 있는 곳은 양평성이었다. 요동반도 위쪽 양평현에 자리한 성으로, 고구려와 국경을 맞대고 있었다. 양평은 원래 공손탁 혹은 공손도(公孫度)라 불리는 군웅이 다스리던 지역이다. 공손도는 아버지 공손연 대에 현도군으로 왔으며 공손연이 일찍 죽는 바람에 현도태수 공손역(公孫琙)의 도움을 받아 성장했다. 공손역은 자신과 성이 같은 데다 18세에 요절한 아들과 태어난 해까지 같은 공손도를 친아들처럼 아꼈다. 공손역 덕분에 중앙 정계로 진출한 공손도는 한때 기주자사, 즉 현재 용운의 직책까지 승진했지만 모함을 받아 면직되었다. 그는 그때부터 중앙 정부에 대한 불신이 생겼다. 그 후 동탁의 수하이자 동향 사람이었던 서영의 추천으로 요동태수가 되었다.

공손도가 요동태수 자리에 오르고 머지않아 중원은 혼란에 빠졌다. 그는 왕을 자칭하여 황실의 지배를 거부하였다. 또 산동반도 주변을 점령해가며 세를 불렸다. 마침 인접한 북해가 공손찬 및 그 일족의 죽음으로 무주공산인 상태였다. 공손찬의 수하 중 하나였던 왕문(王門)—일찍이 용운이 배신을 예감했던—이 군권을 장악하여 북해태수를 자칭했으나, 관정(關靖)을 비롯한 주요 가신들의 반발로 손발이 묶여 있었다. 야심가인 공손도가 그런 북해를 놔둘 리 없었다. 노준의가 도착한 때는 공손도가 북해의 혼란을 틈타 침공을 준비할 시기였다.

"이거 올 때는 짜증났는데 막상 와보니까 꿀인데그래?"

노준의는 연청과 관승만 데리고 요동으로 왔다. 연청은 원래 그의 비서였기에 어디든 동행했다. 관승은 압도적인 무력 때문에 터치 받지 않았다.

각자의 병마용군까지 더하면 여섯인데, 연청의 병마용군은 비(非)전투형이니 실제 전력은 다섯이었다. 그들은 단 다섯이서 일주일도 채 못 되어 공손도의 세력을 무너뜨려버렸다. 본성으로 직접 쳐들어와 근위병과 지휘관 그리고 공손도의 일족만 제거했으므로, 팔만 군대는 고스란히 노준의의 전력이 되었다. 극히 효율적이나 감히 행하기 어려운 짓이었다.

"어차피 끝내 중원으로 진출하지 못하고 나중에 조조가 세운 위나라에 의해 토벌되는 정권이다. 그럴 바에는 일찌감치 쓸어버린 다음, 우리가 그 세력을 잘 활용해주는 편이 조국의 역사를 위해서도 나을 거다. 위원장이 익주에서 그랬듯이 말이야. 변방의 역사이니 미래에 끼칠 영향도 적을 테지."

노준의가 공손도를 토벌하며 남긴 말이었다.

유당은 보고하며 양평성 대전을 힐끔거렸다. 여기저기 숙청의 흔적인 핏자국이 남아 있었다. 그는 이 결과에 속으로 적이 놀랐다.

'공손도는 결코 만만한 군웅이 아닌데, 그를 제거한 걸로도 모자라 성과 군대까지 빼앗았다. 이제 송강 진영의 무투파가 진한성과의 싸움에서 여럿 죽었으니, 회의 분위기는 머지않아 노준의에게로 쏠리겠구나.'

유당은 노준의에게 조심스레 물었다.

"앞으로는 어찌하실 계획입니까?"

"일단 북해를 차지해야겠지. 공손도가 준비한 게 아깝잖아."

"설마 할거하시려는 겁니까?"

"글쎄. 한데 위원장과 척을 지고 나면 머무를 곳이 필요하지 않겠어? 좀 만만하다 싶으면 쳐들어오는 세상이니 그 머무를 곳을 지킬 병력도 필요하겠고. 그런 것을 할거라고 표현한다면 할 수도 있겠지, 할거."

유당은 노준의의 애매한 대답을 듣고 업성으로 돌아왔다. 이제 포지션을 확실히 해야 할 때가 된 듯했다. 거기에 대해 의논하려고 오자마자 유라를 찾았는데 그녀가 약속장소에 나타나지 않았다.

'이 녀석, 어디 간 거야?'

유라는 유당의 누이이자 그의 병마용군이었다. 그녀는 죽인 자와 완벽하게 똑같이 변하는 복제 특기가 있었다. 그 능력으로 흑영대원 7호로 변신하여, 용운을 위험에 빠뜨리려 했으나 실패했다. 산양성으로 유인하는 데까지는 성공했지만, 결과는 용운의 승리였으니 좋은 일만 시켜준 셈이 되고 말았다. 최근에는 공환이라는 관리로 변해 최염 밑에서 일하고 있었다. 진짜 공환은 당연히 죽었다. 정보 수집 및 용운 세력 주요 인사의 암살이 그녀의 목표였다. 공환은 은둔하는 기질만 빼면 상당히 유능한 관리였다. 그런 관리 하나를 잃었다. 흑영대원 7호 건으로 인해 첩자를 찾기 위한 시간과 노력이 추가로 들어갔다. 이미 용운의 세력에 상당한 피해를 입힌 것이다. 또 놔뒀다간 다른 사람으로 변할지 모르니 절대 방관할 수 없었다.

유라는 용운과 전예의 추적으로 끝내 정체가 들통 나 옥에 갇혀 있었다. 쇠사슬로 온몸을 칭칭 감은, 가혹한 격리였다. 그뿐만 아니라 고문을 당해 온몸이 상처투성이였다. 보통 사람이라면 견디기 어려웠을 것이다. 그녀는 묶인 채 앉아서 감시병을 노려보았다.

'저놈을 죽이고 복제해서 빠져나갈까?'

그러나 모습이 바뀔 뿐, 소지한 물건까지 복제되거나 위치가 바뀌는 건 아니었다. 감옥을 부수고 탈출할 생각도 했다가 포기했다. 지하 뇌옥은 삼면이 암석인데 안쪽에 두꺼운 철판

을 덧대놓았다. 문도 철문이었다. 애초에 그녀는 힘 유형이
아니기에 사슬을 끊는 것조차 힘들었다.

'위원회에서 구해주러 올 리도 없겠지. 아, 오빠는 뭐 하느
라 이렇게 소식이 없담…….'

유라가 이런 생각을 할 때였다.

—유라야, 너 어디 있냐?

유당의 사념이 머릿속으로 전해져왔다. 그녀는 놀람과 반
가움에 소리를 지를 뻔했다.

—오빠! 왜 이렇게 늦게 온 거야?

—이 녀석, 이것도 엄청나게 서두른 거야. 여기서 요동이
무슨 앞마당인 줄 아냐. 그런데 왜 약속장소에 안 나왔어? 너
또 날짜 헷갈렸지?

—히잉……. 오빠, 나 지금 갇혔어.

유라의 울먹임에 유당은 깜짝 놀랐다.

—갇히다니, 어디?

—업성 지하 뇌옥에.

—내가 다녀올 동안 몸 사리라니까.

—최대한 조심했는데 이미 나에 대해 알고 있었어.

—걱정 마. 지하에 갇혔다면 내가 빼내는 건 일도 아니야.

—하지만 오빠, 보통 뇌옥이 아니라 사방 벽에 안쪽에서
부터 두꺼운 철판을 벽지 바르듯이 덧대놨어.

—으음, 그래도 뭔가 방법이 있을 거야.

—실은 사흘 후에 날 공개 처형한다고 했거든. 성혼단에 대한 경고의 의미에서. 성벽에다 목을 매달 거래.

—뭐라고? 진용운, 이 미친…….

—진정해. 그때 빼내는 게 제일 좋은 방법일 것 같다고.

듣고 보니 그랬다. 그러나 만약 때를 놓치면, 여동생이 또 한 번 죽는 꼴을 눈앞에서 보게 될지도 몰랐다.

'뭔가 다른 방법도 있을 거다. 진용운 측의 주요 인사를 납치해서 유라와 교환한다거나. 앞으로 사흘, 그 안에 구해내야 한다.'

유당은 깊은 지하에서 초조함을 삼켰다.

제갈 가문의 장원을 향해 걷던 용운은, 뭐라도 사다 줄까 하여 시전에 들렀다. 그때 뜻하지 않게 거기서 제갈량과 마주쳤다.

"어? 공명, 여기서 뭐 하니?"

"주목님."

어린 제갈량이 꾸벅 인사를 했다.

용운은 제갈량의 양쪽 겨드랑이 아래로 손을 넣어 그를 번쩍 들었다.

"이 녀석! 주목님이라고 하지 말고 형이라고 부르랬지."

"그랬다간 자유(제갈근) 형님이 역정을 내서요……."

"뭐 어때. 지금은 둘만 있는데. 자, 형이라고 해봐."

"혀, 형?"

"용운 형."

"용운 형……."

"그래, 하핫!"

용운은 웃으며 제갈량의 뺨에 볼을 비볐다. 시전 사람들이
그 모습을 흐뭇하게 바라보았다. 땅에 내려선 제갈량이 신기
하다는 듯 물었다.

"그런데 용운 형, 왜 여기 사람들은 형이 시전을 돌아다녀
도 안 놀라요?"

"응? 아아, 내가 걸핏하면 나와서 그럴 거야. 신비감이 없
어서."

"왜 나오시는데요?"

"다들 잘 살고 있는지, 뭐 어려운 점은 없는지, 시전에서는
어떤 물건을 팔고 있는지 보려고?"

그때 지나가던 노파가 공손히 인사를 건넸다.

"안녕하십니까, 주목님."

"엇, 주호네 할머니! 안녕하셨어요?"

"아이고, 저 같은 늙은이를 다 기억해주시고……."

용운은 어쩔 줄 몰라 하는 노파의 손을 잡았다.

"당연히 기억해야지요. 무릎은 좀 어떠세요?"

"제가 못 걷는다 하니, 청낭원의 의원이 일부러 집까지 찾아와서 치료해준 덕에 많이 나았습니다. 정말 고맙습니다."

"고맙긴요. 할머니의 손자인 주호가 용감하게 싸워주고 있는데요. 오히려 제가 고맙지요."

"주목님, 앞으로도 부디 그놈이 무사히 돌아오게만 해주십시오."

용운의 얼굴이 살짝 흐려졌다. 그는 곧 힘주어 답했다.

"예. 꼭 그리하겠습니다."

제갈량은 그런 용운의 모습을 기이하다는 눈빛으로 응시하고 있었다. 처음 업성에 왔을 때, 그 규모도 규모지만 사람들의 활기참에 놀랐었다. 낭야의 지방관이었던 부친 제갈규는 어진 인물이라, 선정을 펴니 백성들이 공경하고 따랐다. 하지만 용운을 대하는 업성 주민들의 태도는 또 뭔가 달랐다.

'친근함. 거기에 활기까지 있다.'

지금은 중원 어디를 가도 볼이 쑥 들어가고 바짝 마른 사람들이 대부분이었다. 하지만 업성의 백성들은 건강하고 탄탄해 보였으며 눈빛에도 활력이 돌았다. 먹을 것이 충분한 데다 병이 나면 언제든 청낭원에서 치료받는 덕이었다. 애초에 용운이 위생 문제를 집중 관리한 덕에 병자 자체가 극히 적었다. 마치 업성만 다른 세상인 것처럼 보였다. 제갈량의 의문은 그래서 더욱 커졌다.

'좀 독특하긴 하나, 어느 모로 봐도 성군의 자질이 보인다. 이런 기주목에게서 왜 나쁜 바람의 기운이 느껴지지? 게다가 내가 여기로 오게 된 것은 어째서고?'

제갈량은 월영과 나눴던 대화를 상기해보았다.

'기주목이 정말 나쁜 바람이라면, 그에게 맞서 처부술 만한 군웅에게로 가, 지혜를 보태는 게 내 역할이자 운명이었을 텐데.'

제갈량이 말하는 '나쁜 바람'이란, 세상의 조화와 질서를 깨뜨리고 혼란케 하는 기운이었다. 환관과 황건적, 동탁 등이 연이어 천하를 도탄에 빠뜨렸으나 그래봐야 그들은 우주의 질서 안에 있었다. 하지만 나쁜 바람은 근본적으로 뭔가 달랐다. 그 대표적인 예가 무섭게 세를 불린 성혼단이었다. 그들은 마치 정말로 이름처럼 별의 힘을 끌어다 쓰기라도 하는 듯했다.

그런데 기주목에게서도 성혼단과 비슷한 기운의 흐름이 느껴졌다. 이는 직접 느낀 게 아니라, 들려오는 소문과 행보 등으로 파악한 것이었다. 월영과 대화하면서도 깨달았던 바, 그를 중심으로 온갖 전란이 벌어지고 있었기 때문이다. 동탁 토벌전부터 시작하여, 진용운을 선제공격했던 한복의 멸망. 진용운의 주군이었으며 토벌군 사령관을 맡았던 공손찬의 파멸. 복양성에서 한때 아군이었던 조조와의 충돌. 원소와의 연이은 전쟁 및 최근에 있었던 산양성에서의 전투까지. 먼저 공격한 게 어느 쪽이든 결과는 전쟁이었다. 마치 그가 전란의 씨앗이라도 되는 듯했다. 기주목이 나쁜 바람이라 느껴지는 이유였다.

'그런데 업성의 백성들은 내가 봐온 누구보다 행복하고 평온해 보인다. 원래대로라면 가장 비참했어야 정상인 것을. 어째서 이런 현상이 벌어지는 걸까?'

제갈량은 깊은 생각에 잠겼다. 그래서 누군가가 귓가에서 불쑥 말했을 때는 정말 깜짝 놀랐다.

"신기한 분이지?"

"헉!"

"아, 미안. 놀랐어?"

"누구……?"

제갈량은 순간적으로 상대를 훑어보았다. 자신보다 한두 살 더 많아 보이는 소년이었다. 짙은 눈썹에 이마가 환하고 눈이 부리부리했다.

'책보자기를 옆에 끼고 비싼 비단옷을 입었네. 책보자기 천까지 고급스러운 걸 보니 상당한 부잣집 자제로군.'

소년이 제갈량에게 자신을 소개했다.

"반갑다. 나는 사마 가문의 사마의. 자는 중달이라고 해."

"으, 응. 난……."

"넌 제갈공명이지? 형에게서 들었어. 아직 어린데 매우 뛰어난 학생이 있다고. 딱 형한테서 들은 생김새 그대로라서 알아봤다."

"아, 백달(사마랑) 선생님의 아우분이군요?"

제갈량은 며칠 전부터 사마랑이 가르치는 학당에 나가고 있었다.

"하하! 어린 녀석이 말투가 왜 그래? 편하게 말해. 열두 살이라며? 난 열네 살이다. 두 살 차이밖에 안 나니 그냥 중달 형이라고 불러."

오늘따라 형이라고 부르라는 사람이 많았다. 잠깐 머뭇거리던 제갈량이 말했다.

"중달 형……."

"옳지. 육이가 너 보면 좋아하겠구나. 노육이라고, 걘 너보다 두 살 아래야. 그나저나 참 대단한 분 같지 않아, 주목님은?"

"응. 형 말대로 신기한 사람이야."

"넌 다른 고장에서 왔으니, 알겠지? 업성의 분위기가 사뭇 다르다는 걸."

제갈량이 순순히 고개를 끄덕였다. 사마의는 약간 들뜬 기색으로 말을 이었다.

"그래, 나도 잘 알아. 우리 가문은 큰 상단을 운영해서, 나도 가끔 밖에 나가볼 기회가 있었거든. 세상은 썩었어. 업성에 비하면 다른 곳은 지옥이나 마찬가지야. 나는 확신했다. 주목님이 다스려야 천하가 평화로워진다고. 어라, 그런데 처음 보는 꼬마한테 내가 왜 이렇게 말을 많이 하는 거지?"

제갈량은 눈을 가늘게 떴다. 그는 사마의 안에서 조용히 끓고 있는 불을 봤다. 분명 불인데 끓고 있었다. 활활 타오르진 않지만 모든 걸 녹여버릴 듯 뜨거웠다.

'무쇠도 녹일 듯하니 잘 가둬두면 유용할 것 같긴 한데, 저게 넘쳐서 흘러나오면 앞을 가로막는 모든 것을 태우고 녹여버리겠구나. 액체의 형태이니 물인 줄 알고 발이라도 담근 자는 형체 없이 사라지겠지. 저 액화(液火)에 주목님의 바람(風)이 더해지면 태산이라 해도 막을 수 없으리라.'

그때 대화를 끝낸 용운이 두 소년에게 다가왔다.

"둘이 무슨 얘기를 그렇게 열심히 하고 있어? 웃차!"

"앗, 주, 주목님!"

용운은 또 제갈량을 안아서 목말을 태웠다. 그는 얼마 전부터 조운에게서 무술을 배우고 있었다. 그러자 키가 급격히 자랐다. 아직 늘씬한 몸매에 선은 여리고 고왔지만, 범상치 않은 신장이 진씨 가문의 피를 드러냈다. 제갈량은 마치 높은 나무에 오른 기분이었다.

"주목님, 내려주세요!"

"왜, 무서워?"

"아니요. 목 아프실까봐."

"하나도 안 아파. 하하!"

용운은 노육과 사마의도 아꼈지만, 이상하게 제갈량이 귀여워 견딜 수가 없었다. 노육은 볼 때마다 노식이 떠올라 죄책감이 들었다. 또 사마의는 어린애임에도 불구하고 묘하게 대하기 어려운 면이 있었다.

'천하의 주인이 되라고 종용하는 것도 한두 번이지, 볼 때마다 그러니 부담스럽네. 날 높이 평가해주는 건 고맙지만.'

하지만 제갈량은 외모도, 성격도, 모든 게 조건 없이 좋았다. 희희낙락하던 용운은 사마의의 시선을 느끼고 물었다.

"중달, 어디 가던 길이야?"

"아, 집에 가기 전에 동생들에게 다과를 좀 사다 주려고 잠깐 들렀습니다."

"그래. 다들 잘 있지?"

"예, 덕분에……."

"그럼 다음에 보자."

용운은 손을 흔들고 여전히 제갈량을 목말 태운 채 멀어져 갔다.

사마의는 잠시 둘의 모습을 바라보며 서 있었다. 그의 눈에 잠깐 어두운 빛이 떠올랐다 사라졌다.

"공명, 넌 중달에게서 뭘 봤니?"

걷고 있던 용운이 물었다.

제갈량은 흠칫 놀랐다.

"어떻게…… 아셨어요?"

제갈량을 처음 보자마자 용운이 제일 먼저 한 일은 당연히 대인통찰의 발동이었다. 《삼국지》 최고의 기재로 평가받는 그의 능력이 몹시 궁금했기 때문이다. 용운은 그때 봤던 데이터를 떠올렸다.

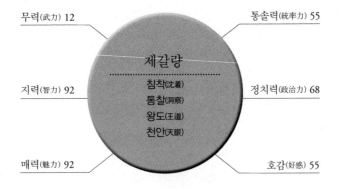

무력(武力) 12

통솔력(統率力) 55

제갈량

침착(沈着)
통찰(洞察)
왕도(王道)
천안(天眼)

지력(智力) 92

정치력(政治力) 68

매력(魅力) 92

호감(好感) 55

무력이 낮은 건 당연하고 통솔력과 정치력은 경험 부족의 영향이리라. 무엇보다 고작 열두 살임에도 불구하고 주유와 같은 지력 수치. 게다가 유니크급 특기 '왕도'와, 고유 특기로 보이는 '천안'까지 있었다.

'왕도를 가졌으니 순욱과 마찬가지로 모시는 자를 왕으로 만들 능력이 있다는 것. 천안은 아마 사람이나 사물의 본질을 파악하는 힘이겠지.'

이에 용운은, 정사에서 자신의 최대 맞수였던 사마의를 본 제갈량이 어떤 느낌을 받았는지 호기심이 일었다. 그래서 사마의를 본 소감이 어떠냐고 물으려 했는데, '천안' 특기에 대한 생각을 하던 중이라 무심코 그에게서 뭘 '봤느냐'는 물음이 나왔다. 그런데 제갈량의 반응은 뜻밖이었다.

'어떻게 아셨냐고? 이건, 말 그대로 뭔가를 봤다는 의미잖아? 이런 부분에서 아직 어린애라는 게 드러나긴 하는구나.'

용운은 태연한 신색을 유지하며 답했다.

"나도 가끔 사람에게서 뭔가를 보니까."

대인통찰로 뭘 보는 건 사실이니 거짓말은 아니었다.

"한데 네가 본 것은 조금 다른가 보구나."

"으음, 네……."

"괜찮으니 말해보렴. 뭘 본 거냐?"

"끓는…… 불을 봤어요."

끓는 불? 용암을 말하는 건가?

제갈량은 입을 다물고 더 말하지 않았다.

용운은 다시 다른 질문을 했다.

"그럼 나는? 나한테서도 뭔가 보여?"

"주목님은 바람이에요."

"바람?"

"네. 바람은 자유롭고 아무도 제어할 수 없어요. 적당한 바람은 사람들의 땀을 식히고 배를 움직이게 하지만, 몰아치는 폭풍우는 모든 걸 파괴해버리죠."

용운은 잠시 침묵을 지켰다. 자신이 자유로운 바람이라는 말은 이해가 갔다. 현대에서 왔으니, 아무래도 이 세계의 사람들보다 사고가 자유롭고 틀에 얽매이지 않을 것이었다.

'정말 그 사람을 상징하는 이미지 같은 게 보이나 보네. 나하고 다른 방식으로 대상을 파악하고 있어.'

한데 모든 걸 파괴하는 폭풍우라는 말이 마음에 걸렸다. 산양성에서의 전투가 생각난 것이다.

'혹시 내가 현실을 입맛에 맞게 재구성하는 게, 이 세계 자체를 파괴하는 일은 아닐까?'

문득 허공에 생긴 균열 틈새로 이쪽을 넘보던 거대한 눈동자가 떠올랐다.

'그리고 그건 대체 뭐였을까?'

이제 이 세계에 어느 정도 익숙해졌다고 생각했다. 그런데 알 수 없는 것들이 하나씩 계속해서 생겨났다. 전기와 컴퓨터, 스마트폰 같은 것들이 없는 대신, 미지의 존재들이 그 자리를 채우고 있는 느낌이었다.

용운이 갑자기 조용해지자, 제갈량이 조심스레 물었다.

"주목님, 화나셨어요?"

"응? 아니, 아니야. 네 말이 맞는 것 같아서."

"저, 이제 내려주세요."

"진짜 안 무거운데."

"집 근처에 다 와서 그래요."

"어, 정말이네."

용운이 제갈량을 내려주고 허리를 일으킨 직후였다. 둘의 앞에 복면을 쓴 흑영대원이 홀연히 나타났다.

"주공을 뵙습니다."

"내가 여기 찾아올 땐 방해하지 말라고 했잖아요."

"송구합니다. 시급한 일이 생겨서 대주님께서 보내셨습니다. 지금 곧장 내성으로 가보셔야 할 것 같습니다."

"국양이? 무슨 일인데요?"

"유비에게서 사신이 왔습니다."

"……알았어요. 바로 가죠."

용운은 제갈량의 머리를 쓰다듬으며 말했다.

"공명, 들었다시피 급한 일이 생겨서 가봐야 할 것 같아. 다음에 보자꾸나."

"네. 안녕히 가세요."

제갈량과 일별한 용운은 내성으로 향했다.

검후가 말을 타고 그를 데리러 왔다.

"얘기 들으셨지요? 타세요, 주군."

"고마워."

용운은 말 등에서 검후의 부연설명을 들었다. 유비에게서 온 사신은 간옹(簡雍)이라는 자였다. 호위무사나 공물 하나 없이 혼자 맨손으로 왔다고 했다.

'간옹이라. 간손미 브라더스 중 한 명이 드디어 등장하셨군.'

간손미란 유비의 가신 중 간옹, 손건, 미축을 묶어서 이르는 말이었다. 현대의 《삼국지》 게임 마니아들 사이에서 통용되는 단어다. 용운도 《삼국지》 게임을 광적으로 즐겼던 만큼 그 단어를 알고 있었다. 거기에는 어정쩡하다는 의미가 내포되어 있었다.

대부분의 《삼국지》 게임에서는 장수들의 능력치를 무력, 지력, 정치력 등으로 구분해 숫자로 표현한다. 80을 넘으면 준수하고 90 이상이면 훌륭하다. 그런데 가장 나은 두세 개의 능력치가 70~80 초반이라면 애매해진다. 쓰자니 별로고 버리기에는 아까운 느낌이랄까. 유비의 신하 중 간옹, 손건, 미축 이 세 명이 그랬다. 더구나 세력 내에서의 위치도 비슷하여, 이들을 묶어 간손미라 칭하게 되었다.

'하지만 알고 보면 정사에서는 엄청나게 출세한 사람들이지. 간옹은 큰 굴곡 없이 유비의 총애를 받았으며 유장을 설득하여 항복시킨 공으로 소덕장군의 지위에 올랐고, 손건은 뛰어난 외교적 능력에다가 충성심도 높아, 결국 촉의 개국공신이 된다. 미축 또한 유비와 초창기부터 고락을 같이한 촉나라 개국공신에, 그에게 여동생을 시집보내기도 했고.'

용운이 이 세계에 와서 조심하려고 노력 중인 게 있는데, 바로 수치로 사람을 판단하는 거였다. 수치는 대상의 대략적인 능력을 보여줄 순 있지만, 본질까지 알려주진 못한다. 원술 사건 이후 그런 점을 더욱 실감했다.

'수치만 보고 무시하다가 나도 모르는 사이 특기 같은 것에 당할 수도 있으니 조심하자. 유비가 일부러 간옹을 보낸데는 그만한 이유가 있을 거야.'

간옹은 유비와 같은 고향 출신으로 거병 이후 쭉 따라다녔다. 도중에 유비가 공손찬에게 의탁하면서 잠시 떨어졌다가, 공융 밑에서 고완현령이 된 후 다시 찾아왔다. 정사에서는 관우, 장비와 더불어 유비 진영의 최고참이며 거병 초기부터 촉 건국까지 따른 충신이었다.

용운이 대전에 들어서자, 이미 주요 가신들이 모두 모여 그를 기다리고 있었다.

"늦어서 미안합니다. 마침 자리를 비운 터라."

"아닙니다. 제가 통보도 없이 갑자기 찾아온 탓이지요. 현덕 님을 모시고 있는 간옹 헌화라고 합니다."

용운은 간옹과 인사를 나누며 대인통찰을 발동했다.

무력(武力) 34

통솔력(統率力) 52

간옹

첩보(諜報)

지력(智力) 75

언변(言辯)

정치력(政治力) 82

대담(大膽)

매력(魅力) 76

호감(好感) 48

'역시 호감도가 낮아.'

간옹은 둥근 얼굴에 온화한 미소를 띠고 있었다. 그러나
용운에 대한 호감은 중간 이하였다. 적대감까지는 아니었지
만 용운을 아군이라 인식하지도 않았다. 유비의 영향일 것이
다. 뭔가 다른 속셈이 있다고 봐도 좋으리라. 용운은 경계심
을 풀지 않고 그와 얘기를 나눴다. 몇 가지 소소한 대화 후, 간
옹은 뜻밖의 제안을 해왔다.

"실은 현덕 님께서는 기주목과 손잡고 원소를 치길 바라
십니다."

순간, 좌중이 술렁였다. 희지재는 재미있다는 듯이 히죽 웃

었고, 순욱은 차분한 표정을 유지했다. 순유는 진궁과 뭔가 열심히 귓속말을 나눴다. 곽가는 턱을 긁적거리면서 간옹을 노려보았다. 얼마 전, 유비가 원소의 구원 요청에 응하여 평원성으로 진출한 일은 다 아는 사실이었다. 현시점에서 유비는 원소의 동맹이라 봐도 무방했다. 그런 그가 용운과 협력하여 원소를 치고 싶다고 하니, 쉽게 믿기지 않는 건 당연했다.

그러거나 말거나 간옹은 평온한 기색이었다.

용운은 간옹의 머리 위에 떠오른 '대담(大膽)'이란 글자를 보며 생각했다.

'유비, 무슨 속셈인 거지?'

언젠가부터 보통 사람은 용운의 눈을 오래 마주 보기 어려웠다. 지나친 아름다움에 더해, 은은히 느껴지는 위압감 때문이었다. 그러나 간옹은 그의 시선을 정면으로 보면서도 태연했다. 잠시 간옹을 바라보던 용운이 입을 열었다.

"제가 믿기 어려우리라는 건 잘 아시리라 생각합니다."

"그러시겠지요. 바로 얼마 전까지만 해도 현덕 님은 멀리 고완현에서부터 원본초를 구하러 출진하셨으니까요."

"게다가 그 전투에서는 승리했지요. 한데 어째서 나와 함께 원소를 치자는 겁니까?"

웃고 있던 간옹의 얼굴이 진지해졌다. 그는 목소리를 약간 낮추고 말했다.

"평원성."

"평원성이요?"

"원소는 자신을 도와주면 현덕 님을 평원태수로 임명하겠다고 약조했습니다. 실제로 평원성을 내주기도 했습니다. 허나 그 성은 빈껍데기만 남은, 변변한 백성들조차 없는 성이었습니다. 주공을 농락한 것이지요."

"청야 전술 때문이었군요."

용운은 거기에 대해, 아마 그때의 전투를 제일 잘 알고 있을 사람으로부터 직접 들었다. 바로 장연이었다. 장연은 아직 청야의 청 자만 나와도 치를 떨었다. 모든 농작물은 물론 개 한 마리 없고 우물조차 메워버린 성에서 백성들이 살 수 있을 리 없었다. 결국 백성들마저 떠나니 평원성은 죽은 성, 간옹의 말대로 껍데기뿐인 성이 되었다. 그런 성에서 태수가 되면 무엇하겠는가? 괜히 거기까지 따라온 수하들의 배만 곯릴 뿐. 결국 유비는 낙릉현으로 이동했다고 들었다. 그때 미처 평원을 떠나지 못하고 남은 백성 수만 명이 그를 따랐다고 한다.

'일부러 멀리서 도와주러 달려왔는데, 약속을 안 지킨 정도가 아니라 기만한 셈이니 유비가 빡친 것도 이해는 간다. 내가 원소와의 전쟁을 준비하는 걸 알고 내 쪽에 붙기로 한 거로군.'

제안의 배경은 이해가 갔다. 여포에 이어 유비까지. 셋이 힘을 합치면 원소의 저력이 아무리 강해도 승산이 있었다. 유비는 그야말로 절묘한 때에 손을 내밀어왔다. 용운은 거대한 흐름이 생겨나고 있음을 느꼈다. 그가 쌓아 올린 둑에 부딪힌 강물이 방향을 바꾼 것이다.

"삼자회담을 한번 해야겠군요. 원활한 연계를 위해서라도 말입니다."

용운의 말에 간옹이 씩 웃었다.

"그리 전하겠습니다. 저희 주공께서도 기뻐하실 겁니다."

낙릉성, 유비의 진영.

유비는 화영과 예형 그리고 한 젊은이와 뭔가 의논하고 있었다.

"간옹이 잘해내겠지?"

유비의 말에 예형이 특기인 독설로 대꾸했다.

"미덥지 않은데 뭐하러 보내셨습니까? 하긴 음담패설 말고는 재주가 없는 인간이긴 하지요."

"오늘도 정평(예형의 자)의 독설로 하루를 마무리하니, 보람차게 살았다는 느낌이 드네."

화영이 특유의 낮은 목소리로 말했다.

"잘해낼 겁니다. 염려 마십시오."

"그래. 그런데 화영은 원소와 싸우는 걸 계속 반대하더니, 왜 갑자기 찬성 쪽으로 마음이 바뀐 거야?"

간단했다. 원소의 진영에 있던 그녀의 정인이 떠났기 때문이다. 이제 그녀에게 원소는 아무 의미도 없었다. 화영은 아직 임충의 죽음을 모르고 있었다.

관우가 그녀를 대신하여 답했다.

"그야, 원소 놈이 신의를 저버렸으니 그런 게 아니겠소?"

관우는 장비와는 달리 화영을 꽤 마음에 들어했다.

낯선 젊은이가 유비에게 말했다.

"이제 시작입니다. 이번 전쟁을 기점으로, 현덕 님은 근거지를 확보하고 날개를 펴게 될 겁니다."

젊은이의 차림새와 외양은 다소 특이했다. 분명 솜털도 채 안 가신 어린애 같으면서도, 묘하게 노회한 느낌을 주었다. 왼쪽 뺨에는 긴 칼자국이 나 있었다. 또 문관들이 즐겨 입는 장포를 입었는데, 옆구리에는 안 어울리게 격검 한 자루를 차고 있었다. 머리는 상투를 틀지 않고 풀어헤친 채였다.

그의 말에 유비가 웃으며 대꾸했다.

"하하, 진 군사가 무지 화낼 것 같은데⋯⋯."

"기주목의 평정이 흐트러진다면 그것 또한 기회. 객관적으로 우리 전력이 약하니, 이런 책략을 쓸 수밖에 없습니다."

"아무튼 그대를 만난 건 행운이야. 내 주변에는 죄다 관 형이나 화영, 예형처럼 고지식한 양반들뿐이라, 그런 음험한 책략을 내놓는 사람은 없었거든. 딱 내 취향이야. 아직 어리다면 어린 나이인데 벌써 그렇게 음험하다니, 대단해. 나이가 들면 얼마나 더 음험해질지 짐작조차 가지 않는다고, 원직."

"칭찬으로 듣겠습니다……마는, 음험이라니. 아무래도 정평 님에게 물든 것 같군요, 주공은."

원직이라 불린 청년, 서서가 쓴웃음을 지었다.

5
붉은 박쥐의 선택

용운은 원소와 도저히 한 하늘을 이고 살 수 없다는 결론을 내렸다. 먼저 공격해온 것만 세 번, 결국은 탁성까지 쳤으니 참는 쪽이 호구가 될 지경이었다. 그는 원소와의 일전을 위한 준비를 차곡차곡 진행해나갔다. 여포와 동맹을 체결하는 한편, 유주목 유우 및 복양태수 왕굉 등과 더욱 결속을 굳혔다. 업성에 잠시 머무르게 된 손책과 교분을 다지는 것도 잊지 않았다. 처음에는 50 이하였던 주유의 호감도도 이제 60 가까이 올라갔다.

'주유의 호감도가 왜 낮았는지 알 것 같다. 그의 목표는 어디까지나 손가로 하여금 천하로 나아가게 하는 것. 내가 거기에 장애가 된다고 여겼겠지. 게다가 아버지까지 있으니……. 이제 최소한 중원에 진출하기 전에 나와 동맹을 고려할 정도까지는 된 것 같군. 천하삼분지계의 한 축으로 말이야.'

'천하삼분지계(天下三分之計)'란 천하를 셋으로 나누는 계책이라는 뜻이다. 천하를 통일하기 전에 우선 셋으로 나눠 그중 한 축이 되자는 책략으로, 《삼국지연의》에서는 제갈량이 유비에게 처음 제안한 것으로 묘사됐다. 그러나 사실 그보다 앞서 주유를 비롯한 여러 모사들이 염두에 둔 책략이었다. 그때쯤 유비의 명으로 찾아온 간옹이 동맹을 제안해왔다. 거기에 대해 논의가 분분할 무렵.

낙릉성의 유비 진영에서는 유비, 관우, 장비 삼형제와 화영 그리고 독설가 예형이 앞으로의 일에 대해 논의 중이었다. 최근에 얻은 젊은 책사, 서서도 함께였다.

"모처럼 큰소리치고 나왔는데, 다시 현령이라도 시켜주십쇼 하고 고완현으로 돌아갈 수도 없고 말이야."

한탄 같은 유비의 말에 예형이 코웃음을 쳤다.

"잘하실 것 같은데 왜 그러십니까?"

"인마, 아무리 나라도 자존심이 있지."

관우는 긴 수염을 쓰다듬으며 말했다.

"군사 출신의 기주목과 우리의 새 군사. 어느 쪽의 지략이 더 뛰어난지 판가름해보는 것도 재미있겠군그래."

새 군사, 서서는 난처한 표정으로 웃었다.

"기주목은 상당한 수완가이지요. 업성을 차지한 과정만 봐도 그렇고. 그에 비해 저는 아직 여타할 공적도 없는 풋내 기일 뿐입니다."

옆에 있던 장비가 서서를 거들었다.

"수완이 좋기는 서 군사도 못지않지! 원소 놈의 협잡질로 시간과 병사만 잃을 뻔했는데, 낙릉성으로 물러나 사람들을 받아들이면서 기주목에게 은밀히 동맹을 제안하라고 알려준 덕에 방향을 잡았으니."

서서가 유비에게 합류한 지는 두 달 남짓 되었다. 처음 찾 아왔을 때는 수상하기 짝이 없는 행색이라, 하마터면 장비에 게 베일 뻔했다. 선비라 하면서 머리를 풀어헤치고 검까지 차 고 있었으니, 책사에 목마른 유비의 사정을 알고 암살하러 온 놈이 아닌가 여긴 것이다. 다행히 오해가 풀려, 서서와 잠시 대화를 나눠본 유비는 그를 맞아들이기로 결정했다.

"한데 그대는 왜 날 택했지? 그나마 가졌던 현령 자리도 버리고 원소에게 사기당해서 빈털터리나 마찬가진데."

유비의 물음에 서서는 이렇게 답했다.

"꼭 그래서 빈털터리가 되신 건 아니지요. 가져온 군량을 평원성 백성들에게 죄다 풀어 먹이셨다고요."

"그랬지. 원소란 놈이 먹을 거라곤 풀뿌리 하나까지 치워 버렸으니, 남은 백성들이 죄다 굶어죽을 지경이더라고. 난 배고픔을 겪어봐서 그게 얼마나 힘든지도 잘 알거든."

"현덕 님의 병사들도 굶주려선 안 되지 않습니까."

"원소가 넘겨준 평원성에 아무것도 남지 않은 걸 보고 포 신이란 친구가 좀 도와주었네. 자기는 곧장 제북으로 돌아갈 터이니, 거기 소요되는 군량만 제외하고 모두 빌려준다고."

"전 그래서 현덕 님을 택한 겁니다."

"응?"

서서는 고개를 갸웃거리는 유비를 보며 웃었다. 어려운 상 황에 처한 백성을 돌보는 동정심. 처음으로 함께 싸워본 포신 과 어느새 벗이 된 친화력. 또 유비가 아무리 곤궁한 처지에 빠져도 그를 떠나지 않는 관우와 장비 그리고 병사들까지. 서 서는 이런 것들로 미루어, 유비가 인덕(人德)을 가졌다고 판 단했다.

'내가 생각하는 이상적인 군주는 인덕의 소유자. 거기에 관우, 장비, 화영이라는 출중한 무인들로 말미암아 상당한 무력도 보유했다. 땅이야 언제든 차지하면 그만. 부족한 건 지략인데, 헌화(간옹) 님은 사람은 좋지만 책사라기에는 좀 달리고 정평(예형) 님 또한 책사나 군사 쪽보다는 학자, 행정 가 쪽에 가깝다. 즉.'

서서는 자신을 꿰뚫는 듯한 유비의 눈동자를 바라보며 생각했다.

'현덕 님에게는 나와 같은 군사가 필요하고 나 또한 이상적인 군주가 필요했다. 나, 서원직이 이 사람의 군사가 된다면 우린 서로가 원하던 것을 충족하게 된다.'

서서(徐庶), 자는 원직(元直).

《삼국지연의》에서 등장한 분량에 비해 이상할 정도로 사랑받는 인물이다. 서서가 등장했을 당시, 유비에게는 제대로 된 책사가 없었다. 그는 유비가 맞아들인 첫 번째 모사가 되었다. 게다가 서서가 어쩔 수 없이 눈물을 뿌리며 유비를 떠나가는 과정도 극적이다. 또 유비에게 제갈량을 소개해주는 역할도 한다. 이런 것들이 더해져 인기의 요인이 되었으리라.

서서는 서주에 있던 유비를 찾아와 섬기다가, 어머니가 볼모로 잡히는 바람에 조조에게 갔다. 이 부분은 정사와 《삼국지연의》의 내용이 일치한다. 그 후 서서는 위나라에서 어사중승의 자리에까지 올랐다. 어사중승은 삼공의 하나이자 최고 감찰기관인 어사대부 바로 아래의 관직이다. 그러나 서서와 더불어 학우였던 맹건, 석도 등이 위나라에서 맡은 직책을 들은 제갈량은 이렇게 탄식했다.

"위에는 인재가 얼마나 많기에, 그들이 겨우 그 정도 지위에밖에 오르지 못했는가."

어사중승은 결코 낮은 지위가 아니었다. 즉 제갈량의 탄식으로 미뤄볼 때, 서서는 그 이상 가는 출중한 능력의 소유자로 짐작된다.

잠자코 있던 예형이 한마디 거들었다.

"확실히 이곳 낙릉성에 머무르고 있는 것만으로도 평원을 떠난 유민들이 속속 모여들고 있지요. 그 수가 어느덧 수만에 이르렀습니다. 발해태수(원소)의 지배하에 있던 이들이 떠나온 것이니, 그만큼 그자의 힘은 줄고 현덕 님의 힘은 늘어난 셈입니다."

장비가 신기하다는 듯 대꾸했다.

"어? 정평 님, 왜 서 군사한테는 독설을 안 하십니까?"

"독설이 아닙니다. 정론이라고 해두지요. 그리고 아무에게나 정론을 펴는 게 아니라, 제가 인정한 사람에게는 불필요한 말을 하지 않습니다."

"오호."

유비는 낮게 탄성을 뱉었다. 예형의 말에는 큰 의미가 있었다. 그의 독설은 성격 탓도 있지만 상당 부분 자부심에서 비롯되었다. 자기 외에는 다 눈 아래로 보는 것이다. 그런 예형이 유일하게 벗으로 지내는 이가 바로 북해태수이자 공자의 후손인 공융이었다. 한데 새파랗게 젊은 데다 아직 딱히 보여준 것도 없는 서서를 인정한다는 듯한 발언을 했다.

'적어도 예형은 원직에게서 우리가 못 본 뭔가를 봤다는 얘기로군.'

그때 관우가 서서에게 물었다.

"자, 말한 대로 헌화(간옹)를 기주목에게 보냈소. 이제 뒷일은 어떻게 되겠소이까, 군사?"

"기주목은 십중팔구 동맹을 수락할 것입니다. 원소와의 싸움이 벌써 세 번째. 이번에야말로 끝장을 보고 싶어할 테니까요. 더구나 그쪽이나 우리나 원소를 공격할 만한 원한도 있습니다."

유비의 눈이 잠깐 스산하게 빛났다.

"확실히 있지."

가운데로 걸어 나온 서서는 화영을 가리켰다.

"여기서 화영 님의 역할이 매우 중요합니다."

화영은 말없이 서서를 빤히 바라보았다.

"기주목이 모르는 존재이자 관우, 장비 님 못지않은 강력한 무장인 화영 님이 따로 움직여서, 최종적으로 이 전투가 원소의 멸망뿐만 아니라 현덕 님께 이득이 되도록 해주셔야 합니다. 안 그랬다간 자칫 남 좋은 일만 해줄 우려가 있습니다."

화영은 원소에게 가담해 있던 위원회의 무장들이 모조리 이탈했다는 사실을 알았다. 그녀 또한 천강위에서 높은 지위를 차지한 자. 그런 정보를 알려줄 성혼단원 정도는 부리고 있었다.

'위원장에게서는 여전히 연락이 없다. 알아서 하라는 뜻 같은데. 자, 나는 앞으로 어떻게 해야 할 것인가.'

단, 산양성 전투에 대해서는 잘 알지 못했다. 작전 자체가 진한성을 제거하기 위한 비밀스러운 것인 데다 용운의 전격 전도 상당히 빠르게 이뤄졌기 때문이다. 결과만 봐서는 상당에서 원술에게 급습을 당했던 용운이 그 보복으로 산양성을 빼앗은 것처럼 보였다. 적어도 표면적으로는 그랬다.

'회에서 원소에게 여러 차례, 그것도 큰 도움을 주었으나 모조리 실패하고 그는 결국 몰락을 앞두고 있다. 이건 회 쪽에서도 포기했다고 봐도 되겠지. 서서의 책략대로라면, 나는 진용운과 더불어 싸우지 않아도 되니 문제 될 것도 없고.'

화영은 유비에게 시선을 돌렸다. 그녀의 눈길을 알아챈 유비가 능글맞게 웃으며 말했다.

"어? 화영, 왜 그렇게 뜨거운 눈으로 바라보는 거야? 괜히 기대되게."

'천강위 상위 십 인에게는 왕으로 추대할 만한 자를 추천할 권한이 있다. 오용 님은 조조에게 건 모양이지만, 나는 궁금해졌다. 끈덕지게 살아남아, 현령의 자리와 서서라는 군사를 손에 넣은 유비 현덕이 어디까지 올라갈 수 있는지를. 또 이 남자를 성장시켜 진용운의 대항마로 써도 괜찮을 것 같다.'

유당은 결국 중도에 유라를 빼돌리길 포기했다. 자신의 천기를 이용해 지하로 잠입하는 것도 실패했다. 뇌옥 근처까지는 갔으나 강철벽을 뚫지 못했다. 전예가 용운의 도움까지 받아 철통같이 방비해두었으니, 아무리 천강위라도 도무지 유라를 빼낼 방법이 없었다.

그러는 사이 유라의 처형 바로 전날이 되었다. 유당은 지하에 숨어 그 사실을 엿들었다.

'안 돼.'

그가 위원회에 속한 것도, 과거로 온 것도, 용운과 싸우게 된 것도 모두 여동생을 위해서였다. 그녀를 잃는다면 더 이상 삶의 의미가 없었다. 그 사실을 떠올리는 순간, 그의 눈에 기이한 섬광이 일었다. 아직 시도해보지 못한 한 가지 방법이 뇌리를 스친 것이다.

'그래. 내가 왜 그 생각을 못 했지?'

유당은 업성의 한 객잔에 방을 얻어 머무르고 있었다. 그도 먹고 자긴 해야 했으니까. 방이라곤 하나 삿자리를 덮어둔 흙바닥이었다. 뭉클뭉클. 흙바닥이 두부처럼 뭉개지며 유당이 땅속으로 빨려들어가듯 사라졌다.

용운은 여느 때와 마찬가지로 업성 대전에서 회의 중이었다. 유비의 동맹 제안을 두고 이틀 내내 치열한 논쟁이 벌어졌다. 곽가와 희지재는 반대하는 쪽이었고, 순욱과 순유는 찬성했다. 나머지는 지켜보는 분위기였다. 용운이 반대하는 이유를 묻자, 희지재는 입가를 일그러뜨리고 이렇게 답했다.

"저는 원래 남을 믿지 않습니다. 하물며 믿기 어려운 인간은 더욱 믿지 않지요."

"……그렇군요."

곽가의 답은 이랬다.

"감이 안 좋습니다."

"그게 다인가요?"

"제 감은 이유 없이 오는 게 아닙니다."

"아, 네."

반면 순욱과 순유의 논리는 꽤 합리적이었다.

"유현덕은 원소에게 원한을 품을 만합니다. 모처럼 얻은 고완현령의 자리까지 팽개치고 도와주러 왔는데, 껍데기뿐인 평원성을 넘겼으니 태수가 되면 무엇합니까? 듣기로는 이번 일에 질려 오랜 벗인 장막도 등을 돌렸다 하고 직속이나 마찬가지인 포신도 치를 떨며 떠났다 하니, 유현덕도 그의 처사를 견디기 어려웠을 것입니다."

순욱의 말을 순유가 받아 이었다.

"또한 지금의 유현덕에게 무엇보다 필요한 것은 명성과 인심을 얻는 일입니다. 북해로 가기 전까지 도적 떼를 퇴치하고 다닌 것도 그래서입니다. 그 결과, 도적의 잔당을 흡수하여 병사를 늘렸고, 결국 북해태수 공융을 구원하는 데 성공하여 지금의 지위를 얻었습니다. 그게 유현덕이라는 인간이 생존하는 방식이니, 민심이 떠난 원소를 격파하는 일은 명분에 있어서나 실리에 있어서나 그가 눈독을 들일 만합니다."

두 사람의 말은 모두 유비의 동맹 요청에 대한 신뢰 여부에 관한 것이었다. 용운은 이상하게 둘의 마음이 유비에게 쏠려 있다는 느낌이 들었다.

"그래서 만약 수락할 경우 우리에게 이익이 되는 것과 거절했을 때의 손해는요?"

거기에 대한 답은, 큰 싸움을 앞두고 오랜만에 귀환한 저수가 대신했다.

"수락했을 때는 당연히 그만큼의 부담이 덜어질 겁니다. 우리 쪽 병사의 희생도 줄어들 테고. 다만 이겼을 때 유현덕의 활약 여부에 따른 대가는 지불해야 할 것입니다. 만약 거절하신다면, 그와의 우호도가 어느 정도 하락할 것을 염두에 두셔야겠지요. 최악의 경우 그가 원소 쪽에 회유되어 붙을 가능성도 있습니다."

"그런 대접을 받았는데, 그게 가능할까요?"

"애초에 원인이 땅과 관직 때문이니, 멀쩡한 청하국 같은 곳을 내주고 청하국상으로 앉힌다면 영 가능성 없는 일은 아닙니다. 본래 국(國)은 황실의 일족에게 내려진 땅입니다만, 현재 청하국은 원소의 손에 들어가 있을 뿐만 아니라 유현덕 또한 황실의 종친이라 자칭하고 있으니 크게 문제 될 건 없어 보입니다. 그럴 경우, 단순히 영주가 되는 것뿐만 아니라 유비가 황실의 종친임을 증명해주는 효과도 있습니다."

"으음……."

유비가 다시 원소와 손을 잡는다면 귀찮아진다. 거기에 더해 용운에게는 유비와 관우와 장비에 대한 아련한 그리움 같은 것이 있었다. 한때 반동탁연합군으로서 같이 싸웠고 함곡관 작전을 수행하기도 했다. 특히, 함곡관에서 유비가 목숨을 구해준 일은 용운의 가슴에 큰 빚으로 남아 있었다. 유비가 원소 편에 선다면, 그들 모두와 맞서 싸워야 한다. 쉽지 않은 일일 터였다.

'고민되네, 이거. 곽가와 희지재가 반대하니 어째 나도 찜찜해서…….'

대전 바닥에서 누군가 갑자기 불쑥 솟아나온 건 그때였다. 제일 먼저 반응한 사람은 역시 청몽이었다.

"누구냐!"

그녀는 은신해 있던 장소에서 튀어나오며 불청객을 향해 사슬낫을 휘둘렀다. 동시에 용운의 뒤쪽에 시립해 있던 검후가 그를 몸으로 감싸 안았다.

침입자는 타오르는 듯한 붉은색 머리카락의 남자였다. 그는 사슬낫을 피하며 다급히 외쳤다.

"잠깐! 적이 아니오. 투항하러 왔소!"

용운은 자신을 안은 검후의 팔 사이로 그를 보며 대인통찰을 발동했다.

무력(武力) 92

통솔력(統率力) 55

유당

언변(言辯)
인내(忍耐)
천리청음(千里聽音)
지둔비술(地遁祕術)
천기자(天技者)

지력(智力) 78

정치력(政治力) 84

매력(魅力) 65

호감(好感) 48

'유당…… 위원회!'

용운은 사내의 정체에 놀라지 않을 수 없었다. 위원회의 인물이 여기까지 들어오다니! 그의 기억에 의하면, 유당은 《수호지》 서열 21위. 즉 위원회 중에서도 천강위였다.

'하지만 뭔가 이상해.'

92라는 무력 수치는 확실히 강자의 그것이었다. 지금은 그보다 훨씬 높아졌지만, 조운을 처음 봤을 때가 91, 태사자는 90, 장료가 92였다. 즉 삼 년 전의 조운보다 강한 자라는 의미다. 그렇다 해도 이곳 업성의 대전은 호랑이 굴이나 마찬가지였다. 비록 사천왕은 관도성에 가 있지만, 대전에는 사천신녀 중 검후와 청몽에 더해, 마초, 방덕, 서황 등이 모두 자리해 있었다. 92의 무력으로는 감당하기 불가능했다.

또 마음에 걸리는 것은 애매한 호감도 수치였다. 용운이 아는 천강위라면, 산양성에서의 일도 있었고 하니 호감도가 바닥을 찍어야 정상이었다. 그런데 48이라는 것은, 분명 호의적인 건 아니지만 그렇다고 살의를 품을 정도도 아니었다. 오히려 중립에 가까운 감정. 지금도 청몽 및 정신을 차리고 가세한 마초와 방덕, 서황 등의 공격을 피하거나 방어하기에만 급급했다.

유당이 한 번 더 간절한 투로 말했다.

"잠깐만 멈추고 내 말을 들어주시오! 나는 정말 싸우러 온 게 아니오."

지켜보던 용운이 외쳤다.

"그만!"

용운의 장수들은 즉시 공격을 멈췄다. 하지만 경계를 풀지 않고 유당을 둘러싼 채였다.

여기저기 찰과상을 입은 그가 말했다.

"고, 고맙소."

"그렇게 갑자기 우리 진영의 제일 핵심 장소에 나타나다니. 죽어도 할 말 없는 상황 아닌가요?"

용운의 물음에 유당은 고개를 끄덕였다.

"맞소. 하지만 어쩔 수 없는 선택이었소. 꼭 부탁할 일이 있어서⋯⋯."

"부탁이라. 회에서 나에게요? 하하."

"회의 부탁이 아니라 내 개인적인 부탁이오. 그 아이, 지금 뇌옥에 갇혀 있는 내 동생을 살려주시오."

"동생?"

"업성의 관리로 모습을 바꾼⋯⋯. 그 아이가 내 여동생이오."

전혀 생각지도 못한 얘기였다. 진한성과 마찬가지로 용운에게 있어서 위원회는 상종할 수 없는 악한 무리였다. 용운은 진한성에게서 그들의 진정한 목적을 들었다. 과거에서부터 역사를 바꾸는 것이다. 그 일을 위해 세뇌나 종교 등의 수단으로 이 시대 사람들을 현혹하는 것은 물론, 방해가 될 것 같다는 이유만으로 용운을 죽이려 들었다. 그런데 그런 무리 중 하나가 뜻밖에도 인간적인 면모를 보이자, 용운은 당황스러웠다.

"그 말을 어떻게 믿죠?"

"간단하오. 내 능력은 아까 봤다시피 흙과 돌을 뚫고 다닐 수 있는 힘이오. 따라서 철은 뚫을 수 없소. 그 아이를 살려주는 대신 나도 함께 거기 갇히겠소."

만약 유당이 제 목숨을 내놓고서라도 용운을 죽이고자 했다면, 그의 바로 밑으로 튀어나와 공격했을 것이다. 청몽이 가까이에 은신 중이니 백 퍼센트 성공은 장담할 수 없지만, 대전 한가운데보다는 나았다. 혹은 지금이 아니더라도 용운이 자고 있을 때나 하다못해 용변을 볼 때 등 기회는 많았다. 그러나 유당이 살아가는 목적은, 죽었다가 새로운 모습으로 되살아난 여동생을 마지막까지 지키는 것이었다. 용운을 죽여서 여동생의 안전이 보장된다면 모를까, 자신이 죽어버리면 모두 헛일이 되니 그럴 마음은 눈곱만큼도 없었다.

용운은 유당을 보며 고민에 빠졌다.

'자진해서 감옥에 들어가겠다고 하니, 의심하기도 어려운데. 그래도 위원회잖아. 뭔가 찜찜해.'

용운이 머뭇거리자 유당이 목소리를 높였다.

"뭘 망설이는 거요? 당장 날 거기 함께 가둬주시오."

"그를 데리고 나가려는 수작이 아니라고 어떻게 장담하죠? 밖에서는 침입이 불가능하니, 일단 감옥 안에 들어간 다음에 뭔가 해보려고 할 수도 있잖아요?"

"하긴, 그럴 수도 있겠군."

유당은 옆구리에 차고 있던 짧은 검을 빼들었다.

"이놈!"

"움직이지 마라!"

장수들이 덤벼들려는 순간, 그는 조금도 망설이지 않고 자신의 왼팔을 잘라버렸다. 그가 가진 검은 단도에 가까운 짧은 칼인데, 불의 성질을 가진 유물이었다. 팔꿈치 아래가 깨끗이 잘려나갔다. 동시에 절단부위가 열기에 지져져, 출혈은 거의 없었다. 살이 타는 독한 냄새와 연기가 대전을 채웠다.

"헉!"

"저런……."

놀란 가신들이 탄성을 발했다. 개중에는 참혹한 광경에 눈살을 찌푸리거나 고개를 돌리는 자도 있었다.

이마에 땀이 잔뜩 맺힌 유당이 말했다.

"이 정도면 믿겠소?"

"……동생도 위원회 소속인가요?"

"아니, 그 아이는 내 병마용군이오."

"병마…… 용군?"

검후와 청몽이 동시에 움찔했다.

용운은 유당을 응시하며 생각했다.

'병마용군, 또 이 말이 나왔다.'

이제 그는 마음속으로 유당에 대한 의심을 거의 거뒀다.

그 대신 그를 잡아두고 위원회나 그 밖의 다른 것들에 대해 캐내보리라 마음먹었다. 예를 들면 병마용군과 같은.

"알겠습니다. 일단 동생이라는 자와 함께 가둬두지요. 당신에 대한 처우는 나중에 결정하겠습니다."

유당은 하나밖에 남지 않은 팔을 옆구리에 붙여 묶였다. 그는 조금도 저항하지 않고 순순히 포박당했다. 대전에서 끌려 나가기 직전, 잠깐 주저하던 그가 입을 열었다.

"하나 더 알려줄 것이 있소."

"말해보세요."

"현재 위원회 내부는 여러 개의 파벌로 나뉘어 있소. 당신도 아는지 모르겠으나 상위의 천강위와 중하위의 지살위 사이가 이미 갈렸소. 그 천강위 내에서도, 위원장을 중심으로 하는 파벌과 이인자인 노준의를 따르는 무리로 나뉘어 대립하는 상태요."

"그래서요?"

"산양성에서 죽은 자들은 대부분 위원장 파였소. 그래서 난 그대로 노준의를 따르려 했소. 강한 쪽에 붙어야 여동생을 오래 지켜줄 수 있기 때문이오. 그러다 뒤늦게 깨달은 거요. 현재로서 제일 강력한 파벌은 바로 진용운, 당신의 세력이라는 것을. 이게 내가 투항을 결심한 이유요."

"여동생을 매우 사랑하는 모양이군요."

유당은 조금도 망설이지 않고 답했다.

"그 아이는 내 삶의 목적이오."

"알겠습니다. 당신의 의도 자체는 믿겠습니다. 그래서 알려줄 거라는 게 뭐죠?"

"즉 이제 나는 당신이 반드시 이 싸움, 원소뿐만 아니라 위원회를 상대로 한 싸움에서도 이겨야 나도, 내 동생도 무사할 수 있는 처지가 됐소. 그래서 당신에게 정보를 알려주려 하오."

유당은 잠깐 말을 멈추고 주위를 둘러보았다. 그의 생각을 눈치챈 용운이 말했다.

"염려 마세요. 이 자리에 있는 사람들은 모두 내 가족과 같은 이들. 나에게 있어서 당신의 여동생과 마찬가지인 사람들입니다."

숨죽이고 돌아가던 상황을 지켜보던 가신들은, 훅 들어온 용운의 말에 감격하고 말았다. 고개를 끄덕인 유당이 말을 이었다.

"현재 노준의는 위원장의 명령으로 요동에 가 있소. 거기서 공손탁을 죽이고 그의 세력을 모두 흡수했소. 그 힘을 바탕으로 우선 가까운 북해를 점거할 계획이오. 공손찬 일족이 여포의 손에 죽는 바람에, 북해가 무주공산이나 마찬가지인 상태라는 건 당신도 알 거요."

듣고 있던 용운의 안색이 조금 변했다. 어떤 가능성이 뇌리를 스친 것이다. 설마?

"……계속하세요."

"노준의와 그를 따르는 무리는 정말 강하오. 위원장 파에 비해 조금 처질 거라 여겼지만 그건 내 착각이었소. 같은 위원회의 형제들을 대상으로 힘을 쓰길 꺼렸을 뿐. 그들이 마음먹고 싸우면, 지금의 북해 정도는 이틀도 안 되어 넘어갈 것이오. 그다음에는……."

"설마 유주를 노리려는 건가요?"

유당의 얼굴에 살짝 놀란 빛이 스쳤다.

"그렇소."

뒤에 간단히 이어진 유당의 설명은 이랬다. 노준의는 요동까지 보내진 김에, 거기서 새로 기반을 마련하려는 생각이다. 그는 이미 소수 위원회의 힘만으로 천하를 평정하기 어려움을 알았다. 이에 요동과 북해를 시작으로 유주, 나아가 하북까지 치고 내려오려는 것이다.

"유주목 유우가 당신과 가까운 사이라는 것도 알고 있소. 그를 치면 세력을 넓히는 것뿐만 아니라 당신에게도 타격을……."

말하던 유당은 한기를 느끼고 흠칫 놀랐다. 용운이 무서운 표정으로 그를 노려보고 있었다. 여자로 오인할 만큼 아름다운 얼굴에서 나오리라 상상하기 어려운, 분노와 위압감이 느껴지는 표정이었다.

"충분히 들었습니다. 요긴한 정보, 고마워요. 투항의 진위 여부를 가리는 데 긍정적으로 작용할 겁니다."

유당이 뇌옥으로 끌려간 후, 잠시 침묵을 지키던 용운이 입을 열었다.

"유비의 동맹 제안을 수용하겠습니다."

"주공······."

조심스레 우려를 표하려는 곽가에게 용운이 말했다.

"뭘 걱정하는지 알아요, 봉효. 하지만 어쩔 수 없습니다. 원래는 충분한 시간을 들여 확실하게 원소를 격파하려 했습니다. 하지만 이제 시간이 없어졌어요."

"백안 공 때문입니까?"

"그래요. 우리 군의 전력을 동원함은 물론, 여포에 더해 유비의 힘까지 빌려서 단숨에 원소를 무너뜨립니다. 그리고 유주로 지원을······."

"주공, 아까 그자의 말이 사실인지 아닌지도 모르지 않습니까. 더구나 외람되지만, 원소와의 싸움을 앞둔 지금 백안 공의 안위까지 우리가 살필 여유는······."

"봉효."

용운은 곽가가 처음 보는 싸늘한 얼굴로 말했다. 곽가뿐만 아니라, 주위 사람들에게 한 번도 보인 적 없는 표정과 말투였다.

"다시는 그런 얘기 하지 마세요."

"……죄송합니다. 제가 주제넘었습니다."

"아니, 그대는 나의 책사이니 어떤 의견이라도 개진할 수 있습니다. 그러나 단 하나, 내가 내 주위 사람을 저버리게 만드는 것. 그런 책략이나 의견은 받아들이기 어려워요. 지금 우리가 균형을 이루며 버티고 있는 것은, 유주와 복양성의 동맹들 역할도 크니까."

"명심하겠습니다. 그럼 유비와 동맹을 맺었을 경우 생기는 부담과 위험요소를 파악해서 거기 대비하는 쪽으로 작전을 구상하겠습니다."

비로소 용운의 표정이 풀렸다.

"그렇죠. 그래야 나의 봉효죠."

결국 용운은 여포 및 유비와 힘을 합쳐 원소를 격파하게 되었다.

간옹은 싱글싱글 웃으며 낙릉으로 돌아갔다.

"훌륭한 선택이십니다."

원소 또한 암암리에 여러 곳으로 사신을 보내 원군을 요청하는 중이었다. 그중에는 조조와 유표 등도 포함되어 있었다. 비록 원소의 세력이 많이 쇠했다 하나, 몇 대를 이어온 가문의 저력은 만만치 않았다. 또한 전쟁을 위해 가혹하게 세금을 걷는 와중에도 식객들은 후하게 대접하여, 그를 위해 나서서 싸우려는 장정과 재사들이 차고 넘쳤다.

진, 여, 유 연합군 대 원소 세력의 전쟁. 여기서 승리하는 쪽이 하북의 패자가 되리라 보는 시각이 많았다. 바야흐로 '대전'이라 할 만한 큰 싸움이 벌어지게 된 것이다.

한편 뇌옥에 끌려온 유당을 본 공환이 벌떡 일어섰다.

"당신은······."

공환을 향해 옥 안으로 들어선 유당이 말했다.

"됐어. 다 끝났다, 유라야. 난 진용운에게 투항했다."

"뭐?"

두 사람의 병사 외에 마초와 서황이 함께 유당을 끌고 왔다. 그들의 눈앞에서 공환의 모습이 서서히 여자의 그것으로 변해갔다. 각진 얼굴이 갸름해졌고 눈이 커졌다. 얇은 입술이 도톰해지고 가슴도 봉긋해졌다. 머리카락이 길어지더니 금세 빨갛게 물들었다. 마초는 눈을 휘둥그렇게 떴고 냉정한 서황도 입을 쩍 벌렸다. 그가 믿기지 않는다는 투로 중얼거렸다.

"저건 대체······."

원래 모습으로 돌아온 유라는 눈물을 글썽이며 유당의 양 어깨를 잡았다.

"오빠, 갑자기 사념이 끊겼다 했더니 팔이 왜 이래? 설마 진용운에게 당한 거야?"

유당은 고통 탓에 창백한 얼굴로 고개를 저었다.

"아니. 내가 스스로 자른 거야."

"……왜?"

"내 항복이 진심이라는 걸 증명하려고."

"오빠, 지금 회를 배신할 생각이야?"

"난 원래부터 회에 목매지 않았던 거 알잖아. 내 목표는 너와 끝까지 살아남는 거야. 그래서 강한 쪽에 붙으려고 했고, 붉은 머리 박쥐라고 수모도 당했지만 그런 건 아무 상관 없다. 내 마지막 선택이 진용운이었다. 나도 이렇게 될 줄은 몰랐지만."

"오빠…… 알잖아. 송강은 정말 무서운 사람이야. 노준의도 그렇고……. 뒷감당을 어떻게 하려고?"

"그래서 진용운을 최대한 도울 거야. 이제 그가 살아야 나도, 우리도 살게 될 테니까. 날 믿어줄 때의 얘기지만……."

요원은 서황의 옷 안에서 둘의 대화를 듣고 있었다. 그녀가 갑자기 핑 날아오르더니, 철창 틈새를 통해 뇌옥 안으로 들어왔다. 미처 서황이 말릴 사이도 없었다.

요원을 본 유당이 놀라서 눈을 부릅떴다.

"넌 삭초의……."

"아, 그 인간은 죽은 지 오래됐어요. 지금 내 주인은 바로 서황 님이에요."

"주인이 바뀌었어? 그게 가능하단 말인가?"

"삭초 그놈이 죽었는데도 내가 멀쩡한 게 증거지요."

요원의 말투에 유당은 내심 수긍했다. 삭초는 이규 등과 함께 기피되는 인물이라, 친하게 지내는 사람이라고 해봐야 동평 정도였다. 유당도 여자를 함부로 대하고 해친 적 있는 삭초를 몹시 싫어했다.

"중요한 건 그게 아니라, 반드시 위원회에 속해 있어야지만 당신들이 살아갈 수 있는 게 아니라는 말을 해주고 싶었어요. 더구나 주인과 병마용군이 나란히 한 쌍으로 벗어났으니, 내가 맨 처음에 그랬던 것처럼 명계로 돌아가게 되는 게 아닐까 하고 전전긍긍하지 않아도 되잖아요."

유당은 고개를 끄덕였다. 그는 이미 산양성에서 신처럼 느껴지던 임충이 허무하게 소멸되는 걸 감지했을 때 느낀 바가 많았다.

'고위 천강위도 얼마든지 죽을 수 있다는 것. 그리고 이 요원뿐만 아니라 당장 나부터도 그랬듯이, 회를 이탈하는 자들이 점점 많아지고 있다. 이제 막연한 과업에 매달릴 게 아니라, 엄연한 현실인 이 세상에서 어떻게 잘 버텨나갈지가 중요한 거다. 나는 그 울타리로 진용운을 택했고.'

할 말을 마친 요원은 다시 서황의 품속으로 파고들어갔다.

그때 마초의 손에 들린 탁탑천왕 속에서 조개 또한 유당과 비슷한 생각을 하고 있었다.

'이 요원 녀석을 봤을 때도 놀랐는데, 이제 천강위의 일원이 직접 투항해오다니. 뭔가 변화가 일어나고 있다. 나도 이제 곧 내 선택이 옳았는지 실수였는지 알게 되겠지.'

유당이 유라에게 말했다.

"곧 알게 될 거다. 내 도박이 성공한 건지, 아니면 실패한 것인지를. 우선 원소와의 전쟁 결과에 따라서 말이다."

6

연회의 밤

천강위 유당은 스스로 정체를 밝히고 한 팔을 자른 다음 옥에 갇혔다. 병마용군이자 여동생인 유라를 구하기 위해서였다. 또 진한성과 다른 천강위들의 싸움을 본 후, 용운의 세력이 가장 유리하다고 판단한 까닭도 있었다. 유당은 신뢰를 얻으려고 용운에게 정보를 넘겼다. 노준의가 유주를 노릴 거라는 정보였다. 이에 용운은 유주목 유우에게 친필 서신을 썼다.

예예(爺爺, 할아버지), 평안하신지요. 요동을 새로 점령한 세력의 움직임이 심상치 않다는 정보를 입수했습니다. 만

약 북해까지 침공해온다면 유주를 노릴 것이 분명하니, 각
별히 주의하시길 바랍니다.

얼마 후, 유우에게서는 잘 알겠으니 염려 말라며, 보고 싶
다는 따뜻한 답장이 왔다.

한편 용운은 원소의 도발에 대비해 파견했던 여건과 양수
를 다시 보내는 방안도 생각 중이었다. 아무래도 유주 쪽이
마음이 놓이지 않아서였다. 여건과 양수는 원소군을 무사히
격퇴하고 돌아와 휴식 중이었다. 그러나 거기에 대해서는 반
대하는 가신들이 꽤 있었다. 원소와의 총력전만 해도 부담스
러운데 힘을 분산할 여유가 없다는 의견이었다.

"다들 그렇다는 겁니다. 어찌 생각하십니까?"

용운은 채염에게 푸념하듯 말했다. 제갈량과 더불어 요즘
그가 자주 찾는 이였다. 채염은 똑똑하고 사려 깊어 말이 잘
통했다. 거기다 아름답기까지 하니, 제갈량하고는 또 다른
의미로 대화하고 있으면 기분이 좋아졌다.

채염은 살짝 미소 지으며 답했다.

"그래도 모두 주목님과 업성의 백성들을 걱정해서 하는
얘기들이잖아요. 하지만 주목님의 심정도 이해는 갑니다. 백
안공은 무척 좋은 분이신가 봐요."

"맞습니다. 꼭 친할아버지 같은 분이죠."

"호호. 저도 한번 뵙고 싶어지네요."

용운은 채염의 웃는 얼굴을 멍하니 바라보았다.

'예쁘다……'

용운은 이제 20대 초반의 어엿한 성인이 되었다. 그러나 이제까지 한 번도 제대로 된 연애를 해본 적이 없었다. 이 세계로 와서 청몽에게 야릇한 감정을 느끼고 이끌리긴 했다. 그런데 요즘 들어 생각하면 그것은 친숙함에 가까웠다. 그녀는 마치 오래된 소꿉친구 같았다. 은신한 채 호위하는 데 익숙해진 까닭일까. 어지간한 모습을 보여도 아무렇지 않을 듯했다. 여기서 처음 만난 청몽에게서 왜 그런 친근함이 느껴지는지는 모르겠지만, 분명 그랬다. 언젠가부터 연인이 아닌, 남매나 가족을 대하는 기분이 자꾸 들었다. 마치 검후에게서 엄마 같은 분위기를 느끼듯. 특히, 채염에게 올 때는 일부러 청몽을 떼어놓고 왔다. 왜 그러는지 자신도 잘 알 수 없었다.

"나중에 같이 유주에 가요."

용운의 말에 채염은 고개를 끄덕였다.

"좋아요. 아직 그쪽으로는 가본 적이 없어요."

"일은 할 만하십니까?"

"아, 네. 거의 끝냈어요."

"벌써요?"

용운은 진심으로 깜짝 놀랐다. 채염이 뭔가 일을 돕길 원했고, 용운도 그녀의 재능을 썩히기 아까웠다. 하지만 시대적인 분위기상 관청이나 내성에 출근해서 일하기엔 어려움이 있었다. 용운은 아무렇지 않으나 다른 가신들이 불편해할 듯했다. 이에 집에서 업무를 보고 녹봉을 주기로 했다. 현대식으로 표현하면 재택근무를 시킨 것이다.

'종일 할 게 없으니 일거리를 많이 달라고 해서, 내가 처음 기주목이 된 뒤부터 이제까지의 일지 정리를 부탁했는데 그걸 벌써 해치우다니.'

채염은 기억력만 좋은 게 아니라, 업무 처리 능력 자체도 뛰어난 모양이었다. 그녀가 제대로 하지도 않고 끝냈다고 할 리는 없겠지만 그래도 일은 일이니, 확인 절차가 필요했다. 예산이 나가는 것이기도 하고 어떻게 정리를 해놨는지 궁금하기도 했다.

"어디, 좀 볼까요?"

"네, 잠시만요. 어멋!"

안쪽 벽에 켜켜이 쌓인 양피지 더미를 안고 오던 채염이 당황했다. 맨 위의 종이 한 장이 떨어졌기 때문이다. 용운이 무심코 주우려 하자, 그녀가 외쳤다.

"안 돼요!"

채염은 다급히 다가오다가 양피지를 든 채로 휘청했다.

용운이 재빨리 그녀의 허리를 안아 부축했다.

"저게 뭐기에 그러시……."

말하던 용운이 입을 다물었다. 종이는 누군가의 얼굴을 그린 초상화였다. 아직 미완성이었지만, 누가 봐도 용운 자신의 얼굴이 분명했다. 채염이 당황하는 사이, 용운은 말없이 그림을 주워들었다.

"저, 이상하게 생각하지 마세요. 주목님이 너무 아름다우셔서, 그게, 그러니까……."

설명하다 보니 오히려 더 이상했다. 늘 차분하고 지적인 채염이 허둥대는 모습이 못 견디게 귀여웠다. 순간 용운은 충동을 이기지 못하고 그녀를 당겨 안으며 뺨에 입을 맞추었다. 채염의 눈이 동그래지더니 얼굴이 순식간에 빨갛게 달아올랐다.

"주목님……."

헛기침을 하며 그녀를 놓아준 용운이 물었다.

"이 그림, 제가 가져도 되겠습니까?"

멍해 있던 채염이 퍼뜩 정신을 차리고 말했다.

"아, 완성되면 드릴게요. 사실 원소와의 전쟁을 앞두고 있다는 얘길 듣고 무사히 돌아오시길 바라는 마음에……. 그래서 부적처럼 드리려고 했어요."

"그랬군요. 고마워요."

방 안에 잠시 어색한 침묵이 감돌았다. 둘 다 이런 경험이 처음이라 어쩔 줄을 몰랐다. 결국, 용운이 먼저 자리에서 일어섰다.

"그럼, 이만 가보겠습니다. 일지는 나중에 사람을 보내서 가져가도록 하지요."

"예, 다음에 뵈어요."

채염은 아쉬움을 누르고 인사했다. 그녀의 열기 어린 시선이 방을 나가는 용운의 등에 마지막까지 닿아 있었다.

용운은 서둘러 걸으면서 제 머리를 쥐어뜯었다.

'으아, 내가 미쳤나봐. 왜 그런 짓을! 허락도 없이 멋대로 뽀뽀하다니, 치한 같잖아. 이제 문희가 날 안 보겠다고 하면 어쩌지?'

빠르게 걷던 용운은 하마터면 맞은편에서 오던 누군가와 부딪칠 뻔했다. 그는 바로 양수였다.

양수가 이상하다는 듯한 표정으로 말했다.

"주목님? 예까지 어쩐 일이십니까?"

"아, 문희 님에게 일을 맡긴 게 있어서······. 조례 때 봅시다, 덕조."

"예. 살펴 가십시오."

양수는 고개를 갸웃거리며 채염의 집을 찾았다.

"문희, 있니?"

방문을 연 그의 표정이 굳었다. 오도카니 앉아 뭔가를 들여다보던 채염이 화들짝 놀라 손에 든 것을 뒤로 치웠다.

"오라버니! 오셨어요?"

그러나 그것은 이미 양수의 눈에 띈 후였다.

'주공의 초상화……?'

양수는 설마 하는 마음에 채염을 봤다가 가슴이 덜컥 내려앉았다. 그녀는 얼굴이 온통 홍조를 띠고 있었다. 다급히 나가던 용운의 모습이 거기에 겹쳐졌다.

"문희야, 혹시 주공이 여기에 왔다 가셨니?"

"네……."

"무슨, 무슨 일이라도 있었던 게냐?"

"아뇨, 아무 일도……. 제게 일지 정리를 맡기셨는데 그걸 확인하러 오셨던 거예요."

무슨 일이 있었구나. 양수는 이제 채염의 얼굴만 봐도 그걸 알 정도는 되었다. 그는 애써 담담한 투로 말했다.

"그랬구나. 알겠다. 오늘은 이만 가보마. 잠깐 얼굴 보러 온 거였다."

당황한 채염이 뒤에서 뭐라 불렀으나, 양수의 귀에는 들어오지 않았다. 그는 채염의 집이 있는 골목을 나와 정신없이 대로를 걸었다. 그러다 도중에 사마의와 정면으로 마주쳤다. 둘

다 뛰어난 머리에 비슷한 또래였다. 또 용운의 진영에 비교적 늦게 합류했다는 공통점이 있어 가깝게 지내는 사이였다.

"어? 덕조 형님?"

양수는 그의 부름을 듣지 못하고 지나쳤다. 양수의 뒷모습을 잠시 바라보던 사마의가 중얼거렸다.

"재미있는 얼굴을 하고 있네, 덕조 형. 무슨 일이 있었기에……."

193년, 새해가 밝았다.

음력 1월 1일이 되기 며칠 전, 손책과 주유는 춘절 행사를 위해 단양으로 돌아갔다.

"누나, 꼭 돌아오셔야 해요?"

손책은 이랑에게 몇 번이나 다짐을 받았다.

"아, 몰라! 되면 간다니까."

주유는 배웅 나온 진한성에게 정중히 포권했다.

"폐를 끼쳤습니다. 이제까지 돌봐주셔서 고맙습니다."

진한성은 어쩐지 그 인사가 마지막처럼 들렸다. 이제 앞으로 더는 당신에게 신세지지 않겠다, 이런 말로 느껴진 것이다.

"저 녀석을 제어하려면 네가 고달프겠구나. 힘내라. 그리고 가급적 내 아들과는 마지막에 부딪쳤으면 좋겠다."

속을 꿰뚫어본 듯한 진한성의 말에, 주유는 잠깐 움찔했다가 말없이 고개를 끄덕였다.

곧 두 사람은 용운이 내준 말을 타고 멀어져갔다.

용운은 그들의 뒷모습을 보며 생각했다.

'방금 확인했을 때, 나에 대한 손책의 호감도는 88, 주유는 67이었다. 주유의 입김이 세다 해도, 결국 주군은 손책이니 당분간 나와 적대시할 일은 없을 거야. 아직 저들의 세력도 약하고 거리도 있으니…….'

원술에게 당한 뒤, 절대 적을 얕보지 않으리라 다짐했다. 하물며 이번 상대는 원소였다. 그와의 전쟁이 끝나기 전까지는, 최대한 적을 만들고 싶지 않았다.

음력 1월 2일 늦은 오후, 용운은 여포와 유비를 업성에 초대했다. 춘절 행사 겸 삼자회담을 갖기 위해서였다. 초청하는 서신은 이미 작년 말에 보내두었다. 동맹으로서 함께 싸울 상대이니 한 번쯤 이런 자리가 필요했다. 또 앞으로 서로 조율할 부분도 많았다.

그사이 용운의 진영에는 몇 가지 변화가 있었다. 우선, 결국 유우에 대한 지원군이 편성되었다. 여기에는 용운과 유우의 친분 및 유우가 백성들에게 갖는 상징적 의미가 작용했다.

"백안 공을 지원한다는 사실만으로도 천하의 민심이 주공에게 더욱 우호적으로 바뀔 겁니다. 이는 결국 원소와의 차이를 더욱 벌리는 요소가 됩니다."

파병을 지지한 쪽인 진궁의 말이었다. 여포와 유비가 가세함으로써 병력 부담이 줄어든 것도 한몫했다. 덕분에 반대하는 이들을 설득할 수 있었다.

'유주 쪽을 그냥 두자니, 역시 마음이 놓이질 않아. 지난 한 달간 유당을 감시한 결과, 충분히 믿을 만하다는 판단이 섰다. 유라도 자신이 죽였던 흑영대원에게 사죄하는 의미로, 스스로 7호가 되어 활동하는 중이고. 아직 전예가 두 사람에게 감시병을 붙이긴 했지만, 확실히 전향했다고 봐도 좋을 거야.'

용운과 전예는 두 사람이 알려준 정보 덕에 위원회의 움직임을 상당 부분 포착했다. 그 정보들은 모두 사실이었다. 업성에 숨어든 성혼단 첩자를 잡아낸 적도 있었다. 결정적으로 이제 용운을 향한 유당의 호감도는 75가 되어 있었다.

'따라서 그가 내게 경고해준 것도 진심. 노준의가 할아버지를 공격할 가능성은 충분하다.'

지원군은 지난번과 마찬가지로 지휘관에 여건, 참모에는 양수를 임명했다. 둘은 처음보다 늘어난 일만의 군세를 거느리고 탁성으로 떠났다. 탁성에서 원소를 견제하는 것과 동시에 북해 쪽에서 있을지 모를 도발을 감시하는 게 목표였다. 양수의 기색이 이상하게 어두웠으나 용운은 미처 거기까지는 신경을 쓰지 못했다. 무심코 지나친 그 사소한 일이, 나중에 어떻게 돌아올 것인지도. 그건 기억력과는 별개의 문제였다.

"또한 명대로 요동과 북해에도 첩자를 늘려 적의 동태를 감시하고 있습니다. 말씀하셨던 위원회의 간부는 현재 요동에서 움직이지 않고 있으나 수상한 징후들이 보이긴 합니다."

전예의 보고에 용운은 고개를 끄덕였다.

"잘했어요. 계속 감시를 늦추지 말아요."

"옛. 그리고 조금 전 여봉선과 유현덕이 도착했다고 합니다. 둘 다 본대는 업성 바깥에 주둔시켰고 각자 둘씩의 호위병만 데려왔습니다."

"……나가봐야겠군요. 큰 손님이 왔으니."

이게 얼마 만이던가. 인연이 깊은 두 사람과 다시 대면하는 순간이 왔다. 여포는 전장에서 적으로, 유비는 탁군에서 어색하게 결별한 뒤 한 번도 만나지 못했었다. 가슴속에서 긴장과 설렘이 묘하게 교차했다.

용운은 대전에 마련된 연회장에 들어섰다. 주요 가신들이 모두 참여한 자리라 북적거렸다. 그중에는 만에 하나 불상사를 대비해 품에 무기를 감춘 마초와 방덕, 서황 등의 무관도 있었다. 유비와 여포는 많은 사람들 가운데서도 금세 눈에 띄었다. 유비는 화려하게 수놓은 녹색 장포 차림이었다. 여포는 검은 갑옷을 입고 있었지만 빈손이었다.

"여어."

용운을 본 유비가 아무 일도 없었다는 듯 손을 흔들어 보였다. 용운은 두 사람에게 다가가 정중히 포권했다.

"현덕 님, 봉선 님, 오랜만입니다. 그간 안녕하셨습니까?"

유비의 호위병 둘은 예상대로 관우와 장비였다. 두 사람 또한 용운에게 묵례했다.

"진 군사는 여전히 아름답군그래. 아니, 이제 기주목님이라 해야 하나?"

유비의 말에 용운의 뒤에 서 있던 전예의 눈빛이 싸늘해졌다. 천장 쪽에서도 청몽의 서늘한 살기가 느껴졌다. 이제 용운은 기주목이라는 관직도 관직이지만, 세인들 사이에서는 천하를 넘볼 만한 인물로 평가받고 있었다. 한데 군이 예전 자신의 밑에서 군사로 있을 때의 얘기를 꺼내자 화가 난 것이었다.

'상대를 일부러 낮추는 건 본인이 자격지심을 느낀다는 뜻. 유비는 초조해하고 있다.'

용운은 씩 웃으며 대꾸했다.

"우리 사이에 무슨 님입니까? 그냥 용운이라고 하세요. 관직을 따지면 서로 어색해지니까."

용운은 주목인 데 반해, 유비는 실질적으로 여전히 현령을 벗어나지 못하고 있었다. 얼마 전 원소에 의해 평원태수로 임명되긴 했으나, 텅 비어 못 쓸 성만 받았으니 무의미했다. 아예 평원성에서 공무를 처리한 적도 없었다. 용운의 말은 그런 상황을 빗댄 것이었다.

유비와 여포가 궁금하여 멀찍이 떨어져서 지켜보던 진한성이 작게 탄성을 내뱉었다.

"호오, 용운이 녀석. 한 방 먹였군."

그러자 이번에는 관우와 장비의 표정이 굳었다.

"진 공, 그새 좀 변하셨구려."

관우의 나직한 말에, 용운이 답했다.

"전 예전과 똑같습니다. 여러분과 힘을 합쳐 동탁과 싸우던 그때 말입니다. 변했다면 세 분이 변하신 거겠지요. 절 먼저 떠나신 것도 세 분이시니."

"으음……."

분위기가 무겁게 가라앉으려 할 때였다. 마침 사린과 성월이 연회장으로 들어왔다. 두 여인은 관우와 장비를 보고 반색했다.

"앗, 수염 아찌다!"

"어라, 진짜 왔네요오."

두 의형제의 얼굴에 반가움과 더불어 약간의 당혹감이 떠올랐다.

"사린……."

"서, 성월!"

유비를 따라 갑자기 떠난 후, 몇 년 만이었다. 달려온 여인들이 각각 관우와 장비를 붙잡았다.

"아찌! 잘 있었어요? 수염이 더 길었네? 설마 그동안 한 번도 안 잘랐어요?"

"으음…… 사린. 이것 좀 놓고 얘기하거라. 넌 한창 자랄 때인데 왜 똑같으냐?"

"아닌데! 키도 가슴도 조금 컸는데! 그리고 나, 전보다 훨씬 더 세요!"

성월은 성월대로 장비에게 대뜸 술잔을 내밀었다.

"자, 마셔."

"……여전하네요. 당신은."

"술꾼이 어디 가? 넌 좀 더 남자다워졌네?"

"그사이에 좀 험하게 살아서요."

"그래, 마시면서 얼마나 험하게 살았는지 들어보자."

사린은 관우를, 성월은 장비를 근처의 술상으로 끌고 갔다. 당황하는 둘에게 유비가 고개를 끄덕여 보였다. 용운은 그들을 보며 생각했다.

'예전에 친숙했던 걸 알아서 긴급 투입한 건데, 예상외로 효과가 좋군. 성월과 사린이도 어쩐지 즐기는 듯하고.'

그때 묵묵히 있던 여포가 입을 열었다. 살은 조금 빠졌지만 위압감은 여전했다.

"이제 인사시켜주겠소, 나도. 내 수하들을."

"아, 봉선 님. 실례했습니다."

여포는 일남일녀를 좌우에 거느리고 있었다. 용운은 재빨리 대인통찰을 사용하여 둘의 정체를 확인했다.

'역시, 지살위로군. 주무에게 들은 대로다.'

여포가 용운에게 두 사람을 소개했다.

"내 부하요. 여긴 팽기, 이쪽은 초선이오."

"응? 초선?"

"아시오, 초선을?"

"아니, 아닙니다."

용운이 본 '초선'의 정보에는, 그녀의 이름이 호삼랑으로 표시되었다. 애초에 초선은 《삼국지연의》에서 만든 가공의 인물이었다. 처음 지살위가 여포에게 접근했을 때, 59위의 호삼랑이 초선을 자처했던 것이다.

'초선으로 살고자 한다면 그렇게 둬야겠지. 적어도 지금은 적이 아니니.'

현대에서 온 지살위라면 초선에 대해 알 터. 용운은 일이 어찌 된 건지 대략 눈치채고 굳이 그 얘기를 꺼내지 않았다.

"인사가 늦었습니다. 천하의 호걸인 봉선 장군을 가까이에서 뵙게 되어 영광입니다."

포권을 취하는 유비에게 여포도 답례했다.

"많이 들었소, 나 또한. 그대의 명성을."

두 사람 다 초면은 아니었다. 굳이 따지자면 전장에서 적으로 마주친 적은 있었다. 특히, 여포를 가까이에서 마주한 관우와 장비는 자기도 모르게 손에 힘이 들어갔었다. 하지만 정작 여포는 태연했다. 용운은 그런 여포를 새삼스러운 시선으로 보았다.

'뭔가 변했다. 많이 진중해지고 부드러워졌어.'

인사를 마친 여포가 주위를 두리번거렸다.

"왜 그러십니까?"

용운의 물음에 잠시 주저하던 여포가 답했다.

"아니, 어디에 있소? 그대의 호위는."

"제 호위요? 아……."

용운은 여포가 누굴 찾는지 깨달았다. 청몽. 그녀를 찾고 있었다. 순간, 호삼랑, 아니 초선과 용운의 얼굴에 동시에 그늘이 졌다. 용운은 청몽의 기운이 급격히 흔들림을 느꼈다. 그는 저도 모르게 여포에게 거짓말을 했다.

"잠깐 일이 있어 자리를 비웠습니다. 제 호위는 지금 이 친구가 맡고 있지요."

용운이 전예를 가리켰다.

"그렇군."

여포의 얼굴에 아쉬움이 스쳤다. 일전, 여포와 맞서 싸우던 청몽이 그에게 붙잡혀간 적이 있었다. 여포는 그때 청몽에게 마음을 빼앗겼고 여전히 그녀를 가슴 한편에 품고 있었다. 이번 동맹 또한 그녀가 큰 역할을 했다고 해도 과언이 아니었다.

용운은 용운대로, 그때 일을 떠올리면 시커먼 뭔가가 스멀거리며 피어올랐다. 그러나 이 자리에서 따져 물을 수도 없었다. 전예는 청몽이 주위에 은신해 있었음을 알았지만, 전혀 당황하지 않고 인사했다.

"전예 국양이라고 합니다."

"음."

여포는 건성으로 인사를 받았다. 짧은 순간, 용운은 스스로를 다독였다.

'난 이제 한 세력의 수장이다. 더구나 여긴 동맹으로서 결속을 굳히는 자리. 사적인 감정으로 분위기를 망칠 순 없지.'

유비와 여포가 함께 자리하자, 용운은 박수를 쳐 장내의 이목을 집중시켰다.

"자, 오늘 이 자리는 백성들을 도탄에 빠뜨리는 역적 원소를 칠 일을 논의하기 위해 마련되었습니다. 허나 걸출한 두 분 영웅을 모시게 되었으니 어찌 기쁘지 않겠습니까. 복잡한 일은 이따 얘기하고 우선 먹고 마십시다!"

"와아아아!"

연회장의 사람들이 일제히 함성을 질렀다. 유비와 여포도 웃으며 술잔을 나눴다.

"세상사 참 모를 일입니다. 반동탁연합군의 일원이던 저와, 어쩔 수 없이 동탁을 섬기던 봉선 장군이 이제 한배를 타게 됐으니."

유비는 일부러 '어쩔 수 없이'란 말을 덧붙였다.

"그러게 말이오."

여포는 고개를 끄덕이며 내심 유비를 평가했다.

'요령이 좋은 남자다.'

둘은 단숨에 술을 들이켜고 빈 잔에 서로 술을 채워주었다.

"저도 한 잔 주셔야죠."

용운이 잔을 들고 끼어들었다. 밤새 이어질 연회의 시작이었다.

검후는 연회장을 나와, 내성 구석의 망루에 올라가 있었다. 보초가 있었으나 검후를 알아보고 순순히 올라가도록 해주었다. 망루는 업성이 한눈에 내려다보이는 자리였다. 그녀가 특별히 좋아하는 장소이기도 했다. 검후는 요즘 들어 뿌듯함과 서글픔을 동시에 맛보고 있었다. 용운이 점점 먼 존재가 되어가는 듯해서였다.

'장성한 자식을 떠나보내는 부모의 마음이 이런 것일까?

주군은 이제 이 세계에 완벽히 적응했다. 거기서 그치지 않고 점점 큰 그림을 그리려 한다.'

용운이 성장하는 건 좋지만, 그만큼 함께할 시간이 줄었다. 더구나 처음에는 조운으로부터, 그가 관도성으로 간 사이에는 마초와 서황 등에게서 무공을 배운 용운은 부쩍 강해졌다. 강해진 만큼 호위의 필요성도 줄었다. 물론 여전히 호위병은 있어야 했지만 청몽 하나로도 충분한 정도였다. 최근에는 진한성과도 자주 만나니, 검후가 가까이 있기 더욱 어려워졌다.

'마냥 기뻐할 수만은 없구나. 이런 내가 이기적인 걸까?'

그녀가 상념에 빠져 있을 때, 누군가 망루로 올라왔다. 기척에 고개를 돌린 검후는 깜짝 놀랐다. 올라온 사람은 다름 아닌 진한성이었다. 그도 검후를 보고 살짝 당황한 듯했다. 진한성은 검후가 용운의 병마용군이라는 사실을 청몽에게 들어서 이미 알고 있었다. 하지만 어쩐지 함부로 대할 수가 없었다.

'이상하다. 한 사람이 네 개의 병마용군을 제어하는 것도 이상하지만, 이랑이도 그런데 용운이의 병마용군들은 뭐랄까…… 더욱 사람에 가깝게, 아니 인간이나 다름없게 느껴진다. 천강위들의 병마용군은 사람 꼴을 하고 있어도 사람이 아닌 걸 알 수 있는데 말이야.'

검후가 그를 의도적으로 피했기에 접할 일이 많지 않기도 했다. 최근 들어서는 진한성도 어렴풋이 그걸 느끼고 있었다.

"연회가 한창이던데 어째서 여기에 있소?"

지금 검후의 외모는 살아 있을 때 원래의 그녀와 완전히 달랐다. 굳이 따지자면 더 아름답고 키도 조금 더 컸다. 그러나 그녀는 어쩐지 진한성이 자신을 알아볼 것만 같았다. 그때는 어떻게 해야 할지 짐작도 가지 않았다. 이에 저도 모르게 고개를 숙이고 대꾸했다.

"북적이는 걸 별로 좋아하지 않습니다."

"으음, 사실 나도 그래서 나왔소. 유비와 여포도 구경했겠다."

진한성은 아무렇지 않게 검후의 옆에 와서 섰다. 그는 돌난간에 팔꿈치를 대고 전경을 둘러보았다.

"야경이 볼만하군."

해가 져서 불빛이 예쁘게 반짝이고 있었다. 딱히 야경이랄 것이 없을 세계지만, 업성은 다른 곳과 좀 달랐다. 첩자나 적의 침입을 경계하여, 어두워지면 성문 출입을 통제하긴 했다. 그러나 성내에서는 딱히 통금 시간을 두지 않았다. 그래도 치안대가 활동한 지 오래인 업성에서는 범죄가 극히 드물었다. 삶이 풍족해서이기도 했고 그만큼 처벌이 엄해서이기도 했다. 주민들은 밤이 오면 촛불이나 등잔불을 밝혔다. 그리고 길어진 시간만큼 더 장사를 하거나 공부를 했다. 때로는 여흥을 즐기기도 했다. 그래서 업성의 밤은 다른 성들보다 활기차고 아름다웠다.

진한성의 말에 검후도 무심코 야경을 보았다. 그러다 그가 자신을 빤히 바라보는 걸 알고 흠칫 놀랐다. 진한성은 낮은 목소리로 말했다.

"전부터 묻고 싶었는데…….."

"전 이만 가봐야겠습니다."

파리해져서 돌아서는 검후의 팔목을 진한성이 붙잡았다.

"내 얘기가 끝나지 않았소."

"저는 할 얘기가 없습니다."

"왜 날 싫어하는 거요?"

"싫어하는 게 아니라, 주군의 아버지이니 어려워서 그렇습니다."

"어려워할 필요 없소. 청몽이라는 병마용군에게서 들었소. 용운이 녀석은 아직 병마용군의 원리와 존재에 대해 잘 모른다고. 그래서 자신들의 정체를 알면 지금 같은 친숙함이 깨질까봐 무서우니 말하지 말아달라고. 용운이에게도 충격이 갈 수 있다고 하니 그 약속은 지켜줄 생각이오."

"그건 고맙게 생각하고 있습니다."

"하지만 나는 병마용군에 대해 잘 알고 있소. 나 또한 병마

용군을 거느리고 있고. 병마용군은 그릇이 되는 인형을 손에 넣은 자가, 자신의 부름에 응할 만한 혼을 불러와야 하지. 즉 대개 친숙한 사이여야 한다는 거요. 그래서 말인데……."

"……."

검후는 이 자리를 떠나야 한다고 생각했다. 심장이 터질 듯이 뛰었다. 그러나 진한성의 손이 그녀를 놔주질 않았다. 결국, 그녀가 제일 두려워하던 질문이 그의 입에서 나오고 말았다.

"당신은 대체 누구의 혼이오?"

7.
조조의 역습

"당신은 대체 누구의 혼이오?"

검후는 진한성의 추궁에 자리를 피하려다 손목을 잡히고 말았다. 그러자 갑자기 눈물이 나려 했다. 그녀가 전장에서 아무리 강인해도 엄연한 여인이었다. 그가 자신을 알아보지 못하는 게 다행스러우면서도 한편으로는 원망스러웠다.

'이런 감정을 갖는 것조차 내겐 사치임을 알면서.'

검후는 진한성의 곁에 다른 여인이 있음을 봤다. 자신이 어떻게 이 몸을 갖게 됐는지 아직 정확한 원리는 모르지만, 과정은 대충 알고 있었다. 거기에 따르면, 진한성이 그 여인의 혼을 부른 것이다. 용운이 유계에 머물던 검후 자신을 불렀듯이. 그때 검후는 당연히 그 부름에 응해야 했다. 그녀가 아니면 누가 응할 것인가.

그러나 진한성은 검후를 원하지 않았다. 그 사실이 그녀를 서운하고 슬프게 했다. 처음에는 용운이 자신을 먼저 불렀기 때문에, 진한성의 부름이 와닿지 않은 거라고 여겼다. 그런데 알고 보니 그는 용운보다 훨씬 먼저 이 세계에 와 있었다. 다시 말해 애당초 검후의 혼을 소환하지 않은 것이다. 그녀의 마음이 조운에게 급격히 흔들리기 시작한 것도 그때부터였다. 진한성이 이미 이 세계에 와 있었으며, 심지어 용운보다 앞서 왔다는 걸 알았을 무렵. 그에게 자신은 이미 오래전에 죽은 사람일 뿐일지도 모른다는 생각이 든 무렵부터. 그를 가까이에서 실제로 보자 원망이 더 커졌다.

'당신은 벌써 나를 잊었나요?'

내가 누구든 무슨 상관이냐고 말하고 싶었다. 용운에 대한 걱정이 아니었다면, 그리고 검후 자신 또한 조운에게 마음을 준 상황이 아니었다면 그렇게 따지고 들었을지도 몰랐다. 검후는 행여 진한성이 눈물을 볼까 두려워 얼른 고개를 돌리고 말했다.

"제가 그걸 왜 말해야 합니까?"

"음? 어, 그건……."

진한성은 예상치 못한 반격에 당황했다. 그러고 보니 딱히 말해줘야 할 이유는 없었다. 그렇다고 힘을 써서 강제로 말하게 할 수도 없다. 그럴 생각도 없었지만.

'아니겠지.'

검후의 지금 모습은 생전과 전혀 달랐다. 닮은 점이라면 키가 큰 편이라는 것과 눈을 가늘게 뜨는 버릇. 평소에는 온화하나 화가 나면 무서워진다는 성격 같은 것들이었다. 가뜩이나 검후는 진한성을 피해왔으니, 그녀의 정체에 대해 확신하긴 어려웠다. 다만 불안한 예감과 심증이 있을 뿐이었다. 혹시나 내가 생각하는 '그녀'가 아닐까 하는. 진한성 자신만 해도 '그녀'를 불러내고픈 욕망을 간신히 눌렀었기 때문이다. 용운이라면 당연히…….

'제 엄마를 다시 보고 싶었을 거다.'

마음 같아서는 용운에게 대놓고 묻고 싶었다. 그러나 용운이 병마용군에 대해 알지 못하며—이는 진한성도 확인했다—막대한 힘으로 인해 그의 정신상태가 불안정하다는 것. 또 소환의 과정에 대해 알게 될 경우, 큰 충격을 받을 수도 있다는 청몽의 말에 확인을 자제해왔다. 진한성이 생각하기에도 충분히 타당성이 있는 우려였다.

'시공역천을 썼던 초반에는 나 또한 정신이 나갈 뻔했다. 내가 기억하는 현재와, 과거로 갔다가 다시 해당 시점이 된 현재의 미묘한 차이 때문에. 하물며 세계를 재구성해버린 용

운이 녀석의 머릿속은 어떻겠어. 지금 저렇게 정상적으로 일을 처리하는 것 자체가 엄청난 거다.'

또 한 가지, 언젠가 진한성과 용운은 그들이 있던 현대로, 이 세계의 시점으로는 까마득한 미래로 되돌아가게 될 것이다. 그때 병마용군들은 어찌할 것인가? 입구가 있으면 출구가 있듯이, 만약 돌아가게 된다면 이쪽 세계의 시공회랑을 찾아야 할 터. 시공회랑을 통과할 수 있는 것은 사용자 본인과 그가 입은 의복, 특수한 유물 정도였다. 즉 병마용군은 두고 가야 한다는 의미였다. 검후가 정말 죽은 용운의 엄마라고 할 때, 용운은 사별에 이은 두 번째의 생이별을 감당할 수 있을까?

'난 도저히 그럴 용기가 나지 않았다. 그래서 그녀를 쉬도록 놔두는 게 낫겠다고 생각했다. 그녀와 나, 모두를 위해서……'

그래서 차라리 이대로 모르는 척, 용운이는 정말 모르는 상태 그대로 끝났으면 하는 마음도 있었다. 그런데 자꾸 검후에게로 쏠리는 시선을, 그녀에게로 향하는 마음과 걱정, 불안, 기대를 외면하기 어려웠다. 그게 당연했다. 진심으로 사랑한 사람이니까. 그래도 어떻게든 끝까지 참았을 것이다. 이렇게 둘만 있는 상황이 벌어지지 않았다면.

"혹시 내 아들이 부른 사람이니, 내가 아는 사람인가 해서……."

그가 제대로 대답을 못하고 버벅거릴 때였다.

"응?"

검후가 내성 대전의 연회장 쪽으로 고개를 돌렸다. 그녀의 눈이 예리하게 빛났다.

"뭔가 소란이 벌어진 것 같습니다."

거기에는 용운이 있었다. 그녀에게 세상 누구보다, 어떤 존재보다도 소중한 이였다. 검후는 주저 않고 망루 아래로 몸을 날렸다. 턱을 긁적인 진한성도 그녀의 뒤를 따랐다.

'당신의 주인이자 내 아들은 현실을 재구성해버리는 녀석이오. 뭐, 아무 때나 쓸 수 있는 힘은 아닌 것 같긴 한데, 적어도 이제 이 세계에서는 그 녀석을 위협할 존재가 드물 거요.'

진한성은 그렇게 생각하면서도 검후를 따라붙었다. 그녀의 태도에서 최소한 하나는 알 수 있었다. 바로 용운을 진심으로 소중히 여긴다는 거였다.

'비겁하다 해도 어쩔 수 없소. 당분간 당신의 정체를 굳이 알려고 하지 않겠소. 그러니 나와 함께 녀석의 곁에 있어 주시오.'

연회장에서는 일촉즉발의 상황이 벌어지고 있었다. 발단은 바로 유비였다. 그는 업성에 들어온 직후부터 내심 놀라고 있었다. 업은 그가 가본 어떤 성보다 융성했다. 심지어 황도 낙양하고도 차원이 달랐다.

'기주가 풍요롭다는 얘긴 들었으나 이 정도인 줄은 몰랐구나.'

성문을 지키는 병사의 군기가 매우 엄정했다. 거리는 깨끗했고 백성들은 모두 웃고 있었다. 유비는 가슴 한편이 점점 아려왔다. 이거야말로 그가 꿈꾸던 이상적인 영지의 모습이었다. 그것을 다른 사람도 아닌 진용운이 해냈다. 그 누구보다도 지기 싫었던 인물이 말이다.

'내가 떠난 후, 한복과 싸워 이겨서 업성을 빼앗았다는 소문을 들었을 때만 해도 요행이라 여겼는데…….'

더불어 초라한 자신의 모습이 비교되었다. 목숨 걸고 황건적 잔당과 싸워 겨우 현령 자리를 얻었다. 평원성과 태수 관직이라는 달콤한 미끼에 그 자리마저 박차고 나왔다. 그 대가로 돌아온 건, 백성은커녕 살아 있는 개 한 마리 없는 텅 빈 성이었다. 유비는 자괴감을 꾹 눌러두었다. 그런 감정을 겉으로 드러낼 정도로 미숙하진 않았다. 문제는 술이었다. 보통 술이 아닌 명주였다. 용운은 이날을 위해 장세평에게 일러 특상품의 술을 구해놓았던 것이다. 장비만큼 술을 즐기지 않는 유비조차 눈이 번쩍 뜨일 정도의 물건이었다.

"호오, 이건……."

객장 신세에, 따르는 병사들의 끼니를 챙기기만도 버거웠던 유비는 이런 술을 마셔본 게 언제인지 기억도 나지 않았다. 용운과의 대화도 생각보다 즐거웠다. 오랜만에 좋은 술이 들어가자 한 잔 두 잔 거듭 마셔댔고 어느 순간 자제력이 약해졌다. 그러다 결국 눌러놨던 열등감과 분노가 튀어나오고 말았다.

"그나저나 진 군사, 정말 출세했어? 한때는 나와 같이 백규(공손찬) 형 밑에서 군사로 있었는데 말이야."

"하하, 그러게 말입니다."

"그러고 보니……."

그리고 그 분노의 끝은 여포를 향해 있었다.

"여기, 백규 형의 원수가 있었잖아?"

유비는 여포를 향해 손가락질을 했다. 술잔을 내려놓은 여포가 혀를 찼다.

"한심하군. 그렇게 치면 내 수하들의 원수다. 그대와 기주목 역시."

"그래? 그거 잘됐구나. 어이, 진 군사. 오늘 이 자리에서 나와 같이 해묵은 원한을 갚자고."

"저, 현덕 님……."

여포는 진노한 기색으로 자리에서 일어섰다.

"해볼 텐가?"

그의 호위인 팽기와 초선이 조용히 시립했다. 어느 틈에 유비의 곁에 돌아온 관우와 장비도 박투술(맨손 격투술) 자세를 취했다. 용운은 골치가 아파져 고개를 저었다.

'입구에서 미리 무기를 받아뒀기에 망정이지. 지금 이 자리에서 여포가 방천극을 휘두르고 관우는 청룡언월도를 내리치기라도 했으면 대형 참사가 벌어질 뻔했다.'

그러나 맨손이라 해도 여포, 관우, 장비였다. 각자 천하에서 둘째가라면 서러울 장수들이다. 거기에 미지의 힘을 쓸 팽기와 초선도 있었다. 이들이 날뛰기 시작하면 걷잡을 수 없으리라.

"근본 없는 역적의 앞잡이였던 주제에, 천자를 등에 업으니 보이는 게 없나? 아, 그 천자도 빼앗겼지 참."

유비 특유의 빈정거림에 이어,

"덤벼라. 그때 못다 한 승부를 보자."

"이 오랑캐 같은 놈이 어디서 행패야?"

관우의 호승심과 큰 형님의 일이라면 평소와 달리 눈이 돌아가는 장비까지. 용운은 여포의 분노 게이지가 점점 차오르는 게 눈에 보이는 듯했다.

"주공."

팽기의 낮은 부름에 여포는 고개를 저었다.

"나서지 마라. 상대하겠다. 내가, 직접."

후웅! 여포의 어깨가 움찔하나 했더니 산이라도 깨부술

듯한 주먹이 유비의 안면으로 날아갔다. 공격을 눈치챈 관우가 양손을 휘저으며 여포의 권을 해소하려 했다. 장비는 그의 관자놀이를 향해 반격을 날렸다. 이 세 동작이 한꺼번에 일어났다. 막 연회장에 도착한 검후와 진한성은 물론, 가까이 있던 청몽, 성월, 사린도 막을 틈이 없었다. 그때였다.

"자, 여러분. 좋은 날에 왜들 이러십니까?"

용운이 순식간에 두 패거리 사이에 끼어들었다. 그는 오른손을 휘저어, 여포의 손목 아랫부분을 부드럽게 밀어 올렸다. 동시에 왼손으로는 장비의 손등을 살짝 눌러, 권기가 바닥을 향하게 했다. 위와 아래로 뻗어나간 기운은 둥글게 회전하다 부딪쳐 해소되었다. 유비 삼형제와 여포는 주변에 가볍게 부는 산들바람을 느꼈다.

'이럴……'

'수가!'

두 무리는 크게 놀랐다. 특히, 용운을 가까이에서 한동안 지켜본 유비의 놀람은 컸다. 물론 서로 잔뜩 취한 상태였고 마음속으로는 한 가닥 망설임이 있어, 전력을 다한 공격은 아니었다. 그 증거로 험악한 와중에도 살기는 전혀 없었다. 관우와 장비는 유비를 무시하는 여포의 기를 꺾어놓으려고 별렀을 뿐, 그를 해칠 생각은 아니었다. 앞으로 원소와 함께 싸울 동맹이니까. 굳이 따지자면 좀 과격한 술주정인 셈이었다.

그러나 코끼리의 가벼운 장난에 고목의 허리가 꺾인다. 용운이 한 일은 결코 아무나 할 수 있는 게 아니었다. 머리 쓰길 주로 하는 책사라면 더더욱. 잠깐 굳어 있던 검후는 안도의 한숨을 내쉬었다. 더불어 용운이 자랑스러워 눈을 빛냈다.

얼마 전부터 조운과 마초 등에게서 무예를 배우기 시작한 건 알고 있었다. 그런데 벌써 이 정도로 발전했을 줄은 몰랐다. 그 광경을 본 진한성은 히죽 웃었다.

'이제 슬슬 저 녀석한테도 우리 집안의 피가 나타나기 시작하는 모양이군. 신체 능력은 분명 체육계 중에서도 국가대표급인데, 이상하게 죄다 두뇌 쪽으로 빠진단 말이지. 하지만 제대로 운동하면 보통 사람은 떼로 덤벼들어도 못 이겨. 나만 해도 프로 수준의 복싱에 태권도, 공수도를 익혔으니.'

거기에 더해, 원래 가졌던 순간기억능력과 이쪽 세계로 넘어오면서 갖게 된 것으로 보이는 지각능력, 용운에게서 들은 '게임화'라는 요상한 힘에 적당한 수련까지 더해진다면 충분히 가능한 행위였다. 적어도 진한성이 보기에는 그랬다.

동맹의 주체가 되는 용운이 직접 나서서 말렸다. 더구나 그 타이밍이 어찌나 절묘했는지, 여포와 유비 등은 화가 가라앉고 말았다.

"으음……."

그들이 어색하게 서 있을 때, 용운이 환상적인 미소를 지으며 말했다.

"이러지 말고 앉으세요. 제가 직접 한 잔씩 따라드리겠습니다."

여포조차 가슴이 철렁할 정도였으니, 긴장해서 지켜보던 장연은 거의 졸도할 지경이었다.

'아아, 선녀가 따로 없구나!'

각자 어색하게 자리에 앉은 뒤, 술이 깨버린 유비는 헛기침을 하고 입을 열었다.

"흐, 흐흠. 미안합니다, 여 장군. 제가 과음하여 본의 아니게 실수를 한 듯합니다."

"……미안하오, 나도."

"그러지 말고 우리 이 자리에서 과거의 원한은 다 씻어버리기로 합시다. 앞으로 힘을 합쳐 싸워야 할 사이이니 말입니다."

"좋소."

거기까지 지켜본 사람들은 안심하여 손뼉을 쳤다. 그러나 잔을 나누는 유비와 여포는, 내심 용운에 대해 각자 재평가하고 있었다.

'머리만 좋은 줄 알았더니 이제 문무가 겸비되었단 말인가? 서원직(서서)의 계략을 망설일 때가 아니로구나.'

'아름답군. 내 기억보다 훨씬. 저기에 반한 것인가, 청몽이?'

그때 여포는 가슴이 철렁 내려앉았다. 용운의 어깨 너머로 익숙한 인영을 본 것이다. 걱정되어 은신을 풀고 나타났던 청몽이었다. 그녀는 상황이 진정되자 곧 다시 사라졌다. 하지만 오래 그리워했던 자태는 여포의 눈앞에 계속 어른거렸다.

'잘, 있었구나. 청몽.'

벽 뒤쪽으로 은신한 청몽 또한 이상한 감정에 가슴이 두근거렸다.

'눈이 마주쳐버렸네. 어쩐지 예전보다 좀 얌전해진 것 같기도 하고…….'

몇 년 만의 조우임에도 불구하고 왜 그리 간절하고 뜨거운 눈빛으로 보는 건지 알 수 없었다. 고작 한 번의, 며칠 밤의 인연으로 말이다.

여러 사람에게 많은 상념이 떠오르게 한 연회는 새벽까지 이어졌다.

용운이 유비, 여포와 동맹을 맺고 구체적인 작전을 짤 무렵이었다. 새로운 전란의 불길이 남쪽에서 일어났다. 한동안 잠잠하던 오용이 마침내 움직이기 시작한 것이다.

"여포 놈이 여길 떠난 지 오래라는 사실을 이제야 알아채다니."

오용은 이를 부득 갈았다. 마치 뭐에 홀린 것처럼 망탕산 진채에 여포가 있다고 철석같이 믿었는데, 그 탓에 몇 개월의 시간을 허비해버렸다. 조조는 여포를, 오용은 주무를 지나치게 경계한 탓이었다. 날카로우면서도 청수한 인상의 젊은이가 좋은 말로 그를 위로했다.

"오용 님의 잘못이 아닙니다. 산 위에 진채를 만들어놓고 공격해왔다 물러나기를 적절히 했으니 어찌 알기가 쉬웠겠습니까?"

조조가 젊은이의 말을 거들었다.

"자양의 말이 옳다. 어차피 병사와 군자금이 갖춰진 것 또한 최근이니, 오히려 이제 알게 된 게 다행이라 할 수 있지."

지난달 조조의 아버지 조숭이 가문의 재산을 털어 서주를 떠났다. 아들이 어려움을 겪고 있다는 소식에 움직인 것이다. 조숭은 거부였으므로 그 재산만 받으면 군자금은 해결되고도 남았다. 출발한 지 시일이 꽤 지났는데 소식이 없어 조조는 내심 걱정이 됐다.

'돈을 충분히 써서 호위병을 샀다고 하셨으니 일단 기다려보긴 하는데……. 며칠 더 지난 후에도 행방이 묘연하면 병력을 파견해봐야겠어.'

아무튼 조숭의 재산이 아니더라도 조조 역시 놀기만 한 건 아니었다. 조홍과 조인, 하후돈 등 일족의 장수들을 보내 병사를 모집하고 때로는 도적 무리를 치기도 했다. 그렇게 모은 병력이 어느덧 수만에 달했다.

두 사람의 말에 오용은 마음을 가라앉혔다.

'하긴 이 사내를 얻은 것도 따지고 보면 여기 틀어박혀 있었던 덕이니.'

조조로부터 자양(子揚)이라 불린 사내의 이름은 유엽(劉曄)이었다. 지난 몇 개월간 오용은 조조에게 절대적으로 부족한 문사와 책사를 얻으려고 바삐 움직였다. 비록 제갈근의 영입에는 실패했지만 노숙에게서 긍정적인 답변이 왔다. 그런데 직전에 노숙은 집안 사정으로 마음을 바꿨고, 그 대신 유엽을 추천해준 것이다.

유엽은 원래 양주의 군벌이었던 정보(鄭寶, 손책의 노장 정보하고는 다른 인물)를 섬겼다. 그러나 그의 무리에 법과 제도가 부실하며 함부로 백성을 노략질하는 것을 보고 미래가 없다 여겼다. 마침 오용이 유엽을 찾아간 게 바로 그때였다. 노숙에게서 이미 언질받은 바 있던 유엽은, 조조와 뜻을 함께하기로 마음먹었다. 그는 연회를 열어 방심한 정보의 목을 베어버렸다. 오용은 유엽을 보며 당시 일을 떠올렸다.

'겉보기에는 유약한 문사 같은데, 겁 없고 냉혹한 면이 있단 말이야.'

그 후 유엽은 정보의 남은 무리 수천을 이끌고 조조에게로 왔다. 그는 냉정하고 현명한 데다 광무제의 후손으로서 방계

황족이었다. 재주 있는 황가의 청년이 병사까지 데려왔는데 조조가 마다할 리 없었다. 이렇게 해서 유엽은 오용의 뒤를 이어 조조의 두 번째 책사가 되었다.

《삼국지연의》에서의 유엽은, 곽가의 추천을 받아 조조에게 임관했다. 원소와의 전투 때 발석거를 개발하여 기술자 같은 인상이 있다. 정사에서는 조조에게 유용한 책략을 여럿 올렸다. 특히, 앞일을 예견하는 통찰력이 뛰어났다.

조조가 장로를 토벌했을 때의 일이다. 한중의 길이 험하고 군량이 다하여 일시 철수하면서 유엽에게 후군을 맡겼다. 이때 유엽은 장로를 이길 수 있다고 판단했다. 이에 군량을 아예 끊어 퇴각할 수 없게 하니, 과연 조조는 장로를 격파하고 한중을 차지했다. 유엽은 촉에 자리 잡고 있던 유비를 경계하여 다음과 같이 진언했다.

"제갈량이 재상이 되고 관우와 장비로 하여금 장수로 삼는다면, 그때는 촉이 한중의 큰 근심거리가 될 것입니다."

즉 한중을 점령한 김에 촉을 치도록 권한 것이다. 하지만 조조는 듣지 않고 돌아갔는데, 과연 훗날 촉은 유엽이 말한 대로 되어, 조조는 정벌전에서 하후연까지 잃고 끝내 패배했다. 조조가 죽고 조비가 즉위했을 때, 맹달이 위나라에 항복하여 총애를 받아 신성태수가 되었다.

"맹달은 충성심이 없으므로 신성 같은 요지를 맡겨서는

안 됩니다."

유엽은 이렇게 반대했으나 기각되었다. 하지만 맹달은 훗날 다시 배신하여 촉으로 넘어갔다.

관우가 오나라에게 공격받아 죽고 형주를 빼앗겼을 때였다. 그 후 예상되는 유비의 행동에 대해 조비가 물었다. 다른 신하들은 모두 관우를 잃은 유비가 절치부심하리라 예상했으나, 유엽만은 달랐다.

"유비와 관우의 사이는 군신관계라기보다 부자(父子)관계와도 같습니다. 유비는 반드시 떨쳐 일어나 관우의 복수를 하려들 것입니다."

이와 같은 유엽의 예언은 실제로 딱 들어맞았다. 유엽의 통찰력이 대략 이와 같았던 것이다. 오용은 그런 유엽의 재능을 실감하고 있었다. 생각할 머리 하나가 더 늘었을 뿐인데, 훨씬 다각적이면서도 객관적인 책략을 짤 수 있게 되었다. 즉 이런 거였다.

머리만으로는 오용도 유엽이나 조조에게 결코 뒤처지지 않는다. 하지만 이 세계를 실제로 살아가는 사람과 간접 경험으로만 알았던 사람은, 지식의 활용 및 적용 폭이 달랐다. 아무리 인문계 전교 1등이라 해도, 처음 보는 자동차를 수리하기란 불가능에 가깝다. 더구나 책략이란 시대적 상황, 지리, 심리, 거기에 통계까지 총망라되는 종합적 기술이었다. 미래를 알아도 오용 혼자의 힘으로는 한계가 있었다. 그가 이 시대의 책사를 끌어들일 생각을 한 것도 그런 사실을 자각했기 때문이다.

"이제까지 우리도 망탕산을 도모해보지 않은 것은 아니오. 우리 군이 다른 길로 나아가려 하면 어느새 산에서 내려와 급습하고 진채를 덮치면 올라가 높은 곳에서 아래로 공격하니, 무너뜨리기가 실로 어려웠소. 게다가 며칠 전까지만 해도 분명 여포 놈이 있어서 병사들이 기세에 눌리기도 했소."

오용의 말을 조조가 이었다.

"적은 화공과 수공을 기막히게 쓰네. 산어귀에 진채라도 차릴라치면 귀신처럼 불덩어리가 날아와 아군 병사들과 식량을 태워버렸지. 불에 탈 것이 없는 곳을 골라 버티면 어느 틈에 물길을 만들어 쓸어버리니, 도무지 상대할 수가 없었네. 아무래도 여포의 책사인 가후라는 자의 솜씨가 아닌가 싶은데."

가후도 여포와 함께 여길 떠나 지금은 진류성을 지키고 있었지만, 조조와 오용은 알 길이 없었다. 두 사람의 얘기를 듣던 유엽이 고개를 끄덕였다.

"과연 상대하기 까다로운 적이라는 건 알겠습니다. 그럼 자멸시키는 게 어떨까요?"

오용이 궁금한 듯 반문했다.

"자멸이라?"

"예. 이제까지 망탕산에서 몇 개월을 버틴 걸로 보아, 적에게는 분명 알려지지 않은 보급선이 있습니다. 이 정도는 두 분도 예상하셨겠지요."

조조가 고개를 끄덕여 수긍했다.

"그랬지. 하지만 찾지 못했네. 아마 매번 경로를 바꾸거나 은밀한 샛길을 이용하는 듯해."

"그럼 우선 산 주위를 철통같이 에워싸서 그 보급선을 차단합니다. 어떤 길을 이용하든 어차피 산 아래를 거쳐야 올라갈 수 있을 테니까요."

"그래서는 진형이 싸울 수가 없는 모양이잖은가."

"싸우면 안 됩니다. 화공과 수공의 명수라면서요? 적이 먼저 움직이게 해야 합니다."

"먼저 움직이게 한다……."

"봉우리를 포위한 다음, 대담하고 날랜 자 몇 명을 들여보내 수원지에 독을 풀게 합니다. 그렇게 기다리다 보면 지친 적이 제풀에 내려올 겁니다. 그리되면 복병을 준비하거나 싸울 지형을 미리 선점하는 등, 아군에게 유리한 상황에서 전투를 끌어갈 수 있게 되지요. 산에서 먹을 것이 나지 않는 이때야말로 이 작전을 실행하기에 적기입니다."

유엽은 담담히, 평온한 어조로 그야말로 적을 말려 죽이자는 계책을 말하고 있었다. 표정이 너무도 차분해 더 섬뜩했다.

조조가 무릎을 탁 쳤다.

"옳거니! 과연, 그리하면 놈들이 안 내려오고 못 배기겠군. 배를 곯는 건 둘째 치고 물을 못 마시면 사흘도 버티기 어려우니."

오용은 일말의 망설임도 없이 기뻐하는 조조를 물끄러미 바라보았다. 역사에 드러난 조조의 잔혹함의 일면을 본 듯한 기분이었다.

'하지만 나도 다를 바 없지.'

오용 자신도 유엽의 계책이 적절하다고 느꼈다. 더 나아가 임관을 거부했다는 이유로 제갈 가문 일족을 모두 죽이려 들기까지 했다.

'이제까지 지켜본 바에 의하면, 주요 인물과 사건은 방치했을 경우 대부분 역사대로 흘러간다. 따라서 제갈근은 오의 손책에게 가고 제갈량은 유비에게 가겠지. 둘 다 조조의 잠재적인 적이니 그냥 놔둘 수 없었다. 무엇보다 최악의 사태는, 순욱이나 곽가가 그랬듯이 그 둘이 진용운에게 등용되는 것이다.'

오용은 암살자를 보낸 후 연락을 받지 못했다. 따라서 자신이 우려하던 그 일이 이미 일어났음을 모르고 있었다.

"그럼, 그렇게 슬슬 움직여볼까?"

조조의 말에 망탕산 진영 섬멸전이 시작됐다. 오래 웅크리고 있던 간웅이 일어서는 계기였다.

안개가 자욱한 망탕산의 한 봉우리 정상.

"지루하구나."

아래를 내려다보던 여방은 말 등에 앉아 길게 하품을 했다. 그는 지살 54위로, 원래 가진 무력은 약했다. 대신 매우 특이한 천기를 가졌는데, 바로 지정한 대상과 완벽하게 똑같이 변하여 그 대상이 가진 힘의 7~8할 정도를 쓸 수 있는 것이다. 자유자재로 변신하는 병마용군 유라와는 달리 평생 단한 번 쓸 수 있는 천기였다. 특히, 여방의 천기는 유라처럼 대상을 죽이지 않아도 되었다.

여방은 새로운 삶으로 여포의 그림자가 되어 살길 자원했다. 주무에게 인도되어 지살위들과 만났던 여포는, 그런 여방의 각오를 눈앞에서 목격했다. 제 인생을 버리고 여포 자신과 똑같이 변하는 여방의 모습을 본 것이다. 이에 그들의 진심을 느낀 여포는 주군으로서 지살위 전원을 받아들였다. 그 뒤 패국을 공략하던 여포가 원술에게 낙양을 빼앗기고 진류성마저 넘어갈까 두려워 북상할 때, 그에게 전선을 맡기고 떠났다.

그날 이후로 여방은 몇 개월에 걸쳐 그 임무를 훌륭히 해 냈다. 그는 주무의 조언대로 망탕산에 진을 차렸다. 그리고 조조가 움직이거나 도발해올 낌새를 보이면, 함께 남은 지살 위 동료들과 정예병의 힘을 이용하여 번번이 저지해왔다.

"방심하지 말라고, 여방. 이제 슬슬 놈들이 움직일 때니 까."

그런 동료 중의 하나, 지살 60위인 상문신 포욱이 말했다. 상문신(喪門神)은 저승사자나 사신이란 의미였는데, 별호 그 대로 포욱은 원래 살인청부업자였다. 다만 나름의 원칙이 있 어서 악한 자들만 청부받아 죽였다. 그는 지구력이 약하다는 약점이 있었지만 지살위치고는 무력이 매우 강한 편이었다.

"알아, 포욱. 하지만 이번에는 웅크리고 있는 기간이 좀 길 군."

여방은 또 한 번 하품을 했다. 마음 같아서는 당장 패성을 함락하고 싶었다. 그러나 여포와 자신이 돌아올 때까지 절대 함부로 출진하지 말고 압박하기만 하라는 주무의 당부에 섣 불리 움직이지 못했다.

'알겠습니까? 상대는 정사에서 폐하를 죽음으로 몰아넣 었던 조조입니다. 여방, 그대는 폐하의 분신으로 거듭났으니 그 운명 또한 그분과 비슷한 흐름을 갖게 됩니다. 비슷하면서 그 기세는 더 약하게 말입니다. 따라서 조조는 그대에게 천적이라 할 수 있으니, 절대 얕보지 말고 정면 대결을 피하십시오. 특별히 단정규와 위정국을 두고 갑니다. 그 둘이면 버텨내기 충분할 겁니다.'

주무가 말한 두 사람 중 '성수장군(聖水將軍)'이란 별호를 가진 단정규가 여방에게 다가왔다. 물을 잘 다뤄 얻은 별호였으며, 조조와 오용, 유엽 등이 말한 화공과 수공의 달인 중 하나였다. 단정규는 물빛의 파란 머리카락에, 키가 여방의 허리에도 못 미치는 소녀였다. 그녀는 물과 공명하여 조종하는 천기를 가졌다. 가공할 위력을 가진 대신, 평소에는 잔잔하나 폭주하면 제어가 어려워지는 약점이 있었다. 마치 물처럼.

"단정규, 무슨 일이야?"

그녀를 본 여방의 물음에도 대꾸하지 못하던 단정규는, 부들부들 떨더니 왈칵 물을 토했다. 시커멓고 탁한 물이었다. 여방과 포욱이 깜짝 놀라 그녀에게 달려갔다.

"단정규! 왜 이래?"

"물, 물이……."

"뭐?"

"물이 더럽혀졌어. 병사 아저씨들이 먹으면 안 돼……. 누가 물에 독을 탔어!"

여방과 눈을 마주친 포욱이 황급히 달려갔다. 이미 여기저기서 병사들이 밥 짓는 연기가 오르고 있었다. 취사장에 도착한 포욱은 욕설을 내뱉었다.

"빌어먹을."

무수한 병사가 입에 거품을 물거나 피를 흘리며 쓰러져 있었다. 겨울이라 작은 계곡 물줄기가 다 마르는 바람에, 여방군은 정상 부근의 호수에서 물을 떠왔다. 호수라곤 해도 계곡의 수원지가 되는 곳이라 물이 끊임없이 퐁퐁 솟아났으며 매우 깨끗했다. 거기에 누군가 강력한 독을 탄 것이다. 그런 짓을 한 자가 누군지는 안 봐도 뻔했다.

'조조, 이 악독한 놈이…….'

포욱이 부드득 이를 갈았다.

그때쯤 여방도 이변을 눈치챘다. 정상에서 보기엔 작은 반딧불 같은 무수한 횃불들이 봉우리 주변으로 퍼져나가고 있었다. 단정규의 뒤를 이어, 이번에는 새빨간 단발머리에 피부가 가무잡잡한 소녀가 모습을 드러냈다. 그녀는 화공의 달인이자, 불을 다루는 천기를 지닌 '신화장군(神火將軍)' 위정국이었다.

가만히 횃불을 내려다보던 여방이 말했다.

"정국아, 저 횃불들을 움직여서 놈들을 태워버릴 수 없겠냐?"

"너무 멀어, 멍청아. 그나저나 저 물 바보는 왜 아침부터 토하고 난리야?"

괴로워하던 단정규가 그 말에 발끈했다.

"바보 아니야! 그러는 자기는 불 깡패면서!"

"깡패 아니다!"

둘은 늘 그랬듯 티격태격하기 시작했다. 아직 어린애들이라 사태의 심각성을 모르는 듯했다.

쓴웃음을 지은 여방은 찬바람이 부는 허공을 올려다보았다.

'비라도 와줘야 할 텐데, 무리인가……'

8

사악한 계략

연회가 끝난 다음 날, 작전회의가 열렸다. 용운과 여포 그리고 유비 연합군은 출진일과 전투 장소 등 구체적인 사항을 정했다. 그에 따르면 날짜는 음력 정월 보름. 첫 번째 목표는 청하국이었다. 한때 장연이 점령했던 것을 원소가 탈환한 곳이었다. 평원성은 여전히 불모지였으니, 청하국을 점령한다면 원소의 물자 보급에 큰 타격이 될 터였다.

"청하국을 중심으로, 봉선 님께서는 북쪽의 안평국과 하간국을, 현덕 님은 이미 점거하신 낙릉현에 더해 반현까지 점령합니다."

용운은 탁자에 지도를 놓고 짚어가며 설명했다.

"저는 동광현으로 진출하여 원소의 근거지인 남피를 압박하겠습니다. 그런 뒤에 세 방향에서 일시에 쳐들어간다면, 원소는 발해를 넘기지 않고서는 못 배길 것입니다."

용운이 내놓은 책략은 수적으로 우위일 때만 쓸 수 있는 방법이었다. 압도적인 병력을 이용해 적의 세력을 포위하여 최단시간에 격파하는 전술. 섬멸전이다. 세 세력이 합쳐진 연합군이 행하기에 특히 효과적이었다. 여포와 유비가 별다른 이의 없이 동의하여 그대로 행하기로 결정이 났다. 용운은 발해를 차지하는 대신, 두 장군의 군량 절반을 책임지기로 했다.

"현덕 님께는 평원성을 돌려드리되 저희가 복구를 적극적으로 돕겠습니다. 이거면 되겠습니까?"

"돌아오는 백성들을 위한 식량도 지원해줬으면 해."

"물론, 복구에는 그것도 포함되어 있습니다."

"음, 그리해주면 나야 고맙지."

여포는 힘을 합쳐 원술을 격파, 하내에서 몰아내도록 해주는 게 조건이었다. 유비가 있었으므로 용운은 굳이 그 사실을 입 밖으로 꺼내진 않았다.

"봉선 님과는 처음의 약조대로 행하지요."

"알아서 되찾겠다, 낙양은."

"그렇게 하시죠."

이는 행여 용운이 낙양에 발을 들였다가 황제를 빼돌릴까 걱정한 주무의 제안이었다. 용운은 애초에 황제에게 관심도 없었다. 원소를 무너뜨린 후 너른 하북 땅을 다스리기만도 바빠질 게 뻔했다. 이에 과한 욕심을 부리지 않았다.

작전을 세운 세 세력은 본격적인 출전 준비를 시작했다. 유비는 군을 정비하겠다며 우선 낙릉성으로 돌아갔다. 거기서 날짜에 맞춰 출격할 것이다. 여포는 이미 병력을 이끌고 왔으므로, 업성에서 오 리 정도 떨어진 벌판에 진채를 만들고 훈련에 매진했다.

그렇게 시간은 흘러, 어느덧 출진 전야가 됐다.

여포는 업성 바깥쪽, 용운이 마련해준 진채 막사에서 깊은 잠에 빠져 있었다. 내성의 귀빈 숙소에 머무르라는 걸 거절하고 이곳을 택했다. 병사들과 함께 숙식하기 위해서였다. 부하들과 말은 여포가 제일 아끼는 대상이었다. 지난 몇 주간, 여포는 온 힘을 다해 병사들을 훈련했다. 상대는 명문가의 군웅 원소. 썩어도 준치였다. 절대 만만한 전투가 아닐 터였다. 한 놈이라도 더 살려서 데려오는 게 여포의 목표였다.

"으음."

잘 자던 여포가 눈을 번쩍 뜨고 침상에서 몸을 일으켰다. 그러자 곧바로 막사 바깥쪽에서 팽기의 목소리가 들렸다.

"주공, 어디 불편하십니까?"

여포가 어딜 가든 떨어지지 않는 세 호위병. 바로 팽기, 초정 그리고 초선이었다. 이제 익숙해질 법도 한데 여전히 가끔 놀랐다.

"안 자는가, 그대는?"

여포의 물음에 팽기가 낮게 웃었다.

"초정 녀석과 교대로 자고 있습니다. 염려 마십시오."

"그래……."

"그보다 갑자기 왜 깨셨습니까?"

"이상한…… 꿈을 꾸었다."

"악몽을 꾸신 겁니까?"

"마음에 걸리는군. 어쩐지."

"흠……."

팽기는 조금 의아했다. 여포 정도 되는 사내가 시시한 악몽 따위를 신경 쓸 리 없었다.

'폐하도 사람은 사람이라는 걸까.'

그는 좋은 말로 여포를 위로했다.

"곧 전쟁이 시작되니 심란하시어 그런 모양입니다."

"그런가."

여포는 꿈속에서 자신이 죽는 모습을 봤다. 죽인 사람은 바로 조조였다. 문득 패국과 망탕산 쪽의 일이 걱정되었다. 원소를 공격하기보다 그쪽을 먼저 해결했어야 했나 하는 생각이 설핏 들었다.

'아니, 아니다.'

여포는 고개를 저었다. 그러면 그 틈을 노리고 원술이 또 뒤를 쳐올 것이다. 진류성을 빼앗기면 이제까지 쌓아온 모든 것을 잃을 우려가 있었다.

'차라리 원소를 격파한다. 진용운을 도와, 최대한 빨리. 거기서 잇속을 차리고 더 나아가 원술까지 없애, 지우는 편이 낫다. 화의 근원을.'

천한 원숭이 같던 사내는 못 본 사이 교활하고도 집요한 승부사가 되어 있었다. 놔뒀다가는 큰 봉변을 당하리란 확신이 들었다. 마음 같아서는 당연히 연합군이 원술을 먼저 쳐부숴 줬으면 싶었다. 그러나 여포도 이런 외교 관계에서 모든 일이 제 뜻대로 안 된다는 것을 깨달았다. 진용운은 그렇다 쳐도 유비가 원술과 싸울 이유가 없었다. 반드시 발을 뺄 것이다. 원소 또한 진용운에게는 위험하기 짝이 없는 적이며, 이미 두 번이나 침공해온 전적이 있었다. 원소를 쳐부수는 사이, 수하들이 원술과 조조의 반격을 잘 견뎌내주길 바랄 뿐이었다.

'가후, 여방.'

여포는 각각 진류성과 망탕산에 두고 온 가신들을 떠올렸다. 둘 다 여포가 출전한 사이 지켜내는 임무를 맡은 자들이었다.

'부탁한다. 그리고 도망쳐라, 여의치 않을 때는. 성이야 다시 찾으면 되지만, 하나뿐이지 않은가. 그대들은.'

여방의 부대는 망탕산에 고립된 채 며칠을 버텼다. 아무리 기다려도 보급은 도착하지 않았다. 뭔가 사달이 난 게 분명했다. 몇 번 적을 공격해봤지만, 방어선을 구축하고 화살만 쏴대는 통에 다시 쫓겨 올라왔다. 몇 마리 안 되는 말을 잡아먹고 그 피를 마셨다. 하지만 결국 굶주림과 목마름을 견디지 못했다. 그들을 유리한 고지에서 싸우게 해준 봉우리는 이제 거대한 덫으로 변해버리고 말았다.

"여기 갇혀 말라 죽으나 싸우다 죽으나 매한가지야. 차라리 적을 한 놈이라도 더 죽이고 죽자."

상문신 포욱의 말에, 결국 여방은 동의했다. 병사들과 이십여 명의 지살위들은 의지를 다지고 봉우리를 내려왔다. 예상대로 밑에 내려오자마자 매복해 있던 적이 공격해왔다. 그 시작은 늘 그랬듯 화살이었다. 하지만 여방군의 대응은 달랐다. 그들은 죽기 살기로 화살비를 뚫고 돌진했다. 여방 부대의 저항을 지켜보던 조조는 눈을 가늘게 떴다.

'왜 화공이나 수공을 쓰지 않지? 써도 어차피 큰 효과는 낼 수 없겠지만……'

여방 부대가 봉우리에 갇혀 있는 사이, 조조군은 크고 작은 물길을 막고 마른 나무도 모조리 베어버렸다. 물이 없고 연료도 없으니, 수공과 화공도 제 위력을 발휘할 수 없음은 당연했다. 그러나 여방 부대가 수공과 화공을 쓰지 않은 건 그런 이유가 아니었다. 여방은 봉우리 아래로 마지막 돌격을 하기 전, 물을 조종하는 '성수장군' 단정규와 불을 조종하는 '신화장군' 위정국을 반대편으로 보냈다.

'지금은 봉우리를 완전히 에워싸고 있지만, 우리가 내려 가면 자연히 포위는 풀릴 것이다. 포위망을 유지한 상태로는 제대로 싸울 수 없으니, 아군이 공격해오는 쪽으로 적군도 모여들겠지.'

단정규와 위정국은 의술의 천재인 안도전 등과 마찬가지로, 희귀한 능력의 소유자들이었다. 주무의 말을 빌리자면 '성혼대의 미래'였다. 이들을 이런 싸움에서 희생시킬 순 없었다. 무엇보다 나이도 고작 10여 세에 불과했다.

"시, 싫어. 우리 둘만 도망가지 않을 거야……."

"여방, 이 멍청아! 네가 정말 폐하라도 된 줄 아느냐. 안 갈 테다!"

여방은 울며불며 날뛰는 단정규와 위정국을 무서운 얼굴로 윽박질렀다.

"닥쳐, 너희 꼬맹이 둘!"

"히익."

"히끅."

놀란 소녀들이 입을 다물고 딸꾹질을 했다.

여방은 양손으로 둘의 머리를 쓰다듬으며 말했다.

"우리가 여기서 폐하를 위해 싸우다 죽어갔다는 사실을, 누군가는 알아줘야 할 것 아니냐. 아무도 모르면 너무 슬프잖아."

"흐에엥."

"여방……. 우아앙!"

잠깐 그쳤던 단정규와 위정국이 다시 울음을 터뜨렸다.

여방은 슬픈 얼굴로 부드럽게 말했다.

"너희 둘에게 맡길 임무가 가장 어려운 것이다. 약속해라. 무슨 일이 있어도 살아 돌아가서, 폐하와 주무 님을 찾아뵌 후…… 망탕산의 동료들은 마지막까지 사내답게 싸우다 죽었음을 알리겠다고."

"흐, 으흐흑. 으응. 야, 약속할게."

"훌쩍, 아, 아직 죽는다고 단정 지을 필요는 없지 않느냐. 우린 강하잖아! 그러니 저 조조 놈을 반대로 쓰러뜨릴 수도 있는 거잖느냐!"

"그래, 네 말이 맞다."

여방은 두 소녀가 반대편 산등성이로 내려가는 뒷모습을 바라보다가 등을 돌렸다.

"자, 제군들."

며칠 사이 수척해진 병사들과 지살위들이 그를 바라보았다. 여방은 히죽 웃었다.

'폐하의 얼굴과 몸을 하고 형편없는 싸움을 하거나, 비굴하게 항복할 순 없다.'

그는 기운을 끌어올려 큰 목소리로 외쳤다.

"멋지게 한번 싸워보자!"

"와아아아!"

그러나 호기롭게 돌격해온 여방의 부대는, 배불리 밥을 먹고 충분히 쉬면서 대기하고 있던 조조군의 적수가 되지 못했다. 게다가 온갖 함정과 복병 등으로 철저히 준비까지 해둔 상태였다.

"싸워라! 마지막까지 포기하지 마라!"

여방은 목이 터져라 외쳤다.

그의 모습을 본 조인이 놀라서 말했다.

"아니? 저, 저거 여포잖아?"

"그럴 리가……."

조인의 말에, 그가 가리키는 쪽을 본 조조는 눈을 부릅떴다. 과연 거기에 여포가 있었다. 산속에서 시달린 탓인지, 조조가 기억하는 여포의 모습보다 조금 야위고 왜소해 보이긴 했다.

'아니, 어쩌면 내가 기억 속에서 여포를 더욱 크고 강하게 만든 것일지도.'

어쨌든 분명히 그것은 여포였다. 겉모습은 물론이고 그가 든 무기와 타고 있는 말도 여포의 그것이었다. 순간, 조조는 깨달았다. 그의 일생을 통틀어 유일하게 '공포'라는 감정을 맛보여준 상대를 죽이고 그 공포심을 극복할 기회는 지금뿐이라는 것을. 조조군이 이제까지 패성 밖으로 제대로 진출하지 못한 데는 여포에 대한 조조의 뿌리 깊은 두려움도 한몫했다. 조조는 그게 수치스러워서 견딜 수가 없었다.

'내 여기서 네놈을 쓰러뜨리고 더는 두려워하지 않으리라. 네놈에게 죽는 악몽에 시달리지도 않고 시커먼 흑철기에 휩쓸리는 환상도 더는 보지 않을 것이다.'

마음을 정한 조조는 여포를 향해 달려나갔다.

"이랴!"

기겁한 조인과 전위가 그 뒤를 허겁지겁 따랐다.

"잠깐, 맹덕 형님! 상대는 여포라고!"

"주공, 혼자 가셔선 안 됩니다!"

여방은 방천화극을 휘두르고 찌르고 내리쳤다. 여포에게는 못 미친다 하나, 그의 7할에 해당하는 무력이라도 결코 약하지 않았다. 거기에 여포라는 이름이 주는 위압감이 더해져, 조조군 병사들은 속수무책으로 죽어나갔다. 전신을 피로 물들인 채 미친 듯 싸우던 여방은 문득 위정국의 말을 떠올렸다.

 —아직 죽는다고 단정 지을 필요는 없지 않느냐. 우린 강하잖아! 그러니 저 조조 놈을 반대로 쓰러뜨릴 수도 있는 거잖느냐!

 '그래, 어쩌면.'

그는 작은 희망을 품었다. 그 바람에 잠깐 집중력이 흐트러졌을 때였다. 번개처럼 말을 몰아온 누군가가 그의 명치로 힘껏 검을 찔러 넣었다.

"크윽."

여방의 가슴을 찌른 사람은 바로 조조였다.

조조는 여방을 노려보며 내뱉었다.

"설마 아직까지 여기 웅크리고 있을 줄은 몰랐지만 이제 끝이다, 여포."

여방은 희미한 달빛을 받아 섬뜩하게 빛나는 조조의 눈을 바라보았다.

 '흐흐, 나를 폐하로 알고 있구나.'

공격받기 직전, 대응하려 했으나 몸이 말을 듣지 않았다.

 '제대로 먹고 마시기만 했어도 이런 자에게 패하진 않았을 텐데……'

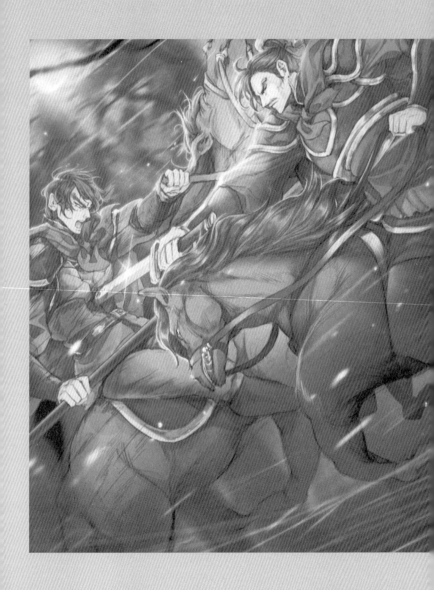

검을 빼낸 조조는 다시 힘껏 휘둘러 여방의 목을 쳤다.

그 모습을 본 조인이 큰 소리로 외쳤다.

"주공께서 여포를 쓰러뜨렸다!"

"와아아아!"

거대한 함성이 망탕산 일대를 진동시켰다. 가뜩이나 밀리던 여방 부대는 완전히 전의를 상실했다. 여기저기서 지살위들만 마지막까지 저항하다가 죽어갔다. 아무리 지살위들이 특별한 힘을 가졌다 하나, 못 먹고 못 마신 상태에서는 제 힘을 내기 어려웠다. 게다가 조조군은 책사진이 약한 대신, 강력한 장수를 다수 보유하고 있었다. 조인, 조홍, 하후돈, 하후연 등 조조를 처음부터 따른 일족들과 악진, 이전, 우금 등의 중진, 무쌍이란 수식이 부끄럽지 않은 전위. 거기에 최근에 얻은 괴력의 장수까지 합류했다. 그 장수의 이름은 허저(許褚)라고 했다. 패국 초현이 고향으로, 패국에 와 있던 조조의 소문을 듣고 제 발로 찾아온 것이다.

오용은 그를 보자마자 조조에게 말했다.

"무조건 이 사람을 받아들이십시오."

허저는 190센티미터 가까운 거구의 신장에, 용모는 위엄이 있고 사내다웠다. 은근히 외모를 따지는 조조는 이미 그가 마음에 쏙 든 상태였다. 그러나 관례상 뭔가 재주가 있어야 한다고 말하려 하는데, 허저가 예물로 끌고 온 소를 머리 위로 쑥 들어올려 보였다.

조조는 잠시 할 말을 잃었다가 입을 열었다.

"그대는 정말 엄청난 괴력을 가졌구나!"

이후 조조군에 편입된 허저는 활약할 기회만 노리고 있었는데, 이 싸움이 바로 그랬다. 먹잇감을 찾아 두리번거리던 그의 눈에 한 사내가 들어왔다.

'저 정도면 싸울 만하겠구나.'

허저의 거구가 살인 청부업자 출신의 지살위, 상문신 포욱에게로 향했다.

"이백이십사, 이백이십오……. 크억!"

포욱은 이백이십오 명째 조조군 병사의 목을 따고, 옆구리에 한 칼을 받았다.

"이백이십육!"

옆구리를 벤 병사의 목젖을 찔렀을 때, 이번에는 양 옆에서 두 명의 병사가 창을 찔러왔다.

"커흑!"

포욱은 양손에 쥔 단도를 휘둘러 창대를 잘라버리고 두 병사의 얼굴을 그었다.

"이백이십칠, 이백이십……."

그게 끝이었다. 퍼억! 하는 굉음과 함께 포욱은 의식이 끊어졌다. 그의 곁에 다가간 허저가 주먹으로 정수리를 내리친 것이다. 한 주먹에 포욱은 머리가 납작하게 내려앉았다.

"적장을 잡았다!"

허저가 우렁찬 목소리로 외쳤다.

다른 쪽에서는 유난히 얼굴이 흰 사내가 날뛰고 있었다. 그 희고 아름다운 얼굴 때문에 '백면낭군(白面郎君, 흰 얼굴의 미남자)'이라 불리는 남자. 지살 74위, 정천수였다. 그의 천기는 '검의 길'을 보는 것이었다. 그 길을 따라 검만 휘두르면, 지치기 전까지는 대부분의 근거리 공격을 막고 상대를 벨 수 있었다. 춤을 추듯 검을 휘두르던 정천수가 휘청했다. 화살 한 대가 미간에 꽂혀 있었다. 그의 눈에서 빛이 사라지더니 풀썩 쓰러졌다.

멀리서 화살을 쏴 보낸 하후연이 혀를 내둘렀다.

"지독한 놈이구나. 혼자 수십 명의 병사들에게 둘러싸였는데 긁힌 상처 하나 입지 않다니."

여방, 포욱, 정천수. 거기에 풍류를 즐기길 좋아하던 채복, 채경 형제 등등. 망탕산에 남았던 지살위들은, 여방이 탈출시킨 단정규와 위정국을 제외하고 전원 전사하고 말았다.

"거의 정리된 듯합니다. 주공께서 친히 여포의 목을 베신 게 컸습니다."

말하던 전위가 얼른 조조를 부축했다. 조조의 얼굴이 갑자기 창백해지더니 휘청거렸기 때문이다.

"주공! 어디 다치셨습니까?"

"……이걸 보게, 전위."

조조는 그때까지 여포의 머리를 들고 있었다. 머리카락을 모아 쥐고 늘어뜨린 모양새였다.

그가 내민 수급을 본 전위는 깜짝 놀랐다.

"아니, 이게 누굽니까?"

"나도 그걸 모르겠네. 분명히 여포인 걸 확인했는데……."

지살위들은 여포의 밑에 들어가면서 이 세계의 일부분으로 인정받았다. 설령 현대로 돌아가도 그들의 존재는 지워진 후일 것이다. 대신 이 시대의 역사에 이름을 남기게 되었다. 덕분에 시신이 풍화되진 않았으나, 사후 천기의 효력이 사라짐은 당연한 일이었다. 여포의 모습을 하고 있던 여방은 원래의 얼굴로 돌아갔다. 입가에 옅은 미소를 머금은 채로. 조조는 난생처음 보는 낯선 남자의 머리를 들고 마치 귀신에게라도 홀린 듯한 표정으로 멍하니 서 있었다.

'역시 여포는 여길 떠난 게 맞았다. 내가 벤 건 대체 누구란 말인가?'

193년 1월 중순, 조조는 마침내 여포의 오랜 포위망을 풀고 패국에서 나왔다. 몇 개월에 걸쳐 웅크린 채 힘을 모으고 유엽 등의 책사를 영입한 게 주효했다. 조조는 망탕산 진채를 무너뜨리고 그 여세를 몰아 북쪽의 풍현까지 진출했다. 풍현은 동쪽에 소패성, 북쪽으로는 임성국, 서북쪽에 산양성을 둔 지역이었다.

"자네가 강력하게 주장하니 일단 이리로 오긴 했는데, 양국이 아닌 풍현 방면으로 진출하길 고집한 이유가 뭔가? 양국으로 향했다면 머지않아 진류성이라, 여포의 남은 세력을 몰아붙일 수 있었는데."

조조의 물음에 오용이 답했다.

"송구하나 수급이 다른 사람으로 변해버렸으니 여포가 죽었다 확신할 수 없고, 그럴 경우 진류성에서 큰 어려움을 겪을지도 모릅니다."

사실 오용은 여방의 정체를 깨달은 후였다. 지살위 따위에게 멋지게 한 방 먹은 것이다. 이는 곧 진짜 여포는 정보대로 진류성이나 업성 쪽에 가 있음을 의미했다. 그는 이 시행착오를 다르게 이용하기로 마음먹었다. 전부터 해오려 하던 일이었다.

"정확하지 않은 정보로 위험을 무릅쓰는 것보다 좀 더 확실하게 주공의 힘을 강화할 방도가 있습니다."

"그게 뭔가?"

"바로 연주에서 들고일어난 황건적을 흡수하는 것입니

다."

"황건적을……?"

역사상 연주에서 백만의 황건적이 창궐하여 연주를 공격한 사건은 192년 6월경에 일어났다. 지금은 193년 1월이니, 그 일이 벌어진 후였다. 백만이라곤 해도 여자와 노인, 아이 등 비전투원을 제외하면 실제 병사는 삼십만 정도. 물론 삼십만이라 해도 어마어마한 숫자이기는 했다.

그 황건적 대군은 조조가 패국에 묶여 있는 사이 이미 연주 공격을 시작했다. 그 결과 임성국(任城國)의 국상 정수(鄭遂)가 죽었다. 군으로 치면 태수급 관료가 살해당한 것이다. 그 기세가 심상치 않음을 눈치챈 제북상 포신은, 연주자사 유대에게 피하길 권유했다. 그러나 유대는 그 조언을 무시하고 무모하게 맞서다가 전사하고 말았다. 거기까지의 과정은 정사와 거의 비슷했다. 다만 지금 연주에는 그 황건적을 격파할 이가 없었다.

"연주 지역 전체를 다스리는 연주자사가 죽었으니, 누가 있어 백만의 황건적을 막겠는가. 그 후 동평국과 임성국 일대는 완전히 황건적의 땅이 되다시피 했다고 들었네만……."

"맞습니다. 허나 유대가 죽은 것은 변변한 장수도 없는 상태에서 황건적을 얕보고 무모하게 정면으로 맞선 탓입니다. 그와는 달리 주공께는 훌륭한 장수가 많고 저와 자양(유엽)이 있으며 마지막으로 용맹한 병사들도 있습니다."

"흠······."

듣고 있던 유엽의 표정이 점차 진지해졌다. 그는 놀랍다는 시선으로 오용을 보며 말했다.

"과연 오용 님께서 오래전부터 주공의 곁에 있었던 까닭을 알겠습니다. 모두 황건적을 쳐 없앨 대상으로만 여겼지, 그들을 받아들여 병사로 육성할 생각을 누가 했겠습니까!"

"허허, 과찬이시오. 다만 지금 주공께 가장 필요한 것은 자금과 병력이니, 그중 하나를 어떻게 얻을까 고민해봤을 뿐이오."

자금이라는 단어에 고개를 끄덕이던 조조의 표정이 어두워졌다.

"그나저나 아버님께서는 왜 이렇게 연락이 닿지 않는지 모르겠구나. 설마 길이 엇갈렸거나 무슨 변고라도 당하신 건 아니겠지······."

오용은 한 가지 생각을 머릿속으로 떠올렸다.

'역사적 사건과 주요 인물들은 내버려두면 원래의 역사대로 흘러간다'.

조조의 아버지 조숭의 성은 본래 하후씨였다. 즉 하후숭이 원래 이름이었던 셈이다. 하후돈과 하후연 등을 조조의 일족이라 함은 그래서다. 조숭은 환관 조등의 양자로 들어가면서 성을 조씨로 바꿨다. 조조에게는 양할아버지가 된다. 그는 엄청난 자산가였으며 그 재산으로 태위 관직을 샀다. 비록 태위가 실권이 거의 없는 명예직이라고 하나, 승상 및 어사대부와 더불어 삼공 중 하나였다. 그런 고위직을 돈으로 사버린 것이다. 이는 엄청난 사건으로 두고두고 사람들의 입에 오르내렸다. 태위 조숭은 아들 조조를 무척 아꼈으며 막대한 재산과 권력을 바탕으로 도움을 주었다.

이 무렵, 조숭은 전란을 피해 서주에 낙향해 있었다. 그는 정사에서 조조가 연주목이 된 후, 아들에게 향하다가 도겸의 부하 장개에게 살해당했다. 그 죽음의 배경에는 의견이 분분한데 대표적인 몇 가지 설이 있었다. 우선 조숭의 재산을 탐낸 장개가 죽였다는 것으로《삼국지연의》에서도 그렇게 묘사하고 있다. 다음으로는 한창 성장세이던 조조를 견제하던 도겸이, 아버지 조숭을 납치하여 압박하려다 실수로 죽였다는 설이다.

어느 쪽이든 그 결과 조조는 분노의 화신이 되어 서주에서 대학살극을 벌였다. 그때 죽은 사람의 수는 헤아리기 어려울 정도이며, 강이 백성의 시체로 메워졌다고 한다. 그때의 학살은 당시 서주에 있던 제갈량의 뇌리에 깊이 박혀, 그가 조조를 혐오하게 만드는 데 결정적인 역할을 했다.《삼국지》정사에서 조조를 매우 호의적으로 묘사한 진식마저 '살육'이라고 표현했을 정도였다. 이래저래 서주 대학살은 조조의 오명 중 하나가 되었다.

오용은 그 일에 대해 생각하고 있었다. 아마 지금 오용의 생각을 조조가 알았다면 기겁했으리라.

'꼭 서주 대학살이 일어나지 않더라도 조숭은 죽어야 한다.'

오용이 이렇게 생각하는 이유는 두 가지였다. 첫 번째는 곧 연주에서 얻을 황건병을 실전에 써먹을 무대가 필요했다. 역사대로의 반응이라면, 조숭이 어디에서 죽었든 조조는 그 일대를 초토화하여 원한을 풀려 할 것이다. 그때 동원할 병력 이 바로 연주 황건병, 즉 훗날의 청주병이었다. 두 번째는 막 대한 자금의 필요성이었다.

'조숭이 재산을 대부분 주공에게 넘겨준다고는 하나, 이 미 주공은 역사와 달리 또 한 번의 실패를 겪은 후다. 그만큼 시작이 늦어졌고 물자도 더 필요해졌다. 조숭의 재산보다 그 의 죽음으로 인해 해당 지역을 약탈하면서 얻을 재화가 훨씬 클 것이다.'

세 번째는 조조의 성장에 필요하다 믿어서였다.

'사람은 제 개성에 맞게 커나갈 때 가장 성장이 빠른 법. 주 공은 현명할진 몰라도 성군은 아니다. 주공 안에 숨어 있는 잔혹함과 교활함, 파괴성을 극대화해야 이제까지 뒤처진 부분을 겨우 만회할 터. 따라서 그는 역사대로 패왕이 되어야 한다. 그 분기점이 된 사건이 바로 조숭의 죽음이다.'

그렇다면 조숭이 어디에서 죽어야 가장 조조에게 유리할 것인가. 약탈할 재화가 풍부한 곳. 황건적 대군이 만들어질 연주에서 멀지 않은 곳. 더욱이 잠재적인 적을 없애거나 세력을 크게 약화시킬 수 있는 곳이면 금상첨화였다. 그리고 오용은 이미 그런 장소를 물색해두었다.

'조숭은 업성에서 죽게 될 것이다. 진용운, 네가 맹덕 공의 책사들을 가로챘으니 그 대가로 도겸 역할을 해줘야겠다. 이제 역사에는 서주 대학살이 아니라 기주 대학살로 기록되겠지.'

이미 그것을 위한 물밑 작업은 다 끝내둔 터. 마침 진용운은 주요 전력을 거느리고 업성을 떠났다는 소식까지 들었다.

'원소와 일전을 벌이려는 모양이구나. 그 전쟁을 끝내고 돌아왔을 때, 네겐 아무것도 남지 않았을 것이다. 진용운!'

오용은 서늘하게 웃었다.

업성이 위치한 동군은 전쟁을 앞두고 어수선한 분위기였다. 용운과 여포는 아침 일찍 성대한 출정식을 마치고 이미 관도성으로 출발했다. 거기서 병력을 수습하여 청하국을 칠 예정이었다.

그날 오후, 동쪽에서부터 마차 행렬이 동군으로 들어섰다. 말 네 마리가 끄는 큰 마차였다. 마차 안에는 바짝 말랐지만 눈빛이 형형하고 귀태가 흐르는 노인과 여인 몇 명이 타고 있었다. 옆과 뒤로는 수십 기의 기병이 마차를 호위했다. 얼핏 봐도 마차에 탄 사람의 신분이 범상치 않음을 알 수 있었다.

건장한 마부가 마차 안의 노인을 향해 말했다.

"이제 동군에 들어선 듯합니다, 태위님."

"허허, 그래. 상당히 먼 길이었군. 맹덕이 날 패국이 아니라 여기로 데려오라고 했다 이 말이지?"

"예. 현재 맹덕 님이 계신 패국 땅은 여포의 무리와 전투 중이니 위험하며, 맹덕 님도 패국상에게 몸을 의탁한 처지라 아무래도 눈치가 보이는 모양입니다."

'태위'라 불린 노인이 안타깝다는 듯 혀를 찼다.

"쯧쯧. 이 조숭의 아들이 진규에게 빌붙어 있다니 안 될 말. 녀석, 그리 어려웠으면 진작 말할 것이지……."

"그러니 이제라도 떨쳐 일어나려고 태위님을 여기로 모신 게 아니겠습니까. 기주목이 맹덕 님의 용맹과 재주를 아깝게 여겨 복양태수로 초빙했으니, 업성에서 쉬고 계시다가 맹덕 님이 도착했을 때쯤 복양성으로 가시면 됩니다."

"그래그래. 맹덕이 잘되어야 집안이 부흥하는 것이니 내 재산쯤이야 아깝지 않지. 복양태수라는 관직에 자금이 더해지면 기반을 닦기엔 충분할 것이야. 자네도 그리 생각하지?"

"그렇습니다, 태위님."

고개를 끄덕인 조숭이 물었다.

"한데 자네 이름이 뭐라고? 기주목이 보낸 사람이라는 건 알겠는데, 이름을 또 잊어버렸구먼. 멀리 서주까지 와준 사람을……. 나이 들어 깜빡깜빡하니 이해하게나."

등에 창 두 자루를 멘 마부는 공손하게 말했다.

"저는 상산 사람으로 성은 조, 이름은 운이며 자는 자룡을 씁니다."

"상산의 조자룡이라. 내 이번에는 잊지 않고 기억하지."

"하하, 예."

마부는 목소리를 죽여 중얼거렸다.

"꼭 기억하십시오. 그 이름을 누군가 조조에게 알려줘야 하니 말입니다."

9

원한은 원한을 낳고

쌍창을 든 마부의 정체는 위원회의 천강위 동평이었다. 탁성에서 노식을 살해한 자다. 그는 노준의의 부름을 받고 갔다가, 거기서 삭초가 죽었다는 소식을 들었다. 그 후 그대로 원소에게 돌아가지 않았다. 어리석은 싸움을 거듭하는 그에게 신뢰를 잃었기 때문이다.

'일단 형식상으론 내가 원소의 수하가 되니까, 얼토당토 않은 전투에 나섰다가 개죽음당할지도 모르지. 솔직히 나도 전략에는 약하니 판별할 능력도 없고…….'

또 원소 진영에 속해 있는 송강파 천강위들이 부담스러워서이기도 했다. 특히, 임충이 제일 마음에 걸렸다. 동평은 내심 그를 존경하고 있었다. 원소의 세력이 워낙 크다 보니 여태까진 임충이나 호연작과 마주할 일이 별로 없었다. 하지만 그런 일이 벌어졌을 때, 임충과 태연히 눈을 마주하기 어려울 듯했다.

'영 껄끄럽단 말이야. 혹 내가 노준의에게 붙은 걸 눈치채고 왜 위원장에게 반기를 드느냐며 따지기라도 하면 그냥 그 사람한테 굽혀버릴 것 같거든…….'

동평이 반(反)송강파에 든 것도, 애초에 어떤 뚜렷한 목적이나 원인이 있어서는 아니었다. 송강의 방식이 그다지 마음에 들지 않았고 노준의가 그를 영입하는 데 좀 더 적극적이었을 뿐이다. 하지만 만약 지금이라도 송강이 나서서 납득할 수 있게 설득한다면 또 그쪽으로 돌아설 것이다. 동평은 유당과는 다른 의미로 언제라도 변절할 수 있는 인물이었다.

동평은 자신이 얻은 힘과 원래 가진 지식만으로도 이 세계에서 살기에는 아무 무리 없다고 생각했었다. 하지만 노식이 죽기 직전에 했던 말이 뇌리를 떠나지 않았다.

―조운 자룡이라는 친구의 창격은 그보다 몇 배는 빠르다.

그 말이 떠오를 때마다 동평은 이를 악물었다.

"망할 늙은이."

무시하려 해도 자꾸 신경 쓰이는 말이었다. 노식을 괜히 죽였다는 후회도 되었다. 그가 보는 앞에서 조자룡을 당당히 이긴 뒤에 죽였어도 될 것을.

'그랬다면 사서에 창의 달인은 조자룡이 아닌 나, 동평으로 기록될지도 모르지.'

그 후 동평은 형주로 떠나와 거기 머무르며 창술을 수련했다. 자신의 병마용군과 함께였다. 노준의는 북부로 떠났고 송강에게서도 별다른 지령이 없었다. 그렇게 수련과 명상만 거듭하는 평화로운 날들이 지나갔다. 별생각 없이 택한 형주였다. 굳이 이유를 따지자면 자신을 귀찮게 할 대상이 없어서였다. 형주에는 노준의도, 송강도 손을 뻗치지 않았다. 진용운이나 원소의 세력에 속하지도 않았다. 일단 형주를 차지한 유표는 난세에서 한발 물러나 내실을 다지기에만 열중했다. 그 결과, 형주에는 방덕공 등의 이름난 학자와 전망 있는 젊은 유생들이 모여들고 있었다. 후일, 유표의 이런 방침이 큰 화로 돌아온다는 사실을 알고 있었지만, 최소한 지금은 평온했다.

"총각! 양양은 평화로운데 그렇게 열심히 무예를 수련해서 어디다 쓰려고? 그러지 말고 주목님한테라도 찾아가봐. 요즘 수적들을 잡는 데 무인이 필요한 모양이니."

동평이 정기적으로 들러 고기와 채소 따위를 사는 시전의 노파가 아는 체하며 말했다.

이곳도 어쩔 수 없이 사람이 사는 세상. 문명을 벗어나 직접 사냥하고 채집하여 살아갈 게 아니라면 사람과 관계를 맺는 수밖에 없었다. 특히, 동평은 나이 든 여성에게 약한 면모가 있었다.

"아직 실력이 모자라서요."

동평은 대충 얼버무리고 식재료를 사서 거처로 돌아왔다. 양양성 외곽의 움집이었는데, 거기에는 뜻밖의 손님이 기다리고 있었다.

"뜰을 잘 가꿔놨군그래. 자네한테 이런 취미가 있는 줄은 몰랐는데."

뒷짐을 지고 앞마당을 살피던 사내가 말했다. 그는 바로 오용이었다.

그를 보는 순간, 동평은 가슴이 철렁했다.

'위원장이 보냈나?'

동평은 경계심을 숨기지 않고 병마용군 '홍영'을 찾았다.

"어머니! 어디 계십니까?"

얼굴에 가면을 쓴 여인이 방문을 열고 말했다.

"잘 다녀왔니?"

가면은 경극에 사용하는 것으로, 붉게 칠한 여자의 형상이었다. 동평의 병마용군은 바로 사고로 죽었던 그의 어머니였다. 그가 병마용군을 꽁꽁 숨겨두고 전투에 동원하지 않는 이유였다.

"네가 자리를 비운 사이에 오용 님이 오셔서 차를 대접하고 있었단다."

"그러셨군요. 저희끼리 할 얘기가 있으니 잠시 들어가 계십시오."

홍영이 순순히 방문을 닫자, 동평은 오용에게 물었다.

"제가 여기 있는 건 어떻게 아셨습니까?"

"이 사람, 오랜만인데 안부나 좀 묻지. 야박하게."

"직접 보니 멀쩡해 보여서 말입니다."

"내게도 눈과 귀가 되어주는 사람이 있다네."

"일부러 제 행방을 찾아서 오셨다는 건데…… 무슨 일입니까?"

"자네한테 좀 부탁할 일이 있어서."

"죄송하지만 당분간 창술 수련에 전념하면서 혼자 지내고 싶습니다. 돌아가주십시오."

거절하는 동평에게 오용이 말을 이었다.

"임충이 진한성에게 죽었네."

"……!"

돌아서서 들어가려던 동평이 우뚝 멈춰 섰다.

"자네 파트너였던 삭초에 이어, 임충까지 진씨 부자의 손에 당했다네. 임충뿐만이 아니라 양지와 이응도 당했고. 이러다가는 회 전체가 놈들에게 휘청거릴 판일세. 이대로 두고 볼 셈인가?"

동평은 임충이 죽었다는 말이 믿기질 않았다. 그러나 한편으로는 진한성 그 괴물이 상대라면 납득이 가기도 했다. 새삼 진한성의 강함이 실감났다.

"부끄럽지만 저 혼자의 힘으로는 진한성을 당해낼 수 없습니다. 임충 님조차 패한 판에……."

"정면으로 맞서 싸우라는 게 아니야. 나도 개인의 무력으로 진한성을 어찌해볼 생각은 추호도 없네. 이제 그 부자가 힘을 합치기까지 했으니, 결국 세력을 키워서 전쟁하는 게 답이야. 개인이 아무리 강해도 뛰어난 책사의 지휘를 받는 수십만의 군대를 이길 순 없을 테니 말일세."

"하지만 원소는 진용운 한 사람에게도 패배했지 않습니까."

"궁극적으로는 원소보다 더 크고 강한 세력을 키울 생각이지만, 당장 그러진 못하니 내가 작전을 좀 짠 게 있지. 이것만 성공한다면 진용운의 세력에 큰 타격을 줄 수 있네. 임충과 삭초의 원한도 갚고 말이야."

"어떤 작전입니까?"

오용에게서 설명을 듣고 난 동평이 눈살을 찌푸렸다.

"노인을 공격해서 죽이는 일이라니. 별로 내키진 않는군요. 더구나 당신은 조조를 모시는 입장이 아니었습니까? 한데 그의 아버지를 해치라니."

"그분을 진정한 패왕으로 만들기 위해서라도 꼭 필요한 일이네."

"……."

오용을 바라보는 동평의 시선이 달라졌다. 오용은 어깨를 으쓱하며 말했다.

"뭘 놀라나? 자네도 어차피 위원장에게서 마음이 떠나지 않았는가. 무슨 생각인지는 모르겠으나, 위원장은 첫 번째 임무를 내린 이후 우리 모두를 방치하고 있네. 거기서 난 위원장의 뜻이 뭔지 한 가지 가설을 세웠어."

안 그래도 동평 또한 궁금하던 차였다. 머리 좋은 오용이라면, 이유를 알지도 몰랐다.

"그게 뭡니까?"

"바로 각자 알아서 자신이 생각하는 왕을 찾고 그를 보필하라는 걸세. 즉 위원장은 단순히 왕에게 힘을 보태주는 게 아니라, 진정한 의미에서의 왕으로 만들라고 하는 거지. 다른 군웅이나 왕 후보들을 격파해가면서 말이야."

"그런……."

"생각해보게. 예를 들어 우리가 유비를 왕으로 추대하여 천강위 전원이 그를 모신다면, 천하 제패는 물론 한층 쉬워질 걸세. 시간도 절약했을 테고."

"그렇겠지요."

"하지만 그랬을 때 과연 유비가 본인의 능력과 자질에 눈을 뜰 수 있겠나? 유비의 미덕은 끝없는 도피 생활과 고난 중에 얻어진 거니 말일세."

그럴듯했다. 동평은 고개를 끄덕이며 말했다.

"우리의 왕은 온실 속의 화초여서는 안 된다는 겁니까?"

"맞아. 그러니까 자네는 이미 잘못된 패를 뽑은 거야. 원소는 우리가 생각하는 왕이 되기에는 힘들어 보이니까."

"하지만 그자는 내가 선택한 게 아니었습니다."

"대신 시작 조건은 누구보다 좋았지. 풍부한 인재와 자금에 가문의 후광까지. 거기에 천강위를 넷이나 붙여줬는데 그래도 그 꼴이 났으니."

"……."

"위원장은 왕을 찾음과 동시에 실험을 했던 게야. 역사 속에서 패자인 원소에게 힘을 보태줬을 때, 혹시 운명을 우리의 능력으로 바꿀 수 있을지. 결과는 자네도 보다시피 실패였고. 당장 나만 해도 얼마 전에 제자 놈과 싸웠다네. 그 녀석이 여포를 왕으로 선택했거든."

동평은 오용에게서 역사와 진법, 책략 등을 배우던 젊은 사내의 얼굴을 떠올렸다.

"주무……입니까? 그가 여포를 택했다면 지살위 전원이 그쪽으로 갔다고 봐도 되겠군요. 그들은 우리보다 약한 대신 단합력은 뛰어나니까요."

"쥐새끼들이 뭉쳐봐야 범 한 마리를 못 이기지."

동평은 콧방귀를 뀌는 오용을 보며 생각했다.

'단순 전투력이 다가 아닐 텐데. 안도전 같은 의사는 우리에게도 꼭 필요하고.'

그는 겉으로는 내색하지 않고 다시 물었다.

"그래서 당신은 어쩌려는 생각입니까? 조조를 왕 후보로 확정한 겁니까?"

"그래. 난 그분에게 걸었네. 모두가 도박을 해야 하는 상황이라면, 진짜 역사에서도 승자가 됐던 사람이 확률이 높겠지. 시간은 실제 벌어졌던 방향으로 움직이려고 하니까. 자, 어차피 원소도, 위원장도 버린 김에 나와 함께하는 게 어떤가?"

동평은 오용이 내민 손을 물끄러미 바라보았다.

"내 손을 잡게. 원소에게 돌아간다는 건 침몰하는 배에 올라타는 거나 마찬가지야. 어차피 그럴 만한 충성심도 없을 테고. 이제 와서 다른 군웅을 찾기에는 늦은 데다 마땅한 대안도 없지."

"으음……."

동평은 고민에 휩싸였다. 오용의 말이 옳았다. 송강에게 돌아가기에는 노준의에게 붙었던 일이 마음에 걸렸다. 그렇다고 노준의에게 가자니, 요동군까지의 거리가 너무 먼 데다 그가 환영하리라는 확신도 없었다. 노준의가 떠나면서 내린 임무를 등한시했기 때문이다. 원소를 적극 지원하여 진용운을 견제하라던. 노준의는 제 사람에게 대체로 너그러웠으나 거역하면 가차 없는 일면이 있었다.

'넘어오기 직전이군. 천강위 하나의 힘은 크다.'

오용은 다시 한 번 그를 설득했다.

"이봐, 형주는 곧 전란에 휩싸일 거야. 여기서 혼자 숨어 지내다가 받쳐주는 세력도 없이 전쟁에 휘말릴 셈인가? 그럴 바에는 내게 오게. 자네의 무력과 나의 머리라면 조조 님을 패왕으로 만드는 데 큰 역할을 할 걸세. 이번 작전은 그 목표를 위한 첫걸음이고. 더구나 자네는 지켜줘야 할 사람도 있지 않은가?"

병마용군 홍영을 지켜줘야 할 '사람'이라 표현한 게 결정적으로 동평의 마음을 움직였다. 동평이 느끼는 노준의의 확실한 단점은, 병마용군을 좀 편리한 인형 정도로 취급한다는 거였다. 그가 유당의 여동생을 대하는 것만 봐도 알 수 있었다. 마침내 동평은 천천히 고개를 끄덕이며 오용의 손을 잡았다.

오용은 뛸 듯이 기뻐하며 말했다.

"잘 생각했네! 그럼 일단 거처를 풍현으로 옮기게. 좀 더 큰 성을 차지하기 전까지 그곳을 근거지로 삼고 있으니까."

"아니, 여기서 바로 임무를 수행하러 가겠습니다. 그런 뒤 어머니를 모시고 함께 풍현으로 찾아가도록 하지요."

"그러겠는가? 나야 빠를수록 좋지. 다만 그때는 찾아올 곳이 풍현이 아닐 수도 있네."

동평은 일부러 조조와 만나는 일을 뒤로 미뤘다. 그의 아버지를 죽여야 하는 마당이니, 그쪽이 마음 편할 듯했다.

'그의 앞에 나서는 일을 최대한 삼간다. 그게 앞으로 주군으로 모실지도 모를 자에 대한 최소한의 예의겠지.'

그렇게 해서 동평은 조운 행세를 하게 되었다.

이윽고 해가 완전히 떨어져 밤이 되었다. 동평은 업성 외곽 으슥한 장소에 마차를 세웠다.

'여기면 되겠군.'

마차 안의 조숭이 고개를 내밀고 물었다.

"자룡, 왜 멈췄지? 업성까지는 아직 멀었나?"

동평은 대꾸하는 대신, 몸을 돌리며 등에 메고 있던 창을 일언반구도 없이 그에게 내찔렀다. 푸확! 창이 꿰뚫은 가슴에서 피가 치솟았다.

조숭이 소스라치게 놀라 외쳤다.

"이게 무슨 짓인가!"

동평은 눈살을 찌푸렸다. 찔린 건 조승이 아닌, 다른 사람이었다. 함께 마차에 타고 있던 여인들 중 하나였다. 그녀가 갑자기 튀어나와 앞을 가로막은 것이다.

"나리, 어서 피하……."

말하던 여인이 울컥 피를 토했다. 그녀는 죽어가면서도 창을 붙잡고 놓지 않았다. 조승을 막은 몸놀림이나, 창에 전해지는 악력만 봐도 보통 여자가 아니었다. 동평은 창을 뽑아내려 애쓰며 생각했다.

'애첩인 줄 알았더니 이 여자들까지 경호원이었어? 그런 분위기가 전혀 안 났는데. 역시 조조의 아비라 이건가……. 최대한 빠르고 조용히 처리하려 했는데 귀찮게 됐군.'

이변을 느낀 기병들이 앞으로 우르르 달려왔다. 그들은 한눈에 사태를 파악하고 동평을 공격하기 시작했다. 동평은 창하나를 여인에게 붙잡혔으나, 다른 한 개의 창만으로도 기병들을 손쉽게 쓰러뜨렸다. 그는 싸우는 가운데 자신이 훨씬 강해졌음을 깨닫고 놀랐다.

'전에는 천기를 쓰면 몸이 거기에 따라 꼭두각시처럼 저절로 움직이는 느낌이었는데, 이제 나의 의지가 반영되는구나. 훨씬 빠르고 강하게! 형주에서 보낸 시간이 효과가 있었어.'

동평은 흥이 올랐다. 붙잡힌 창 하나는 아예 버렸다. 나머지 하나만 가지고 말 등을 자유로이 오가며 휘두르고 찌르고 내질렀다. 정신이 들었을 때는 기병과 여자 호위무사들 대부분이 쓰러진 후였다.

'아차차. 다 죽이면 안 되지.'

주위를 둘러보니 저만치 조숭이 달아나고 있었다. 워낙 나이 들고 본래 무인도 아닌지라, 한달음에 따라잡을 수 있었다. 쫓아간 동평은 그의 등에 주저 없이 창을 꽂아 넣었다. 잠시 경련하던 조숭의 고개가 툭 떨어졌다. 그런 조숭에게 몇 번 더 창질을 하고 목을 쳤다. 돌아온 동평은 조숭뿐만 아니라 마차 안에서 울고 있던 몇몇 여자와 아이까지 모조리 죽였다. 이제 이 정도 일로는 감정의 동요조차 없었다.

'잔혹할수록 효과는 극대화된다.'

마지막으로 생존한 여자 호위 하나가 악을 썼다.

"악귀 같은 놈아! 제물이 탐난다면 그것만 가져가면 될 것을, 무슨 원한이 있어 이렇게까지 하느냐! 이러고 네 주인이 받을 원성이 두렵지도 않느냐?"

동평은 맨 처음에 찌른, 축 늘어져 죽은 여인의 몸에서 창을 뽑아내며 답했다.

"제물 따위에는 관심 없다. 예전에 조조가 복양성을 공격하여 원호(전풍) 님을 해치고 나까지 죽이려 했던 데 대한 복수니까. 이미 기주목께서도 허하신 터."

미리 오용과 맞춰놓은 대답이었다. 여인이 부드득 이를 갈 았다.

"이 악독한 놈들……. 처음부터 작정했구나."

"애초에 환관의 자식인 조조 따위에게 복양성을 내줄 리 가 있는가? 가서 알려라. 한 번 더 기주를 넘봤다가는 이 조자 룡이 네놈도 같은 꼴로 만들어주겠다고. 네년은 경고를 위해 보내주는 것이다."

내뱉은 동평은 업성 쪽으로 말을 달렸다. 등 뒤로 여인의 원독 어린 눈빛이 느껴졌다.

'그래, 더 한을 품어라. 그 감정을 고스란히 조조에게 전해 주는 거다.'

기병들은 모두 조숭이 돈을 주고 사들인 용병. 따라서 충 성심은 거의 없다시피 했다. 그 증거로 두어 명이 죽자 조숭 을 버려두고 달아나려고 시도했다. 동평은 여기까지 오는 동 안, 조숭과 제일 살갑던 여자를 눈여겨보고 살려뒀다. 그래 야 조숭의 죽음이 원통해서라도 조조에게 가서 알릴 것이기 때문이다.

'거기다 호위무사이기까지 하니, 연약한 여자의 몸으로 조조에게까지 갈 수 있을지 걱정할 필요도 없겠군. 이것으로 폭탄 심기는 완료다.'

동평의 몸이 어둠 속으로 빠르게 사라졌다.

동평이 서주에 있던 조숭을 업으로 데려와 해칠 무렵.

조조군은 연주 황건적이 진을 치고 있는 동평국으로 밀고 올라갔다. 병사의 수는 총 오만. 가지고 있던 모든 것을 긁어모은 데 더해, 북상하는 도중 격파한 도적 무리를 합친 결과였다. 실질적인 정예병의 수는 삼만 남짓했다. 여기서 패한다면 그야말로 아무것도 남지 않게 된다.

그러나 조조는 강한 자신감이 있었다. 비록 수하이긴 하나 여포의 부대를 격파했다. 또한 원래 거느렸던 장수들에 더해 허저라는 용장을 맞아들였고 책사 유엽도 손에 넣었다. 오히려 처음에 연주에서 세를 떨칠 때보다 더 상황이 좋았다.

'유대는 무모하게 정면으로 맞서다가 패배한 것. 적절한 책략을 쓴다면 상대는 아무리 수가 많아봐야 오합지졸일 뿐이다.'

과연 조조의 예상대로였다. 그는 오용과 유엽의 계책을 적극 수용하여, 황건적 대군을 상대로 연승을 거뒀다. 초조해진 황건군은 한 번의 큰 승리로 전세를 뒤집을 계획을 세웠다. 하지만 유엽과 조조는 이미 그 속셈을 간파했다. 유엽은 공격해오다가 갑자기 주섬주섬 물러나는 황건적들을 보며 말했다.

"벌써 이러기를 세 번째. 딱히 불리하지도 않은데 말입니다. 노골적으로 유인하고 있군요."

"화공 따위를 쓸 지형은 아닌데, 역시 복병인가?"

"그렇겠지요. 하지만 미리 알고서 대비하고 있다면 더 이상 복병이 아닙니다."

"그럼 잠시 즐거운 꿈을 꾸게 해주지."

조조군은 달아나는 황건적 부대를 추격했다. 아니나 다를까, 협곡 양쪽에 숨어 있던 복병이 튀어나와 기습해왔다. 조조군은 복병에 걸려드는 척하며 퇴각했다. 허둥지둥 달아났지만 실상 피해는 전무했다. 완전히 포위되기도 전에 뒤로 빠진 것이다. 그러나 깜빡 속은 황건군은 신나서 추격해왔다. 그 도중에 하후돈과 조인, 허저 등이 지휘하는 부대가 선회하여, 옆에서부터 황건군을 덮쳤다. 전공을 탐하여 맨 앞에 나와 있던 황건적 장수들은 소스라치게 놀랐다. 분명 자신들이 적을 끌어들여 타격한 후 추격 중이었는데, 갑자기 적 부대가 양쪽에서 공격해오다니! 어찌 된 일인지 도무지 이해가 가지 않았다.

"놈들이 함정을 팠다!"

"당황하지 말고 응전하라!"

그래도 장수라고 적장에게 맞서 혼란을 수습하려 해봤으나 역부족이었다. 상대는 수십 차례의 전투와 패국에서의 쓸쓸한 날들을 통해 더욱 강해진 조조군의 대표 장수들이었다. 결국 조조군은 지휘부만을 몰살하는 데 성공했다. 수만의 황건군은 머리를 잃고 우왕좌왕했다.

그 광경을 지켜보던 오용이 말했다.

"서두르지 말고 놈들의 숨통을 조이시지요. 그러면 자연히 알아서 교섭해올 것입니다."

"그대의 말이 옳소."

조조는 오용의 조언에 따라 황건군을 포위하고 철저히 고립시켰다. 병사 수는 적었지만, 강을 등지게 하고 협곡을 틀어막으니 적은 수로도 충분히 봉쇄가 가능했다. 그렇게 며칠이 지나자, 결국 황건군 쪽에서 백기를 들었다.

그들은 수가 많은 만큼 소비하는 식량도 어마어마했는데 그중 상당수가 여자와 아이들이었다. 식수는 등 뒤의 호수로 어찌어찌 해결했으나 먹을 것은 대책이 없었다. 겨울이라 낚시조차 어려웠다. 이러다 다 죽겠다고 판단한 노인들이 황건군을 대표해 죽음을 각오하고 조조를 찾은 것이다. 그들은 지금의 황건군을 이끄는 지도자들로, 소위 장로라 불릴 법한 자들이었다. 스무 명의 장로들이 스스로를 결박하고 진채에 찾아와 무릎을 꿇었다.

"이 모든 행위는 우리가 지시한 것입니다. 우리를 죽이고 대신 아이들을 살려주십시오."

조조는 목을 늘어뜨린 노인들 앞으로 다가섰다. 검을 높이 치켜들자 노인들은 눈을 감았다. 이미 희생을 각오한 몸이라, 두려움 대신 결연한 의지마저 엿보였다. 후웅! 바람을 가르는 소리와 함께 조조가 검을 내리쳤다. 뭔가 땅에 툭 하고 떨어졌다. 비명도, 살과 뼈가 잘리는 소리도 없었다. 의아해진 노인들이 눈을 떴다. 바닥에는 잘린 목 대신, 맨 앞에 앉은 노인의 상투가 떨어져 있었다.

조조는 근엄한 목소리로 말했다.

"그대들은 반란을 일으킨 것으로도 모자라, 나라에서 임명한 관리를 해쳤다. 이는 사형에 처해도 할 말 없는 중죄다."

"……."

"죄에는 대가를 치러야 한다. 방금 저 머리카락과 함께 그대들은 죽었다. 대신 새로 태어나서 이 조맹덕이 더 나은 천하를 만들어가는 길에 동참해야 한다. 그것이 그대들이 치를 죄의 대가다."

"저, 저희를 살려주시는 겁니까?"

"새로 얻은 목숨, 더 가치 있는 일에 쓰도록 하라. 그대들의 자식과 손주, 며느리들은 내가 책임지고 살아갈 길을 열어주겠다. 이제 도적 무리가 아니라 이 조조의 군사가 되는 것이다."

"감사합니다! 감사합니다!"

아무리 죽음을 각오했다 하나 두렵지 않을 리 없었다. 죽는 것보다 사는 게 당연히 백번 나았다. 더구나 자식들의 앞날까지 열어준다니, 황건적 장로들의 기쁨은 이루 말할 수 없었다.

"그대들은 이곳을 터전으로 삼아 밭을 일구라. 이제 모두가 나의 백성과 병사들이니, 그사이 먹을 식량은 내가 지원해주겠다. 그렇게 몇 해만 지나면 자급자족이 가능해질 것이다."

"알겠습니다."

조조는 오용과 유엽에게서 들은 둔전을 시행할 것을 장로들에게 지시했다. 둔전은 군량이나 식량을 확보하기 위해 병사 스스로 경작하면서 방어에 임하는 방식이었다.《삼국지연의》에서는 한호가 조조에게 주청한 것으로 묘사됐으나, 이 무렵에는 이미 널리 알려졌을 가능성이 높았다. 용운은 이미 이를 시행하여 큰 효과를 거둔 바 있었다.

'오오, 마침내!'

오용은 일이 무사히 성공한 데 대한 안도와 함께 벅차오르는 희열에 몸을 떨었다. 조조가 성장하는 데 큰 산을 하나 넘었다. 이렇게 해서 조조는 비전투원을 포함, 백만에 이르는 황건적을 손에 넣게 되었다. 그중에서 특별히 날래며 용맹한 자들만 추려 따로 부대를 편성하니, 소위 청주병의 탄생이었다.

조조가 황건적을 무너뜨리고 그 세력을 완전히 흡수하는

데 걸린 시간은 대략 두 달이었다. 땅을 일군 청주병들은 미약하나마 첫 수확을 했다. 193년 봄, 조조에게 비보가 전해진 것도 그 무렵이었다.

"뭐라고?"

조조는 붉으락푸르락 달아오른 얼굴로 앞에 엎드린 여인을 노려보았다.

"다시 말해보라."

초라한 행색의 여인은 몸을 떨며 말했다.

"태위님께서는 간악한 계략에 속아, 맹덕 님을 복양태수로 모신다는 기주목의 말을 믿고 동군으로 향하셨나이다. 하지만 그 경계에서, 마부로 동행하던 기주목의 수하 조운 자룡이라는 자가 돌변하여 태위님뿐만 아니라 작은 마님 두 분과 맹덕 님의 아우분들, 그 수하들까지 모조리 살해하고 업성으로 달아났사옵니다."

"아버님이…… 아버님과 작은 어머니 그리고 내 이복형제들까지 모조리 흉수의 손에 죽었다, 이 말이냐?"

"그러하옵니다."

"……너는 누구냐?"

"저는 태위님의 시녀 겸 호위였습니다. 제일 가까운 곳에서 그분을 지키는 게 임무였습니다만, 의무를 제대로 행하지 못했으니 죽어 마땅합니다. 이제까지 살아 있었던 것은 오직 이 사실을 맹덕 님께 알리기 위해서였습니다."

빠득! 이를 갈아붙인 조조는 저도 모르게 검 손잡이를 움켜쥐었다. 그리고 여인을 한동안 노려보았다. 그녀의 몰골이 얼마나 험한 길을 얼마나 서둘러 달려왔는지 짐작하게 했다.

"이제 태위님을 지키지 못한 죄를 죽음으로 갚겠습니다."

여인은 말을 마치자마자 품에서 비수를 꺼내 명치를 찔렀다. 옆에서 말릴 틈도 없었다.

조조는 앞으로 엎어진 그녀를 바라보다 말했다.

"시신을 수습하고 후하게 장사지내 주어라. 그리고 지금 즉시 동군으로 사람을 파견하여 사실인지 파악하라."

"명 받들겠습니다."

조조에게서 서슬 퍼런 살기가 뿜어져 나왔다. 그는 오용에게 씹어뱉듯 말했다.

"분명 이리로 모신다 하였는데, 어찌 된 일이오?"

오용은 고개를 깊이 조아리고 답했다.

"뭐라 드릴 말씀이 없습니다. 중간에 뭔가 착오가 있었던 모양입니다."

"그대는 아버님을 모셔오면서 제대로 된 호위도 붙이지 않고 뭘 한 게요?"

"송구합니다. 면목이 없습니다."

그때 조조의 사촌이자 주요 무장인 조인이 나서서 오용을 변호했다.

"형님, 제가 한 말씀 드리겠습니다. 오군사가 태위님께 군사를 보내려 하는 걸 제가 똑똑히 보고 들었습니다. 허나 태위님에게서 온 사신이, 그 문제는 당신께서 직접 해결하겠다고 거절했다 말했습니다. 우리 쪽에서 보낸 군사를 기다릴 시간에, 차라리 그쪽에서 먼저 호위 병력을 구해 그만큼 더 빨리 출발하시겠다고요."

"……."

조숭의 사신이 호위를 거절한 일 자체는 사실이었다. 더 강하게 권유하지 않았을 뿐이다. 오용은 일부러 우직한 조인이 듣는 곳에서 이 같은 대화를 나눴다. 조조가 그런 내막을 알 리 없었다. 아무래도 조숭은 돈으로 호위를 구한 듯했다. 그가 아는 아버지라면 충분히 가능한 일이었다. 오용이 한마디 변명도 하지 않은 게, 그에 대한 조조의 분노를 누그러뜨렸다. 그 분노는 고스란히 용운과 조운에게 향했다. 조조는 예전 복양성에서의 일을 떠올렸다.

'그때 진용운이 아끼던 군사, 전풍이 죽었지. 친형제처럼 여긴다는 조자룡도 죽을 뻔했고. 그 원한을 잊지 않고 있다가 뒤통수를 친 게 분명하다. 설마 이렇게 복수해올 줄이야.'

오용은 천기로 조조의 생각을 읽고, 입가에 아주 살짝 미소를 머금었다. 조조의 머릿속에는 복수라는 단어가 가득했다. 모든 것이 오용의 의도대로 되어가고 있었다.

"비열하게도 나를 향한 원한을, 나이 드신 아버지에게 풀었다 이건가. 이제야 모셔올 만한 상황이 되어서 노후를 내 곁에서 보내게 해드리고 싶었는데……."

오용은 비통해하는 조조의 말을 들으며 생각했다.

'너무 서운히 여기지 마십시오, 주공. 이 모든 게 주공을 위한 일입니다.'

유엽이 조조에게 조심스럽게 말했다.

"바로 수하를 보내도록 하겠습니다."

"……부탁하네."

오용의 뒤에서 그의 병마용군 '경'이 움직였다. 완벽하게 투명하고 기척이 없어, 아무도 그녀의 존재를 눈치채지 못했다. 그녀는 조용히 유엽의 뒤를 쫓았다. 그가 보낼 수하를 따라가 제거하기 위해서였다.

한편, 신화장군 위정국과 성수장군 단정규를 포함, 망탕산에서 살아남은 자들은 조조군의 눈을 피해가며 힘겹게 여포가 있는 곳으로 향하고 있었다. 조조의 대대적인 공격으로 전투에서 패배했고 여방을 비롯한 주요 지살위들이 죽었음을 알리려는 것이다. 그 소식을 알게 된 여포가 가만있을 리 없었다. 중원에는 또 한 차례의 거대한 태풍이 휘몰아치려 하고 있었다.

10

본격적인 전쟁의 시작

용운과 여포는 약속한 날짜에 무사히 도착했다. 관도현에
닿아보니 조운이 직접 마중 나와 있었다.

"먼 길 오느라 고생하셨습니다, 주공."

"자룡도 수고했어요. 다른 장군들도 잘 있죠?"

"예. 전투가 시작되기만 기다리고 있습니다."

"하하, 그것 참 믿음직하군요."

용운에게 정중히 포권한 조운은 여포에게도 포권을 취해
보였다. 예전에 봉구현 근처에서 서황과 함께 용운에게 돌아
가려다 여포의 병사들에게 포위된 적이 있었다. 그때 그냥 놓
아준 일에 대한 인사였다. 당시 조운은 싸움 와중에 여포의

병사 몇을 해쳤다. 걸고넘어지려면 얼마든 가능한 일이었다.

"음."

여포는 묵묵히 고개를 끄덕여 답례했다. 그때 해치지 않길 잘했다는 생각이 들었다. 조운이라는 사내가 마음에 들기도 했지만, 일이 이렇게 될 줄 누가 알았으랴. 사람의 일은 한 치 앞을 알 수 없다 싶었다.

'내가, 원소와 싸우게 되다니. 진용운과 한편이 되어서. 이후에는 또, 기다릴지 모르겠구나. 어떤 운명이…….'

여포는 자신과 청몽 사이에도 새로운 운명이 생겨나기를 살짝 기대해보았다. 이렇게 얽힌 것도 어쨌든 얽힌 거니까. 진용운의 곁에 있을 때면 늘 그녀의 기척이 느껴졌다. 그러나 결코 모습을 드러내지는 않았다.

'그리 살 필요 없을 터인데. 내 옆에 있다면. 나는, 강하니까. 호위가 필요 없을 정도로.'

이번 전투에서 몸 사리지 말고 싸운 다음 미친 척하고 저여자를 달라고 해볼까? 원술을 칠 때 도와주는 대신? 수만의 군사를 동원해야 하는 일을 여자 하나로 끝낼 수 있다면 진용운이 응할지도 모른다. 하지만 여포는 잠깐 떠오른 그 생각을 실행하지 못했다. 이제 그는 예전처럼 멋대로 행동할 처지가 아니었기 때문이다.

이틀 후, 용운과 여포는 본격적으로 군사행동을 개시했다.

"우선 청하국을 점령하는 게 목표인가. 다 함께 힘을 합쳐서."

여포가 지도를 내려다보며 중얼거렸다.

"예. 관도성을 거점으로 삼긴 했지만, 청하국까지 진출하면 전선이 전진하게 되니까요. 또 원소의 물자 보급을 감소시키는 효과도 있습니다. 거기서부터 하나씩 주요 성을 점령, 세 방향에서 남피성을 압박하게 되는 겁니다."

용운은 탁자 위에 지도를 펴놓고 목탄으로 화살표를 그려가며 설명했다. 이해하기 쉬웠다. 관도성에서 청하국 사이에는 딱히 요새나 성이 없었다. 일직선으로 이틀 거리에 불과했다.

"빼앗으면, 되겠군. 당장 쳐들어가서."

여포의 말에, 총군사로 동행한 곽가가 대꾸했다.

"성이 무슨 주머니 안의 물건입니까? 그렇게 쉽게 빼앗게."

"할 수 있다, 나는."

"아하, 그래서……."

뭔가 더 말하려는 곽가의 입을 용운이 막았다. 덕분에 곽가는 '견성을 내줬습니까?'란 뒷말을 잇지 못했다. 그에게는 다행스러운 일이었다.

"그만, 봉효. 거기까지. 들어온 정보가 있나요?"

"예. 현재 청하국상으로 있는 자는 동소입니다. 장수로는 계옹과 한맹이 있습니다."

말끝에 곽가가 덧붙였다.

"동소는 그나마 쓸 만하지만 나머지는 필부에 불과합니다."

용운은 고개를 끄덕였다. 그리고 오랜만에 기억의 탑을 올라, 동소와 계옹 그리고 한맹에 대한 내용을 살폈다.

'어디, 어떤 자들인지 볼까.'

동소(董昭), 자는 공인(公仁). 올해로 37세. 초기에는 일찍부터 원소를 섬겼다. 원소가 정사에서 한복의 땅, 그러니까 현재 용운의 본거지인 업성을 빼앗았을 때의 일이다. 기존 한복의 수하들은 크게 두 부류로 나뉘었다. 공손찬을 따르는 파와 원소를 따르자는 파였다. 이때 동소가 나서서, 친(親)공손찬파였던 거록태수를 설득해 원소 쪽으로 돌아서게 만든 일이 있었다.

'그 일로 보아 초창기에는 원소를 적극적으로 따랐음을 알 수 있지.'

동소의 특기는 적이 흘린 거짓 풍문을 간파하여 대비하고 반대로 적을 이간해 토벌하는 것 등이었다. 원소 밑에서도 그런 식으로 공을 세웠다. 그 보답인지 원소는 193년에 공석이 된 위군태수 자리에 동소를 임명하기도 했다.

'현재는 내가 위군태수 겸 기주목을 겸한 형태니까 그럴 일이 없지만. 그러고 보니 위군태수를 임명해도 되는 거 아닌가? 어차피 중앙정부가 유명무실해진 지 오래인데.'

용운은 이번 전투가 끝나면 순욱을 위군태수로 임명해야겠다고 마음먹었다. 아무튼 초기에 동소는 원소 밑에서 순조롭게 출세 코스를 밟은 듯 보인다. 그러나 동생인 동방(董訪)이 진류태수 장막(張邈)의 밑에 들어간 게 문제였다. 본래 원소, 장막, 조조 세 사람은 친우였다. 훗날 가는 길이 달라지자 사이가 벌어졌다. 그때 누군가 동소의 아우 동방이 장막을 섬긴다는 걸 빌미로 원소에게 동소를 모함했다. 이에 원소는 동소를 제거할 마음을 먹었다. 다행히 동소는 헌제를 알현하러 하내 근처까지 갔다가 장양에게 붙잡히는 바람에 항복하여 그의 수하가 되었다. 그냥 돌아갔다면 원소에게 죽었을 테니, 화가 복이 된 셈이다.

'그 정도로 아끼던 신하를, 그 동생이 사이 나쁜 옛 친구 밑에 있다는 이유로 의심해서 죽이려 들다니. 하여간 원소도 문제야.'

그런 연유로 한동안 장양 밑에 있던 동소는 조조가 헌제를 구하러 갈 때 그에게 길을 열어주고 친분을 쌓도록 장양을 설득했다. 그게 인연이 되어 장양이 죽은 후 하내를 조조에게 바치고 기주목의 자리를 얻어 임관하였다. 그 뒤로는 조조의 손자인 조예가 즉위할 때까지 3대에 걸쳐 위나라를 섬겼다.

정사에서의 기록만 봐도 지나치게 가벼이 여길 인물은 아니었다.

'일단 위보(僞報, 거짓 전갈) 계열의 책략은 안 먹힐 가능성이 높다. 그걸 간파하여 대응하는 게 동소의 특기니까. 그렇다면 장수 쪽을 건드려보는 것도 괜찮을 듯?'

현재 청하성에 주둔한 장수는 계옹와 한맹이라 했다. 둘 다 별 볼일 없는 자들이었다. 우선 '계옹(季雍)'은 원소를 섬기다가 배반하고 공손찬에게 간 장수다. 공손찬이 역사보다 일찍 죽어버렸으므로, 아직 원소 휘하에 남아 있었다. 하지만 충성심이 깊지 않을 확률이 높았다.

'아마도 계옹의 고향이 청하국이라서 이쪽 지형을 잘 아는 까닭에 파견한 모양이다. 이제 원소에게 사람이, 특히 장수가 없기도 하고.'

계옹은 당시 맡아 다스리고 있던 수현을 공손찬에게 바치며 투항했다. 계옹의 배신을 알아챈 원소는 주령을 보내 그를 공격하게 했다. 주령의 가족들이 모두 수현성 안에 있었으므로, 계옹은 그 어머니와 동생들을 성벽 위로 끌고 와 주령을 물러나도록 협박했다. 주령은 눈물을 흘리며 이렇게 말했다.

"장부가 한 번 출사하여 섬길 이를 찾았는데, 어찌 집안일을 돌아보겠는가!"

그 후 주령이 온 힘을 다해 성을 공격하니, 계옹은 그의 모친과 아우들을 살해했다. 그러나 결국 성이 함락되어 주령에게 생포됐다. 여기까지가 정사에 기록된 계옹에 대한 내용 전부였다. 심지어 《삼국지연의》에는 등장조차 하지 않는다.

'어떻게 죽었는지는 나와 있지 않지만, 끝이 좋았을 리 없지. 눈앞에서 어머니와 동생을 잃은 주령이 계옹을 가만 놔뒀을 리 없으니.'

어쩌면 그 후의 기록이 없는 것은 주령에게 살해당해서일지도 몰랐다. 중요한 건 그 일화에서 알 수 있듯, 계옹이 배신자인 데다 아녀자를 볼모로 삼아 협박하는 비열한 성품의 소유자라는 거였다.

'충성심도 없고 제 행동에 대한 죄책감도 적으니 그만큼 그를 움직이기가 쉽다는 뜻.'

'한맹(韓猛)'은 관도대전에서 조인에게 격파당한 장수였다. 그 패배 후 군량 운반을 호위하는 임무를 맡았을 때도, 순유의 계략에 따른 서황과 사환 등의 공격으로 수레가 불타 군량을 모두 잃었다. 이에 분노한 원소는 한맹을 죽이려 했으나 부하들의 만류로 잡병으로 강등시키는 데 그쳤다. 순유는 한맹을 두고 다음과 같이 평했다.

"날래고 의기가 강하나 적을 가벼이 여기는 자."

'한마디로 싸움은 좀 하지만 작전 이해도 면에서 제로에 가깝다. 다만 의기가 강하다고 했으니 이간질은 안 먹히겠군. 원소가 죽이려 했을 때 주위에서 말린 것도 아마 그런 이유에서일 것이다. 충성심 없고 무능한 장수와, 충성스럽긴하나 제 무력만 믿고 나대는 장수가 지휘관으로 있으니 일이쉬워지겠다.'

용운은 이런 정보를 총군사인 곽가와 부군사 순유에게 일러주었다. 물론 일어나지 않은 일은 적당히 각색했으며 정보출처는 흑영대에서 나온 것처럼 했다.

"흐음, 계옹은 원래 공손찬에게 마음이 가 있었다는 말씀이지요? 한데 그가 죽는 바람에 그냥 원소 밑에 눌러앉았고. 거기다 비열한 소인배라. 이건 뭐, 절로 회유해보고 싶은 충동이 생기네."

곽가의 말을 순유가 받았다.

"한맹은 제법 무예 솜씨가 있으나 오만함이 그 실력보다큰 모양. 거기다 머리도 나쁘군요."

두 사람은 즉각 머리를 맞대고 의논하더니, 반 시진도 안되어 계책을 내놓았다. 그걸 들어본 용운은 흡족한 기색으로수락했다.

"실로 좋은 계책입니다."

"주공께서 적확(的確)한 정보를 주신 덕이지요."

여포가 불만스레 말했다.

"그냥 쳐들어가서 부수면 될 것을. 그렇게까지, 해야 하오, 꼭?"

많이 변했다곤 하나, 여포는 여포였다. 여전히 무대포로 무력을 휘두르고 싶어한다.

용운은 좋은 말로 그를 달랬다.

"봉선 님, 이건 원소와의 첫 전투입니다. 벌써부터 내지 않아도 될 인명 피해를 낼 필요는 없지요. 이번 싸움은 저에게 맡겨주시죠."

"음, 알겠소. 그리 말한다면."

부하의 희생은 적을수록 좋다는 데는 여포도 공감했으므로 그는 순순히 수락했다.

청하성의 동소는 바짝 긴장한 상태였다. 그는 무능한 자가 아니므로 이미 연합군의 동태와 특성 정도는 파악하고 있었다. 위군 쪽의 움직임이 심상치 않더니, 설마 진용운이 먼저 쳐들어올 줄이야. 그 정보를 듣자마자 청하국상으로 임명되어 부랴부랴 내려왔다. 적군이 모습을 드러낸 건 그로부터 불과 사흘 후였다. 대비할 시간이 한참 부족했다.

'기주목과 여봉선, 둘 다 강력한 기병 전력을 바탕으로 한다. 성문을 걸어 잠그고 굳게 지킨다면 적들의 이점을 없앨 수 있다. 또한 계절도 겨울이니 시간을 끌면 적은 자연히 지칠 것이다.'

관도성을 보급기지로 삼아 조여올 가능성이 다분했지만 거기까진 동소의 능력 밖이었다.

'그 전에 원군이 와서 놈들을 몰아내길 바랄 수밖에. 내 목표는 그때까지 버티는 것.'

동소는 무너지고 금간 성벽을 수리하는 동시에, 백성들까지 모두 모아 수성전에 대비토록 했다. 흙과 벽돌로 된 성벽에 물을 붓는 것만으로도 훨씬 단단해졌다. 단, 이는 급한 불만 끄는 격이었다. 날씨가 따뜻해지면 그로 인해 오히려 성벽이 약해질 테니까. 이기든 지든 겨울을 넘기지 않으리라는 동소의 예측이었다. 성내의 식량도 최대한 비축해두었다. 한편으로는 원소에게 사람을 보내 위급함을 알렸다. 뒤이어 들어오는 첩보는 동소를 초조하게 했다.

'적들의 군세가 상상 이상이다. 어느 정도까지 버티긴 하겠지만, 그 이상은 무리야. 청하성이 무너지면 적은 단숨에 동광현까지 쳐들어올 것이니 그리 되면 턱밑에 칼이 들어온 형국이 된다. 여기서 적의 기세를 차단해야 한다.'

문제는 원소가 파견한 장수, 계옹과 한맹이었다. 둘은 은근히 동소를 업신여기며 말을 잘 듣지 않았다.

"청하성은 성벽이 높고 튼튼하여 적들이 함부로 범접하지 못할 겁니다. 국상께서는 지나치게 염려하시는 게 아닌지."

계옹은 적극적이지 못했다.

"그깟 놈들 떼로 몰려와봐야 제가 모조리 흩어버릴 수 있습니다."

한맹은 지나치게 상대를 얕보았다.

동소 또한 그들에게 단호히 대처하지 못했다. 그는 정사에서 장양에게 붙잡혔을 때, 두려움을 못 이겨 모든 관직을 내놓고 항복했다. 즉 중요할 때 모질지 못하고 무력에 약했다. 한 성을 책임지는 성주로서는 큰 약점이었다.

용운과 여포의 부대가 청하성 근처에 모습을 드러낸 날이었다. 그날 밤, 계옹은 은밀히 한 통의 서신을 받았다.

본인은 여봉선 장군과 힘을 합쳐 내일부터 성을 두들길 것이니 함락은 시간문제요. 그러고 나면 원소의 수하들은 살아남기 어려울 것이오. 다만, 일찍이 백규(공손찬) 님에게서 그대의 이름을 들은 바 있어, 원소 무리와 함께 죽게 하는 게 안타까워 미리 알려두는 바요. 싸움이 시작되고 사흘 뒤, 서쪽 성문을 맡았다가 전투가 벌어진 직후 열어주시오. 그렇게 해주신다면 섭섭지 않게 대접하겠소. 만일 수락한다면 서쪽 성문에 '李'라 쓰인 깃발을 올려주시오.

기주목 진용운이 보낸 서신의 내용은 계옹의 마음을 온통 뒤흔들어놓았다. 이(李) 자는 언뜻 계옹의 계(季)와 비슷하나 다른 글자였다. 즉 아군을 현혹하여 성을 내주는 셈이었다. 원소의 세력이 예전만 못함은 계옹도 잘 알았다.

'기주목, 여포 연합군과 원소…….'

계옹은 두 세력을 저울질하느라 밤을 지새웠다.

다음 날, 용운의 부대는 해가 뜨자마자 외성을 공격하기 시작했다. 치열하게 싸우는 것처럼 보였지만 실상은 욕설을 퍼붓거나 화살로 견제하는 정도였다. 일단 성벽에 붙으면, 병사들이 위에서 떨어지는 돌이며 기름 등을 피할 방도가 없다.

'계옹이 넘어와준다면 날로 먹을 수 있는데 굳이 병사들을 다치게 할 필요가 없지.'

그런 식으로 이틀이 지나갔다. 이는 계옹에게 생각할 시간을 줌과 동시에, 아군의 무력을 충분히 시위하기 위한 날짜였다. 또 성질 급한 한맹에게 자극도 되었을 터였다.

"원소는 여전히 병력을 출발시키지 않았습니다."

흑영대원의 보고에, 용운은 고개를 끄덕였다.

'예정대로 시작해도 되겠군.'

사흘째 되는 날, 진형에 변화가 생겼다. 용운은 서쪽 성벽에 장료가 이끄는 청광기 오천 기를 대기시켰다. 성문이 열리자마자 돌격해 들어가기 위해서였다. 나머지는 각 성벽을 골고루 에워싸되, 적당히 거리를 두고 압박만 가하도록 하였다. 단, '한(韓)' 자 깃발이 걸린 정면의 성벽에는 검후가 이끄는 부대를 배치하고 특별히 입담 좋은 병사를 포함시켰다. 병사들은 곧 목청껏 한맹을 조롱하기 시작했다.

"한가야, 한가야. 원소를 섬기다가 네 명줄이 오늘 끝나겠구나."

"무예 솜씨가 제법이라 들었는데 꼬리를 말고 틀어박힌 걸 보니 다 거짓 소문이었느냐?"

"이틀 내내 성문 밖으로 한 번 나오지도 않으니, 집 지키는 개가 따로 없구나!"

굳은 표정으로 이를 내려다보던 동소가 말했다.

"뻔한 도발이오. 절대 넘어가선 아니 되오."

"알고 있습니다. 태수께서는 염려 마십시오."

짐짓 듬직하게 답한 한맹이었으나, 병사 십여 명이 나란히 엉덩이를 까고 두들기며 조롱하자 얼굴이 금세 터질 듯 붉어졌다.

"옛다, 꼬리를 만 채로 안 나오는 걸 보니 확실히 집 지키는 개 중에서도 똥개인 모양이구나. 똥이나 먹어라!"

"내 똥도 먹어라! 니 에미랑 같이 먹어라!"

용운은 그런 병사들을 보며 생각했다.

'자고로 게임에서나 스포츠에서나 상대를 제일 빡치게 하는 욕은 패드립이지.'

한맹은 이를 부득 갈아붙였다.

'내 저놈들을 그냥!'

그래도 그때까지는 어떻게든 견딜 만했다. 검후가 나서기 전까지는. 용운이 조운이나 태사자가 아니라, 그녀에게 정문의 부대를 맡긴 데는 이유가 있었다. 바로 상대를 얕보는 한맹의 성품을 더욱 자극하기 위해서였다. 잔뜩 열을 받게 한 상태에서 두려움마저 지워주려는 것이었다. 그러면 뛰어나올 수밖에 없다. 검후는 용운이 지시한 대로 낭랑하게 외쳤다.

"나는 기주목을 모시는 여무사 검후다. 그대가 제법 솜씨가 있다 하니 나와 한번 붙어보자. 코빼기도 안 비치는 게, 설마 양물이 없는 놈(고자)은 아니겠지?"

용운군의 병사들이 와 하고 폭소를 터뜨렸다. 심지어 한맹의 수하들조차 웃음을 억누르려고 애썼다. 마침내 참지 못한 한맹이 씹어뱉듯 말했다.

"국상님, 출전을 허락해주십시오. 내 당장 나가서 저 계집을 갈가리 찢어 죽여야겠습니다."

"장군, 이건 함정이오."

"청하성 주변은 평지입니다. 눈앞에 적 진영이 빤히 보이는데 무슨 함정을 파겠습니까?"

"허나……."

"게다가 계집을 상대로 이 한맹이 꽁무니를 뺐다고 하면, 천하의 호걸들이 뭐라 하겠습니까? 제 수하들까지 저년의 개

소리를 다 들었으니, 이대로라면 앞으로 지휘관 노릇조차 하기 어려울 겝니다."

동소가 듣고 보니 마냥 틀린 말은 아니었다.

'사흘이 지났으니 한 번 정도 가볍게 싸워볼 때는 되었지.'

하지만 그는 한 가닥 불안한 심정이 들었다. 이상하게 뭔가 마음에 걸렸는데, 그게 뭔지 정확히 알 수가 없었다. 결국, 그는 한맹의 간곡한 청을 수락했다.

"알겠소. 대신 절대 무리하지 마시오."

"지휘관이 이렇게 조롱만 당하다가는 오히려 아군의 사기가 꺾입니다. 정문 앞의 적군만 흩어버리고 돌아올 터이니 성문을 잠그지 마십시오."

정면의 성문이 열리는 걸 본 용운은 쾌재를 불렀다.

'넘어왔구나. 생각보다 빠르네. 이제 절반은 성공한 거나 마찬가지다.'

기병 삼천을 끌고 나온 한맹은 대도를 휘두르며 맹렬히 돌격했다. 그 경로의 끝에는 정확히 검후가 있었다. 말에 탄 검후는 달려오는 한맹을 차갑게 비웃었다.

"제 발로 죽으려고 오는구나."

"어디서 암탉이 우느냐!"

한맹은 제법 기세 좋게 외치며 공격해왔다. 그게 그가 남긴 마지막 말이 되었다. 검후는 대꾸는커녕 그를 제대로 쳐다

보지도 않고 무심히 검을 휘둘렀다. 필단검이었다. 등의 화상이 아직도 다 낫지 않았으나 한맹 정도를 상대하기에는 아무 지장이 없었다. 서걱! 소름끼치는 소리와 함께 한맹의 상체가 비스듬히 반으로 잘렸다. 이를 본 한맹의 병사들은 혼비백산했다. 그곳으로 한껏 사기가 오른 검후 부대의 병사들이 쳐들어갔다.

"와아!"

"검후 님께서 적장을 베었다!"

"놈들을 모조리 죽여라!"

망루에서 지켜보던 동소가 다급히 명을 내렸다.

"어서 성문을 닫아라!"

미리 대기하고 있던 병사들이 허겁지겁 성문을 닫고 안도의 한숨을 내쉬었다.

하지만 문제는 다른 곳에서 일어났다. 바로 서쪽 성문이었다. 계옹은 이틀 내내 고민한 끝에 거의 마음을 굳혔다. 하지만 막상 전투가 시작되자 또 한 가닥 망설임이 일었다. 그때 한맹이 적장의 손에 한 칼에 죽는 걸 봤다. 성격이 안 맞아 친하진 않았지만 그의 실력만큼은 인정하는 바였다. 그런 자가, 심지어 여자에게 당했으니 다른 장군들은 얼마나 강할 것인가.

계옹은 이를 악물고 부관에게 말했다.

"이 기를 서쪽 망루에 세워라."

기를 건네받은 부관이 즉시 망루로 달려갔다. 이윽고 성벽 위에 '이(李)' 자가 쓰인 깃발이 올랐다. 동소는 그걸 봤지만 무심히 지나쳤다. 한맹이 죽는 바람에 거기까지 신경 쓸 겨를이 없었다. 이에 멀리서 대충 보고 '이'를 '계(季)' 자로 착각한 것이다. 본래 사람은 자신이 믿는 대로 보는 경향이 컸다. 바쁘고 다급한 상황에서는 더욱 그랬다.

깃발을 확인한 장료가 수하들에게 명했다.

"곧 성문이 열릴 테니 만반의 태세를 갖춰라."

얼마 후, 과연 서쪽 성문이 무거운 소리를 내며 열렸다. 장료의 부대는 기다렸다는 듯 그 안으로 쏟아져 들어갔다. 설령 이게 함정이라 해도 거기서 빠져나올 능력이 되는 장수. 그게 장료였다.

동소는 서쪽 성벽에서 뭔가 이변이 일어났음을 깨달았다. 자연스럽게 그쪽을 방어하고 있는 장수가 떠올랐다.

'계옹.'

순간 어떤 생각이 번개처럼 뇌리를 스쳤다. 그를 알 수 없는 불안감에 휩싸이게 했던 것. 그것은 바로 지난밤 계옹이 보인 태도였다.

'아뿔싸!'

동소는 수성전에 있어 앞으로의 일에 대해 의논하기 위해 계옹의 거처를 찾아갔었다. 그때 계옹은 미묘하게 부자연스러운 반응을 보였다. 뿐만 아니라 자꾸 시선을 피했다.

'계옹은 나보다 먼저 주공을 모셨다. 그러니 내가 태수가 된 게 못마땅하겠지.'

당시는 그 정도로 생각하고 넘겼다. 한데 이제 알 것 같았다. 계옹이 배반한 것이다. 서둘러 망루에 오르니, 활짝 열린 서쪽 성문으로 적의 철기가 물밀듯 치고 들어오는 게 보였다.

'끝났구나. 이렇게 허무하게……'

동소는 고개를 떨어뜨리고 한숨을 내쉬었다. 최소 두 달은 버티리라 생각했는데 고작 이틀. 이대로 망루에서 뛰어내려 자살하고 싶었으나 모질지 못하여 차마 그럴 용기가 나지 않았다. 그는 비틀거리며 성벽을 내려오자마자 장료의 부하들에게 붙잡혀 포박됐다. 원소의 주요 거점 중 하나였던 청하국은 싱겁게 용운의 손아귀에 떨어졌다.

"주공, 대승입니다! 항복한 적의 병사만 이만에 달합니다."

좀체 감정을 드러내지 않는 장합이 달려와 눈을 반짝이며 외쳤다.

청하성은 원소와의 일전에 있어 매우 중요한 지역이었다. 그런 곳을 무혈 입성하다시피 했으니 기쁘지 않을 수 없었다. 피해는 부상자 오십여 명에 불과했다. 대부분 검후 부대의 병사들로, 한맹의 부대와 싸울 때 다친 것이다. 사망자는 전 부대를 통틀어 한 사람도 없었다.

용운은 침착하게 지시했다.

"자룡 형님, 봉효. 뒷일을 부탁합니다."

즉시 조운은 전군을 수습하고, 곽가는 성내의 민심을 진정시키는 작업에 들어갔다. 또한 사로잡히거나 투항한 적병을 따로 분리했으며 약탈과 노략질을 금하게 하고 무기고와 식량고를 확인했다. 계옹에게는 약속대로 상을 내렸으나 병사를 모두 빼앗고 관도성으로 보냈다. 그의 사람됨을 믿을 수 없었던 까닭이다.

동소는 용운이 직접 설득하여 완전히 투항했다. 정사에서 장양에게 사로잡히자 그대로 항복해버린 것처럼. 어차피 그런 성품이니 혼자 위험에 빠트리지만 않으면 충성할 것이다.

"앞으로 기주목님을 따르겠습니다."

"하하, 뜻하지 않은 인재를 얻게 되어 기쁘군요. 그럼 이대로 청하성을 다스려주세요."

"그, 그래도 되겠습니까!"

동소는 크게 당황했다. 기주목이 어리석은 것인지 배포가 큰 것인지 알 수가 없었다.

하지만 용운은 그 나름대로의 계산이 있었다.

'어차피 곽가나 순유, 혹은 관도에서 이곳까지의 보급선을 총괄하고 있는 진궁에게 청하성을 맡길 수도 없는 노릇이다. 동소는 심약하여 항복했으나, 대신 자신이 안전한 동안에는 배신할 일도 없지. 뒤에 마초와 방덕도 청하성으로 올 테고.'

청하성은 사흘도 지나지 않아 안정이 됐다. 마치 처음부터 용운 치하의 성이었던 것 같았다. 때맞춰 낙릉성에 있던 유비에게서도 전갈이 왔다. 곧 반현으로 진격하겠다는 내용이었다.

용운은 청하성 대전에서 작전회의를 열고 여포에게 말했다.

"이틀 후, 저는 발해의 목전에 있는 동광현으로 진출합니다. 봉선 님께서는 먼저 안평국 방면으로 나아가주십시오. 같은 날, 다른 방향에서 한꺼번에 발해성을 칠 것입니다."

"알겠소. 잘 봤소, 그대의 지략은. 나중에 원술 놈을 칠 때 기대해도 되겠군."

잠시 생각하던 여포가 히죽 웃었다.

"그러고 보니 재미있겠어. 누가 먼저 목표를 점령하는지. 나와 유현덕 중에서. 유현덕에게 전해주시오. 승부해보자고."

"아, 네……. 뭐 그러지요. 전 유현덕 님께 걸겠습니다."

"후회할 거요."

여포는 호기로운 말을 남긴 후, 다음 날 아침 해가 뜨자마자 전군을 이끌고 서북쪽의 안평국으로 출발했다. 피해가 전무하여 전력을 고스란히 보존한 상태였다. 그는 아무렇지 않은 척했으나 은근히 자극을 받은 듯했다. 용운이 유비에게 걸었기 때문이다.

'시작이 좋아.'

용운은 떠나는 여포군의 뒷모습을 보며 결의를 다졌다.

'아마 목표를 제일 먼저 함락하는 사람은 내가 될 겁니다, 여포 봉선.'

발해군 남피현, 원소 진영.

원소는 유우를 치기 위해 역수 방면에 진출했다. 그랬다가 연합군이 쳐들어온다는 전갈에 부랴부랴 돌아와 있었다. 용운과 여포 그리고 유비까지 손을 잡았다는 소식에 남피성의 분위기는 무겁게 가라앉았다.

"아무나 대책을 말해보시오. 이대로 있다가 당할 거요?"

남피성 대전의 누대에 앉아 있던 원소가 역정을 냈다. 벌써 작전회의를 연 지 반 시진 가까이 지났지만, 다들 눈치를 보기만 할 뿐 누구 하나 입을 여는 자가 없었다. 그만큼 현재의 상황은 좋지 못했다.

"공칙(公則, 곽도)! 그대가 한번 말해보시오."

원소의 지명에 흠칫 놀란 곽도가 입을 열었다.

"그, 그것이…… 적의 기세가 심상치 않으므로 일단 방어를 굳혀 대비하는 것이……."

"그만! 장기(蔣奇), 그대의 의견은 어떻소?"

"……저 또한 공칙 님의 생각과 같습니다."

"되었소!"

역정을 낸 원소가 순심을 바라보았다.

"우약(友若, 순심), 뭔가 방도가 없겠소?"

순심은 최근 들어 건강이 좋지 않아 수척했다. 무리한 원
정을 했다가 탈이 난 것이다. 그는 크게 한숨을 내쉬더니 입
을 열었다.

"제게는 딱 한 가지 방도가 있습니다."

"오! 그게 뭐요?"

"원도(元圖, 봉기) 님을 불러오는 겁니다."

원소의 얼굴이 살짝 굳었다.

"원도를……."

봉기는 용운과의 내통을 의심받아 근신 중이었다. 의심 많
은 원소가 그를 당장 죽이지 않은 건 그나마 옛정이 깊었기
때문이다. 잠시 생각하던 원소가 명을 내렸다.

"즉시 원도를 데려오라. 근신이 풀렸으며 오늘부로 총군
사의 자리에 임명됐다고."

봉기를 모함했던 곽도의 미간이 꿈틀거렸다. 하지만 감히
뭐라 나서지 못했다.

잠시 후, 봉기는 하인에게 이끌려 대전으로 들어왔다. 늙고 수척한 모습이었다. 그는 깊이 고개를 조아리고 말했다.

"신 봉원도, 주공을 뵙습니다."

봉기에게서는 원소에 대한 원망이나 서운함은 추호도 찾아볼 수 없었다. 이에 원소도 염치가 없었는지 헛기침을 하며 누대에서 내려와 직접 봉기의 손을 잡았다.

"미안하오. 내 오해가 있어 본의 아니게 그대를 핍박했구려."

"아닙니다. 덕분에 집에서 잘 쉬었습니다."

원소는 별안간 차가운 눈초리로 곽도를 쏘아보았다.

"저자를 당장 끌어내라."

"힉!"

갑자기 불똥이 튀자 곽도는 소스라치게 놀랐다. 그런 원소를 말린 사람은 뜻밖에도 피해자인 봉기였다.

"주공, 지금은 그럴 때가 아닙니다. 감히 말씀드리자면 작금의 상황은 심각한 위기입니다. 저뿐만 아니라 우약도, 공칙의 힘도 필요합니다. 모두가 하나 되어 똘똘 뭉쳐야 겨우 이겨낼 수 있습니다."

"……그대가 그리 말한다면, 알겠소."

죽다 살아난 곽도는 울먹이며 말했다.

"원도 공, 내 이 은혜는 잊지 않겠소."

"별말씀을. 이제 진짜 적을 상대로 싸워야 하지 않겠소이까."

원소가 아무리 예전만 못하고 몰락해간다 하나, 가문의 위명은 여전했으며 아직 인재도 많았다. 다만, 그 인재들이 서로 헐뜯고 시기하여 문제였을 뿐. 용운의 대대적인 공격은 아이러니하게도 그들을 하나로 뭉치게 해버렸다.

봉기는 맨 처음 용운과 여포, 유비가 손잡고 침공해온다는 소식을 들었을 때부터 생각해둔 계책이 있었다. 이는 단순히 한두 번의 전투나 얄팍한 계책으로 막아낼 성질의 것이 아니니, 반드시 외교가 동반되어야만 해결이 가능했다. 순심 또한 자신과 비슷한 봉기의 그런 성향을 알았기에 그를 추천한 것이다.

"지금 즉시 두 사람에게 사신을 보내십시오."

봉기의 말에 원소가 물었다.

"누구 말이오?"

"바로 조맹덕과 원공로(원술)입니다."

공교롭게도 같은 시각, 노준의는 마침내 군사를 일으켜 유우가 다스리는 유주를 침공해 들어갔다. 따지고 보면 이 또한 용운을 압박하기 위한 것. 기주에서 붙은 전쟁의 불씨가 중원 전체로 퍼져나가는 순간이었다.

11

뜻밖의 불안요소

칙칙하던 원소의 낯빛에 생기가 살아났다. 그는 용운과 여포, 거기에 유비까지 손을 잡고 공격해온다는 소식에 내색하지 않으려 애썼으나 상당한 압박을 받고 있었다. 한데 봉기의 말을 듣자, 캄캄한 동굴 속에서 한 줄기 빛을 본 기분이었다.

"맹덕과 원공로라……! 그래, 확실히…….'

원소라고 외부의 도움을 생각하지 않은 건 아니었다. 그럴 만한 상대가 떠오르지 않았을 뿐. 그러나 지금은 어떻게든 될 것 같았다. 흑산적이 몰려왔을 때도 그렇게 위기를 넘겼다. 달콤한 미끼를 내걸어 적당히 약조하면 된다. 어리석고 탐욕스러운 자들은 또 도와주리라.

그때 장막이 그런 원소에게 찬물을 끼얹었다.

"맹덕이 과연 원군을 보내줄까? 그 친구가 어려울 때 자네는 그렇게 외면했었는데. 원공로는 또 어떻고. 평소 견원지간보다 더한 사이가 아니었던가. 한데 급해지니 아무한테나 손을 내미는 겐가?"

원소는 직언하는 친구의 이름을 신음하듯 중얼거렸다.

"맹탁……."

"무슨 일만 당하면 주변에 도움부터 청하기 급급하군. 천하의 원본초가 어쩌다 이렇게 됐나?"

매서운 말을 서슴지 않고 내뱉는 자는 장막(張邈)이었다. 자는 맹탁(孟卓). 청류파의 명사다. 원소, 조조와 더불어 젊은 시절부터의 오래된 벗이었다. 그는 얼마 전부터 원소의 초빙으로 남피성에 와 있었다. 기도위를 역임하고 진류태수까지 지냈으나, 반동탁연합군에 참가했다가 동탁에게 패배한 후 연주에서 은둔하던 차였다. 어차피 딱히 하는 일이 없는지라 옛 친구라도 돕겠다고 나선 것이다. 장막은 조조에게도 가장 큰 후원자로 재기를 적극 도왔으며 원소에게는 친형과 같았다.

원래 정사에서는 원소가 반동탁연합군의 맹주를 맡으면서 독선적인 면을 드러내 장막, 조조와의 사이가 벌어지기 시작한다. 그의 교만한 태도를 장막이 대놓고 질책하자, 조조에게 장막을 죽이라고 시켰다가 오히려 친구끼리 해쳐서야 되겠느냐고 한 소리 들은 탓이다. 원소는 그런 충고를 받아들일 성품이 못 되었다. 게다가 원소에게서 도망친 한복을 장막이 보호하면서 거의 관계가 파탄 날 지경에 이른다.

하지만 이 세계에서는 두 가지 일 모두 일어나지 않았다. 반동탁연합군의 맹주는 죽은 공손찬이 맡았다. 한복은 용운에게 패배하여 측근의 손에 죽었다. 따라서 원소와 장막의 사이를 악화시킨 사건들도 없던 일이 되었다. 덕분에 아직까지는 벗으로 교류하고 있었다. 그러나 최근 들어 균열의 조짐이 보이기 시작했다.

원소의, 용운에 대한 비정상적인 집착과 승부욕. 조조가 복양성에서 패배하여 궁지에 몰렸을 때, 그 일과 전혀 무관하지 않음에도 외면한 무성의. 유비에게서 도움을 받고도 그를 속인 불의까지. 장막의 눈에 비친 원소는, 명문가의 자손이면서도 강직하고 청렴했던 예전 모습을 잃은 지 오래였다. 안타까운 마음에 몇 번 충고했으나 돌아온 건 무시와 싸늘한 비웃음이었다. 조금 전 장막이 독하게 말한 것도 그래서였다.

원소는 원소대로 기분이 크게 상했다. 그가 가장 싫어하는 것은 다른 사람들 앞에서 자신의 모자람이 드러나는 일이었다. 그 행위를 장막이 저질러버렸다. 이런 때에. 대전에는 어느새 냉기가 감돌았다. 분위기가 심상치 않음을 감지한 봉기가 얼른 나서서 말했다.

"맹탁 님, 어찌 그리 말씀하십니까. 맹덕 님이 어려움을 겪은 것은 복양성에서 기주목에게 패배한 탓이지, 주공이 외면해서가 아닙니다."

"애초에 복양성을 치라고 꼬드긴 게 본초잖소. 복양태수 자리를 제시하면서. 그러고 보니 유현덕에게도 평원태수 자리를 주겠다고 하고, 대신 텅 빈 성을 넘겨줬구려."

원소가 이를 악물고 말했다.

"닥쳐라. 맹탁."

"……그리 말한다면 난 앞으로 어떤 조언도 하지 않겠네."

원소는 돌아서서 나가는 장막의 등을 무서운 눈으로 노려보았다.

"조언은 무슨……."

그런 그에게 봉기가 귓속말을 했다.

"주공, 아무래도 이제……."

"음."

"마침 병사와 자금도 많이 부족합니다."

이는 장막을 없애고 그의 병사와 재산을 빼앗자는 얘기였다.

장막은 장막대로 이상한 분위기를 감지했다. 그래도 친구인데 설마 했다. 아직 우정에 있어서는 원소를 믿는 마음이

남아 있어 독하게 얘기했다. 그런데 그가 자신을 노려보던 눈
빛이 심상치 않았다. 등에 식은땀이 흐를 정도였다.

'아무래도 여길 떠나 어디론가 달아나야겠구나.'

장막은 거처로 돌아가는 즉시 짐을 싸기로 마음먹었다. 조
조라면 자신을 받아줄 것이다. 마침 동생 장초도 조조의 밑에
가 있었다.

'아까 한 말로 보아 어차피 맹덕(조조)에게 구원을 요청할
듯하니. 그리 되면 본초(원소)를 배반하는 것도 아니고, 마음
편히 있을 수 있겠지.'

장막이 대전을 나간 후. 원소는 친우를 죽이자는 얘기에도
큰 동요 없이 미미하게 고개를 끄덕였다.

"그 일은 나중에 논의하고 하던 얘길 계속해보시오."

"예. 우선 조맹덕은 중간에 주공과 불편한 일이 있긴 했으
나, 응원 요청에 응할 가능성이 매우 높습니다."

"어찌 그렇소?"

"그가 패국에 틀어박히게 된 직접적인 이유는 여포인데,
그 여포가 지금 진류성을 비우고 이쪽으로 공격해오고 있기
때문입니다."

"여포와의 원한 때문에라도 응할 거라 이건가."

"거기다 현재 조맹덕은 마땅한 관직도, 성도 없는 상황입

니다. 이번에야말로 진류태수 자리를 주겠다고 임명장까지 쓰면 응할 확률이 8, 아니 9할 이상입니다."

"좋소. 그럼 원공로는? 알다시피 공로는 오래전부터 나와 불편한 사이요."

불편하다는 건 상당히 점잖은 표현이었다. 실상 둘 사이는 철천지원수나 다름없었다. 봉기는 목이 말랐는지 입맛을 다시고 답했다.

"원공로는 최근에 진용운이며 여포와 연이어 싸웠습니다. 비록 주공과 불화가 있다 하나 결국은 같은 집안인 데다 적의 적은 아군인 셈이니 손잡지 못할 이유가 없습니다."

"으음, 그런 추상적인 얘기만으로 될까. 녀석의 성품상 뭔가 확실한 이득을 제시하지 않으면……."

"이득은 있습니다. 아니, 만들어줘야지요."

히죽 웃은 봉기가 말을 이어나갔다.

"원공로의 행보를 보아하니 노골적으로 중원에 진출하고픈 야망을 드러내더군요. 하지만 현실은 남양과 여남, 수춘 등에 영향력을 미치고 있고, 최근에 하내를 손에 넣긴 했으나 여전히 연주로 나오지 못하는 중입니다."

"놈은 늘 주제를 모르고 설쳤지."

"그러다 얼마 전 발 빠르게 산양성을 점령하여 다른 방면에서 북진함으로써 연주와 기주로 나아갈 수 있는 기반을 마런했는데, 복양성에서 쾌진격을 해온 진용운에게 빼앗겼지요. 아마 지금쯤 그 일로 이를 갈고 있을 것입니다. 그걸 건드려주는 겁니다."

"어차피 진용운이 우리와 싸우는 사이에, 다시 산양성을 도모하려고 생각하고 있지 않겠소?"

"그러기는 어려울 것입니다. 원공로에게 잔뜩 독을 품은 여포가 오른팔인 고순과 책사 가후에게 진류성을 맡기고 부장 장패로 하여금 허창에 주둔하도록 했습니다. 이는 행여 원공로가 하내 밖으로 나오려고 들면 두 방향에서 치게 하려는 것이니, 원공로의 입장에서는 움직이기가 쉽지 않습니다. 여포도 나름대로 원정에 대비한 것이겠지요."

"그렇다면 어쩌자는 것이오?"

"주공께서는 아까 맹덕에게 원군을 청하기로 한 걸 잊으셨습니까?"

잠시 생각하던 원소가 무릎을 쳤다.

"아하! 맹덕으로 하여금 산양성을 공격하게 하자는 거로군."

"맞습니다. 산양성에는 진용운의 사람이 있을 테니, 공격하는 자체만으로도 효과가 있고 포로로 잡기라도 하면 더욱 좋습니다. 그리고 산양성을 함락하게 되면 원공로에게 돌려주겠다고 약조하는 겁니다."

"그 약조를 꼭 지켜야 할 필요는 없겠지."

"그, 그거야 뭐, 주공의 뜻대로……."

이미 유비에게 큰 실수를 하여, 그를 적으로 돌리고도 정신을 못 차린 원소였다.

'원술 따위에게 득이 되는 일은 하기 싫다. 적당히 이용하고 무시하면 그뿐. 천하는 나를 위해 돌아가는 것이다.'

그때 완벽하게 무장을 갖춘 사내가 대전으로 들어왔다. 바로 원소의 삼남 원상이었다.

"아버님께서는 어찌하여 역도들을 상대로 그리 근심하십니까? 이 현보(顯甫, 원상의 자)에게 정예 일만만 주시면 출격해서 모조리 흩어버리겠습니다."

우렁우렁한 목소리에 호방한 태도까지. 금빛 나는 갑주 차림의 원상은 그야말로 헌헌장부였다. 원소의 젊은 시절 모습과도 비슷했다. 원소가 그를 총애하는 것도 무리는 아니었다.

"오오, 현보야! 네가 있는데 내 무슨 근심이 있겠느냐."

"염려 마소서. 제가 목숨 걸고 아버님과 우리 원가의 땅을 지켜내겠습니다."

"하하, 그야말로 믿음직하구나."

원소는 흡족하게 웃었다. 사실 회의 때 허락도 없이 불쑥 들어온 것부터 꾸짖어야 했지만, 그는 이미 그 정도 사리분별도 하기 어려웠다. 초조함과 열등감, 두려움 등 온갖 복잡한 감정들에 시달린 탓이었다. 현대식으로 말하자면 약간의 신경쇠약 상태였다.

'딱 좋은 때에 오셨군.'

봉기는 회심의 미소를 지었다. 그는 원상을 후계자로 밀고 있었다. 이때쯤 무장하고 대전으로 오라고 일러준 사람도 그였다. 원소가 그런 모습에 약하다는 걸 잘 알았기 때문이다. 반면 장남 원담을 지지하는 곽도 등은 안색이 어두워졌다. 그러나 방금 봉기에게서 구명지은을 입다시피 한 터라 아무리 뻔뻔한 곽도라도 원상의 등장에 대해 트집을 잡지 못했다.

원소가 목청을 돋워 말했다.

"자, 그럼 서둘러 맹덕과 공로에게 사신을 보내시오. 맹덕에게는 진류태수의 자리를 약조하고 부절(符節)도 함께 보내시오."

'부절'이란 사신이 신표로 갖던 물건으로, 옥이나 대나무로 만든 부신(符信)의 일종이었다. 부신은 나무판이나 두꺼운 종이에 글자를 기록하고 가운데 도장을 찍은 뒤, 이를 둘로 나눠 하나는 상대에게 주고 하나는 자신이 가졌다가, 나중에 서로 맞춰서 증거로 삼던 물건이다. 즉 부절은 사신용의 특별한 부신이었다. 황실에서 대신 보증을 서준다는 의미가 있었다. 부절까지 보내는 이유는 조조에게 믿음을 주기 위한 것이었다. 그가 움직여야만 이 작전 전체가 돌아가기 때문이다.

방향을 정한 원소 진영은 바쁘게 움직이기 시작했다.

　유주, 노성.

　예전에 공손찬의 근거지였으나 이제 노준의가 차지한 북평군과, 유우가 지키고 있는 계성의 사이에 위치한 성이다. 포구수라는 강을 등진, 작지만 탄탄한 성이었다.

　노성을 마주 보고 진을 친 노준의는 혀를 찼다.

　"이거 생각도 못한 데서 발목이 잡히네."

　바로 그제까지만 해도 노성은 금세라도 함락될 듯 위태로웠다. 주둔한 병사들은 허둥댔고 사기도 낮았다. 그런데 하루아침에 대응방식과 분위기가 바뀌었다. 그 바람에 노준의 군은 적지 않은 병력을 잃고 밀려나고 말았다. 성혼단원을 시켜 조사해본 결과, 탁현에서 출발한 장수와 책사 한 명이 그저께 밤에야 도착했다고 했다. 달라진 거라곤 그것뿐이니 그들이 원인이리라.

　'양수와…… 누구였더라? 여건? 양수가 천재라는 얘기는 《삼국지》에서도 많이 봤지만, 여건이라는 자는 뜻밖이로군. 조용히 능력을 발휘하는 타입인가. 아니면 역사에 많이 알려지지 않은 자인가.'

　팔짱을 낀 채 노성을 바라보는 노준의 옆에 병마용군 해루가 와서 섰다. 파란 바다 빛깔 눈동자에, 온몸의 피부가 연한 하늘색을 띠는 여성형 병마용군이었다. 그녀는 전장에서도 여전히 우아한 드레스 차림이었다.

"회장님, 지금이라도 제가 물로 쓸어버릴 수 있습니다. 마침 뒤에 강도 흐르니까요. 아니면 관승 님 한 분만 나서도 충분히 부숴버릴 수 있는 성입니다. 시간을 끄는 이유가 있나요?"

"해루, 이건 말이야. 공손탁을 쓸어버릴 때와는 달라. 거긴 외진 곳이고 어차피 맡아 다스릴 녀석 하나와 적당한 병사만 배치해두면 더 신경 쓸 일이 없지. 공손탁도 그래서 제가 왕이네 뭐네 한 거고. 중앙의 손이 미치질 않거든."

"예, 덕분에 연청 님께서 수고하고 계시죠."

"하하, 녀석이라면 믿고 맡길 수 있으니까. 하지만 여긴 중원이야. 뭐, 엄밀히 따지면 북부지만 어쨌거나 한(漢) 제국에 확실하게 포함되는 영토라 이거지."

노준의는 턱을 어루만지며 말을 이었다.

"송강을 따르는 무리들이 원소 진영에서 가감 없이 힘을 쓰는 바람에 안 그래도 신장(神將)이니 마귀니 하는 얘기가 퍼지는 판이었는데……. 유당의 말에 의하면 산양성에서는 그야말로 제대로 한판 붙은 모양이더군."

"저, 말씀 중에 죄송합니다만 말이 나와서 말인데요, 유당 님과 몇 달째 연락이 되지 않습니다."

노준의는 대수롭지 않게 대꾸했다.

"또 위원장 쪽으로 마음이 기울어지기라도 한 거겠지. 내버려둬. 원래 그런 놈이다. 내가 유주를 점령하면 바로 나타날 거야."

"그럴까요……."

"아무튼 산양성에서의 싸움 말인데, 바로 가까이에서는 아니더라도 직간접적으로 그 전투를 본 사람만 수천에 달해. 모조리 죽여 입을 막을 수도 없으니 이상한 소문과 의혹 어린 시선은 더욱 퍼져나가겠지."

"그래도 상관없지 않나요?"

"당장이야 상관은 없어. 우리가 이상한 힘을 가졌다는 걸 안다고 어찌할 수 있는 것도 아니니까. 현대였다면 정부에서 나온 요원이 끌고 가서 해부라도 했겠지만."

해루는 고개를 갸웃거리며 물었다.

"그런데 왜 힘을 아끼시는 겁니까?"

"이상하게 남발해서는 안 될 것 같은 예감이 든단 말이야. 이로 인해 나중에 크게 한번 뒤통수를 맞을 것 같아."

막연한 말이었으나 해루는 수긍했다.

"회장님의 그 직감은 현대에서도 여러 번 발휘되었지요."

"그리고 사실, 이 시대의 전투 방식만으로 어디까지 통용될지 궁금하기도 해. 위기가 닥칠 때마다 걸핏하면 천기로 해결해버릴 수도 없으니까. 우리가 엄청난 힘을 가진 건 사실이지만, 몸뚱이가 여러 개는 아니거든. 나나 관승이 없는 곳에서도 부하들이 어느 정도 역할은 해줘야 해."

"알겠습니다. 뜻대로 하시지요. 그럼, 통상적인 조언 이상의 힘은 발휘하지 않겠습니다. 회장님께서 위험에 빠졌을 경우만 제외하고 말입니다."

"과연 그럴 일이 있을까?"

노준의는 가볍게 웃었다. 눈앞에서 수백의 병사가 죽어나갔지만, 별일 아니었다. 어차피 병사는 또 모으면 되니까. 이 모든 것들이 그에게는 유희와도 같았다. 또한 송강과의 승부이기도 했다.

'난 언제나 최고였다. 현대에서는 최연소에 중국 최고 기업의 회장이 되었으며, 여기 와서도 최강자는 나다. 그런데 듣도 보도 못한 고아 계집이, 단지 성혼마석의 선택을 받았다는 이유만으로 위원장의 자리에 올라 있다니……..'

노준의는 주먹을 움켜쥐었다. 그 손에 서서히 힘이 들어갔다. 이상하게 송강만 생각하면 몸이 반응했다.

'이런 데서 내 앞길이 막힐 순 없지.'

그의 금색 눈동자가 기이한 빛을 발했다.

성벽 위에서 노준의 진영을 바라보던 양수가 움찔했다. 옆에 있던 여건이 의아한 듯 물었다.

"왜 그러십니까?"

"아니……. 뭔가 이상한 게 번쩍인 것 같아서 말입니다."

"흠, 전 잘 모르겠는데요."

"제가 긴장해서 잘못 본 모양입니다."

고개를 끄덕인 여건이 말을 이었다.

"그나저나 덕조(德祖, 양수의 자) 님, 이상하지 않습니까?"

"뭐가 말입니까?"

"저 정도의 세력이 북부에 갑자기 나타났다는 것이오. 요동 쪽에 수상한 움직임이 있을 거라는 정보를 들은 지 불과 서너 달도 지나지 않았습니다. 위원회라는 자들이 그토록 강한 걸까요?"

여건과 양수는 자신들이 상대하는 적이 위원회 및 성혼단과 관계가 있다는 사실을 알고 있었다. 용운에게 완전히 전향한 유당이 경고한 덕이었다. 미리 대비하고 있다가 노성으로 출진해온 것도 그래서 가능했다. 여건의 물음에 양수가 답했다.

"보아하니 요동에서 공손탁 밑에 있던 군벌을 움직여 반란을 일으킨 것 같습니다. 공손 일족을 제거하고 휘하의 병력까지 모조리 흡수한 것이지요. 힘보다는 머리를 쓴 것 같습니다."

"흠, 공손탁은 상당히 강한 세력을 가진 자인데……."

"함정을 파서 우두머리만 제거하면, 나머지는 의외로 쉽

답니다."

"그렇군요."

여건은 '함정을 파서 우두머리만 제거한다'는 말을 하는 양수의 표정이 어쩐지 섬뜩해 보였다.

'쓸데없는 생각을. 연일 계속된 전투 때문에 날카로워진 탓이겠지.'

두 사람은 이틀을 꼬박 잠도 못 잔 상태였다.

다음 날도, 그다음 날도 노준의 부대는 줄기차게 노성을 공격했으나 함락하지 못했다. 양수의 머리에 여건의 지휘가 더해지자 그 상승효과는 엄청났다. 이미 원소와 순심도 탁성에서 한 번 실패하고 돌아간 적이 있었다.

노준의는 조금씩 초조해지기 시작했다.

"곽가나 주유, 여포 같은 인물들도 아니고. 고작 양수와 여건 따위에게 내가 고전하다니."

그때 한 사내가 막사 안으로 들어섰다. 그는 바로 관승의 병마용군, '궁기(窮奇)'였다. 노준의는 저도 모르게 눈살을 찌푸렸다. 그는 원래 병마용군을 별로 좋아하지 않았다. 그중에서도 제일 싫어하는 게 이 궁기였다.

'관승처럼 당당하고 공명정대한 여자가 어떻게 저런 병마용군을 거느렸는지 알 수가 없군.'

궁기는 일단 겉모습부터 호감이 가지 않았다. 팔이 유난히

긴 데다 꼽추라 손등이 땅바닥에 닿을 지경이었다. 부리부리한 눈에 머리숱이 거의 없어 인간과 비슷한 형상의 괴물 같은 인상마저 주었다. 그나마 입고 있는 의복이 그가 사람임을 일깨워주었다.

"뭔가 알아냈느냐?"

노준의의 차가운 목소리에, 궁기는 감히 고개조차 들지 못하고 답했다.

"예, 누구에게나 어둠은 있으니까요."

"건방지게……. 묻는 말에만 답하라."

"죄, 죄송합니다."

궁기는 본래 중국 신화에 등장하는 괴물의 이름이다. 요나라 시대에 중국 서쪽에는 네 마리의 사악한 괴물이 살고 있어, 이를 일컬어 사흉(四凶)이라 했다. 궁기는 그중 하나였다. 흉포한 호랑이의 모습이며, 앞다리 안쪽에 날개가 달려 있어 하늘을 날 수 있었다. 궁기는 성격이 비뚤어져서 사람들이 싸우는 걸 즐겼는데, 분쟁에 끼어들면 옳은 쪽을 죽이고 정직한 자의 코를 베어 먹었다고 한다.

주인인 관승이 워낙 강대한 전투력을 지녀서일까. 병마용군 궁기의 전투력은 천강위의 병마용군치고는 보잘것없을 정도로 약했다. 대신 그에게는 특별한 천기가 있었다. 쓰기에 따라 무서운 위력을 발휘하는 천기였다. 천기, 심암증폭

(心暗增幅). 이름 그대로 마음속의 어둠을 증폭시키는 힘이었다. 사람은 대개 감추고 싶은 비밀이나 어두운 욕망을 숨기고 살아간다. 이를 억제하지 못하면 흉악한 살인마나 범죄자가 되고, 반대로 극복하려고 노력한 끝에 더 훌륭한 사람이 되기도 한다.

궁기는 목표가 된 대상이 잠든 틈에 꿈속으로 침입하여 생각을 읽어냈다. 그리고 그의 마음속 어둠을 알아내어 교묘하게 조종할 수 있었다. 당하는 대상은 본인의 생각대로 행동한다고 믿는다. 하지만 실상은 궁기에 의해 조작된 것이다. 그 행동의 결과는 대개 좋지 않았다.

"양수라는 자, 마음에 품은 여인이 있더군요."

궁기가 느릿하게 말했다.

"채염 문희라는 여자였는데⋯⋯. 아무래도 진용운이 그 여자에게 눈독을 들였거나, 그 여자가 진용운에게 마음을 둔 듯합니다."

"호오, 그래서?"

"그 사실을 알게 된 양수는 혼란스러워하고 있습니다. 본래 진용운에게 임관한 자체가 채염이란 여자와 관계가 있는 듯했습니다. 목표가 사라져버린 셈이지요."

"하하, 예로부터 미녀는 분쟁의 근원이었지. 하물며 오래되지 않은 군신 관계쯤이야."

"일단 양수의 마음속에 독을 심어두었습니다. 며칠 내로 효과가 나타날 것입니다. 설령 거부하더라도 그로 인해 심신이 엉망진창이 됩니다."

"좋아, 잘했다."

노준의는 음습한 미소를 지었다.

'천기 사용을 자제해야 한다는 의견에는 변함없지만, 전혀 겉으로 드러나지 않는 힘은 적절히 써줘야겠지. 난 그렇게 융통성이 없진 않거든.'

여건과 양수는 가진 바 재주를 다 짜내어 분투하고 있었다. 두 사람이 노성에서 노준의군의 맹공을 막아낸 지 일주일째가 됐다.

"덕조 공, 이제 곧 유주에서 출발한 원군이 도착한다고 합니다."

말하는 여건은 진심으로 양수가 걱정되었다. 탁성과 노성 등에서 함께 고생하는 사이, 그는 이 수줍음 많고 젊은 천재에게 정이 들었다. 양수가 조금만 더 낯을 덜 가리는 성격이었다면 이미 호형호제라도 했을 것이다.

"힘드시더라도 조금만 더 버텨주시지요."

"……저는 괜찮습니다."

말과 달리 양수는 전혀 괜찮아 보이지 않았다. 눈 밑은 검게 그늘졌고 안광이 이상하게 번들거렸다. 얼굴도 몰라보게 수척해졌다. 여건은 강한 적군에 대한 압박감과 유주를 방어해야 한다는 책임감 때문이려니 했다. 상황 자체가 힘드니, 혹시 무슨 일 있냐고 묻지도 않았다. 하긴 물어봤어도 솔직한 대답을 듣지 못했을 터였다.

양수는 최근, 누구에게도 말 못할 악몽에 시달리고 있었다. 용운이 채염을 겁탈했다. 양수가 보는 앞에서 그의 밑에 깔린 채염이 구해달라고 애처롭게 울부짖었다.

—오라버니! 살려줘요!

용운은 뒤를 돌아보고 싸늘하게 웃으며 말했다.

—덕조, 그대는 유주로 가서 적을 막으세요. 그사이 문희는 내가 잘 돌볼 테니 말입니다.

그런 용운을 자신이 등 뒤에서 찔렀다. 이 비슷한 악몽을 며칠 내내 꿨다. 배경이나 대사는 조금씩 달라졌으나 상황은 늘 같았다. 그렇게 시달리다 깨니 자도 잔 것 같지가 않았다. 몸이 피로하자 정신은 더 약해졌다. 점점 더 정신이 흐릿해지고 현실과 꿈이 잘 구분되지 않는 악순환이 시작된 것이다.

'아마도 그때 본 것 때문이겠지.'

양수는 용운이 채염의 집에서 서둘러 나오는 걸 봤다. 채염 또한 기색이 평소와 달랐다. 그러나 두 사람 모두에게, 둘이 뭘 했냐고 차마 묻지 못했다. 그런 뒤에 몰래 조사해보니

용운은 그 전부터 제법 자주 채염의 집을 드나들고 있었다. 공교롭게도 그로부터 얼마 후, 양수는 모처럼 돌아온 업성에서 다시 유주로 보내졌다. 여건이야 자원했다고 하지만 자신은 전혀 바라는 바가 아니었다.

문득 꿈에서 용운이 한 말이 귓가에 맴돌았다.

─그사이 문희는 내가 잘 돌볼 테니 말입니다.

'내가 없는 동안 문희를 어떻게 하려고……'
양수는 이런 생각을 떠올렸다가 얼른 고개를 저었다.
'아니, 주공께선 그럴 분이 아니다. 그건 꿈일 뿐이야.'
그러고 나면 마음 깊은 곳에서 의문이 생겼다. 누군가, 아마도 자기 자신이 집요하게 물었다.

'과연 정말 그럴 사람이 아닌가? 똑같은 내용의 꿈을 며칠이나 연달아 꾼다면, 하늘이 꿈을 통해 뭔가 알리려는 게 아니겠는가. 네가 진용운을 얼마나 알고 있기에? 애초에 그럴 사람이 아니라면 가신의 여자를 탐할 리가 있는가?'

여기에는 두 가지의 큰 오류가 있었다. 첫 번째는 채염이 제 여자라는 생각 자체가 양수의 일방적인 착각이라는 것이었다. 그는 일전에 노식이 사망하기 전, 채옹의 무남독녀, 즉 채염을 보살펴줄 것을 부탁받았다. 이는 왕윤의 숙청에서부터 보호해달라는 것이지, 그녀의 인생 전체를 책임지란 의미가 아니었다. 하지만 양수의 책임감과 연정은 묘하게 뒤얽혀서, 결국 그녀를 자신이 평생 보호해야 한다고 믿게 되었다. 그럴 수 있는 유일한 방법은 혼인이었다.

두 번째 오류는 용운은 채염을 탐한 적이 없다는 거였다. 분명 그녀에게 호감이 생긴 건 사실이었다. 그러나 가끔 우울해질 때면 찾아가 대화를 통해 위로받을 뿐, 제대로 손을 잡은 적조차 없었다. 채염은 청몽이나 다른 여성에게 없던 엄청난 강점을 가졌다. 바로 순간기억능력이었다. 그녀에게는 저주였을지언정 용운에겐 매력으로 작용했다. 고통을 완벽하게 이해해주는 상대라는 것만으로도 좋은데, 순간기억능력을 바탕으로 한 지식도 풍부했다. 용운은 평소 좋아하는 역사나, 업성의 행정 등에 대해 마음껏 얘기할 수 있었다. 유일하게 제대로 대화가 통하는 이성. 거기다 심성이 착하고 외모까지 아름다웠다. 용운이 그녀에게 끌릴 수밖에 없는 이유였다. 하지만 현재로서는 딱 거기까지였다.

양수에게도 채염은 이상형의 여인이었다. 그녀가 먼저 용운에게 호감을 갖는다는 일 따위는 생각할 수도 없었다.

'누가 낙양에서 빼내어 살려주고 이제까지 돌봐줬는데!'

궁기가 심어둔 천기, 심암증폭에 의해 양수의 기억은 점점 변질되었다. 용운이 서둘러 채염의 집 쪽에서 나왔던 날. 약간 상기되고 꿈꾸는 듯하던 채염의 표정은 그의 머릿속에서 우울하고 근심 어린 것으로 바뀌었다.

'젠장, 그때 무슨 일이 있었던 게 분명해! 내가 문희에게 확실하게 물어봤어야 하는데. 진용운, 겉으로는 성군인 척하면서 그런 추잡한 짓거리를……'

잠시 노준의군의 맹공이 멈춘 사이, 양수는 어두운 방 안에 틀어박혀서 엄지손톱을 물어뜯었다. 당장이라도 업성으로 돌아가 용운의 목을 치고 싶었다. 그리고 채염을 구해 달아나고 싶었다. 어떻게 할까. 유우에게 하소연해봐야 소용없을 것이다. 그 또한 진용운의 마수에 푹 빠져 헤어나지 못하고 있으니까.

'그래. 진용운이 가장 두려워하는 대상은 성혼단과 위원회였다. 그들의 힘을 빌리면 돼. 우선 이 성을 공물로 해서 투항해야 한다.'

그때 병사 하나가 방문 앞에서 다급히 외쳤다.

"군사님! 적이 또 공격을 시작했습니다!"

가뜩이나 모두가 양수에게 의지하고 있었다. 이런 작은 성 따위, 마음만 먹으면 얼마든지 무너지게 할 수 있었다. 노성뿐만 아니라 유우가 있는 계성까지도. 그 정도면 투항의 공물로는 충분하겠지.

"곧 가겠소."

양수는 방 안에서 몸을 일으키며 웃었다.

업성, 채염의 거처.

그녀는 익숙지 않은 바느질에 열중하고 있었다. 안전을 기원하는 마음으로 누군가에게 줄 허리띠를 만드는 중이었다.

'지난번에 보니까 끝이 다 닳았던데. 어휴, 엄청 똑똑하면서 정작 그런 쪽으로는 어둡다니까.'

이제 안쪽에 이름만 수놓으면 끝이었다.

"아얏!"

완성 직전, 채염은 깜짝 놀라 허리띠를 놓쳤다. 다 끝났다고 긴장을 놓은 탓인지 바늘에 손가락을 찔린 것이다. 사실 이미 여러 번 찔렸는데 이번에는 제법 깊었다. 손가락에서 흐른 피가 허리띠로 떨어졌다. '양수'라는 이름이 피로 얼룩졌다.

"힝, 다 망쳤네……."

핏자국이 양수의 이름 위로 점점 번져갔다. 그걸 바라보던 채염은 문득 불길한 예감에 사로잡혔다. 혹시 유주 쪽에 무슨 일이 있는 걸까?

'괜한 방정을.'

그녀는 부정하듯 세차게 고개를 저었다.

'부디 무사히 돌아오세요. 오라버니도, 기주목님도…….'

12

파죽지세

노성 전투가 시작된 지 일주일째. 유주에서 출발한 원군이 도착하기 전날이었다. 여건은 수성(守城) 위주로 버티고 있었다. 그때 양수가 갑작스레 야습을 제안했다.

"적이 북평에 거점을 두고 공격해오고 있으니, 한 번이라도 크게 싸워 이겨 식량을 불태우지 못한다면 포위를 풀지 않을 것입니다. 우리가 적을 쳐서 무너뜨리지 못할 거라면 원군이 도착하기 전에 부담을 조금이라도 덜어놔야 하지 않겠습니까?"

양수의 말에 여건이 우려를 표했다.

"그러나 적군은 몇 차례 공성에 실패했음에도 불구하고

사기가 높고 세력도 아군보다 훨씬 강성합니다. 자칫 노성을 지키는 얼마 안 되는 병력마저 잃을 위험이 있습니다."

"이대로라면 원군이 와도 결국 비슷한 상황이 이어질 뿐입니다. 우릴 여기까지 파견한 주공의 체면을 위해서라도 최소한 흐름을 바꾸려는 시도는 해봐야 하지 않겠습니까?"

"음……."

여건은 용운의 체면이란 말에 마음이 흔들렸다. 평소 뛰어난 머리와 상황 분석력을 바탕으로 작전을 짜던 양수가, 저런 감정적인 표현을 한 것도 영향을 주었다.

'그만큼 답답하다는 얘기겠지. 그래, 믿어보자. 이제까지 이 사람 덕에 버텨오지 않았는가.'

그러나 별동대를 이끌고 출격한 여건은 노준의군의 보급 창고를 노렸다가 함정에 빠졌다. 군량고 근처에 다다르자, 갑자기 사방에 횃불이 켜지며 적군이 함성을 질렀다. 이어서 화살이 마구 날아왔다.

'아차, 매복이다!'

그는 즉각 병력을 셋으로 나눠 각기 다른 방향으로 달아나게 했다. 또한 그 와중에도 뛰어난 활솜씨로 창고에 불화살을 쏘아 기어이 불을 질렀다. 추격을 지체시키기 위해서였다. 과연 그 바람에 노준의군은 세 갈래 별동대를 추격하는 병력과 불을 끄려는 병력 등으로 나뉘어 포위망이 약해졌다. 여건은 그 틈을 뚫고 천신만고 끝에 귀환했다. 그는 찾아와 사과하는 양수를 오히려 위로했다.

"승패는 병가지상사라 했습니다. 어찌 이것이 군사의 잘못이겠습니까?"

여건은 양수가 일부러 자신을 위험에 빠뜨렸다고는 털끝만치도 생각하지 않았다. 양수의 상태가 밝혀진 것은 그의 호위에 의해서였다. 용운은 전예에게 명하여 주요 책사와 문관들 위주로 호위병을 붙였다. 모두 은신과 경호에 특화된 흑영대원들이었다. 혹시나 감시로 여길 수도 있기에 호위의 존재도 미리 일러두었다. 그러나 양수는 호위병이 있음을 알면서도 이상행동을 했다. 그가 정상이 아니란 증거였다.

"진용운, 죽여버릴 테다."

그는 혼자 있을 때 용운을 저주하는 말을 중얼거리는가 하면, 어느 날 새벽에는 노성의 성문을 열려는 시도까지 했다. 결국, 보다 못한 호위가 나타나 그를 제지했다. 본래 호위병은 위급한 상황이 아니면 모습을 드러내지 않게 되어 있었다. 그러나 흑영대가 최우선으로 섬겨야 할 사람은 용운이었다. 다음이 전예고, 우선순위 세 번째가 호위 대상이었다. 호위의 고민은 길지 않았다.

"덕조 님, 그만하시지요."

"흐흐, 넌 진용운이 내게 붙인 *끄나풀*이로구나!"

양수는 품에 지닌 단도를 꺼내들고 덤벼들었다. 그러나 여인의 그것 같은 가느다란 손목으로는 제대로 찌르기조차 어려울 듯했다. 하물며 상대는 흑영대, 그중에서도 상위 번호다.

"실례하겠습니다."

그는 양수를 가볍게 제압해 여건에게 데려갔다. 자다 깬 여건은 기절한 양수를 보고 깜짝 놀랐다.

"이게 무슨 일이오?"

"죄송합니다. 덕조 님께서⋯⋯."

설명을 들은 여건은 황망하다는 표정을 지었다.

"덕조 님이 왜?"

그러나 정예 흑영대원, 게다가 양수의 호위를 맡은 자가 이런 얘기를 지어낼 이유가 없었다. 얘길 듣고 돌이켜보니, 최근 들어 미묘하게 그의 언행이 이상하긴 했다.

'온화한 주공께서 유일하게 극형을 내리시는 죄가 반역인데⋯⋯.'

한동안 고민하던 여건이 자신의 호위를 불렀다.

"이제까지 벌어진 일을 보셨겠지요. 긴히 부탁할 일이 생겼으니 나와주시오."

모습을 드러낸 다른 흑영대원이 정중히 말했다.

"33호입니다. 죄송하지만 저희는 대상의 호위 외에는 어떤 임무도 받지 않습니다."

"알고 있소. 허나 이 양덕조는 주공께서도 매우 아끼는 인물이오."

"34호의 말에 따르면, 그는 주공을 모욕하고 배신했습니다."

"그게 이상하다는 거요. 갑자기 그럴 이유가 없는데……. 그러니 군사의 거처로 가서 배신의 증거가 될 만한 게 있는지 찾아주시오. 그런 물증이 발견되면 깨끗이 포기하고 군사를 포박하겠소. 허나 그렇지 않다면 이는 계속된 전투에서 비롯한 마음의 병일 수도 있소."

흑영대원은 잠시 생각하다가 답했다.

"알겠습니다. 성을 벗어나는 일도 아니고 특별한 상황이니 이번은 들어드리지요. 가서 덕조 님의 거처와 주변 사람들을 조사해보겠습니다. 하루면 충분할 것입니다."

"고맙소."

"별말씀을."

슝! 흑영대원 33호가 연기처럼 모습을 감췄다.

여건은 친히 양수를 업고 방에 데려가 눕혔다. 그리고 창백한 그의 얼굴을 물끄러미 내려다보았다.

'대체 왜 그런 것입니까?'

흑영대원이 돌아오기까지의 시간이 마치 억겁처럼 길게 느껴졌다. 어느덧 희끄무레하게 날이 밝아오고 있었다. 견디다 못한 여건이 양수를 34호에게 부탁한 뒤 군사 점호를 마치고 왔을 때였다. 그를 기다리고 있던 33호가 말했다.

"조사를 마쳤습니다. 덕조 님의 거처에서는 아무것도 나오지 않았습니다. 또한 주변 사람들 중에도 성혼단의 일원이나 타 세력의 간자로 보이는 자는 없었습니다."

여건은 진심으로 안도의 한숨을 내쉬었다.

"정말 다행이구려."

"단, 덕조 님의 행위 자체가 없어지진 않습니다. 처분은 주공께서 내리시는 겁니다. 덕조 님을 구금하고 업성으로 연락하겠습니다."

"하지만 그랬다간 노성을 지킬 수가 없소."

"저희의 임무는 도움을 주는 것이지 책임지는 게 아닙니다. 유주군이 코앞까지 왔으니 두 분께서는 할 일을 다 하신 겁니다. 다만, 자각(子恪, 여건의 자) 님께서는 노성에 남아서 계속 유주군을 도우셔도 무관합니다."

"으음…… . 알겠소."

이런 처리와 판단은 흑영대가 감찰단의 역할도 수행하기에 가능했다. 원칙을 주장하는 흑영대원 앞에서 여건은 수긍할 수밖에 없었다.

양수는 깨어난 후에도 제정신을 차리지 못했다. 풀린 눈으로 멍하니 앉아 이상한 말을 중얼거렸다. 여건은 차라리 잘되었다고 여겼다. 그가 저지른 잘못이 정상이 아닌 상태에서 이뤄졌다고 믿었고, 다른 사람들도 그 사실을 알길 바랐기 때문이다.

'내가 어떻게든 노력하면 덕조 님의 빈자리를 메울 수도 있겠지…….'

여건은 호위이던 흑영대원 34호에 의해 압송되어가는 양수를 바라보며 생각했다. 그러나 일은 그의 뜻대로 이뤄지지 않았다. 문제는 원군 지휘관으로 온 자가 유우의 수하치고는 드물게 졸렬하며 무능력하다는 거였다. 유주종사인 '공손기(公孫紀)'라는 자였는데, 공손씨라는 이유로 평소 공손찬에게서 후대받았다. 이에 공손기는 유우를 배신하고 공손찬에게 넘어갈 마음을 품었다. 정사에서는 그 일이 성공하여, 유우가 공손찬을 치려고 군사를 일으킬 때 미리 그 사실을 밀고하여 패배의 빌미를 제공했다.

하지만 이 세계에서는 그러기도 전에 공손찬이 죽어버렸으므로 어쩔 수 없이 머물러 있었다. 그런 마음을 품었던 자가 임무에 성심을 다할 리 없었다.

'이따위 작은 성, 어차피 지켜내기는 글렀다. 괜한 힘 빼지 말아야지.'

공손기는 자신이 대충 하는 것으로도 모자라, 여건의 일에도 트집을 잡고 방해했다. 행여 그가 공을 세웠다간 제가 무능력해 보일까 두려워서였다. 여건은 공손기가 용운보다 윗사람인 유우의 수하인지라, 분이 치밀어도 함부로 맞서지 못했다. 여건과 양수가 전력을 다했어도 지키기 쉽지 않았던 성이었다. 그런 상태에서 오래 버틸 수 있을 리 없었다. 노성은 그로부터 불과 사흘 뒤, 노준의군에게 함락됐다. 달아나려던 공손기는 난전 중에 잡병에게 살해당했다. 여건은 흑영대원 33호 덕에 겨우 몸을 빼냈다.

'주공, 송구합니다. 이제 자칫하면 유주성도 위태롭다. 마음 같아서는 죽기를 각오하고 싸우고 싶으나 이 일을 빨리 유주목(유우)께 알리는 게 먼저다.'

여건은 눈물을 머금고 강을 건너 유주성, 계현 쪽으로 달아났다.

노성을 차지한 노준의는 기분이 한껏 고조됐다. 그는 홀로 망루에 올라 팔짱을 끼고 섰다. 그리고 천강위의 본거지가 있는 익주 방향을 바라보며 생각했다.

'어떠냐, 송강. 난 요동에 이어 동북평을 손에 넣었고, 이제 유주성으로 가는 길목의 마지막 요새인 노성도 함락했다. 계로 가서 유주성만 무너뜨리면, 탁현까지 갈 것도 없이 북부는 고스란히 내 손아귀에 들어온다. 이 정도면 증명할 수 있는 것 아닌가?'

그의 눈이 서늘한 빛을 발했다.

'굳이 이 시대의 인물을 내세울 게 아니라, 내가 직접 왕이 될 수도 있다는 사실을 말이다.'

북부의 정세가 심상치 않게 돌아가는 사이. 낙릉성에 있던 유비는 반성을 공격해 들어갔다. 용운과 여포가 청하국을 떨어뜨렸다는 전갈을 받은 직후였다.

'코앞에 있는 작은 성 하나 점령하는데, 여포나 진 군사보다 늦어서야 말이 안 되지.'

반성을 지키는 자는 중랑장(中郎將, 장군 아래의 지휘관급 무관직) 최거업(崔巨業)이었다. 특이하게도 점성술에 밝아, 원소의 명으로 종종 점을 치던 자였다. 정사에서 원소가 공손찬과 싸웠을 때, 계교에서 그를 크게 물리쳤다. 그 후 공손찬이 탁군 고안(故安)현으로 퇴각하자, 최거업은 원소의 명으로 추격하여 포위했다. 하지만 결국 함락시키지 못하고 회군할 때, 오히려 삼만의 병력으로 추격해온 공손찬에게 패했다. 이후로는 자취를 감춰 등장하지 않는 인물이다.

최거업은 유비군이 공격해온다는 보고를 받고 놀라 성벽에 올랐다. 반성에는 그런 정보가 전달조차 안 된 것이다. 원소 세력의 상황을 짐작하게 하는 대목이었다. 과연 유(劉) 자 깃발을 세운 부대가 진격해오고 있었는데 수는 그리 많지 않았다.

군대를 반성 근처에 세운 유비가 말을 몰고 나와 낭랑한 목소리로 외쳤다.

"최 중랑장은 괜한 희생을 내지 말고 항복하시는 게 어떻소? 그리한다면 이 유현덕의 이름을 걸고, 누구라도 털끝 하나 해치지 않겠소."

최거업은 유비군의 수가 적음을 보고 내심 얕보는 마음이 생겼다. 이에 목청을 돋워 대꾸했다.

"귀 큰 놈이 망발을 하는구나. 주공께서 갈 곳 없는 너에게 평원성을 내주고 태수 자리도 줬건만, 어찌 은혜도 모르고 배신하려 하느냐? 돌아가서 평원성이나 지키고 있거라!"

그 말을 들은 장비는 크게 분노했다. 눈썹이 송충이처럼 꿈틀거리고 이가 드러났다. 그가 당장 뛰쳐나가려는 것을, 서서가 붙잡아 말리며 나직하게 말했다.

"조금만 참으십시오. 저자는 곧 대가를 치를 것입니다."

한편, 최거업은 유비군의 대열이 어수선하고 흐트러져 있음을 눈치챘다.

'어디서 어중이떠중이들을 끌어모아 왔나 보구나. 하긴 유비가 의용병 출신임은 다 아는 사실이지.'

중랑장의 자리에 오른 만큼 병법의 기본은 아는지라 즉시 궁수들을 내어 활을 쏴붙이게 했다. 유비군이 당황하여 비슬비슬 물러나자 그는 신이 났다.

"이 기회를 놓쳐서는 안 된다. 내 저 귀 큰 놈을 붙잡아 남피성으로 보내어 주공께서 죄를 묻게 하리라."

최거업은 그 와중에도 혹시나 하는 마음에 점괘를 뽑아보았다. 결과는 대흉(大凶)이었다. 그는 잠깐 멈칫했으나, 눈앞에서 중구난방으로 흩어지는 유비군의 유혹을 뿌리치기 어려웠다.

'그래, 사내대장부가 언제까지 점괘에 의존할 것인가. 내 이번 일을 기회로 운명을 극복하리라.'

최거업은 즉시 성문을 열고 직접 기병대 삼천의 선두에 서서 유비군 후미로 돌격했다. 병사들이 흩어진 자리에 한 사내가 모습을 드러냈다. 그는 날이 뱀처럼 구불구불한 장창을 비껴든 채 최거업을 노려보며 서 있었다.

"미친놈."

최거업은 사내를 비웃으며 그대로 돌진하여 참마도를 내리쳤다. 하지만 결과는 그의 예상과 사뭇 달랐다. 쩡! 장팔사모를 쳐올려 가볍게 참마도를 튕겨낸 사내, 장비가 내뱉듯 말했다.

"네놈이 큰형님을 욕보였겠다?"

"우웃!"

장비에게서 뿜어져 나오는 살기에 최거업이 멈칫했다. 심상치 않은 분위기를 감지한 최거업의 부관 둘이 양쪽에서 장비를 베러 갔다. 순간, 번갯불이 내리쳤다. 두 부관은 목에서 피를 뿜으며 그대로 낙마하여 절명했다.

"힉!"

그때 점괘의 결과가 눈앞에 선명히 떠올랐다. 놀란 최거업은 말 머리를 돌려 달아나려 했다. 한데 이상하게 몸이 제대로 움직이지 않았다.

"쿨럭!"

그는 기침과 함께 피를 토했다. 그제야 천천히 제 명치를 내려다보았다.

가슴에 커다란 구멍이 뚫려 있었다. 두 부관이 목을 꿰일 때, 그도 이미 명치를 찔린 후였다.

"어느 틈에⋯⋯."

말에서 굴러떨어진 최거업은 곧 앞서 간 두 부관의 뒤를 따랐다.

"이야아!"

장비는 눈을 치뜨고 마치 야차 같은 형상으로 최거업의 부대에 달려들었다. 가뜩이나 눈앞에서 세 장수가 한 번 창질에 쓰러지는 꼴을 본 터였다. 병사들이 혼비백산해서 등을 돌리고 달아났다. 그러자 우왕좌왕하는 것처럼 보이던 유비군도 언제 그랬냐는 듯 대열을 갖추고 돌격해왔다. 원소군 병사들은 성문 앞으로 몰려가 아우성을 쳤다.

"빨리 성문을 열어!"

성안의 병사들은 머뭇거리다가 문을 열었다. 그때 반성 동쪽의 협곡 안에서 수백 기의 기병이 모습을 드러냈다. 서서의 지시로 미리 매복해 있던 관우였다.

"모두 돌격하라! 제일 먼저 성안으로 들어가는 자에게는 금 100냥을 내리겠다!"

관우는 우렁차게 외치며 돌진했다. 한껏 사기가 오른 병사들이 앞다퉈 그 뒤를 따랐다.

"저, 적군이 온다!"

원소군 병사들은 황급히 성문을 닫으려 했으나, 아직 들어오고 있는 아군이 남아 있어 그럴 수도 없었다. 그리로 관우 부대가 들이닥쳤다. 그것으로 끝이었다. 지휘관을 잃고 성문까지 뚫린 반성은, 두 시진(네 시간)도 채 지나지 않아 유비군의 손아귀에 떨어졌다.

"모두 수고했다."

유비는 성벽에 올라 느긋하게 저녁놀을 감상했다.

옆에 와서 선 서서가 입을 열었다.

"아군의 피해는 거의 없습니다. 내일 곧장 남피로 진군해도 될 것 같습니다."

"아아, 하지만 서두를 필요는 없겠지."

"바로 그렇습니다. 기억하고 계시는군요."

씩 웃는 서서에게 유비가 말했다.

"원직, 꽤 사악하게 웃네. 계책도 사악하고."

"죄송합니다."

"아니, 좋다고."

"감사합니다."

"거참, 농담이 안 통하는 친구군."

"……."

"크하하!"

서서의 어깨를 두드려준 유비가 중얼거렸다.

"그나저나 내기에서는 누가 이겼으려나?"

안평성 대전의 누대에 앉은 여포는 심기가 불편했다. 좀 전의 일이었다. 여포군은 적을 무섭게 몰아쳐, 불과 하루 만에 안평성을 떨어뜨렸다. 안평성의 규모와 주둔해 있던 병력 수 등을 생각해볼 때 엄청난 일이었다. 원술에게 패배한 후 다소 침체되어 있던 여포군의 분위기는 한껏 끓어올랐다.

그날 밤, 용운에게서 전령이 왔다. 복면을 한 날카로운 눈빛의 사내였다. 이미 거기에 대해 언질받은 바 있기에 이해는 했으나 보기에 썩 좋진 않았다.

'하긴 우리에게도 있으니. 두건을 덮어쓰고 다니는 군사가.'

복면의 전령이 보고했다.

"내일이면 동광현을 함락할 것 같다고 하십니다. 아무래도 남피성에 인접해 있으니, 적의 저항이 제법 거셉니다."

"그랬군. 알았다."

듣고 난 여포가 물었다.

"한데 어찌 됐나? 유현덕은. 가서 전하라. 가벼운 유흥 같은 것이니, 너무 기분 상하지 말라고."

잠시 생각하던 전령이 말했다.

"송구하지만 제가 알기로는 유현덕 님이 먼저 반현을 점령했습니다. 저녁놀이 채 지기도 전에 입성했으며 두 시진 정도 걸렸다고 합니다."

"……."

침묵하던 여포가 입을 열었다.

"작다."

"예?"

"반성은, 작다."

"아아, 예. 그렇지요. 확실히 안평성보다는 훨씬 작긴 합니다. 아무튼 주공께는 봉선 님께서 승부에 졌다고 전하겠습니다."

"……이름이 뭐냐? 너."

"원수화령이라고 합니다."

"이상한 이름이로군."

"저희는 평소에 따로 이름을 부르지 않습니다. 그냥 4호라고 해주시면 됩니다."

"알았다. 기억해두지."

"별말씀을."

4호가 나간 후, 여포는 줄곧 인상을 찌푸린 채였다. 지켜보던 초선이 말했다.

"기분 상하셨어요?"

"아니다."

여포는 자리에서 벌떡 일어났다.

"내일, 곧바로 간다. 하간국으로."

"예, 그러시지요."

그녀는 등을 돌리고 걸어가는 여포의 뒷모습을 바라보며 웃었다.

'은근히 귀엽다니까.'

일주일도 지나지 않아 네 개의 성이 떨어졌다. 용운, 여포, 유비 연합군의 기세는 그야말로 파죽지세였다.

동광현에 입성한 용운은 한숨 돌리고 여포와 유비에게서

연락이 오길 기다리고 있었다. 그렇다 해도 마음 놓고 쉬는 게 아니라, 곽가와 순유 그리고 희지재를 불러 앞으로의 전투에 대해 의논했다.

"삼면포위 작전은 성공입니다. 이대로라면 여름이 가기 전에 원소를 무너뜨릴 수도 있습니다."

순유의 말에 희지재가 우려를 표했다.

"문제는 외부 세력이 어떻게 움직일까 하는 거요. 남쪽에서는 조조가, 서쪽에서는 원술이 호시탐탐 틈을 엿보고 있소. 북쪽의 유우도……."

말하던 희지재가 용운의 눈치를 보았다.

용운은 기분이 썩 좋진 않았으나, 자신이 유우를 전적으로 믿는다면 그를 의심해줄 책사도 필요하다고 보았다. 또한 책사들에게 평소 자유로운 의견 개진을 허락했기에, 희지재에게 고개를 끄덕여 보였다.

"괜찮습니다. 신경 쓰지 말고 계속하세요."

"흐흐, 감사하오. 역시 주공은 통이 크시다니까. 아무튼 우리가 원소를 삼면포위 하듯 우리 또한 당할 수 있으니 늘 경계를 늦추지 말아야 하오."

희지재의 말에 순유가 다시 답했다.

"그렇다 해도 어차피 세 갈래 길 중 하나를 통해 원군을 보내야 합니다. 자칫 아군에게 협공당하기 십상인 데다 원소는 신의가 없으니 누가 도우려 하겠습니까?"

둘의 대화를 듣던 곽가가 입을 열었다.

"이상하군."

용운이 그에게 물었다.

"뭐가 이상해요?"

"원소가 너무 잠잠합니다. 유현덕의 반성 공격은 몰랐다고 쳐도, 그쪽 책사에게 머리가 있으면 아군이 청하성으로 진격한 시점에서 다음 목표가 동광현과 안평국, 하간국 등이라는 걸 알았을 텐데. 미리 대비하지 않았을 뿐만 아니라, 남피성에서 나오질 않고 있습니다."

"우리 전력이 훨씬 우세하니, 버티기 작전으로 가려는 게 아닐까요? 남피성은 매우 높고 튼튼하니까."

"으음. 타당한 의견이십니다만, 어쩐지 자꾸 뭔가를 놓치고 있는 것 같은 기분이 드는군요."

곽가는 머리를 벅벅 긁더니 순유에게 말했다.

"공달 님, 형주 쪽에서는 확실히 움직임이 없는 거겠죠?"

"그렇습니다. 조조는 여전히 패국에 틀어박혀 있는 모양이고요. 망탕산 진채에 있다던 여봉선의 부하들이 잘 견제해주고 있는 모양입니다."

망탕산 진채가 털렸다는 소식은 아직 이곳까지 전해지지 않았다. 조조가 워낙 은밀히 풍현으로 이동한 것도 한몫했다.

"그럼 남은 건 원술 정도인데, 진류성에는 문화(가후)가, 허창에는 장패가 주둔해 있으니 그대로 진출했다가는 범의 아가리에 머리를 들이미는 형국……. 어느 한쪽을 치면 다른 한쪽에서 반드시 나와서 도울 것이요, 양쪽으로 군세를 나누기에는 원술도 부담이 크다. 여차하면 복양성의 병력이 도와줄 수도 있고."

중얼거리던 곽가가 내뱉듯 말했다.

"그런데 왜 이렇게 뭔가 찜찜하지? 주공, 저는 돌아가서 처음부터 쭉 작전 점검을 좀 해봐야겠습니다."

"그러세요."

희지재가 대전을 나가는 곽가의 뒷모습을 보며 말했다.

"안 어울리게 완벽주의라니까. 의심 많은 것도 나와 비슷하고."

곽가의 말에 약간 불안해진 용운이 순유에게 물었다.

"음…… 별문제 없겠지요? 난 아무리 생각해도 모르겠는데."

"너무 심려하지 마십시오, 주공. 저 사람이 곧 원소와의 결전을 앞두고 예민해져서 그런 모양입니다. 설령 원술이 진류성을 빼앗는다 해도, 가후와 장패 두 갈래의 군사와 싸운 후이니 복양성이나 업성을 칠 여력은 없습니다. 그 뒤에는 우리가 여봉선을 도와 탈환하면 그만입니다. 그럴 일도 없겠지만 말입니다."

"알겠어요."

용운은 고개를 끄덕였다. 분명 상황은 순조로웠다. 예상
보다 훨씬 적은 피해로, 그리고 훨씬 빠르게 목표를 점령했
다. 이제 대략 사흘 정도 후에 세 방향에서 일제히 남피성을
몰아친다면 원소가 할 수 있는 일은 별로 없었다.

'그래도 조심해서 나쁠 것은 없지. 이따가 곽가와 좀 더 얘
기해봐야겠다.'

원소와 곽가 그리고 순유와 희지재 등의 지력이 아무리 뛰
어나도 미래를 예견하긴 불가능했다. 또한 모든 불안요소를
제거하기도 어려웠다. 그렇기에 생각과 논의를 거듭해야 하
는 것이다.

"그럼 저희도 이만 물러가보겠습니다. 편히 쉬십시오, 주
공."

"그래요. 다들 수고했어요."

순유 및 희지재와 일별한 용운은 거처로 돌아왔다. 그러나
잠이 안 와서 누운 채 골똘히 생각에 잠겼다.

'앞으로 사흘. 뭘 하면서 기다리면 좋을까.'

시간을 끄는 행위는 궁극적으로 원소에게 유리했다. 원정
군은 시간과 싸우게 되기 마련이다. 그 이점을 조금이라도 줄
이려면, 사흘이란 시간을 알차게 보내야 한다. 첩보활동은

당연한 것이고 그 외에도 뭔가 생산적인 행위를 하고 싶었다. 잠시 생각하던 용운이 한 가지를 떠올렸다.

'그래, 공성병기를 만들어야겠다.'

공성병기란 이름 그대로 성을 공격하기 위한 무기였다. 이제까지의 전투는 주로 야전이 많았고, 남피성 같은 크고 높은 성이 없어 쓸 일이 없었다. 그러나 이번에는 얘기가 좀 달랐다. 성은 이 시대의 궁극적인 방어 시설이었다. 장수와 병사들이 아무리 용맹해도, 무턱대고 돌진시켰다가는 희생자 수가 늘 뿐이었다. 이에 용운은 분해한 공성병기를 업성에서부터 실어왔다. '발석차(發石車)'와 '운제(雲梯)'가 그것이었다.

발석차는 거대한 투석기의 일종이었다. 지렛대의 원리를 이용해 성안으로 큰 돌덩어리 같은 것을 쏴 보내는 것이다. 물론 성벽이나 성문을 직접 타격할 수도 있다. 원래는 관도대전에서 원소군과 싸우던 조조가 사용한 병기였다. 《삼국지연의》에서는 유엽이 발석차를 고안한 것으로 묘사됐다.

'덕분에 《삼국지》 게임에서 유엽은 마치 공학자처럼 나올 때가 많지. 공성 특기도 있고.'

운제는 수레에 긴 사다리를 결합한 형태였다. 성 아래까지 안전하게 다가간 다음, 사다리를 펴서 성벽에 오르기 위한 병기였다.

'발석차 네 대에, 운제가 여덟 대. 바로 조립을 시작하고

주변에서 자재를 모아 충차도 만들어두는 게 좋겠어.'

'충차(衝車)'는 수레에 나무로 만든 탑을 실어, 안에 병사들을 태운 후 두꺼운 가죽이나 포대로 둘러싼 것이었다. 한마디로 갑옷을 입힌 공성탑이라 할 수 있었다. 그 높이를 이용해 궁병을 태워서 성 내부로 직접 사격하거나, 성벽에 접근하여 건너가는 등 다양하게 쓰였다.

'앞으로 사흘.'

동광현을 너무 쉽게 함락한 탓일까. 용운은 운명이 달린 큰 전쟁이 시작됐다는 게 잘 실감이 나지 않았다. 원소를 무너뜨린 후에는 많은 것이 변할 터였다. 또 어쩔 수 없이 많은 사람이 죽거나 다칠 것이다. 그가 얼굴과 이름을 기억하던 병사들이 어느 순간 영영 안 보이게 될 것이다. 누군가는 아들을, 아버지를, 남편을 잃게 될 것이다.

'내가 잘하는 걸까?'

원소의 계속되는 공격과 도발을 참다못해 처음으로 선제공격을 결심했다. 단순한 공격 수준에서 그치지 않고 그의 세력을 무너뜨리려는 총력전이었다. 이는 역사가 조금 바뀌는 정도가 아니라, 완전히 새로운 역사를 쓰는 셈이 된다. 어느 쪽이 승리하든 자신을 믿고 따르는 이들의 운명도 많이 바뀌리라. 그로 인한 미래의 변화, 앞으로의 일들, 어느 것 하나 정확한 건 없었다. 그래도 딱 한 가지 확실한 것은······.

'절대 질 수 없다.'

동탁과 공손찬 등 패자들의 운명을 책을 통해서가 아니라 동시대에 가까이서 보고 들었다. 결과는 비참, 그 자체였다. 수장 자신의 죽음뿐만 아니라 그 심복과 가족, 그를 따랐던 수하들도 모두 죽거나 노비가 됐다. 혹은 뿔뿔이 흩어져 정처 없이 떠돌아다니기도 하고 도적으로 전락하기도 했다. 조조 같은 영웅도 속절없이 근거지를 잃고 남에게 빌붙는 신세가 되지 않았나. 무엇보다 만약 용운이 패배한다면 위원회가 옳다구나 하고 자신과 아버지, 사천신녀까지 몰살하려 들 것이다.

나름대로 수많은 고난을 거쳐 여기까지 왔다. 업성의 백성들은 찡그리거나 울 때보다 웃는 일이 훨씬 많아졌다. 역사에 이름을 남긴 쟁쟁한 책사와 무장들이 무수히 용운에게 충성을 맹세했다. 심지어 사마중달과 제갈공명이라는 희대의 두 천재를 벌써부터 손에 넣었다. 전쟁이란 자칫 그 모든 것들을 무(無)로 돌릴 수도 있는 것. 이제 그는 잃을 게 너무 많았다.

용운은 나직하게 소리 내어 한 번 더 다짐했다.

"지지 않는다. 아니, 반드시 이길 것이다."

천장에서는 청몽이 그런 용운을 가만히 지켜보고 있었다. 그녀가 사랑했던, 아름다우면서도 예민하고 내성적이던 소년은 이제 수많은 이들의 삶을 짊어진 청년 군주가 되어 있었다. 용운은 더 이상 두려워하거나 그녀에게 하소연하지 않았다. 그가 채염을 찾는 일이 부쩍 잦아진 것도 알고 있었다. 원래 살던 세계로 돌아가기 위한 고민은 언젠가부터 아예 하지 않았다. 용운은 지금의 세상에 푹 빠져 있었다. 그에게는 이 세계가 현실이며 사실이었다.

'주군이, 그리고 내가 여기로 온 의미는 뭘까.'

분명 이유가 있으리라고 생각했다. 어떤 절대적인 존재가 그저 심심해서 이런 짓을 하진 않았을 것이다. 하지만 그게 뭔지 알 수가 없었다. 다만, 용운이 싸워 이겨서 이 세계에서 자신의 자리를 찾는 것을 목적으로 한다면, 그녀 또한 확실히 알고 있는 의무를 행할 따름이었다.

'무슨 일이 있어도 저 사람을 지켜주는 것. 다른 일은 그다음에 생각하자. 우선 이 전쟁이 무사히 끝난 다음에……'

각자의 상념과 함께 밤이 깊어갔다.

13
조조의 분노

풍성, 조조군 진영.

조조는 공교롭게도 같은 날, 약간의 시간차를 두고 각기 다른 급보를 받았다. 먼저 온 것은 원소가 보낸, 원군을 요청하는 사신이었다. 원소는 특이하게도 자신이 남피성에서 버티는 사이 산양성을 공격해줄 것을 주문했다. 그 보답으로는 진용운과 여포의 세력을 무너뜨린 후 진류성과 태수 자리를 약속했다. 진정성을 보일 셈인지 부절까지 딸려 보냈다. 조조는 비웃으며 부절을 던져버렸다.

"권위도 없는 황실의 보증 따위가 무슨 소용이 있다고. 그보다 나를 무슨 사냥개 취급을 하는군. 제가 어딜 공격하라고 하면 나는 순순히 해야 하는가?"

"그, 그것이 아니라 그렇게 해주십사 하고 정중히 부탁을……."

사자는 조조의 눈치를 보며 안절부절못했다.

그를 물러가게 한 후, 조조가 오용과 유엽에게 물었다.

"어찌하면 좋겠소?"

잠시 생각하던 유엽이 먼저 말했다.

"산양성을 쳐서 바로 산양태수 자리를 준다면 모를까, 확실하지도 않은 진류태수 자리를 약속하는 것은 뭔가 미심쩍습니다."

"내 생각도 그러네."

오용은 제가 벌인 일이 있어서 의견이 좀 달랐지만 일단 잠자코 있었다.

그때 마침 그가 기다리던 전갈이 왔다. 조조는 유엽에게 위군(업)에서 아버지 조숭이 살해된 사건에 대해 조사하도록 일렀다. 이에 오용은 투명한 병마용군 경을 시켜, 유엽이 보낸 사람을 제거하고 제 밑에 있는 성혼단원이 대신 보고하도록 해두었다. 그자가 위군(업성)으로 갔다가 돌아온 것이다.

"위군에 파견했던 자가 돌아왔습니다."

"어서 들어오라 일러라."

유엽은 대전에 들어와 엎드리는 사내를 보며 고개를 갸웃했다. 그가 보낸 수하가 아니었다.

'도중에 사람이 교체되었나?'

어차피 아군인 데다 오용의 수하이니 별문제는 아니었다. 유엽은 곧 이 사실을 잊었다.

"상세히 보고하라."

조조의 명에, 사내는 억양 없는 어조로 말했다.

"위군 북쪽 외곽에서 태위님으로 보이는 시신이 발견되어 수습해왔습니다. 부서진 마차 잔해에 작은 마님들과 이복동생분들의 시신도 있었습니다만, 기주목의 수하들에게 들킬까 우려되어 우선 태위님만 모셔왔습니다."

조조는 눈을 질끈 감았다. 결국!

"……잘했다. 지금 어디 계시느냐?"

잠시 후, 조조는 따로 준비된 방 안에서 머리 없는 아버지의 시신을 대면하고 피눈물을 흘렸다.

"아버지……."

가신들이 기겁하여 그를 달랬다.

"주공! 진정하십시오."

"몸이 상할까 염려됩니다."

조조는 온통 피에 젖은, 섬뜩한 얼굴을 들고 쏘아붙였다.

"그대들은 그대들의 부친이 이리 처참하게 죽었어도 진정할 수 있겠는가?"

그의 말에 아무도 감히 입을 열지 못했다. 조조는 조숭의 시신 앞에 엎드려 한바탕 통곡한 뒤, 제가 보는 앞에서 시신을 조사하게 했다. 현대식으로 말하자면 부검이었다. 정확한 사망 원인과 흉수의 정체를 알아내기 위해서였다. 조사 결과는 그를 더욱 분노케 만들었다.

검시를 맡은 의생이 진땀을 흘리며 말했다.

"태위님의 몸에 남은 무기의 흔적은 창입니다. 상당한 고수에 의해 가슴을 찔려 사망한 것으로 보입니다. 목의 절단 부위가 허연 것을 보니, 돌아가신 후에 다시 목을 베였습니다."

동행한 오용이 짐짓 노한 목소리로 말했다.

"고인을 능욕했다는 말인가! 그래서 머리는 어디 있나?"

조숭의 시신을 수습해온 성혼단원은 고개를 조아리며 답했다.

"송구하게도 주변을 샅샅이 뒤졌으나 찾지 못했습니다."

조조는 옆에서도 들릴 정도로 이를 부득 갈았다.

"창……. 그래, 창의 고수라 이 말이지."

분명 죽은 여자 호위가 흉수의 이름이 조자룡이라 했었다. 창의 고수로 이름을 떨치고 있는.

자살까지 하면서 남긴 말이니 거짓일 리 없었다. 거기에 더해 결정적인 목격자도 나왔다.

"마침 근방을 지나던 사냥꾼이 있었는데, 마차 안의 사람들을 해치던 게 분명 조자룡이었다고 합니다. 업성의 백성이라면 그를 몰라볼 수가 없다고."

범인은 점점 하나로 좁혀지고 있었다.

"왜."

대전으로 돌아온 조조는 누대에 망연히 앉아 중얼거렸다.

"대체 왜 이렇게까지 해야 했나, 진용운. 내가 너에게서 느꼈던 영웅의 풍모는 다 거짓이었단 말인가? 아니면 내 눈이 잘못됐던 것인가?"

그는 반동탁연합군 시절 보았던 진용운의 아름다운 얼굴을 떠올렸다. 도저히 이런 악독한 짓을 저지르리라곤 여겨지지 않았다. 그러나 사람은 겉만 보고는 알 수 없는 법. 조조는 그 사실을 뼈저리게 실감했다. 잠시 후, 자리에서 일어난 조조가 말했다.

"즉각 전 병력을 동원하여 동군을 친다."

그 말에 오용이 나섰다.

"주공, 잠깐만 기다려주십시오."

"아무리 군사의 말이라 해도 이번 일에 한해서는 내 뜻대로 하겠소."

오용은 자신을 노려보는 조조와 시선이 마주치자 등골이 서늘해졌다. 눈에서 살기가 줄기줄기 뻗어 나왔다.

'어허, 이것 대단하구나! 이것이 패왕의 살기인가?'

잠깐 숨을 고른 오용이 입을 열었다.

"업성을 치지 말자는 게 아닙니다. 당연히 태위님을 해친데 대한 응분의 대가를 치르게 해야지요."

"그럼, 뭐요?"

"이왕 공격할 거면 확실하게 하자는 겁니다."

"말해보시오."

"비록 진용운이 원소 정벌에 나서긴 했으나, 여전히 업성에는 용맹한 장수들과 많은 병력이 남았고 천재라는 순문약(순욱)이 맡아 다스리고 있습니다. 또한 업성은 성벽이 드높고 단단하며 여차하면 복양성에서도 원군을 보낼 것이니, 자칫하다가는 손해만 보고 물러날 우려가 있습니다."

"그럼, 어찌하면 좋겠소?"

"일단 원본초의 제안에 응하십시오. 병력을 나누어, 그중한 갈래로 하여금 먼저 산양성을 치게 하는 겁니다."

"산양성을?"

"그러면 진용운의 성품상 산양성의 수하가 걱정되어 본초와의 전투에 집중하지 못할 겁니다. 뿐만 아니라 업성이나 복양성 쪽에서 분명 산양성을 구원하려고 원군을 보낼 것입니다. 그때 다른 한 갈래의 군사를 몰아쳐, 먼저 길목에 있는 동군(복양성)을 공격합니다. 이는 본래 목표를 두고 다른 곳을 치게 하는 계략이니, 곧 동쪽에서 소리를 지르고 서쪽을 치는 (聲東擊西) 것입니다. 그리고 그 일은 이번에 편성한 청주병으로 하여금 실행케 하면 됩니다."

"청주병이라……. 그래, 그거 좋군. 안 그래도 실전 경험이 더 필요했소."

조조의 눈이 스산하게 빛났다.

"마음껏 휩쓸고 다니던 놈들이 규율에 묶여 있었으니, 한 번쯤 고삐를 풀어줄 때도 됐고."

얼마 전, 조조는 연주를 공격해왔던 황건적 대군을 굴복시켰다. 그들 중 젊고 날랜 자들 십만을 뽑아 새로 창설한 부대가 바로 청주병이었다. 황건적은 본래 농민 집단에 가까웠으나, 시간이 흐르면서 여러 전투를 겪은 자가 생겨났다. 또 그들은 약탈과 노략질, 살인 등을 밥 먹듯이 했으므로 말할 수 없이 잔인하고 사나웠다.

"내 위군(업성)과 동군(복양성)에 살아 있는 거라고는 개 한 마리, 풀 한 포기 남기지 않고 멸하여 아버지의 원한을 갚으리라."

맹세한 조조는 즉각 병력을 둘로 나눴다. 하나는 조조가 기존에 거느리고 있던 병력. 다른 하나는 청주병이었다. 조조는 기존 병력 오만을 하후돈과 조인에게 맡겨 산양성을 공격하게 했다. 참모는 유엽, 부장은 이전과 악진이었다. 청주병 십만은 자신이 직접 총사령관이 되어 지휘했으며 군사는 오용이었다. 또 하후연, 조홍, 허저, 우금, 전위를 장수로 거느렸다.

조조는 출발 전 비장한 연설을 했다.

"산양성이나 업성 혹은 복양성. 셋 중 하나라도 점령하지 못하면 우리가 돌아올 곳은 없다. 또 이 전쟁은 내 아버지의 복수이기도 하다. 전장에서 일어났던 일로 비열하게 가족에게 복수한 기주목을, 자식 된 도리로 어찌 용서하겠는가! 이는 천륜을 따르는 것이니 하늘도 이 조맹덕을 도울 것이다."

"와아아아아!"

"기주를 쓸어버리자!"

가신들은 조숭의 죽음에 분노했고, 청주병들은 마음껏 학살하고 약탈할 생각에 들떴다. 그리하여 두 갈래의 군사가 풍성을 떠났다. 산양성으로 향하는 병력은 깃발을 올리고 북을 치는 등 최대한 요란하게 진군했다. 진짜 임무는 업성 쪽의 시선을 끄는 것이었기 때문이다. 물론 공격 또한 맹렬히 해야 했다. 산양성에서 원군을 청하지 않고는 못 배길 정도로.

청주병은 최대한 은밀하면서도 빠르게 동군을 향해 이동했다. 워낙 수가 많아 쉽진 않았지만, 하후연을 비롯한 장수들이 이만씩 병력을 나눠 규모를 줄였다. 또한 동군 근처에 도착하기 직전까지는 갑옷을 벗고 무장도 하지 않았다. 청주병의 갑주며 무기들은 큰 수레 여러 대에 분산하여 실었다. 이에 얼핏 보면 큰 상단 같기도 했다. 여기에는 오용도 감탄하고 말았다.

"어찌 이런 생각을 하셨습니까?"

오용의 물음에 조조가 답했다.

"반드시 복수하겠다는 집념 덕이겠지. 별일 없으면 이대로 행군하다가 제음현을 지나자마자 부대를 합쳐 무장할 것이오. 거기서부터 눈에 띄는 살아 있는 것들은 모조리 죽일 테요. 그러면 순욱 아니라 한신(한나라 고조 유방의 모사)이 살아와도 어찌 우리를 막겠소?"

"주공의 말씀이 실로 옳습니다."

다섯 개로 나뉜 십만의 청주병들은 각자 강이나 협곡을 타고 움직였다. 제음에서 곧장 동군으로 진격할 계획이었다. 시커먼 다섯 줄기의 악의(惡意)가 스멀스멀 북상해갔다.

복양태수 왕굉은 간밤에 영 꿈자리가 사나웠다. 일어나자 몸이 으슬으슬하고 머리도 아팠다. 그는 용운이 보내준 약차를 마시며 생각했다.

'기주목께서 동광현까지 점령했다고 하니, 원소는 숨통이 막힌 거나 마찬가지다. 이제 곧 하북의 패자가 정해지리라.'

왕굉 또한 젊은 시절에는 담대했고 큰 야망을 품은 적도 있었다. 그러나 동탁과 조조 등을 상대하며 깨달았다. 자신은 천하를 놓고 다투기에는 부족한 점이 많다는 것을.

'그때는 젊었지.'

임관한 이래 청렴하고 단호하게 맡은 바 일을 행해왔다. 거기에는 자부심이 있었다. 첫 임지에서 환관이 작위를 팔아먹은 사실을 적발하여, 봉록이 이천 석에 이르는 자라도 모조리 잡아들여 문초하였고 수십 명을 처형했다. 그 일로 인근 군과 국에까지 위엄을 떨쳤다.

하지만 동탁의 무리가 기승을 부릴 때, 그는 아무것도 하지 못했다. 반동탁연합군에 참가하지도 못했고 스스로 의병을 일으켜 대항하지도 못했다. 용기가 없어서라기보다 주위에 사람이 없었기 때문이다. 벗은커녕 지역의 호족이나 가족들과도 멀리하여 '왕독좌(王獨座)'라는 별명까지 얻었다.

왕굉은 용운에게서 도움받고 처음 그를 접했을 때 받았던 충격을 아직 잊지 못했다. 젊은 나이에도 불구하고 주위 사람들을 자연스럽게 끌어당기는 힘, 부드러운 위엄 같은 것. 어쩌면 진정한 영웅이란 저런 사람이 아닐까 싶었다. 꼭 말 타고 전장을 누비지 않더라도 말이다. 그 후 용운과 동맹을 맺어 각별하게 지내온 지도 삼 년이 지났다. 이제 사실상 동맹이라기보다 속관에 가까웠지만, 후회는 하지 않았다.

'늘그막에 기주목과 같은 벗을 갖게 된 것이야말로 내 인생의 가장 큰 행운이었다. 앞으로 그분이 만들 세상이 어떤 세상인지, 얼마나 더 비상하실지 가까이에서 지켜보는 것도 나쁘지 않지. 일단 그 시작은 하북이 될 것이다.'

수하가 헐레벌떡 뛰어들어온 것은 그때였다.

"태, 태수님!"

왕굉은 아침의 이 시간을 매우 소중히 여겼기에 언짢아 하며 버럭 소리를 질렀다.

"무슨 일인가. 내가 이 시간에는 함부로 들어오지 말라 하지 않았느냐."

"소, 송구합니다. 하지만 워낙 급한 일이라."

"무슨 일인데 그러느냐? 또 황건적 대군이 준동하기라도 했느냐?"

"황건적은 아닌데, 대군이 동군을 향해 몰려오는 건 맞습니다."

"뭐라고?"

왕굉은 정신이 번쩍 들었다. 찻잔을 내려놓고 일어선 그가 물었다.

"대군이라니? 자세히 말해보거라."

"그게, 그, 기주목께서 보내신 흑영대원들이 갑자기 와서 알려준 터라 저도 자세히는 모릅니다. 조조의 대군이 복양성으로 진격해오고 있으니 서둘러 대비하라고만……."

"조맹덕? 그자가 왜……. 한동안 패국에서 잠잠하다 했더니, 설마 다시 연주를 도모하려는 것인가."

왕굉이 의관을 갖추고 거처에서 나왔을 때였다. 한 젊은 장수가 빠른 걸음으로 다가오다가 그를 보고 포권했다.

"기침하셨습니까, 태수님."

장수를 본 왕굉의 얼굴에 안도의 빛이 떠올랐다.

"오오, 무영!"

무영은 태사자를 대신하여 복양성에 파견된 장수였다. 올해 25세로, 청무관이 배출한 첫 번째 장수이기도 했다. 청무관은 용운이 태학, 청낭원과 함께 만든 3대 기관 중 하나였다. 태학은 행정가와 학자, 관료 등의 문관을, 청낭원은 화타를 스승으로 하여 의생을 교육하고 배출하는 기관이었다. 청무관은 단순한 무인이 아닌, 지휘력을 갖춘 장군 후보를 키워내는 일종의 사관학교였다. 말하자면 무영은 청무관 1기 졸업생인 셈이었다.

처음 왕굉은 그의 젊은 나이에 반신반의했다. 믿음직한 태사자를 데려가고 애송이를 보내준 데 대해 은근히 용운에게 서운하기도 했다. 무영이 파견된 당시, 복양성 주변에서 작지 않은 규모의 도적떼가 창궐하였는데 그 수가 이만에 육박했다. 무영은 단 오백 기의 기병을 끌고 나가서 도적떼를 완전히 흩어버렸다. 뿐만 아니라 태사자가 주둔해 있을 때 못지

않게 병사들의 군기가 엄정하고 태수 왕굉에게도 깍듯하니,
이제 그를 전적으로 믿고 의지했다.

"무영, 얘기 들었소?"

"예. 들었습니다. 저도 세작에게서 들은 바 확실히 조맹덕
의 군대가 맞습니다."

"그자가 대체 왜 쳐들어오는 것이오?"

"본래 제 근거지였던 진류성을 여봉선으로부터 되찾기에
앞서, 껄끄러운 복양성을 함락해두려 한다고 보면 타당하겠
지요. 우리가 여봉선과 동맹을 맺었으니까요."

"아……."

"패국에 있는 사이, 패국상 진규의 호의로 상당히 세력을
키운 모양입니다. 벗인 장막의 지원도 있었고요. 다만, 한 가
지 이상한 점이……."

"이상한 점?"

"예. 보수설한(報讐雪恨, 원수를 갚고 한을 씻는다)이라는 글자
가 쓰인 깃발을 앞세우고 진격해오고 있다고 합니다."

"보수설한이라니. 설마 일전에 복양성을 공격했다가 패배
했던 것을 두고 하는 말인가? 그게 원한이라면 천하에 원한
을 품지 않은 군웅이 없을 거요. 따지고 보면 공격받은 사람
은 나고."

"저도 그게 미심쩍어서 일단 업으로 사람을 보냈습니다.

그전까지는 수성 태세를 갖추고 시간을 끌어볼 참입니다."

왕굉은 조금 의아하다는 투로 물었다.

"수성? 성을 지키면서 시간을 끈다고 하였소? 복양성에는 청광기와 거의 비등한 실력을 갖춘 적뢰기 이만이 있지 않소. 게다가 무영 장군의 실력도 내 익히 아는데."

'적뢰기(赤雷騎)'는 수가 많이 줄어든 청광기를 대신하여, 좀 더 속성으로 키워낸 기병이었다. 청광기와 구분하기 위해 붉은색으로 치장했다. 돌파에 초점이 맞춰져, 그 기세가 마치 벼락같다고 하여 적뢰기라는 호칭이 붙었다. 청광기에 비하면 좀 손색이 있을지 몰라도, 조조와 싸워본 왕굉이 보기에는 조조의 정예군에 조금도 뒤떨어지지 않았다.

무영이 그답지 않게 잠시 머뭇거리다 말했다.

"그것이, 적의 수가 좀 많습니다."

그는 이미 조조군을 적이라 확신하고 있었다.

왕굉은 불길한 예감을 느끼며 말했다.

"얼마나 되기에……."

"십만입니다."

"……."

왕굉의 안색이 하얗게 질렸다.

곳곳에 퍼져 있는 흑영대원들이 아니었다면, 복양성은 순식간에 짓밟혔을 것이다. 조조의 근처에도 흑영대원들이 파견되어 있었다. 청주병은 제음에 도착하기도 전에 움직임이 발각됐다. 위장한 다섯 갈래의 군대가 모두 한 곳으로 향하고 있음을 안 흑영대원들은, 일급 비상사태임을 인지하고 즉시 복양성과 업성으로 향했다.

위군, 업성 지하, 흑영대 집무실.

전예는 늘 그렇듯 바쁜 와중에도 이상하게 마음에 걸리는 일이 있었다. 바로 몇 개월 전에 위군 북쪽 경계에서 부서진 마차와 시신들이 발견된 사건이었다. 시신은 모두 여인과 아이들이었다. 더구나 죽인 방법이 단호하면서도 잔혹했다. 여인들의 차림이 호사스러운 데다 재물을 털어간 흔적이 있어 처음에는 도적의 소행이라 봤다. 한데 시신을 조사하는 과정에서 이상한 점이 드러났다. 도적이라기에는 살인자의 솜씨가 지나치게 뛰어났던 것이다. 모두 창을 써서 죽였는데, 무수한 상처들 중 하나도 급소를 빗나간 것이 없었다. 당시 전예는 시신의 상처 자국을 보며 생각했다.

'이건 아마도 조자룡 장군에 버금가는 창술의 소유자 솜씨 같군. 그런 자가 왜 이런 짓을……. 원한 때문인가?'

또한 일부러 보란 듯이 시신과 마차를 버려두고 간 것도 이상했다. 치우려면 얼마든 치울 수 있었을 터인데. 여인과 아이들의 신원을 밝히려 애써봤으나 도무지 알아내기가 어려웠다. 그도 그럴 것이 흑영대가 아무리 신출귀몰해도 한참 떨어진 서주에 머무르던, 조숭 본인도 아닌 그의 첩실들에 대한 것까지 알 순 없었다. 업성과 위군 일대에서도 가족이 행방불명됐다는 사람은 나오지 않았다. 그렇게 시간이 흘러 사건은 그대로 미궁에 빠졌다.

'이상하게 찜찜한 사건이란 말이야.'

전예가 서류 업무를 처리하며 그 일을 생각하고 있을 때였다. 철컹! 지하 본부로 연결된 대나무 관을 따라 봉인된 원통이 떨어졌다. 원통을 본 전예는 흠칫 놀랐다. 최고 비상사태에 해당하는 빨간색이 칠해져 있었기 때문이다. 외부에서 최고 비상사태를 알려온 건 이번이 처음이었다. 원소군이 관도성을 공격해왔을 때도 2급 비상사태에 그쳤었다.

'대체 무슨 일이기에.'

전예는 즉시 봉인을 뜯어 서신을 확인했다. 내용을 읽던 그의 표정이 점점 굳어갔다. 조조가 십만 대군을 다섯으로 나눠, 일제히 복양성을 향해 진격해오고 있다는 내용이었다.

"……제길."

나직하게 한마디를 내뱉은 전예는 빠른 걸음으로 계단을 올랐다. 순욱을 만나기 위해서였다.

한편, 마초는 업성에서 후군을 준비하던 중 생각지도 못한 일을 겪었다.

'내일쯤 관도로 출발해야겠지. 영명(방덕) 님에게 가서 의논해봐야겠군.'

그가 막 거처를 나섰을 때였다.

"……형님?"

"어……."

우뚝 멈춰 선 마초는 제 눈을 의심했다. 많이 수척하고 초췌했지만 낯익은 얼굴들이 그의 거처 앞에 와 있었다.

"너, 너희들?"

"형님!"

"형아!"

세 소년이 일제히 마초에게 달려들어 매달렸다. 그들은 생사를 알 수 없던 형제 마휴(馬休), 마철(馬鐵)과 사촌 마대(馬岱)였다.

"휴, 철, 대 너까지!"

"형님, 무사하셨군요."

올해 열여섯으로 그나마 제일 의젓한 마휴가 떨리는 목소리로 말했다. 열다섯 살이지만 막내라 철이 없는 마철과 아직 열두 살인 마대는 우느라 정신이 없었다. 마초도 눈시울이 붉어지고 코끝이 찡해졌다.

"어떻게 업성으로 온 것이냐? 아니, 여기서 이럴 게 아니

라 어서 들어가자."

마초는 방덕에게 가는 일을 잠시 미루고 동생들과 함께 집 안으로 들어갔다.

"어서 다과 한 상 푸짐하게 차려오너라."

"예, 맹기 님."

동생들은 마초가 아름다운 시녀에게 명하는 모습을 신기한 듯 바라보았다. 자리를 잡고 앉자, 마휴가 그간의 일을 얘기하기 시작했다.

"배신하여 아버님을 죽게 한 한수는 고향으로 돌아와 제일 먼저 우리 일족을 공격했습니다."

당시 한수는 주무의 천기와 설득에 넘어가 마등을 배신하고 여포에게 붙었다. 안팎으로 기습당한 마등의 군대는 풍비박산 나고 한수에게 쫓겨 갈 곳이 없어진 마초와 방덕은 용운에게 의탁했다. 행여 한수가 업성을 공격해올까 걱정했으나 그 뒤로는 잠잠하다 했더니, 곧장 천수로 향한 모양이었다.

"개자식."

마초는 부득 이를 갈았다.

"다행히 작은아버지(마등의 동생이자 마대의 아버지) 덕에 목숨은 건질 수 있었으나 그 과정에서 어머님과 작은아버지가 돌아가셨습니다. 저는 간신히 대(마대)만 빼내어 정신없이 남쪽으로 달아났습니다."

"어머니와 작은아버지가……."

그때 일이 떠올랐는지, 잠깐 훌쩍이던 마휴가 다시 말을 이었다.

"몇 안 되던 부하들도 한수의 추격으로 다 죽었습니다. 서량은 전부 한수의 입김이 미치는 지역이라 천신만고 끝에 무릉(장안의 서쪽에 있는 현)에 도착해 떠돌아다니던 중, 기주목께서 보낸 사람들과 접촉하여 업으로 오게 된 것입니다."

"그랬구나."

"업성에는 오늘 아침에 도착했습니다. 도중에 이미 형님의 얘기를 들었기에, 도착하자마자 곧장 이리로 왔습니다."

마휴는 동생들을 먹이기 위해 구걸하고 막일도 했다고 하였다. 그의 몰골은 말이 아니었다.

"정말 고생 많았구나. 그래도 장하다."

목이 멘 마초는 마휴의 머리를 쓰다듬었다. 더불어 한수에 대한 원한이 뼈에 사무쳤다. 이제 그는 아버지의 친우이던 문약(文約, 한수의 자. 순욱의 자 문약과 음이 같음) 아저씨가 아니라, 부모님의 원수였다.

"형님은 어떻게 지내셨습니까?"

"나는……."

마침 그때, 마초가 오지 않음을 이상히 여긴 방덕이 찾아왔다.

"아니, 도련님들?"

방덕은 마초의 아우들을 보고 크게 기뻐했다. 어릴 때부터 함께 지내던 방덕을 본 소년들은 또 한차례 눈물을 쏟았다.

"영명 아저씨!"

"다들 무사하셨군요. 정말 다행입니다. 주공(마등)께서도 기뻐하실 겁니다."

형제간에 그간 밀린 얘기는 끝이 없었다. 대화를 나누고 먹고 차를 마시고 또 얘기하다 보니 어느새 밤이 깊었다. 방덕은 거처로 돌아가기 위해 아쉬운 마음을 누르고 일어섰다.

"그럼 도련님들, 곧 또 뵙겠습니다."

"조심해서 가세요, 아저씨!"

방덕은 배웅 나온 마초에게 말했다.

"맹기 님, 정 안 되면 후군으로는 저 혼자 가도 괜찮습니다. 연합군이 순조롭게 연승 중인 모양이니까요. 일단 문약(순욱) 님께 말씀드려보시지요."

"알겠습니다. 조심히 들어가세요, 영명 님."

"예. 하하, 오늘은 정말 좋은 날이군요!"

마초는 방덕을 보내고 나서도 한참이나 아우들과 얘길 나눴다. 결국, 마대가 하품을 하더니 졸기 시작했다. 한껏 회포를 푼 마초가 동생들에게 말했다.

"당분간은 여기서 지내거라. 내 곧 순문약(순욱) 님께 말씀드려서 더 큰 집을 달라고 하마."

"알겠습니다, 형님."

"좋아요!"

마휴와 마철이 입을 모아 대답했다.

마대는 마초의 갑옷과 창을 황홀한 눈길로 바라보며 말했다.

"와, 형아, 형아는 여기서 장군님이 된 거야?"

"그래, 그렇다."

"출세했네, 맹기 형!"

"녀석, 여기까지 오느라 힘들었을 텐데 얼른 자거라."

고된 여정으로 피곤했던 데다 마초를 만나 긴장이 풀리자, 소년들은 금세 곯아떨어졌다. 마초도 그런 동생들을 바라보다가 곧 잠들었다. 늘 그렇듯 금마창을 품에 안은 채였다.

"여어."

이제 마초는 꿈속에서 조개를 만나는 일이 습관처럼 되었다. 인사하는 그에게 조개가 말했다.

"축하한다. 좋겠구나."

"하하, 고마워."

"마냥 철없이 까부는 줄 알았더니, 동생들을 대하는 걸 보니까 제법 어른 같더구나."

"내가 이래 봬도 올해로 열여덟이라고."

피식 웃는 조개를 유심히 보던 마초가 말했다.

"이봐, 조개."

"왜 그렇게 건방지게 부르느냐?"

"이제 확실히 알겠다. 넌 분명히 실제로 있는 존재야. 꿈속에서만 볼 수 있긴 해도."

"창 안에 있다고 하지 않았느냐."

"그래서 말인데, 혹시 창 밖으로 나올 수는 없는 거야?"

뜻밖의 말에 조개는 멈칫 놀랐다.

"그건 왜?"

"꿈속에서만 보기가 아쉬워서 말이야. 너, 꽤 괜찮은 여자 같거든."

"……어린놈이 건방진 소리를."

마초가 조개의 허리를 확 감아 안았다.

"이래도 어린놈이야?"

"이, 이것 놔라."

"가만히 있어봐. 어차피 여긴 꿈속 세상이고 우리 둘밖에 없잖아."

생각지도 못한 동생들과의 재회에, 곧 있을 전쟁에 대한 가벼운 긴장과 흥분. 이런 것들이 마초로 하여금 평소 하지 않던 행동을 하게 만들었다. 또한 지금이 꿈이라서 그런 것도 있었다. 본래 꿈은 인간의 내면 가장 깊숙한 곳을 반영하고 현실에서 억누른 욕망을 분출하는 장치가 아니던가.

"잠깐, 거긴……."

마초를 밀어내려던 조개가 가볍게 신음했다.

다음 날 아침, 마초의 얼굴을 본 마철이 놀라서 물었다.

"아니, 형님. 눈에 왜 멍이 들었습니까?"

"꿈속에서 여자한테 맞았다."

"예에?"

마초는 맞았다고 하면서도 싱글싱글 웃는 얼굴이었다. 지난밤 조개가 한 말이 귓가에 맴돌았다.

—방법이 없는 건 아니다. 한번 시도해보마. 나도 네놈을…….

잠깐 망설이던 조개가 말했다.

—네놈을, 실제로 직접 보고 싶으니까 말이다.

"하핫."

마초는 기분이 매우 좋았다. 생사불명이던 동생들을 만나고 비록 꿈속이지만 조개와 거사도 치렀다. 잠깐 사린의 얼굴이 떠올랐으나, 단순한 만큼 금세 지워버렸다.

'꿈인데 뭐 어때. 실제로 뭘 한 것도 아니고.'

그 사린도 이제 곧 만나러 갈 터였다.

'좋은 일만 연이어 생기는구나. 이런 걸 뭐라고 하더라?
호사다마(好事多魔, 좋은 일에는 마가 낀다)?'

마초의 생각을 읽은 조개가 신음했다.

'내가 저런 무식한 놈에게 마음을 내주다니.'

그러나 마초는 본의 아니게 정확한 표현을 한 셈이 되었
다. 남쪽에서부터 마초의 인생 최대의 위기가 다가오고 있음
을, 그 자신은 물론이고 조개도 짐작조차 하지 못했다.

14

다가오는 위협

조조의 십만 청주병은 제음현에서 하나로 뭉쳐, 그대로 강을 건너 동군(복양성)까지 밀고 들어왔다. 왕굉은 소식을 듣자마자 백성들을 성안으로 불러들였다. 이에 청주병은 더욱 흥분했다. 그들은 빈집을 불태우고 살아 있는 것은 개 한 마리까지 모조리 죽여버렸다. 그 과정에서 미처 피하지 못한 백성들이 무수히 살해당했다. 곧 복양성은 조조의 대군에 포위당했다. 성벽 바깥쪽 십 리까지 모두 병사가 들어차 있었다. 망루에 올라 주변을 살핀 무영이 중얼거렸다.

"십만 대군이라. 듣기만 했을 때는 실감이 안 났는데, 이렇게 보니 정말 많긴 하구나."

성을 공격할 때는 수비하는 병력의 세 배는 있어야 한다는 게 정설이었다. 그러나 조조군은 복양성 병력의 세 배 정도가 아니라 거의 다섯 배에 달했고 사기도 드높았다. 게다가 지휘하는 장수들의 기량도 상당했다. 태수 왕굉과 무영에게는 최악의 상황이었다.

'일단 업성에 원군을 요청하긴 했지만, 이미 상당한 병력이 관도성으로 이동한 상황. 더구나 적의 움직임을 알아차리는 것도 늦었다.'

정보 입수는 늦었지만, 성이 포위되기 전에 퇴각할 시간 정도는 있었다. 그러나 무영은 그렇게 하지 않았다. '보수설한'이라는 깃발을 앞세운 조조군은 항복조차 권하지 않았다. 몰살하겠다는 의미였다. 그 증거로, 겁을 먹고 달아나는 백성들까지 모조리 잡아서 죽였다.

무영이 망루에서 조조군을 내려다볼 때였다. 눈빛이 날카로운 사내 하나가 말을 몰아 앞으로 나섰다. 그는 목청을 돋워 피를 토하듯 외쳤다.

"복양태수는 들어라. 나는 조조 맹덕이다. 기주목의 수하인 조자룡이 내 선친과 어린 이복형제들을 무참히 살해하였으므로 어찌 죄를 묻지 않을 수 있겠는가? 이에 업성으로 향하기 전, 복양성을 거치려 하니 성문을 열고 우릴 통과시켜라. 그러면 목숨만은 살려주겠다."

무영은 비로소 보수설한의 의미를 깨달았다. 그도 목소리를 높여서 조조에게 되물었다.

"맹덕 공의 선친이 언제, 어디에서 돌아가셨단 말입니까?"

"위군 북쪽 외곽이었다. 한 달도 채 안 되었다."

무영은 조조의 말을 듣자마자 코웃음을 쳤다. 그는 청무관에 있는 동안 조운으로부터 몇 차례 창술을 배운 적이 있었다. 그가 경험한 조운은 그야말로 군자이자 사내 그 자체였다. 또한 용운의 의형제이기도 했다. 그런 걸 떠나서 당장 조운이 용운의 명을 받아 관도성으로 향한 지 오래였다. 한데 어찌 한 달 전에 위군에서 사람을 죽일 수 있단 말인가?

"맹덕 공께서 뭔가 오해하신 것 같습니다. 조자룡 장군은 이미 그 전부터 관도성에 가 있었습니다. 그러니 애초에 공의 선친을 만날 수조차 없었습니다."

무영의 답에, 조조는 얼굴이 시뻘게져서 분노했다.

"네놈들이 살인자를 관도성으로 피신시키고선 딴소리를 하는구나! 기주목, 그 음흉한 놈이 일전에 복양성에서 싸운 일로 원한을 품고 사주한 게 아니더냐? 오냐, 그렇다면 복양성을 밀어버리고 업성으로 진격하마."

무영은 말없이 화살 한 대를 꺼내 시위에 얹고 쏘았다. 화살은 조조의 얼굴을 향해 정확히 날아갔다. 그러나 도중에 돌풍이 일어 얼굴 대신 상투를 맞혔다. 기겁하는 조조에게 무영이 말했다.

"주공을 모욕하면 용서치 않겠다."

"……기어이 벌주를 택하는군. 두고 보자."

무영은 말 머리를 돌려 진영 안으로 돌아가는 조조를 보며 생각했다.

'하늘이 주신 기회를 놓쳤군. 그나저나 내가 업성으로 달아나면 복양성에는 수비할 병력이 없다. 이는 곧 태수님과 나를 믿고 성에 남은 백성들을 죽음으로 내모는 일. 또한 조자룡 장군의 누명을 인정하는 꼴이다.'

그는 서둘러 망루를 내려갔다. 이미 전쟁은 시작되었다.

'성을 방패 삼아 최대한 맞서 싸우면서 어떻게든 백성들을 피신시킬 방도를 찾아야 한다. 어쩌면 이곳에서 내가 뼈를 묻을 수도 있겠구나.'

안타까움은 있을지언정 두렵지는 않았다. 무영은 아버지를 병으로 일찍 여의었다. 당연히 어릴 때부터 집안은 찢어지게 가난했다. 종일 열심히 일해도 홀어머니와 세 동생을 부양하기가 쉽지 않았다. 그나마 품삯을 공정하게 주고 세금이 적은 업성이라 버틴 거였다. 다른 곳이었다면 오래전에 가족 모두 떠돌이가 됐거나 팔려가거나 굶어 죽었을 것이다. 가게를 내거나 장사를 하려 해도 밑천이 없었다. 그런 그가 가족들을 부양할 수 있는 유일한 방법은 태학이나 청무관 혹은 청낭원에 입학하여 우수한 성적을 내는 거였다.

무영은 몸이 튼튼하고 학문보다 무술에 자신이 있었으므로 청무관에 입학했다. 뼈를 깎는 노력으로 두각을 드러내어 조기 졸업하자마자 교위로 임관해 복양성에 왔다. 그가 청무관을 졸업하기까지의 삼 년 동안 가족들의 생계는 모두 기주목, 즉 용운이 책임졌다. 물론 학비도 전액 지원이었다. 단순히 먹고살게만 해준 게 아니었다. 용운은 무영에게 삶의 목적과 보람을 찾게 해주었다. 무영은 아직까지 졸업할 때 용운이 한 말을 잊을 수가 없었다.

─무영, 이제 그대는 가족과 이웃 그리고 벗들을 지킬 힘을 갖게 됐습니다. 그대와 같은 힘들이 모여 이 세상을 좀 더 살기 좋은 곳으로 바꿔나갈 것입니다. 앞으로도 부디 날 도와주세요.

용운은 무영의 양쪽 어깨에 손을 얹고 부드럽지만 힘있게 말했다. 그 순간 무영은 맹세했었다. 이 사람을 위해 목숨을 바치겠노라고. 그리고 지금 그때가 눈앞에 와 있었다.

'내가 여기서 죽어도 남은 가족들의 평생을 주공께서 돌봐주실 것임을 안다. 나의 죽음이 발판이 되어, 기주목은 결코 동맹을 저버리지 않는다는 평판이 더 강해질 것이다. 내가 여기서 희생하여 살려낸 사람들은 업성으로 달아나 조조의 만행을 천하에 알리고 주공의 백성이 되리라.'

망루를 내려온 무영은 성문 앞에 도열해 있는 적뢰기를 돌아보았다. 누구 하나 두려워하거나 달아난 자가 없었다. 그는 뭉클해지는 가슴을 억누르며 큰 소리로 외쳤다.

"형제들이여, 간악한 조조는 기주를 빼앗기 위해 조자룡 장군에게 누명을 씌우고 주공의 명예까지 더럽히고 있다. 또한 도중에 미처 피하지 못한 백성들을 닥치는 대로 죽였다고 한다. 이 어찌 의로운 일을 행하는 자의 소행이라 할 수 있겠는가!"

적뢰기들이 조금씩 동요하기 시작했다. 겁먹은 데서 오는 동요가 아니라 분노였다. 무영은 점점 목소리를 높이며 말을 이었다.

"복양성이 무너지면 다음은 업성이다. 우리의 부모와 형제자매, 자식들이 조조의 잔인한 손속에 무참히 살해당할 것이다. 하지만 우리가 여기서 조금만 버티면, 주공께서 반드시 그들 모두를 구원해주실 것이다. 이 자리에 있는 이들 중 주공께 은혜를 입지 않은 자는 아무도 없을 것이다. 자, 어느 쪽을 택하겠는가?"

적뢰기들은 입을 모아 외쳤다.

"싸우겠습니다! 악랄한 조조를 물리칠 것입니다!"

"조자룡 장군에게 누명을 씌우고 주공을 모욕한 대가를 치르게 해야 합니다!"

무영은 가만히 눈을 감았다가 떴다.

'모두들 미안하다. 그리고 고맙다.'

이윽고 조조군의 맹공이 시작되었다. 아무리 성에 기댔다 하나 십만 대 이만이었다. 그 처절함에 훗날 살아남은 백성들이 떠올릴 때마다 몸서리를 친 전투였다. 무영과 적뢰기들은 죽을힘을 다해 싸웠다. 백성들도 팔을 걷고 나서서 수성전을 도왔다. 활을 쏘고 돌을 내던졌으며 기름을 퍼부었다. 온몸에 화살이 꽂혀 고슴도치처럼 된 채 싸우는 적뢰기 대원도 부지기수였다.

첫날, 조조군은 만여 명에 달하는 사상자를 내고 물러났다. 그러나 무영의 표정은 밝지 않았다. 한 번 전투에 이천의 적뢰기를 잃었다. 적에 비하면 오 분의 일밖에 안 되는 피해였지만, 조조군의 일만과 무영 부대의 이천은 무게가 달랐다.

'적이 생각보다 더 강하다. 특히, 큰 활을 쓰는 하후연이라는 장수와 허저라는 괴력의 사내가 문제로구나.'

하후연의 활 솜씨는 백발백중이었다. 허저는 사다리를 타고 기어이 성벽에 기어올라, 적뢰기 대원들을 마구잡이로 내던졌다. 두 사람의 손에 죽은 적뢰기만 몇 백이었다. 단기전으로 붙어볼까 하는 생각도 했으나 승패를 장담하기 어려웠다.

'그랬다가 만약 내가 지면, 그 길로 복양성은 끝이다. 틈을 봐서 어떻게든 제거해보는 수밖에.'

그렇게 잠도 못 자고 싸우길 꼬박 사흘째였다. 급기야 왕굉까지 늙은 몸을 이끌고 직접 나서서 전투를 지휘했다. 백성들의 사기가 크게 올랐다. 허연 수염을 휘날리는 그가 눈에 띄었던 걸까. 화살 한 대가 날아와 그의 목젖을 꿰뚫었다. 보통의 것보다 훨씬 크고 굵은 화살. 이미 여러 번 본 바 있는 하후연의 솜씨였다.

"컥!"

무영이 달려와 무너지는 왕굉을 받쳐 안았다.

"태수님!"

"무영 장군……."

왕굉의 목에서 바람 빠지는 소리가 났다. 그는 온 힘을 다해 마지막 말을 남겼다.

"내 백성들을…… 부탁……."

왕굉의 고개가 아래로 툭 떨어졌다. 죽음이 원통한지 눈을 부릅뜬 채였다. 무영은 손으로 가만히 왕굉의 눈을 감겨주었다. 그 또한 이미 상처투성이가 되어 있었다.

'원군은 아직인가.'

이대로 가다간 백성들까지 몰살할 분위기였다. 왕굉이 죽어가면서까지 부탁한 일을 헛되이 해선 안 되었다. 무영은 고심 끝에 부관을 불러서 명했다.

"남쪽 성문을 열어라."

"장군, 그리하면 성을 포위한 적들이 단숨에 열린 성문으로 밀어닥칠 것입니다."

"그러라고 여는 것이다. 포위가 풀리면 북문을 열어 백성들을 달아나게 해라. 그리고 남은 적뢰기 전원은 북문 안쪽에 모여 적을 저지하라. 백성들이 조금이라도 더 멀리 달아날 수 있도록."

"장군⋯⋯."

"순순히 당해줄 생각은 아니니 그런 눈으로 볼 필요 없다. 북문을 열기 전에 활 잘 쏘는 자들을 모두 성벽 계단에 올려 남문으로 집중 사격하게 하라. 좁은 입구로 대군이 몰린 데다 화살까지 쏟아지니 한동안 적을 저지할 수 있을 것이다."

"명 받들겠습니다."

부관은 힘차게 포권하며 답했다.

그로부터 이틀 후, 위군 업성.

위군에는 몇 개의 유력한 호족 가문이 있었다. 원래부터 터를 잡고 살아온 가문도 있지만, 대개는 최근에 유입된 가문이 많았다. 사마 가문처럼 용운이 계획적으로 영입했거나,

제갈 가문과 같이 예기치 못한 사정으로 이주해온 경우. 혹은 기주목 용운의 선정에 대한 소문을 듣고 스스로 옮겨온 이들이었다. 영지의 낮은 세금 비율 또한 이주에 한몫했다. 이들은 대부분 막강한 재력과 무수한 인재를 보유했다. 덕분에 업성의 세를 키울 때 큰 도움이 되었다.

그중에서도 현재 가장 번영한 호족은 단연 사마(司馬) 가문이었다. 원래도 명문이었던 데다 사마랑이 일족을 옮겨올 때 재산과 사람을 거의 고스란히 유지한 덕이었다. 제갈 가문의 경우, 제갈근을 제외하면 제갈량조차 아직은 어린애일 뿐이었다. 그 밖의 다른 호족들도 모두 고만고만했다.

사마의의 아버지 사마방은 정직하고 공정했으며 위엄 있는 인물이었다. 그런 아버지 밑에서 교육받았기에 여덟 아들이 모두 뛰어나 '사마팔달'이라 불리게 된 것이다. 용운은 사마방의 학식과 성품을 인정하여 그를 태학의 학장으로 임명했다. 사마의의 형이자 장남 사마랑에게도 중책을 맡겼다. 또한 업성에서 제일 좋은 터에 거대한 장원을 지어서 내주었다. 사마 가문의 아들들은 사마랑과 약속했던 대로 교육비를 전액 면제했다. 용운이 지금처럼 강성해지기 전, 일족 모두가 그를 믿고 이주해온 데 대한 보답이었다. 이에 감격한 사마 가문에서도 인적·물적으로 아낌없이 용운을 지원해왔다. 지금까지는.

업성 내부, 사마 가문 장원.

장원 가운데는 '태청당(太靑堂)'이라는 커다란 저택이 있었다. 평소에는 사마방과 그 자식들이 지내는 장소였다. 그곳에서 가문의 주요 원로들이 모두 모여 비밀리에 회의를 하고 있었다. 의제는 기주목과 조조 맹덕 중 어느 쪽에 붙을 것인가 하는 거였다.

가주(家主) 사마방이 심각한 표정으로 말했다.

"조맹덕이 복양성을 무너뜨렸단 말인가?"

"그렇다고 하옵니다. 그 여세를 몰아 곧장 위군으로 진격해오고 있다고 합니다."

"으음…… 전쟁은 피할 수 없겠군."

사마방은 낮은 목소리로 말했다. 긴 탁자 양쪽으로 늘어앉은 원로들의 표정도 어두워졌다. 얼마 전, 사마 가문 장원에 한 통의 투서가 날아들었다. 투서의 내용은 가히 놀라웠다. 태위 조숭이 위군에서 살해당했으며, 그로 인해 분노한 조조가 대군을 일으켜 업성을 쓸어버릴 거라는 게 골자였다. 사마 가문에도 자체적인 정보 조직이 있었지만, 전혀 듣지 못한 얘기였다. 처음에는 반신반의하던 가문 원로들은 만에 하나를 대비해 서둘러 정보 수집을 시작했다.

그 결과는 충격적이었다. 무려 십만이 넘는 조조군이 병력을 다섯 갈래로 나눠, 동군을 향해 빠르게 진군해오고 있었다. 하필 조운, 태사자, 장료, 장합을 비롯한 사대천왕과 최정예 청광기가 남피로 떠난 사이에. 그러나 사마 가문에서는 이 사실을 주목 대행인 순욱에게 알리지 못했다. 가문의 정보 조직인 '비월(秘月)'이 드러날까 우려해서였다. 알려지면 문제가 될 수 있었다. 다행히 흑영대 또한 이미 그 사실을 파악한 듯했다. 성내 분위기가 심상치 않게 돌아갔다. 치안대가 성벽을 점검하고 보강하기 시작했으며 병사들이 소집되었다.

"기주목이 원소를 정벌하러 떠난 걸 알고 일부러 노린 거겠지. 그럼 원소와 밀약이 있을 수도 있다는 뜻인데."

사마방의 말을 그의 사촌동생 사마현이 이었다. 즉 사마랑과 사마의의 삼촌 되는 사람이었다.

"복양성에 무영이 주둔해 있었지만, 휘하에 청광기도 아닌 적뢰기 이만이 고작이었습니다. 물론 이만도 적은 병력은 아닙니다만, 애초에 전력 차이가 너무 심했습니다. 복양성이 무너졌다면 아마 무영도……."

"무영……."

사마방은 씁쓸한 표정을 지었다. 무영은 태학 졸업생 가운데서도 그가 아끼던 인재였다. 하지만 지금 구원하러 간다 해도 이미 늦었다. 아니, 그 전에 그럴 만한 병력도 없었다. 사마 가문의 사병은 천오백에 불과했다. 단일 장원의 사병 규모로는 크지만, 단독으로 전쟁을 수행하기에는 턱없이 부족했다.

"결단을 내리셔야 하오, 가주. 기주목과의 의리도 중요하지만, 더 우선시해야 할 것은 가문의 존속이오."

한 장로의 채근에 사마방은 눈을 감고 고심했다. 가문의 존속을 우선시해야 한다. 돌려 말하긴 했지만, 결국 업성을 떠나 전쟁을 피하자는 얘기였다. 하지만 그러기에는 용운이 베푼 호의가 너무 컸다. 그 말을 시작으로 여기저기서 의견이 나왔다. 원로들은 대부분 업성을 떠나자는 쪽이었다.

사마방이 고심하고 있을 때였다. 사마의가 태청당 내당에 들어서며 말했다.

"어르신들께서는 어찌 피할 생각만 하십니까?"

"중달, 여긴 네가 끼어들 자리가 아니다."

사마방은 엄한 목소리로 차남을 꾸짖었다.

그때 자리에 있던 사마랑이 조심스레 말했다.

"아버님, 중달의 의견도 한번 들어보심이 어떻습니까? 솔직히 대국을 보는 눈은 중달이 저보다 낫습니다."

사마랑은 가문을 부흥시키는 데 큰 역할을 했다. 그런 그가 이렇게 말하자 더 무시하기 어려웠다.

사실 둘째 아들의 비범함은 사마방이 제일 잘 알고 있었다. 그는 못 이긴 척 말했다.

"좋다. 중달, 어디 네 생각을 말해보아라."

"가문의 어르신들이 다 모인 자리에서 발언권을 주시니

감사합니다."

정중히 포권한 사마의가 말을 이었다.

"한데 늙으면 겁이 많아진다는 얘기는 사실인 모양입니다."

잠깐 침묵이 감돌더니 노호가 터져나왔다.

"뭐라고!"

"네 녀석이 똑똑하다고 오냐오냐 해주니까 눈에 뵈는 게 없는 모양이구나!"

사마랑은 고개를 설레설레 저었다. 분명 예의 없고 직설적인 화법이었다. 그러나 단숨에 좌중의 이목을 집중시킨 효과는 있었다. 실제로 아무리 똑똑해봐야 어린애가 아닌가 하고 시큰둥하던 원로들까지 눈을 부릅뜬 채 사마의를 노려보고 있었다.

'난 존재감이 너무 없어서 문제지만, 저 녀석은 지나치게 눈에 띄어서 탈이란 말이야……'

사마방과 사마랑이 조마조마한 심정으로 지켜보는 가운데 사마의는 태연히 말을 계속했다.

"송구합니다. 허나 너무 답답해서 한 말입니다. 이거야말로 우리 가문이 한 단계 더 성장할 기회인데 피하려고만 하시니, 어찌 답답하지 않겠습니까?"

원로들은 번갈아가며 사마의를 질타했다.

"이게 기회라고? 자칫했다가는 성장은커녕 이제껏 쌓아

온 것마저 송두리째 잃을 수도 있다."

"게다가 사천왕마저 관도로 떠나, 지금 업성에는 장수가
없지 않느냐. 복양성을 단 사흘 만에 무너뜨렸다는 조조군을
어찌 막는단 말이냐. 그나마 거기에는 적뢰기라도 있었다!"

다 듣고 난 사마의는 여유롭게 입을 열었다.

"장수는 있습니다. 그것도 사천왕 못지않은 기량을 가진
인물이 셋이나."

"뭐? 그게 누구냐?"

"마맹기, 방영명, 서공명이 그들입니다. 거기다 장연도 있
지요."

사마의는 마초, 방덕, 서황 등의 이름을 댔다. 그의 넓은
시야와 예측은 끊임없는 관찰 및 분석에서 비롯되었다. 그런
사실을 모르는 사람에게는 마치 예언이라도 하는 것처럼 느
껴질 터였다. 사마의가 판단하기에, 현재 성에 남은 네 장수
의 기량은 결코 사천왕에 뒤처지지 않았다.

"마초와 방덕은 크고 작은 싸움에서 여러 번 공을 세워 이
미 기량을 입증한 바 있습니다. 서황 또한 관도에서 적장을
쓰러뜨렸으며, 사천왕의 수장인 조자룡이 형으로 모시는 사
내입니다."

사마방이 고개를 끄덕였다.

"확실히 그 세 사람은 무예로나 지휘력으로 보나 뛰어난

장수들이다. 허나 장연은 고작 흑산적의 수령이었던 자가 아니냐?"

"장연은 개인적인 무력에서는 처질지 몰라도, 가장 많은 수의 병력을 거느리고 지휘한 경험이 있으며 현재 업성에 남은 병사들을 하나로 뭉치게 할 수 있는 유일한 자입니다. 그 저력을 무시해서는 안 됩니다. 이 넷이야말로 소사천왕(小四天王)이라 해도 무리가 없습니다."

"으음."

"거기다 업성은 하북 최고의 성이며 탁월한 지휘관인 문약 님과 수만의 병력에 더해, 몇 년을 버틸 수 있는 물자도 있습니다. 성에 기대어 버틴다면 조조군은 해가 바뀔 때까지 아무것도 못할 것입니다. 한데 우리 가문이 이제껏 쌓아온 명성과 신의를 어찌 그리 쉽게 포기하려 하십니까?"

듣고 보니 사마의의 말이 구구절절 옳았다. 수군대던 원로들이 자세를 고쳐 앉으며 말했다.

"그러하면 지금부터 우린 뭘 하면 되겠는가?"

"우리 가문의 자랑인 재력을 이용해야지요. 작은아버지께서는 장세평을 찾아가, 그가 올 하반기에 팔려고 쟁여둔 무기와 군마를 모조리 사들이십시오. 그걸 문약 님에게 드리면 큰 도움이 될 것입니다."

"장세평은 거상이다. 게다가 그가 다루는 주력 상품이 바

로 무기와 말이다. 당연히 대량의 물량을 확보했을 것이니 액수도 상당할 텐데…….'

"투자라고 생각하십시오. 원래 즐거움을 함께 누린 사람보다 어려울 때 도와준 사람이 더 기억에 남는 법입니다. 전쟁이 끝난 후, 우리 가문의 위상은 분명 지금보다 훨씬 더 커질 겁니다."

서로 마주 보던 원로들은 고개를 끄덕였다. 이는 일종의 도박이었다. 그리고 사마 가문은 사마의의 조언에 따라 용운에게 명운을 걸었다. 패해서 조조군에게 몰살당하느냐, 아니면 승리에 큰 공헌을 하여 그 공으로 비상하느냐.

제갈근은 제갈근대로 순욱을 찾아가 도움을 자청하고 있었다. 그는 먼저 아우 제갈량을 데려온 데 대해 순욱에게 사과했다.

"아이를 이런 곳까지 데려와서 죄송합니다. 딱히 돌봐줄 사람도 없는 터에 죽어도 따라오겠다고 고집을 부려서요."

"공명이라면 주공께서 특별히 아끼시는 데다 이미 태학에서도 두각을 드러내고 있다고 들었습니다. 기밀을 얘기할 것도 아니니 너무 신경 쓰지 마십시오. 한데 어쩐 일로……."

"저희 제갈 가문은 주목님께 구명지은을 입었을 뿐만 아니라 거처를 얻고 식량까지 받았습니다. 허나 가진 거라곤 이

몸뚱이뿐이니 비록 작은 재주지만 최선을 다해서 조조를 막는 데 힘을 보태고자 합니다. 무엇이든 맡겨주십시오. 이 말씀을 드리려고 왔습니다."

제갈근은 진심 어린 목소리로 말했다.

잠시 생각하던 순욱이 부드럽게 답했다.

"뜻은 정말 고맙습니다만, 혹 자유 님은 전쟁을 경험하신 적이 있습니까?"

제갈근은 살짝 당황한 기색으로 고개를 저었다.

"아니, 없습니다."

"그럼, 병법을 공부하시거나 배우신 적은요?"

"수박 겉핥기식으로 약간……."

정사에서 훗날의 제갈근은 관우 토벌전에 참가하기도 하고, 여몽을 대신해 공안에 주둔하기도 했다. 또한 좌장군의 자리까지 거쳤다. 분명 장수감이라기보다는 정치가에 가까웠으나 군무 경험도 풍부했던 것이다. 그러나 지금의 제갈근은 아직 임관조차 하지 못했다. 지식은 풍부하되 경험이 부족한 유생일 뿐이었다.

"흐음, 그러면 당장 도와주실 일이 없는데……. 마음만 감사히 받겠습니다."

순욱은 제갈근의 청을 정중히 거절했다.

그때 제갈근 옆에 조용히 서 있던 제갈량이 입을 열었다.

"형님은 고지식하여 임기응변에 약하지만, 이치를 따르고 기다릴 줄 아니 수성에 적합합니다. 한쪽 성벽의 방어를 맡겨 주시면 절대 쉽게 함락되지는 않을 것입니다."

제갈근은 당황해서 말했다.

"이 녀석, 공명! 네가 무얼 안다고 그러느냐. 문약 님, 신경 쓰지 마십시오. 일단 물러갈 테니 맡기실 일이 생기면 언제든 불러주십시오."

제갈량을 유심히 바라보던 순욱이 물었다.

"네가 보기에는 조조와의 싸움이 어찌 되겠느냐?"

제갈량은 곧바로 대꾸했다.

"큰 희생을 치르지만 결국 막아낼 것입니다."

"조조는 십만 대군을 거느리고 오는 중이다. 장수들은 하나같이 출중하며 복양성까지 격파하여 기세등등하다. 한데 우리가 과연 막아낼 수 있겠느냐?"

"업성은 해자(성벽을 둘러싼 깊은 못)가 매우 넓고 깊으며, 식량과 물자가 풍부합니다. 지금 바로 인근의 나무를 모조리 베어 성안으로 옮기면, 조조군은 해자를 건너는 데만도 상당한 노력과 시간을 허비하게 될 것입니다. 하물며 튼튼하고 깎아지른 성벽은 말할 것도 없습니다. 공성 병기에 대비해 역청과 기름을 넉넉히 준비하고 화살 수십만 대를 마련한다면 십만 대군이라 해도 반드시 막아낼 수 있습니다."

순욱은 크게 감탄하여 말했다.

"네 생각이 바로 나와 같다. 자유 님, 매우 영특한 아우를 두셨군요. 사마방 님에게서 얘긴 들었지만 이 정도인 줄은 몰랐습니다."

"공명은 어릴 때부터 병법에 관심이 많아 병법서를 저보다 훨씬 많이 읽었을 것입니다."

"좋습니다. 그럼 자유 님께서는 한쪽 성벽의 방어를 맡아 주십시오. 필요한 물자는 얼마든 내드릴 테니 확실하게 막아 주시기만 하면 됩니다."

"알겠습니다. 그럼 바로 가서 준비하도록 하겠습니다."

제갈근은 제갈량과 함께 집무실을 나왔다. 걸음을 재촉하던 그가 동생에게 물었다.

"공명, 소문에 의하면 조자룡 장군이 주목님의 지시를 받아 조조의 아버지를 살해한 탓에 이 사달이 났다고 한다. 여기에 대해서는 어떻게 생각하느냐?"

제갈량은 일말의 망설임도 없이 단호히 말했다.

"꾸며낸 말이 아니라면 음모지요."

"허허, 꽤나 자신 있는 말투로구나."

"사실이니까요. 주목님은 온화하고 너그럽지만, 불의에 대해서는 가차 없습니다. 당사자가 아닌 그의 가족을 상대로 원한을 푸는 짓은 주목님의 취향이 아닙니다. 또한 원소와의 일전을 앞두고 사서 적을 늘릴 일을 할 이유가 없지요. 차라리 조맹덕이 원소에게 붙기 전에 그를 먼저 친다면 모를까."

"호오, 과연……."

제갈근은 속으로 매우 놀랐다. 원래부터 뛰어났던 동생이지만, 업성에 와 태학이라는 기관에 다니면서 빠르게 성장하고 있었다.

제갈량은 눈을 가늘게 뜨고 남쪽을 바라보며 말을 이었다.

"무엇보다 이 바람…… 지독한 피비린내가 섞인 바람이 조조 쪽에서 불어오고 있어요. 처음에는 아버지의 복수를 위해 시작했겠지만, 이제는 살육 그 자체에 취한 느낌입니다. 딱히 주목님을 돕기 위해서가 아니더라도 막아야 해요. 지금의 조조는."

잠시 코를 킁킁대던 제갈근이 말했다.

"또 이상한 소리를 하는구나. 무슨 냄새가 난다고 그러느냐?"

"하하……."

제갈량은 차마 그 뒷이야기까지는 하지 못했다.

'안 그랬다가는 주목님의 가신들은 물론, 우리와 백성들마저 모조리 죽을 거예요. 어젯밤 조조가 있는 방향에 천살성이 선명히 떠오른 걸 봤거든요. 하늘이 그에게 살육의 역할을 맡겼고, 조조는 자신의 의지라고 착각하면서 그것을 행하는

것이지요. 그 학살이 설령 하늘의 뜻이라 해도 저는 용납할 수가 없어요. 형님, 하지만 너무 무서워요.'

순간, 제갈량은 월영을 떠올렸다. 자신이 하는 말을 모두 믿어줌과 동시에 어떤 말이라도 할 수 있는 유일한 사람.

'월영이라면 이때 뭐라고 말했을까.'

한 가지 확실한 사실은 그녀 또한 분명 조조의 대학살극을 막으려 했을 거라는 것이었다. 제갈량의 귓가에 그녀와의 대화가 맴돌았다.

─알겠어요, 공명? 백성은 곧 하늘이며, 이는 천자보다도 오히려 위에 있어요.

─백성이 어떻게 황제 폐하보다도 위야?

─제국은 백성들이 낸 세금으로 운영되며, 다스릴 백성이 없다면 나라도 없으니까요. 혼자 황제라고 떵떵거리면 뭐하겠어요? 받들어 모실 사람이 없는데. 그러니 성군은 백성을 아낄 줄 아는 것이지요.

─아, 그렇구나.

─누가 적인지 확실히 알 수 없을 때는 백성을 함부로 해치는 자를 적이라고 여기면 돼요. 그런 자들은 대개 그럴듯한 이유를 대지요. 반대로, 모실 만한 사람을 쉽게 못 찾겠다면 백성을 아끼는 이를 택하세요.

순욱은 최대한 서둘러 복양성으로 원군을 보냈다. 그러나 이미 늦은 후였다. 장연이 지휘하는 원군은 도중에 조조의 대군을 마주하고 서둘러 업성으로 귀환했다. 그나마 불행 중 다행으로 조조는 복병을 우려하여 깊이 뒤쫓지 않았다. 장연군은 꽁지가 빠져라 헐레벌떡 도망치면서 흑산적이던 시절의 특기를 살려 산을 타고 흩어져 도주했다. 조조는 그 모습을 기이하게 여긴 것이다. 어차피 목적지는 업성이었기 때문이기도 했다. 덕분에 장연군은 피난해오던 백성들을 만나서 보호하며 데려올 수 있었다. 도망쳐온 백성들이 앞다퉈 하는 증언에 순욱은 할 말을 잃었다.

"저희가 도망칠 당시 성안에는 시체가 가득했습니다. 특히 북문 쪽은 적뢰기 병사들의 시신으로 성문이 막히다시피 했습니다."

"조조는 남문으로 돌입해 들어오다가 화살 세례를 받아 수백의 병력을 잃었습니다. 이에 분풀이로 단 한 사람의 적뢰기도 남겨두지 않고 모조리 참살했습니다. 무영 장군님은 마지막까지 북문을 막아서서 조조군과 맞서 싸우다 수십 차례의 창칼을 맞고 돌아가셨습니다."

"조조는 시신 때문에 길이 막히자 불을 놓아 태워버렸습니다. 그리고 달아나는 우리 뒤를 쫓아오며 많은 사람을 죽였습니다. 아무 저항도 못하고 그저 달아났을 뿐인데……. 그러다 원군을 만나 간신히 살아남은 것입니다."

망연자실해 있던 순욱이 탄식했다.

"무영⋯⋯. 아까운 사람을 잃었구나. 조맹덕은 대체 그 죄를 어찌 씻으려고 그런 만행을 저지른단 말인가?"

순욱은 일단 백성들을 달래 성문 안으로 들여보내고 머무를 곳을 주어 쉬게 했다.

제갈량은 군사마에 임명된 형이 성벽 방어 준비로 바빠지자 혼자 성문을 구경하며 시간을 보냈다. 그는 처참한 꼴로 업성 성문을 들어오는 백성들을 바라보며 중얼거렸다.

"하여 이제부터 당신은 나의 적입니다. 조조 맹덕. 설령 당신이 아무리 뛰어난 패왕의 자질을 가졌다고 해도⋯⋯."

조조군이 마침내 업성 근처에 모습을 드러낸 것은 그로부터 며칠 후였다.

15
●
맹렬한 공세

조조의 본대가 복양성을 격파할 무렵이었다. 다른 부대 또한 산양성을 맹공격 중이었다. 청주병이 아닌, 고참병들로 이뤄진 부대였다. 하후돈과 조인이 지휘하는 오만의 군사는 집요하게 성을 타격했지만 종요의 수비는 훌륭했다.

'조조, 그대의 재능은 익히 아는 바이나, 나 또한 주공께서 믿고 맡기신 성을 그리 호락호락 넘겨주진 않을 것이다.'

종요는 용운이 남겨두고 간 흑산적 부대와 성안의 백성들을 총동원했다. 그러고도 모자라서 돈과 식량을 풀어 산적들까지 고용했다. 그런 종요의 대응은 신속하고 정확했다.

조조군이 투석기로 돌을 날리면 즉시 성벽을 보강했다. 화살 공격엔 몸 전체를 덮을 수 있는 커다란 방패로 대응했고 불화살을 쏘면 모래를 끼얹었다. 공성추로 성문을 열려 시도 했을 때는, 조조군이 투석기로 쏴 넣었던 돌덩이들을 떨어뜨려 부쉈다. 종요의 특기, 수성(守城)과 징병(徵兵), 고무(鼓舞)가 모조리 발휘된 결과였다.

"정신 차려라, 이놈들아! 또 도적질이나 하면서 살고 싶으냐!"

외치는 양봉 또한 종요의 지시 아래 본래보다 훨씬 뛰어난 능력을 발휘하고 있었다. 고무의 영향을 받은 것이다. 결국, 조조군은 적지 않은 피해를 입고 물러날 수밖에 없었다. 그러기를 며칠째 반복했다.

하후돈과 조인은 조금씩 초조해졌다. 산양성을 친 병력의 진짜 임무는 두 가지였다. 하나는 업성에서부터 구원 병력을 끌어내는 것. 다른 하나는 원소를 공략 중인 용운의 심기를 흐트러뜨리는 것이었다. 그런데 이래서야 두 가지 모두 쉽지 않을 듯했다.

'생각보다 저항이 완강하구나. 종요라는 자는 단순한 관료인 줄 알았는데, 수성전을 이 정도로 해낼 줄이야.'

하후돈이 막사에서 고심하고 있을 때였다. 안으로 들어온 조인이 그에게 말했다.

"돈 형, 오늘로 딱 일주일째요."

"……나도 알고 있네."

"실은 일주일이 지나도 산양성을 공략하지 못하면 열어보라고 맹덕 형님에게서 받은 주머니가 있소. 돈 형과 같이 보려고 가져왔소."

"그런 게 있었나? 어서 열어보게!"

조인은 품에서 붉은색 비단주머니를 꺼내 열었다. 안에서는 작은 죽간 하나가 나왔다. 그것을 받아 읽어본 하후돈의 표정이 묘해졌다. 죽간에는 이렇게 쓰여 있었다.

일이 막히면 유자양(유엽)에게 물어보라.

하후돈의 반응이 이상했던 이유는 비책치곤 내용이 너무 단순했던 것도 있지만, 마치 조조가 자신과 조인의 행동을 본 듯해서였다. 두 사람은 조조에게 합류한 지 얼마 안 된 데다 아직 젊은 유엽을 은연중에 무시하고 있었다.

'맹덕은 이런 것까지 꿰뚫어본 것이로구나. 맹덕이 이 정도로 인정하는 사람이라면 우리가 어찌 감히 무시하겠는가!'

하후돈은 크게 깨달은 바가 있어 즉시 유엽을 불렀다. 그리고 그가 막사로 들어오자 고개를 조아려 사과했다.

"미안하오, 자양. 아니, 군사."

유엽은 그리 크게 놀라지도 않고 물었다.

"장군, 어찌 이러십니까?"

하후돈은 그간 있었던 일에 대해 솔직히 털어놓았다. 그는 성품이 고지식하고 거친 면이 있었으나, 잘못을 깨달으면 솔직히 인정하기도 했다.

듣고 난 유엽이 고개를 끄덕이며 말했다.

"주공께서 저를 그토록 높이 평가해주셨다니 몸 둘 바를 모르겠군요."

"맹덕이 그대가 이 상황을 해결할 수 있을 것이라고 했으니 부탁하겠소. 시키는 건 뭐든 따르리다."

"한 가지 방법이 있긴 합니다."

"오오, 과연! 그게 무엇이오?"

"산양성이 아닌, 다른 곳을 공격하는 것입니다."

하후돈과 조인이 동시에 인상을 찌푸렸다. 하루라도 빨리 산양성을 무너뜨려야 할 판에 다른 곳을 공격하라니? 하후돈이 유엽에게 말했다.

"거 좀 알아듣기 쉽게 설명해주시구려."

"산양에 병력을 남겨두되, 따로 별동대를 빼내어 늠구현과 범현을 공격하자는 얘깁니다."

"늠구와 범을?"

늠구현과 범현은 산양성에서 북쪽으로 이백 리(80킬로미터) 정도 떨어진 지역이었다. 제법 멀긴 하나, 단출히 무장한 기병이라면 하루 만에 닿을 수 있는 거리였다. 연주를 평정하고 하북으로 진출하기 위해서는 반드시 차지해야 하는 요지들이었다. 어리둥절해하는 두 장군을 위해 유엽은 차분히 설명을 이어나갔다.

"지금 늠구현은 여포의 수하인 연주별가 설란(薛蘭)이, 범현은 이봉(李封)이라는 장수가 점령하고 있습니다. 여포는 기주목과 동맹을 맺었으니, 어차피 우리가 맞서 싸워야 할 상대입니다. 지난 일주일 사이 저는 두 성의 상황을 알아봤습니다."

일주일이라면 하후돈과 조인이 그를 무시하고 산양성 공격에 열중한 시간이었다. 그런 동안에도 유엽은 묵묵히 제 할일을 한 것이다. 새삼 머쓱해진 조인이 헛기침을 했다.

"두 곳 모두 병력이 적은 데다 지키고 있는 장수의 역량도 두 분 장군에 비하면 턱도 없습니다. 즉 산양성에 비해 훨씬 공략하기 쉬운 성이라는 뜻입니다."

"한데?"

"만약 상황이 위태로워지면 강건하지 못한 설란과 이봉은 반드시 도움을 청할 터인데, 그래봐야 복양성 아니면 산양성뿐입니다. 어느 쪽이든 여포와 진용운을 곤란케 하고 아군은 이롭게 할 수 있습니다. 일이 잘 안 되어 성만 차지한다 해도 두 곳을 거점 삼아 산양성을 지속적으로 압박할 수 있음은 물론, 진용운의 뒤도 노려볼 수 있으니 충분히 이득이지요."

듣고 난 하후돈과 조인은 크게 감탄했다. 이에 하후돈은 즉각 병력을 나눠, 자신은 늠구로 향하고 굳센 악진을 제음으로 보냈다.

한편, 망루에서 조조군 진영을 관찰하던 양봉이 말했다.

"태수님, 놈들이 병력을 나눠 어디론가 가고 있습니다."

"흐음? 반대편 성문 쪽으로 가서 양동작전이라도 펴려는 것인가?"

"성을 지나 북쪽으로 향하는 듯합니다."

"북쪽이라……."

종요의 안색이 어두워졌다.

'설마 주공의 뒤를 노리는 것인가? 아니, 그 전에 늠구와 범을 지나야 한다. 아차! 제음에 이어 만일 두 성까지 조조의 손에 넘어가면, 산양성은 적진 가운데 뚝 떨어진 꼴이 되지 않나.'

종요는 곧바로 조조군의 의향을 눈치챘다. 하지만 대응할 만한 뾰족한 수가 없었다. 제일 좋은 방법은 추가 병력으로 적의 별동대를 막는 것인데, 업성 쪽과는 연락이 두절된 지 오래였다. 조조군의 북상에 이어 복양성까지 무너진 탓에 흑영대원들이 모두 거기 매달렸기 때문이다. 오용이 성혼단원들을 동원하여 산양성으로 이어지는 길목을 막아버린 것도 이유였다. 거기에 더해, 종요는 며칠 내내 쉬지도 못하고 성을 지켜내느라 지칠 대로 지친 상태였다. 하후돈과 조인의 공격은 그 정도로 거셌다. 일주일간 헛수고만 한 건 아닌 셈이었다. 이런 여러 가지 악조건들이 작용하여 종요는 그만 치명적인 판단착오를 하고 말았다.

"그럼, 지금 조조군은 이만 정도 남아 있겠군. 반면 성내의 수비군은 사만 이상……."

잠시 생각하던 종요가 말했다.

"양봉 장군, 혹시 삼만의 병력을 내준다면, 지금 주둔해 있는 조조군을 흩어버릴 수 있겠소?"

양봉은 최근에 연이어 조조군을 격퇴하고 자신감에 차 있었다. 그는 가슴을 두드리며 말했다.

"맡겨주십시오."

그랬다. 종요는 장수의 역량 차이를 미처 감안하지 못했다. 조조가 정사와는 달리 최근까지 기세를 떨치지 못하는 바람에 휘하 장수들이 많이 알려지지 않은 까닭도 있었다. 양봉이 《삼국지》에서 저평가되어 묘사되긴 했으나, 그걸 감안하더라도 조인에게는 한참 못 미쳤다. 정사에서는 훗날 거기장군을 거쳐, 대장군의 지위에까지 오르는 장수가 바로 조인이었다. 거기에 더해 부관으로는 이전도 있었다.

그날 밤이었다. 조인은 하후돈의 명으로, 산양성의 포위를 풀지 않은 채 진형을 유지하고 있었다. 그때, 성문이 열리더니 이제까지 방어에 전념하던 산양성의 병력들이 우르르 쏟아져 나왔다.

"얼씨구?"

갑작스러운 사태에 조인이 황당해할 때였다. 선두에 선 양봉이 기세 좋게 대도를 휘두르며 외쳤다.

"조조 쥐새끼의 졸개들아! 패국에 처박혀 계집질이나 할 것이지, 왜 기어 나와서 소란이냐?"

양봉은 도적 출신답게 싸울 때면 입이 거칠었다. 이게 그에게 큰 화를 불렀다. 그는 해서는 안 될 말을 한꺼번에 두 가지나 하고 말았던 것이다. 하나는 조인의 앞에서 조조를 모욕한 것이요, 다른 하나는 패국에 은둔했던 시절을 비웃은 것이었다. 그 시간은 조조뿐만 아니라 그 가신들에게도 잊고 싶은 기억이었기 때문이다. 조인은 옆으로 말을 몰아 다가온 이전(李典)에게 말했다.

"저놈은 내가 잡는다, 만성(曼成. 이전의 자)."

그런 조인의 숨결은 벌써 거칠어지고 있었다.

"그렇게 하시지요."

이전은 순순히 답했다. 냉철하고 침착한 그는 가끔 폭주하는 경향이 있는 조인을 제어하는 임무를 맡고 있었다.

'하지만 지금은 마음껏 날뛰도록 풀어드리는 편이 낫겠

지. 병사의 질과 장수의 용맹으로 병력 열세를 극복해야 할 테니.'

젊은 시절의 조인은 한마디로 망나니였다. 여자한테는 크게 관심이 없었는데, 싸움을 지나치게 즐기는 게 문제였다. 한번 눈이 돌아가면 사람을 죽을 지경까지 두들겨 패기 일쑤였다. 얼마나 행패가 심했는지 아버지에게 절연 비슷한 일까지 당하여, 상속권을 동생 조순에게 빼앗기기까지 했다. 그는 조조 막하에 들어간 후, 무장으로서 과거의 철없던 시절을 반성하고 성장했다. 그러나 여전히 거슬리는 적을 상대할 때면 예전의 모습이 튀어나오곤 했다. 바로 지금처럼.

"넌 오늘 뒈졌다."

조인은 가시 박힌 쇠몽둥이를 들고 뛰쳐나갔다. 그가 최근 들어 즐겨 쓰게 된 무기였다. 곧 양봉이 이끄는 구 흑산적 부대와 조인의 정예병 선두가 충돌했다. 기량의 차이는 거기에서 바로 드러났다. 흑산적들이 비록 날래고 흉포하긴 하나, 기병 대 기병의 격돌에서는 큰 이점이 되지 못했다. 반면 지금 조인이 이끄는 병력은 사 년 전 조조가 처음 군사를 일으켰을 때부터 따른 자들이 주축이 되었다. 패국에 머무는 동안에는 매일 토할 때까지 훈련하는 게 일이었다. 쌓였던 울분이 오늘 터졌다.

"크악!"

"카아악!"

첫 번째 격돌 이후, 양봉은 뭔가 잘못됐음을 직감적으로 느꼈다. 비명을 지르며 말에서 떨어지는 자는 십중팔구가 자신의 수하들이었다.

'어째서? 분명 병력은 아군이 두 배나 많은데!'

그는 악을 쓰며 전세를 뒤집으려고 애썼다. 양봉의 검에 조조군 병사 여럿이 쓰러졌다. 그때 적장으로 보이는 자가 흉험한 기세로 말을 몰아 달려왔다.

'오호, 잘되었다. 저놈을 제물 삼아 분위기를 바꿔야겠다.'

양봉은 그에게 마주 달려 나가며 외쳤다.

"나는 기주목 진용운의 장수인 양봉이다. 네놈은 누구냐?"

"조인 자효, 조맹덕의 사촌동생이자⋯⋯."

말과 말이 교차하는 순간, 조인의 쇠몽둥이가 양봉의 왼쪽 어깨로 벼락처럼 떨어져 내렸다.

"널 묵사발 낼 사람이다, 새끼야."

양봉은 다급히 검을 휘둘렀으나 막지 못했다. 콰득! 한 방에 어깨뼈가 박살이 났다. 그의 왼팔이 축 늘어졌다.

"컥!"

"호오, 떨어지지 않은 건 칭찬해주지."

조인이 말 머리를 돌려, 양봉에게 다시 돌진해갈 때였다.

그는 옆쪽에서 서늘한 기운을 느끼고 방향을 틀었다. 챙! 날카로운 비수가 쇠몽둥이에 막혔다.

"응?"

상대를 확인한 조인은 멈칫 놀랐다. 비수를 찔러온 이는 뜻밖에도 가녀린 여자였다. 그녀는 바로 양봉을 감시하던 흑영대 3호였다. 그녀를 본 양봉이 놀라 외쳤다.

"삼매(三妹)!"

'삼매'란 양봉이 3호라 부르기 어색하다며 이름을 알려달라고 조르자 대신 가르쳐준 호칭이었다. 단순히 세 번째 누이란 의미일 뿐이지만, 그 호칭을 입에 담은 순간부터 그녀는 양봉에게 더 특별한 여자가 되었다.

"어서 피하세요."

3호는 뒤도 돌아보지 않고 말했다. 그러나 양봉은 차마 달아나지 못하고 주변을 맴돌고 있었다.

"이것 봐라?"

조인은 여자에게 역습을 당하자 화가 치밀었다. 그는 무서운 기세로 쇠몽둥이를 휘둘러대기 시작했다. 애초에 비수로 막기는 불가능한 공격이었다. 3호는 날렵한 동작으로 아슬아슬하게 피해나갔다. 그러다 틈을 보아 반격까지 가했다. 팟! 왼쪽 팔꿈치 부근이 길게 찢어지자 조인은 정신이 번쩍 들었다.

'이러다 큰 낭패를 보겠구나.'

그는 정신을 집중하고 3호를 상대했다. 하지만 그래도 쉽게 우위를 점하지 못했다. 그도 그럴 것이 서열 4위인 원수화령조차 무력이 89에 달했다. 3호는 그보다 강하니 일대일로 맞붙으면 조인도 승패를 장담하기 어려웠다. 다만, 지금은 조인이 말에 탄 상태이며 무기의 파괴력 면에서 우위를 점했기에 비등한 승부가 펼쳐지고 있었다.

팽팽하던 승부는 이전의 개입으로 깨졌다. 그가 노린 것은 3호가 아니라 양봉이었다.

"장군, 죄송하지만 아까 한 약속을 번복해야겠습니다."

"끙, 맘대로 해라!"

조인의 허락이 떨어지자, 이전은 양봉을 매섭게 공격하기 시작했다. 그는 한 자루 길고 가느다란 검을 썼는데, 단숨에 적의 목을 치거나 수족을 절단할 수 없는 대신 찌르는 속도가 상상을 초월하게 빨랐다. 가느다란 검신은 눈으로 보기조차 어려웠다. 그나마 양봉이 평소의 기량이었다면 싸워볼 만했겠지만, 가뜩이나 실력이 처지는데 한쪽 팔까지 못 쓰는 상태였다. 그는 순식간에 이전의 검에 전신 요혈을 찔리고 말았다.

"쿨럭!"

양봉은 피를 토하며 말에서 굴러떨어졌다. 그 바람에 3호의 주의가 그리로 쏠렸다.

"양봉 님!"

그녀는 저도 모르게 몸을 돌려 양봉 쪽으로 달려가려 했다. 완전히 몰입해서 싸우던 조인은 상대의 허점이 드러나자 반사적으로 쇠몽둥이를 내리쳤다. 우득! 두개골이 깨지는 소리와 함께 3호는 힘없이 쓰러졌다.

'아차!'

조인은 퍼뜩 정신이 들었지만 이미 늦은 후였다. 오랜만에 제대로 된 상대와 싸우고 있었는데, 이겨도 이긴 것 같지가 않았다.

"쳇, 이래서 계집들이란."

씁쓸하게 내뱉은 그는 쇠몽둥이를 옆구리에 차고 대신 검을 빼들었다. 양봉의 수급을 베기 위해서였다.

"안 돼…… 잠시만…….."

3호는 머리에서 피를 철철 흘리며 필사적으로 양봉에게 기어갔다. 주변에는 여전히 창칼이 부딪치는 소리와 병사들의 고함과 비명, 아우성이 울려 퍼졌다. 그러나 그녀의 눈에 보이는 건 오직 정신을 잃은 양봉의 모습뿐이었다.

'가가…….'

양봉은 조자룡과 여포 같은 엄청난 무예의 소유자도, 3호의 상관인 용운이나 전예처럼 뛰어난 지력을 가진 것도 아니었다. 그렇다고 원소와 공손찬, 유비처럼 한 세력의 수장이 될 그릇도 못 되었다. 그래도 3호에게 양봉은 가장 소중한 사람이자 영웅이었다. 그녀가 유라에게 쫓기다 시전 가운데서 쓰러졌을 때 양봉이 나서서 구하고 거둬주었는데, 그때부터.

3호의 실력을 아깝게 여긴 2호와 4호는 돌아올 것을 종용했으나, 그녀가 몸이 회복된 후에도 계속 양봉의 옆에 남아 있었던 이유였다. 어차피 한동안은 장연과 양봉을 감시해야 했다. 이에 전예는 3호의 의사도 존중할 겸 둘을 단숨에 제압할 실력을 가진 그녀를 그대로 남겨두었었다.

"아, 제길."

한숨을 내쉰 조인이 말에서 내렸다. 그리고 3호의 뒷덜미를 잡아들고 가더니 양봉의 앞에 팽개쳤다. 양봉은 이미 숨을 거둔 후였다. 그의 손을 잡은 3호가 작은 소리로 중얼거렸다.

"고맙습니다."

그 순간 그녀의 고개가 땅에 툭 떨어졌다. 조인은 그제야 양봉의 목을 베어 들었다. 주변을 정리하고 옆에 다가온 이전이 말했다.

"여전히 여자에게는 약하시군요, 장군."

"닥쳐라. 안 그래도 기분이 찜찜하니까."

조인은 양봉의 목을 치켜들고 천둥 같은 소리로 외쳤다.

"이만성(이전)이 적장의 목을 베었다!"

그게 시작이었다.

"헉, 부두목이······."

"양봉 님이 죽었다!"

안 그래도 밀리던 양봉의 부대는 급격히 무너지기 시작했다. 더 이상 수적 우위는 무의미했다.

망루에서 전황을 지켜보던 종요는 눈을 질끈 감았다.

"이제 끝인가?"

필사적으로 버틴 지난 일주일이 허사가 되었다. 그는 두려움과 부끄러움에 망루에서 뛰어내리려 했다. 순간, 누군가가 홀연히 뒤에 나타나 그의 허리를 붙잡았다.

"경거망동하지 마십시오."

"······흑영대?"

온통 시커먼 눈에 익은 차림새. 그는 흑영대원 2호였다. 2호를 이리로 보낸 사람은 바로 순욱 문약이었다. 순욱은 얼마 전, 흑영대원들로부터 조조군의 움직임을 보고받았다. 그는 복양성은 물론, 산양성마저 위태로움을 알아챘다. 양쪽 다 원군을 보낼 병력은 없었다. 고심 끝에 그가 택한 길은 사람이라도 구해오는 것이었다.

'원상(종요) 님은 절대 잃어서는 안 될 인재다. 양봉의 곁에는 3호가 있으니, 2호까지 거들면 원상 님과 양봉만이라도 충분히 구해올 것이다.'

다행히 산양성 쪽을 맡은 하후돈과 조인은 함부로 백성들을 죽이지 않았다. 조조의 분노가 워낙 거세 드러내 말하진 못했지만, 두 장군은 처참한 살육에 거부감을 느끼고 있었다. 그 반동으로, 산양에서는 평소보다 더 민간인을 해치지 않으려고 노력했다.

처음부터 용운의 것이 아닌 성이었다. 순욱은 우선순위에 따라 산양을 깨끗이 포기했다. 이에 원군 대신, 훨씬 은밀하고 빠르게 움직일 수 있는 2호를 보낸 것이다.

"모시고 오라는 명을 받았습니다."

"주공을 뵐 면목이 없소."

"여기서 목숨을 끊는 거야말로 주공께 죄를 짓는 일입니다. 또 업성에 남은 가족분들은 어찌하시겠습니까?"

"……알겠소. 부탁하리다."

종요는 풀이 죽어 고개를 끄덕였다. 2호는 그를 들쳐 업고 제 몸에 단단히 묶었다. 이미 양봉과 3호의 죽음은 확인한 후였다. 안타까운 마음이 들었지만, 어리석은 여자라고 생각되진 않았다. 분명 그녀가 원하던 죽음일 테니까.

'거기선 행복해라.'

2호는 고개를 흔들어 잡념을 털어냈다.

"지금부터 좀 빠르게 움직일 터이니 놀라지 마십시오."

그는 순식간에 산양성을 벗어나, 북서쪽으로 달리기 시작했다.

한편, 용운과 여포 그리고 유비 연합군은 원소의 근거지인 남피성을 공격하는 중이었다. 동광현을 거점으로 삼은 세 사람은 각각 다른 방향에서 연일 무섭게 공격을 퍼부었다. 남피성은 높고 튼튼한 성벽을 자랑했다. 그러나 연합군과의 전투가 시작되자, 원소군은 당혹감을 금치 못했다. 바로 연합군 진영에서 사용하는 각종 공성병기 때문이었다.

원소는 이를 갈며 말했다.

"저게 대체 뭐요?"

옆에 있던 봉기가 조심스럽게 대꾸했다.

"투석기인 것 같습니다만……."

"누가 투석기를 모르나! 저런 투석기를 본 적 있냐는 말이오!"

쾅! 둘이 대화하는 사이에도 거대한 바위가 날아와 성벽에 부딪히는 굉음이 울려 퍼졌다. 그것은 용운이 만든 발석차였다. 투석기의 일종인데 훨씬 크고 강력했다. 용운은 진한성의 서적에서 봤던 기억에, 현대에서의 지식을 더하여 개량된 발석차를 만들었다. 그것은 서양의 트레뷰셋(trebuchet)에 가까웠다.

더 강한 투석기를 만들기 위한 난제 두 가지는, 투척물을 얹어 날리는 축의 강도와 거기에 탄성을 가하기 위한 방법이었다. 용운은 나무 대신 강철로 축을 만들고 반대쪽에 거대한 암석을 매달았다. 투척용 바위를 실을 바구니에 줄을 매달아 끌어내리면, 축 반대쪽 끝의 암석이 끌려올라간다. 바위를 싣고 줄을 놓는 순간, 암석이 아래로 떨어지면서 그 반동으로 바위가 날아가는 원리다.

업성의 대장장이들은 다른 지역에 비해 놀라울 정도로 뛰어난 기술력을 가지고 있었다. 용운의 의뢰로 병장기들을 만들면서 자연스레 지식과 실력이 늘어난 것이다. 용운은 직접 그린 설계도를 가져와서 별의별 물건을 다 주문했다. 동시에 거기에 필요한 기술도 가르쳤다. 쇠를 두드리고 접어 강하게 만드는 담금질. 몇 가지 금속을 섞어 강철을 만들어내는 합금. 틀을 만든 다음 쇳물을 부어 찍어내는 주조 등. 그중에는 이미 알려진 기술도 있었지만, 그런 것들도 용운의 가르침으로 더욱 개량되었다.

발석차에 들어가는 강철 축을 만드는 것 정도는 일도 아니었다. 보통 투석기가 축구공만 한 크기의 돌덩어리를 쏴 보낸다면, 개량형 발석차는 그 몇 배에 달하는 바위를 날려 보냈다. 당연히 파괴력도 훨씬 위였다.

"당장 저 물건을 어떻게 하지 않으면, 성벽이 무너지겠소."

원소의 말에 순심이 답했다.

"보아하니 기본 뼈대는 나무로 된 것……. 쿨럭! 역청을 얇은 베주머니에 담아 쏴 보낸 다음…… 불화살을 쓰면 부술 수 있을…… 것입니다."

이제 순심의 얼굴에는 병색이 완연했다. 북부 정벌에서 얻은 병이 심해져가고 있었다. 그의 병은 중국에서는 수나라 대 이후에야 '폐로(肺癆)' 등의 명칭을 얻었다. 바로 현대에서 결핵이라 불리는 폐질환이었다.

"오, 그것 좋은 생각이오!"

기뻐하던 원소는 곧 걱정스러운 어조로 말했다.

"우약, 몸은 괜찮은 거요? 무리하지 말고 거처에서 쉬시오."

"아닙니다……. 이런 상황에서 어찌…… 마음 편히 쉴 수 있겠습니까."

원소가 비록 속이 좁고 오만하나, 제 사람이 뜻을 거스르기 전에는 매우 아끼고 관대했다. 그는 입고 있던 장포를 순심에게 덮어주었다. 순심은 깜짝 놀라 손사래를 쳤다.

"주공, 저는 괜찮습니다!"

"여기 계속 있으려면 말 들으시오."

"……송구합니다."

원소의 체온이 남은 장포는 따뜻했다. 몸이 쇠약해지자 마음도 약해진 것일까. 순심은 콧날이 시큰해지며 눈물이 핑 돌았다. 청야전술과 같은 악독한 계책이라도 서슴없이 쓰던 예전

의 그가 아니었다. 순심은 연합군 진영을 바라보며 생각했다.

'문약, 네가 거기 있는지는 모르겠으나 결국 이렇게 되는 구나. 그래도 나는 이 사람과 마지막까지 함께하기로 했다. 네가 기주목에게서 천하를 보았듯, 나 또한 주공으로부터 내가 꿈꾸던 주군의 모습을 봤기에 포기할 수가 없구나.'

순심의 계략으로, 결국 개량형 발석차 두 대가 불타버렸다. 원소군은 횃불처럼 타오르는 발석차를 보며 환호성을 질렀다. 병사들이 서둘러 물을 퍼부었지만, 역청이 묻은 탓에 좀체 꺼지지 않았다.

"모래! 모래를 뿌려라!"

기름을 알아본 용운이 외쳤다. 그 덕에 다행히 두 대는 건졌으나 나머지 두 대는 포기하는 수밖에 없었다.

"젠장."

용운은 잿더미를 걷어차며 평소 안 하던 욕설을 내뱉었다.

"주공, 위험합니다. 뒤로 피하십시오."

먼지투성이인 장료의 조심스러운 권유에 용운은 고개를 끄덕였다.

"알겠어요."

그의 마음이 조급해진 데는 이유가 있었다. 전령 역할을 수행 중인 흑영대원으로부터 심상치 않은 보고를 들은 까닭이었다.

'유주에서는 위원회 놈들이 북평까지 점령한 모양이고, 산양성 또한 공격받는 중이라고 한다. 원술 쪽의 움직임도 예사롭지 않고……..'

그는 입술을 질끈 깨물었다.

'무엇보다 불안한 건 복양성으로 진군 중이라는 조조군이다. 내가 왜 연주 황건적을 대비하지 않았을까!'

조조의 세력이 본격적으로 강성해지는 시초는, 그가 백만의 연주 황건적을 손에 넣으면서부터였다. 그 사실은 용운도 알고 있었으나, 그 일이 일어나지 않으리라 여겼다. 조조가 패국에 은둔해버렸기 때문이다. 그 무렵, 용운의 주변에 워낙 사건이 많았던 건 사실이었다. 그렇다 해도 연주 황건적을 잊은 건 돌이킬 수 없는 실수였다. 그 결과, 조조는 어느 틈에 역사와 마찬가지로 청주병을 만들어냈다. 이어서 망탕산에 있던 여포의 수하들을 격파하고 산양성과 복양성을 동시에 공격하고 있었다. 복양성이 무너졌다는 소식까지는 아직 용운에게 들어오지 않은 상황이었다.

'그런데 아무리 생각해도 이상해. 역사가 원래 일어났던 대로 흘러간다고 치자. 그렇다 해도 조조가 연주 황건적을 받아들여 제 병사로 삼으려는 생각은, 패국에 있었을 당시라면 더욱 떠올리기 어렵다. 연결 고리가 없으니까.'

용운은 후방으로 돌아온 후 기억의 탑에 올랐다. 연주 황건적과 관련된 내용을 보기 위해서였다.

'정사에서 유대가 황건적에게 무리하게 맞서다 사망하자, 제북상 포신이 조조를 연주목으로 추대했다. 이에 조조는 자연스럽게 연주 황건적과 싸우게 되었고. 어마어마한 병력을 상대로 상당히 고전하면서도 휘하 맹장들의 활약과 기병을 잘 활용한 작전 덕에 몇 차례 크게 이긴다. 거기에 기세가 꺾인 황건적과 협상 끝에 그들을 받아들이게 된 것이지.'

뭔가 있었다. 패국에 있던 조조를 끌어내어 연주 황건적의 존재에 대해 알려주고 그들을 흡수하도록 조언한 누군가가 분명 존재했다. 그럴 만한 인물은 딱 한 사람이었다.

'오용……'

천강위 서열 3위이자, 주무가 말했던 그의 스승. 지금은 조조의 곁에서 모사로 있다고 했다. 모사라면 지략형이니 후한 무렵 중국의 역사와 조조의 행보에 대해서도 알고 있을 가능성이 충분했다. 용운이 그랬듯 그들 또한 미래의 지식을 무기로 활용한 것이다.

'그렇다면 설마 조조가 앞세웠다는 보수설한이라는 깃발도?'

조조가 아버지의 죽음을 빌미로 쳐들어오고 있다는 보고를 받았을 때, 용운은 황당하기 짝이 없었다. 조조의 아비 조숭의 죽음은 그가 서주를 지나던 중 도겸의 수하 장개의 호위를 받은 데서 비롯됐다. 한데 왜 엉뚱하게도 업성 부근까지 꾸역꾸역 찾아와서 죽었단 말인가. 이 소식을 가져온 흑영대원은 상당히 조심스러운 어조로 덧붙였었다.

"흉수가 조자룡 장군이라고 주장하고 있습니다."

"……미친. 어이가 없군."

만약 그것까지 그 오용이라는 자가 꾸민 일이라고 한다면?

'조조가 업성을 공격하게 해서 뭘 노리는 거지?'

생각하던 용운은 문득 뭔가가 떠올라 전율했다. 조조가 아버지의 죽음으로 무슨 짓을 저질렀는지에 생각이 미친 것이다.

'서주 대학살……'

목적지가 달라졌을 뿐 상황은 똑같았다. 조조를 패퇴시키지 못한다면, 그는 복양성과 업성에서 거대한 규모의 살육을 저지를 터였다. 그러나 이미 전쟁은 시작됐다. 일 년에 걸쳐 작심하고 준비한 전쟁이었다. 결국, 용운은 자신의 가신들을 믿는 수밖에 없었다.

'순욱, 마초, 부탁해요. 절대 업성이 조조에게 짓밟히게 해선 안 됩니다.'

16

전쟁의 그림자

용운은 흑영대원의 보고를 받자마자 막사에서 긴급회의를 소집했다. 지체해서도, 혼자 해결하려 해서도 안 될 일이었다. 사천신녀 외의 참가자는 곽가, 희지재 그리고 조운 등이었다. 단, 성월은 기회가 오면 적군의 장수나 책사를 저격하기 위해 공성탑에 올라가 있었다. 전선은 일단 순유와 나머지 세 장군에게 맡겼다. 어차피 현재는 적의 동태를 주시하면서 공성병기를 적절히 운용하는 정도가 다였다.

"이렇게 갑자기 불러서 미안합니다."

심상치 않은 용운의 표정에 곽가가 궁금하다는 듯 물었다.

"무슨 문제라도 생겼습니까, 주공?"

"네. 좀 큰 문제가 생겼어요."

용운은 조조의 침공에 대해 상세히 설명했다. 듣고 있던 가신들의 표정이 점점 심각해졌다. 곽가가 나지막한 소리로 중얼거렸다.

"이거였구나. 계속 마음에 걸리던 것이. 조조의 세력이 갑자기 이렇게 커지다니. 그간 숨죽인 채 때를 기다리고 있었던 건가."

희지재는 황망하다는 투로 그 말을 받았다.

"하필 그 시점에 연주 황건적이 들고일어나고 그걸 조조가 흡수할 줄 누가 알았겠나. 거기까지는 도저히 인력으로 예측할 수 없어. 자네가 뭔가를 느낀 것만도 대단한 일일세."

조운이 그답지 않게 격앙된 어조로 말했다.

"제일 황당한 사람은 접니다. 제가 조조의 선친을 해쳤다니요? 전 그때 업성 근처에도 가지 않았습니다. 조태위는 본 적조차 없고요."

명예를 중시하는 그로서는 못 견디게 수치스러운 일이었다. 살인자의 누명을 썼고, 그로 말미암아 용운의 계획에 차질이 생겼으니.

옆에 있던 사린이 그의 말에 맞장구를 쳤다.

"맞아요! 분명 조조가 꾸민 일일 거예요."

검후가 조운의 어깨에 가만히 손을 얹었다.

"진정해요, 자룡. 우린 다 알아요. 조조가 막무가내이니 문제지만……. 어차피 그 일이 아니었어도 뭐든 핑계를 만들어서 쳐들어왔을 것 같네요."

곽가는 길게 한숨을 내쉬었다.

"그나저나 큰일이군요. 십만 대군이라. 업성은 그렇다 치고 복양성과 산양성이 걱정입니다. 지금 병력을 뺄 수도 없는 노릇이니."

"주군, 내가 복양성으로 달려갈까요? 나랑 언니들이 가면 병력을 안 보내도……."

사린의 말에 청몽이 핀잔을 주었다.

"바보야, 그럼 주군도 같이 가야 하잖아."

"아참, 맞네……."

내심 그 방법을 기대했던 곽가는 조금 실망했다. 그는 사천신녀의 힘을 잘 아는 사람 중 하나였다.

그 후로도 장시간 토론이 이어졌으나 뾰족한 수가 나오지 않았다. 곽가나 희지재가 아무리 천재라 해도 사용 가능한 패가 한정되어 있으니 방도가 없었다. 무엇보다 현재 원소와의 전쟁이 이미 시작됐다는 게 큰 제약이 되었다.

사실 용운도 업성 자체의 안위는 크게 걱정하지 않았다. 순욱과 진궁 그리고 전예의 능력을 믿어서였다. 장수로는 마초와 방덕, 서황, 장연도 있었다. 거기에 비밀병기라 할 수 있는 유당, 유라 남매도 있다. 병력도 적진 않았다. 정예 청광기도, 적뢰기도 아니지만, 치안대와 흑산적 출신의 병사 등을 합쳐서 오만 이상이었다. 인력뿐만이 아니었다. 업성 자체도 지난 몇 년간 꾸준히 성벽을 강화하고 해자를 깊게 하는 등 방어력을 극대화했다. 그 외에 이 시대의 사람들이 생각도 못할 방어 수단도 몇 가지 마련되어 있었다. 이 정도면 충분히 막아내리라 믿었다. 게다가 결정적으로……

'업성에는 아버지가 계시지.'

용운은 그동안 곱씹어보면서 진한성의 강함을 제대로 알게 되었다. 어렵게 생각할 것 없이 산술적으로 간단히 계산해봐도 되었다. 그가 자신의 아버지라는 점이 눈을 가렸을 뿐.

사천신녀 넷이서 대략 일만의 원소군을 도륙했다. 그런 검후가 임충에게 패배나 다름없이 몰렸다. 즉 임충은 말 그대로 만부부당(萬夫不當, 만 명이 한 명을 당해내지 못함)이었다. 그 임충을 포함한 여섯의 천강위와 여섯의 병마용군이라는 존재에 맞서 버티는 것으로도 모자라, 이랑과 힘을 합쳐서 여섯을 죽였다. 유당에게 듣기로 병마용군이란 천강위를 수호하는 존재이며, 그 힘은 천강위 못지않다고 했다.

'쉽게 말하면 사이보그 같은 거라고 했었지. 뭔가 숨기는 게 있는 듯한 기색이었지만.'

이랑이 대충 35퍼센트 정도의 전력이었다고 가정하면 진한성은 넷, 그러니까 사오만 명분의 전투력을 감당한 셈이다. 잘 상상조차 가지 않는 강함이었다. 병마용군이 임충보다 훨씬 약하다 쳐도, 최소한 적병 이만 이상은 혼자 감당할 수 있는 존재. 그게 바로 현재 자신의 아버지 진한성이었다.

'아버지가 여포나 관우, 자룡 형님보다 더한 괴물이 되었을 줄은 누가 알았겠어. 단, 아버지는 능동적으로 앞서서 싸우려 하시진 않을 거다. 역사에 큰 영향을 주길 꺼리시니까. 떠나올 때도, 가까운 사람들만 지켜주겠다고 하셨지. 그것만으로도 든든하긴 하지만……'

문제는 싸움이 '성을 지켜내는' 것만이 아니라, 백성들을 살려야 하는 형태가 될 때였다. 업성이 살기 좋다는 소문을 듣고 엄청난 수의 난민이 몰려들었다. 그들 전부를 성안에 들이기는 불가능했기에, 일단 성벽 바깥에 거주지와 농토를 만들었다. 그리고 성벽 범위를 늘리는 작업을 진행 중이었다. 그런 상황에 조조가 쳐들어온 것이다. 용운은 마지막으로 덧붙였다.

"조조는 성벽 안으로 피하지 못한 사람들 모두를 죽일 거예요. 내가 조태위의 죽음을 사주했다고 믿고 있는 바람에 분노가 가득 차 있으니까요."

그러나 곽가와 희지재 등은 용운의 걱정을 기우라 여겼다.

"설마 그렇게까지 하겠습니까? 제가 본 조조는 철저히 실리에 따라 움직이면서도 그것을 대의로 포장하길 좋아하는 자입니다. 하지만 백성들을 해치면 그 두 가지를 다 잃습니다. 조태위가 죽은 게 사실이라 해도, 분노에 눈이 멀어서 그런 행동을 하리라곤 여겨지지 않는군요."

"음, 이번은 저도 봉효의 의견에 찬성이오. 주공은 만에 하나 나올까 말까 한 성군감이시지만 조맹덕 또한 나름대로 제 백성을 잘 돌보는 인물이외다. 복양성의 병사들을 다 죽인다면 믿겠는데 아녀자들까지 해칠 것 같진 않소."

용운은 속으로 생각했다.

'당신들은 모릅니다. 조조의 안에 감춰져 있는 냉혹함과 광기를. 그는 분명 영웅이라 할 만하나, 가장 아끼던 신하라도 말 한마디 실수로 죽일 수 있고 아버지의 죽음을 이유로 아무 연관도 없는 양민을 수십만이나 죽인 자라고요.'

이는 용운의 편견이 아니라 역사적 사실. 정사의 기록에 의하면, 조조가 서주에서 저지른 학살은 상상을 초월했다.

태조(조조)가 당도하여 사수(泗水)에서 남녀 수만 명을 갱살(坑殺, 산 채로 파묻어 죽임)하니 이 때문에 강물이 흐르지 못했다. 도겸이 그 군사를 이끌고 원무(팽성 원무현)에 주둔하자 태조는 진격할 수 없었다. 군사를 이끌고 사수 남쪽을 따라 취려, 수릉, 하구의 여러 현들을 공격해 모두 도륙하니, 닭이나 개조차 다 없어지고 폐허가 된 읍에는 다시 행인을 볼 수 없을 정도였다.

'이건 〈조만전〉의 내용.'

초평 4년(193년), 조조가 도겸을 쳐서 팽성 부양현을 깨뜨렸다. 도겸이 담성으로 물러나 지키니 조조가 이를 공격했으나 이기지 못하였고 이에 돌아갔다. 지나는 길에 있던 취려, 저릉, 하구를 함락시키고, 모조리 도륙하였다.

무릇 남녀 수십만 명을 살육했고 닭이나 개도 살아남은 것이 없었으며, 사수는 시체 때문에 (막혀) 흐르지 못하였다. 이로 인해 5개 현의 성읍에 사람의 종적이 없었다. 처음에 삼보(장안과 그 인근지역)가 이각의 난을 당하니, 백성들이 이리저리 떠돌다가 도겸에 의탁하였는데 모두 이때 죽었다.

'이게 《후한서》, 〈도겸전〉의 내용.'

도겸조차 받아준 난민들을 조조가 모두 죽인 것이다. 그렇다고 조조가 실제 역사에서 그런 짓을 저질렀다고 할 수도 없으니 답답한 노릇이었다. 하지만 곽가와 희지재가 입을 모아 말하니, 한편으로는 혹시나 싶기도 했다. 어쨌거나 역사와 비슷한 상황이지 완벽하게 동일하지는 않으니까. 어떤 변수가 있어서 조조의 마음이 바뀌었을지도 몰랐다.

'차라리 조조의 원한이 모두 나에게만 쏠렸으면. 동군과 위군의 백성들이 저항하지 말고 순순히 잡혀서, 조조에게 내 욕이라도 해댔으면 좋겠다. 그럼 다들 무사할 수도 있을 텐데.'

그때 한동안 생각에 잠겨 있던 곽가가 말했다.

"우리가 조조를 밀어낼 수 없다면 스스로 물러나게 만들어야겠군요."

용운은 반색하며 물었다.

"어떻게요?"

"뭐, 등 뒤를 위협받거나 근거지가 공격당하면 어지간한 인간은 허겁지겁 되돌아가게 마련이지요."

"으음…… 그럼 조조와 동맹이나 마찬가지가 된 패국과 그 북쪽의 풍성을 쳐야 할 텐데. 업성에서는 너무 멀뿐더러 보낼 군사도 없잖아요."

"출병 직전에 소식을 들은 게 있지 않습니까. 누군가가 주공께 자극받았는지 집에 돌아가자마자 대규모의 땅따먹기를 했다는."

"아…… 손책!"

용운은 흑영대원에게 전해 들은 정보를 떠올렸다. 단양으로 돌아갔던 손책과 주유가 곧바로 군사를 일으켜, 서쪽으로는 여강, 북쪽으로는 구강군까지 세력을 확장했다고. 아직 젊지만 그 둘이라면 조조를 위협할 만했다.

"물론 구강에서 패국까지의 거리도 제법 되긴 합니다만, 우리에 비할 바는 아니지요. 중간에 걸리적거릴 것도 없고. 진 상공(진한성) 및 주공과의 인연을 생각한다면 필시 응해줄 겁니다."

듣고 있던 희지재가 곽가의 말을 이었다.

"꼭 그게 아니라 제 야욕 때문에라도 덥석 응하겠지. 북쪽으로 진출해대는 모양새가 아무래도 손가 역시 중원 평정을 노리는 듯하니."

"거참, 세상을 좀 긍정적으로 봅시다."

"그래서 아니라고 자신할 수 있나?"

"자신은 못합니다."

"거보라고, 낄낄."

두 사람의 의견을 들은 용운이 말했다.

"최소한 손백부는 백성들을 무차별 살육하진 않겠지요. 그렇다면 조조에게 내줄 바에는 그에게 도움을 청하는 편이 낫습니다. 설령 손백부가 복양성을 차지한다 해도요."

희지재는 자못 감탄한 듯 주먹 쥔 오른손으로 왼손바닥을 쳤다.

"옳거니. 그런 관점은 생각지도 못했군요. 이게 해결책이 될지 화가 될지는 모르겠지만요."

"이견(異見)이 없으면 그렇게 합시다. 즉시 손백부에게 사람을 보내도록 하겠습니다."

용운은 결의를 다졌다. 전력을 다해 최대한 빨리 원소를 격파하리라고. 그가 지금 할 수 있는 일은 그것뿐이었다.

복양성 함락과 무영 및 왕굉의 죽음. 그리고 산양성 또한 떨어졌으며, 양봉과 흑영대원 3호가 전사했다는 소식을 용운이 전해 들은 것은 그로부터 며칠 후였다.

위군 업성, 군사 집무실.

순욱은 흑영대원이 바친 죽간을 읽고 있었다. 그의 안색이 점점 창백해졌다. 온후한 성품과는 달리 강단 있는 면도 있는 그에게는 드문 일이었다. 다 읽고 난 순욱이 저도 모르게 중얼거렸다.

"조맹덕, 미쳤소?"

죽간의 내용은 복양성의 실태에 대한 것이었다.

……그리하여 복양태수 왕굉은 화살에 맞아 죽고 마지막까지 성문 앞을 막아서서 싸우던 무영마저 쓰러지자 수비 병력은 더 버티지 못했습니다. 복양성을 지키던 적뢰기 이만은 전원 전사. 조조는 거기서 그치지 않고 성내에 있던 수만의 백성을, 남녀노소 구분 없이 모조리 참살하였습니

다. 이에 성안은 시신으로 가득 차 발 디딜 틈조차 없을 지경이며 피비린내가 몇 리 밖까지 진동하니…….

순욱은 사태의 심각성을 깨달았다. 조조는 단순히 업성을 전술적으로 공략하기 위해 쳐들어오는 게 아니었다. 가는 길에 존재하는 모든 생명을 죽여 없애려는 것이었다.

'아무리 혈육의 복수라 해도 왜 이렇게까지?'

마침 집무실 안에서는 제갈근이 다가올 전투에 대해 순욱과 의논하던 차였다. 순욱의 기색이 심상치 않음을 본 그가 조심스럽게 물었다.

"또 변고가 생긴 것입니까?"

"……이걸 보십시오."

순욱은 제갈근에게 죽간을 건네주었다. 읽어내려가던 제갈근의 손이 떨리기 시작했다. 잠시 후, 그는 죽간을 내려놓으며 한탄했다.

"인간의 탈을 쓰고 어찌 이런 짓을 할 수가 있단 말인가!"

"단단히 대비하지 않으면 엄청난 재앙을 맞이할 듯합니다. 자유 님께서도 유념해주십시오."

"명심하겠습니다."

제갈근은 분노와 결의에 찬 표정으로 답했다.

순욱은 즉각 참모와 장수들을 불러 모았다. 조조가 동군에서 저지른 만행을 알리고 대책을 논의하기 위해서였다. 마초, 방덕, 서황, 장연 등의 장수들과 보급을 위해 와 있었던 진궁 그리고 사마랑, 최염, 저수 등의 문관들도 경악과 분노를 금치 못했다. 그 자리에는 진한성과 새로 임관한 제갈근도 있었다. 진한성은 속으로 혀를 찼다.

'조조의 서주 대학살이 이쪽으로 뻗치다니. 시간의 수호가 제대로 돌아왔군그래. 빌어먹을.'

순욱이 어두운 얼굴로 말했다.

"문제는 위군의 백성들입니다. 다들 아시다시피 성벽 외곽 쪽에는 주공의 덕성(德性)을 듣고 천하에서 이주해온 유랑민들이 넘쳐납니다. 최대한 들인다 해도 그들 중 절반이 고작일 것입니다. 그냥 두자니 조조군에 학살당할 터이고 피하게 하자니 마땅한 곳이 없을뿐더러 시간도 부족합니다. 이 일을 어찌하면 좋겠습니까?"

막막하기는 다른 가신들도 마찬가지였다. 다들 한숨만 내쉬던 그때 진궁이 입을 열었다.

"내일 새벽 보급물자를 관도로 옮길 예정입니다. 그때 제가 성벽 밖의 백성들을 함께 데리고 가겠습니다."

그의 말에 순욱이 우려를 표했다.

"좋은 방도이긴 하나, 조조군에게 발각되면 큰 변고를 당할 수 있습니다. 백성들이 죽을 뿐만 아니라 보급품마저 잃을 우려가 있어요. 그랬다가는 그 화가 주공에게까지 미치게 됩니다."

"압니다. 절대 그런 일이 없도록 할 것입니다. 단, 장군들 중 한두 분께서 후방을 지켜주셨으면 합니다."

진한성은 자원할까 말까 망설이고 있었다. 보급품과 백성들을 지키는 일은 용운을 도우면서 역사에도 크게 개입하지 않을 수 있다. 이 시기, 위군 업성의 백성들은 원래 조조에게 죽을 운명이 아니니까. 그러나 용운에게 주변 사람들을 지켜주겠다고 약속한 게 마음에 걸렸다.

'조조의 기세가 심상치 않은데. 원래대로라면 이 전력으로도 충분히 막아내겠지만, 그쪽에 붙어 있다는 오용 놈이 마음에 걸린단 말이야. 자칫 내가 진궁을 호위하러 떠난 사이 업성이 무너지거나, 이 자리에 있는 양반들 중 누가 죽기라도 하면……. 아들 녀석이 날 잡아먹으려 들 테지.'

그때 마초가 자리에서 분연히 일어섰다.

"그 일, 제가 하겠습니다."

"맹기 님께서?"

"저는 어차피 수성전은 별 경험이 없습니다. 적성에도 안 맞고요. 하지만 야전은 제법 합니다. 제가 철기를 거느리고 뒤를 받친다면, 만에 하나 조조군이 추격해온다 해도 감히 백성들을 해치지 못할 것입니다."

마초가 나선 데는 이유가 있었다. 그는 얼마 전 내심 죽었다고 여겼던 동생들과 극적으로 재회했다. 그 일로 용운에게 또 한 번 깊이 감복했다. 약속을 잊지 않고 일부러 멀고 먼 천수까지 사람을 보내 동생들을 찾아낸 것은 물론 업까지 무사히 데려왔다. 감동하지 않을 수 없었다. 거기에 더해, 조조의 만행에 화가 솟기도 했다. 마초는 업성에 머무르는 동안, 연락이 두절된 일족들을 걱정하는 와중에도 한편으로는 어느 때보다 충만한 시간을 보냈다. 그가 맡은 병사들은 열과 성을 다해 훈련에 임했다. 얼굴도 모르는 영주를 위해 싸우는 게 아니라, 자신의 땀방울이 곧장 가족의 안위로 이어졌기 때문이다. 전장에서의 공적은 물론, 훈련시의 태도로도 포상과 식량이 나오니 더 그랬다.

서호(西湖)를 끌어와 수로를 이었고 공동욕장까지 있어서 사람들의 차림새는 늘 깨끗했다. 자식은 적성에 맞춰, 머리가 영특하면 태학에, 몸을 잘 쓰면 청무관에 보냈다. 농사에 필요한 일손은 둔전의 형태로 병사들이 도왔기 때문에 아이들까지 일할 필요가 없었다. 아픈 사람은 청낭원에 가면 언제든 싼 값으로 치료받을 수 있었다. 가장을 전쟁으로 잃더라도 먹고살 걱정은 없었다. 업성에서 사는 한 평생 책임져주기 때문이다. 몸과 마음에 여유가 생기자 사람들의 얼굴에 웃음이 돌아왔다. 마초는 자연스럽게 그런 분위기에 녹아들었다. 언제부터인지 일과 후에는 시전에 나가 맛집을 찾고 사람들과 웃고 떠드는 게 일상처럼 되었다.

'그런데 모조리 죽인다고? 병사가 아닌 사람들까지? 여자와 아이와 노인들까지?'

마초 또한 눈앞에서 아버지를 잃었다. 그러나 조조처럼 복수귀가 되지는 않았다. 심지어 원수인 여포와 용운이 동맹을 맺은 것도 씁쓸하지만 이해하고 있었다. 물론 용운이 직접 찾아와 사과하고 현재의 상황을 설명해주며 양해를 구한 게 큰 역할을 했다. 마초가 선발이 아니라 후위로 남은 것도 그런 까닭이었다. 여포와 말머리를 나란히 한 채 싸우고 싶지 않았기 때문이다. 심적으로는 용운을 이해하지만, 막상 여포를 직접 맞닥뜨리면 참을 자신이 없었다. 지금의 업성은 마초에게 더욱 특별해졌다. 동생들이 살아서 찾아왔기 때문이다. 그래서라도 앞장서서 지켜야 했다.

순욱은 마초가 자청하자 안심한 표정이 됐다. 이제 이 청년 장수의 실력을 잘 아는 바였다.

"그래주시겠습니까?"

방덕도 따라 일어섰으나, 마초가 고개를 저었다.

"영명 님까지 빠지면 업성의 전력이 너무 약해집니다. 저 혼자서도 충분합니다."

이렇게 해서 마초는 보급 행렬을 보호함과 동시에, 미처 성내로 들어오지 못한 백성들을 관도성까지 인도하는 임무를 맡게 되었다. 그 밖의 장수와 모사들도 각자 임무를 받았다. 모두가 조조의 침공에 최선을 다해 맞서기로 결의하며 회의는 끝났다.

"잘 부탁하겠습니다, 맹기 님."

"저야말로."

함께 움직이게 된 마초와 진궁은 정중히 마주 포권했다.

거처로 돌아온 서황은 품에 있던 병마용군 요원을 꺼냈다.

"어쩐지 조용하더라니 자고 있었군."

그는 어이없다는 듯 말하며 웃었다. 손바닥 위에서 자던 요원이 눈을 비비며 기지개를 켰다.

"아함. 회의 끝났어요? 회의는 원래 세상에서나 여기서나 참 지루하네요."

"내일 새벽 출전하게 됐소. 상대는 조조군이오."

"헉, 진짜요?"

요원은 걱정스러운 어조로 말했다.

"나가서 싸우는 거예요?"

"성벽을 지켜야 하니, 그럴 일은 별로 없을 거요. 가끔 성문을 열고 나가서 기습할 때도 있겠지만, 그런 경우는 치고 빠지는 격이니."

"해골파쇄기 사용법은 다 익히셨죠?"

해골파쇄기는 삭초가 남긴 도끼형 유물이었다. 서황은 자신 있게 고개를 끄덕였다.

"물론. 이제 내 몸의 일부처럼 되었소."

"그래도 혹시 모르니 저도 따라가서 도울래요."

"허, 여인이 어딜. 집에서 얌전히 기다리시오."

파르르 날아오른 요원이 별안간 사라졌다. 그러더니 파삭하고 흙벽에 구멍이 뚫렸다. 그 구멍을 통해 다시 들어온 요원이 말했다.

"잊으셨어요? 저는 원래 전투 병기였어요."

"그래서 싫다는 거요. 당신의 날개가 겨우 투명하게 빛나기 시작했잖소. 더는 피를 묻히게 하고 싶지 않소."

"헤에."

요원은 서황의 왼쪽 어깨에 내려앉았다. 그리고 그의 뺨에 쪽 입을 맞추더니 속삭였다.

"당신 품에 있다가 위험할 때 튀어나가서 지켜주기만 할게요. 약속해요. 집에 혼자 있으면 심심하단 말이에요."

"……거참, 알았소."

서황은 못 이긴 척 승낙하는 수밖에 없었다.

마초는 집으로 돌아오자마자 잘 준비를 했다.

금마창의 정령이라고 믿는 조개와 대화하고 싶어서였다. 그 전에 잠깐 동생들의 방을 확인했다. 마휴와 마철, 마대 등은 고된 여정에 지쳤는지 서로 뒤얽혀서 곤히 잠들어 있었다.

'녀석들, 많이 힘들었나 보구나. 그래, 아무 생각 말고 며칠 푹 쉬어라.'

동생들의 자는 얼굴을 보고 온 그는 평소처럼 머리를 목침에 대자마자 잠이 들었다. 곧 방 안에 붉은 장포 차림의 조개가 나타났다. 이제 꿈속의 세계는 더 이상 사방이 흰 공간이 아니라, 집을 형상화한 모양새였다. 마초는 눈을 동그랗게 뜨고 말했다.

"어라! 왜 이렇게 예쁘게 차려 입었어?"

"흐, 흥. 예쁘긴! 그냥 입어본 거다."

"참, 나 새벽에 관도성으로 떠나. 그러니까 집 잘 지키고 있어."

"……멍청이냐? 창을 들고 갈 거 아니냐. 난 창 안에 있다니까."

"아, 맞다. 하하하! 그럼 같이 가는 거네!"

마초는 제가 생각해도 우스운지 폭소했다. 혀를 차며 바라보던 조개는 그에게 다가가 머리를 가만히 끌어안았다.

"탁탑천왕술은 기억하고 있겠지?"

"응. 그때 이후로 쓸 일은 없었지만."

"위험해지면 주저 말고 써라. 예감이 좋지 않아. 조조는 결코 만만치 않은 자다."

"걱정 마."

"누, 누가 걱정했다고 그러느냐! 네놈에게 무슨 일이 생기면 새 주인을 찾아야 하니까……."

"알았어, 알았다고."

마초는 조개의 얼굴을 양손으로 잡고 끌어당겨 입을 맞췄다. 크게 뜨였던 그녀의 눈이 점차 감겼다.

이윽고 밤이 지나, 아직 사방이 어두울 무렵. 야음을 틈타 돌아온 흑영대원이 급보를 알렸다.

"조조군이 복양성을 출발하여 강을 건넜습니다. 곧 돈구현을 점령할 듯합니다."

"그런 대군으로 어찌……. 엄청난 속도로구나."

놀란 순욱은 즉각 보급부대의 출발을 명했다. 동시에 수성전 준비에도 박차를 가했다. 해가 채 뜨기 전, 진궁은 부대를 집결시켰다. 무영과 마찬가지로 청무관의 1회 졸업생인 교위 적오 그리고 마초와 함께였다. 업성 바깥쪽에 임시로 천막이나 움집을 짓고 지내던 난민들이 뒤를 따랐다. 남녀노소를 합쳐 그 수가 몇 만이나 되었다.

적오는 전방, 진궁의 곁에서 부대를 지휘했다. 무영이 궁술에 뛰어났다면 그는 검술의 귀재였다. 일대일로는 당해낼 자가 드물었다. 마초는 후방에서 직속 철기대와 함께 난민들을 보호하는 일을 맡았다. 바로 아래 동생 마휴가 따라오려 했으나 그가 거절했다.

"죽도록 고생해서 겨우 여기까지 왔는데, 어딜 따라온다고 그래? 아직 제 몸도 잘 못 가누면서. 괜히 방해만 되니 집에서 푹 쉬고 있어. 잘 먹고, 잘 자면서."

"알겠습니다, 형님. 몸조심하세요."

"오냐. 철이와 대도 잘 돌보고."

"염려 마세요."

난민들은 조조군이 닥치는 대로 사람들을 죽이며 오고 있다는 소문에 잔뜩 겁에 질려 있었다. 출발 직후, 남루한 옷차림의 아이 하나가 마초에게 다가와서 물었다.

"장군님, 조조군이 쳐들어와서 우리를 다 죽인다는 게 정말인가요?"

마초는 아이의 머리를 쓰다듬으며 말했다.

"걱정마라, 꼬마야. 절대 그런 일 없을 테니까."

겁에 질렸던 아이의 표정이 조금 밝아졌다.

"전군 출발!"

적오의 우렁찬 외침과 함께 보급부대는 관도성을 향해 출발했다.

순욱이 조조군을 맞아 싸울 준비에 여념이 없는 사이, 전예도 분주하게 움직이고 있었다. 그는 절반 이상의 흑영대원을 위군으로 불러들였다. 적의 세작이 침투하는 걸 막고, 주변의 상황을 빨리 파악하기 위해서였다. 그 결과, 장수와 책사를 암살하거나, 성내에 헛소문을 퍼뜨려 혼란을 일으키려고 잠입했던 첩자들을 여럿 색출해냈다. 대부분 원소군 아니면 성혼단의 첩자들이었다. 그 과정에서 유당과 유라가 크게 활약하여 전예를 흡족하게 했다.

그러나 흑영대원들이 결코 찾을 수도, 잡아낼 수도 없는 세작이 있었다. 피부부터 장기와 뼈, 심지어 혈액까지 완벽하게 빛을 통과시키는 소재로 만들어진, 투명한 병마용군 경(鏡)이었다. 그녀는 망루 위에 서서 보급부대가 집결하는 광경을 지켜보고 있었다. 바로 옆에 경계병이 서 있었지만, 그는 경의 존재를 전혀 눈치채지 못했다.

얼마 후, 경은 돈구현 북쪽에 자리한 소규모 부대로 돌아왔다. 조조의 만류를 무릅쓰고 먼저 출발한 오용의 부대였다. 그녀는 오용에게 자신이 보고 들은 것들을 보고했다.

"동이 트기 전 대량의 수레를 끄는 부대가 동쪽으로 출발했습니다. 수레에는 쌀가마와 짐 꾸러미가 가득했습니다. 수만 명의 난민이 뒤를 따랐고요. 그리고 아쉽게도 말씀하신 요인 암살에는 실패했습니다. 주변에서 상당히 강력한 기운이 느껴졌습니다."

경이 비록 기척을 지울 수 있으나, 은밀히 사람을 죽이려면 목을 조르거나 무기를 써야 했다. 비수 따위가 혼자 허공에 떠오르는데, 은신하여 순욱을 지켜보는 자의 눈에 띄지 않을 리 없었다.

강력한 열선을 난반사하는 그녀의 특기는 난전 중에는 엄청난 위력을 발휘하지만, 암살용으로는 적합하지 않았다. 그녀는 병마용군 중에서도 내구도와 근력이 상당히 약한 편이었다. 마치 그녀의 이름인 거울처럼. 일단 위치가 드러난 후에는 위험 부담이 컸다.

그런 면에서 흑영대의 상위 대원들은 경계 대상이었다. 특히, 순욱에게는 실질적 최강자인 2호가 붙어 있었다. 물론, 마음만 먹으면 빛의 힘으로 2호와 순욱을 단숨에 태워버릴 수는 있었다. 다만, 그 뒤에는 업성에 있는 오만 군사의 집중 공격을 받을 터였다. 소리로 기척을 추적할 수 있는 유당이 전향해버린 것 또한 문제였다.

"그건 되었다. 기회가 되면 노려보라고 한 것이다. 진용운 그놈이 회의 존재를 아는 이상 힘들게 모은 인재를 보호하지 않을 리 없지."

오용도 굳이 그런 일에 경을 활용하려 하지 않았다. 더 적합한 용도가 있기 때문이다.

"보급부대로군. 동쪽이라……. 관도성으로 향하는 모양이구나. 보급부대라면 최대한 빨리 움직여야지. 쓸모없는 난민들까지 데리고 어쩔 셈인가? 물론 상식적으로 생각할 때, 우리 부대는 아직 돈구현 근처에 있고 업성이 가로막고 있으니 공격받을 일이 없다고 여겼겠지만……."

오용은 음습하게 웃었다.

"미안하게도 나는 상식을 넘어서는 사람이거든."

그는 곧 조조에게 전갈을 보냈다. 자신이 어떻게든 적군의 발을 묶고 있을 테니, 가장 빠른 기병을 꾸려 업성에서 관도로 향하는 길목으로 보내달라는 내용이었다. 전령을 보낸 오용은 휘하의 부대를 이끌고 서둘러 북동쪽으로 출발했다.

17

여포의 부탁

기주 발해, 남피성.

남피성은 기주목 진용운, 대장군 여포 봉선 그리고 고완현령 유비 현덕의 연합군에 포위되어 공격받고 있었다. 세 방향에서 맹공을 받은 지 몇 주가 지났다. 그 와중에 그나마 제일 평온한 곳은 동쪽 성벽. 바로 유비군이 공략을 맡은 지점이었다.

"천천히 하라고, 천천히. 무리하지 말고."

유비는 공격을 별로 서두르지 않았다. 자연히 그에 대응하는 원소군도 소극적이었다. 어차피 수성전으로 끌고 갈 수밖에 없는 전쟁. 공격을 해오지 않으니, 성벽에서 감시하는 정도가 할 수 있는 대응의 전부였다.

시간을 끌어주면 원소에게도 좋았다. 그사이 원술과 조조 등이 움직일 테니까. 이미 양쪽에서 제안을 수락하는 답신이 왔다. 그리되면 가장 거센 용운의 공세도 주춤해질 것. 너무도 미온적인 유비의 공격에, 혹시 아직 원소에게 미련이 있나 하고 봉기와 순심 등이 기대할 정도였다.

오늘 아침에도 일천 정도의 병사를 거느린 장비가 시위하듯 성벽 앞을 한 바퀴 돌고 온 게 전부였다. 지휘부 막사에 들어온 장비는 소심하게 투덜댔다.

"저, 큰형님. 언제까지 이러실 겁니까? 여포와 기주목 쪽은 오늘도 아침부터 장난 아니던데."

유비는 앉아서 여유롭게 술잔을 기울이고 있었다. 그가 장비에게 물었다.

"왜, 좀이 쑤시냐?"

"솔직히 좀 그렇습니다."

"지금 들이받아봐야 우리 애들만 죽어나갈 뿐이야. 적당히 대치하고 있으면, 기세 좋은 여포나 진 군사가 알아서 성벽을 무너뜨려 원소군이 기어 나오게 해줄 텐데 왜 쓸데없이 애들 잡고 힘을 빼냐?"

"하지만 좀……."

장비는 '얍삽한 것 같다'는 말을 하려다 말았다. 서서가 그의 심정을 이해한 듯 어깨를 두드렸다.

"익덕 님, 답답하시긴 하겠지요. 하지만 이게 최선입니다. 아군은 기주목이나 여봉선에 비해 전력이 부족합니다. 그런 상황에서 똑같이 성벽 한쪽을 맡았으니, 우리 나름대로 대처해야지요."

"아, 그런가!"

"한데 좀 이상하긴 합니다."

서서의 말에 흥미를 느낀 유비가 물었다.

"응? 뭐가?"

"기주군의 공격은 거세긴 해도 상당히 체계적이었습니다. 아군 병사의 손실을 최소화하려는……. 그러다 보니 대개 공성병기 위주로 공격이 이뤄졌지요."

"그런데?"

"이틀쯤 전부터 묘하게 공격이 성급해졌습니다. 원래 저돌적인 여포군보다 더요."

"성급해졌다, 라……."

"무리를 한다는 것이지요. 억지로 성벽 위에 병사를 투입하려 들기도 하고 공성병기 하나가 파손된 후, 아직 준비가 덜 되었는데도 공격을 재개하는 등 전체적으로 서두르는 모양새입니다. 곽봉효나 희지재 같은 뛰어난 책사들이 있음에도 불구하고 말입니다."

유비 또한 결코 아둔한 자가 아니었다. 그는 서서의 말에 숨은 뜻을 바로 알아차렸다.

"뭔가 이변이 일어났다는 건가?"

"예. 그 기주목이 이성을 잃고 서두를 정도로 뭔가 큰일이 생겼을 확률이 높습니다."

"흐음, 뭘까. 그런 게. 원술 놈이 뒤를 치기라도 했나? 그렇다 쳐도 진 군사보다 여포를 먼저 상대해야 할 텐데. 설마 화영이 독단적으로 뭔가 했을 리도 없고."

"제 생각엔 아무래도……."

잠시 말을 끊었던 서서가 입을 열었다.

"조조가 움직인 것 같습니다."

"조조가?"

"지금 상황에서 기주목에게 타격을 줄 만한 세력은 조조뿐입니다. 원소와 사이가 틀어졌다고는 하지만, 원래 친분도 있었고요. 원소가 도움을 청하자 그에 응한 게 분명해 보입니다."

"흐음. 충분히 그러고도 남을 인사이긴 한데, 조조는 복양성을 빼앗으려다가 진류까지 털리고 패국으로 쫓겨간 게 아니었나? 고작 일이 년 사이에 전력을 보강했다는 건가."

"저도 그게 의문입니다만, 원래 조조 가문은 엄청난 부자인 데다 패국상 진규와 친우 장막 등 지지 세력도 많습니다. 그들로부터 도움을 받았다면 영 불가능한 얘기는 아닙니다."

"쳇. 나처럼 맨바닥에서 혼자 시작하는 사람도 있는데 말이야. 조조 놈, 복 받았군. 그런 면에서는 진 군사도 마찬가진데, 이제 세상 무서운 줄 좀 알려나? 하핫!"

서서는 웃는 유비의 흥을 깼다.

"저, 기주목이 여기서 무너지면 곤란합니다. 사실 제일 난처해지는 건 우리입니다만."

"뭐? 왜? 아!"

반문했던 유비는 곧 스스로 그 이유를 깨달았다.

"연합군 중 제일 강성하고 공성병기도 충분한 건 진 군사의 세력. 진 군사가 후퇴하면 사실상 정벌은 실패고 나는 그야말로 갈 곳이 없어지겠군. 북해로 다시 돌아가는 길 외에는."

"바로 그렇습니다. 기주목이 원소를 격파해주고 그 과정에서 상당한 전력 손실을 입는 것이 최선입니다. 하지만 벌써 패퇴해서는……."

"이거 참, 균형이 절묘해야 하는군."

턱을 긁으며 잠시 생각에 잠겼던 유비가 말했다.

"익덕, 너 좀이 쑤신다고 했지?"

"예? 아, 예."

"그럼 한바탕 날뛰게 해주마. 가서 관 형을 불러와라."

"오오, 드디어 제대로 싸우는 겁니까?"

두 사람의 대화에 서서가 끼어들었다.

"주공, 그 전에 잠깐 하실 일이 있습니다."

"뭔데?"

"기주목과 여봉선, 두 진영으로 전령을 보내 동시에 맹공격을 요청하십시오. 우리가 지난 며칠간 무력시위만 하다시피 했으니, 상대도 느슨해져 있을 겁니다. 그럴 때 두 곳에서 공격에 박차를 가하면, 원소군은 우리 쪽 성벽의 전력을 줄이고 남쪽과 서쪽 성벽을 강화할 가능성이 큽니다. 시선도 분산될 것이고요."

"성동격서라고 여기지 않을까?"

"그것도 하루 이틀이지요. 몇 주 내내 놀기만 했잖습니까."

유비는 흔쾌히 고개를 끄덕였다.

"하긴. 그거 좋군. 그렇게 하도록 하지. 익덕, 가서 헌화(간옹)와 관 형을 불러와라."

간옹이 용운 쪽 지휘부 막사에 도착한 것은 얼마 후, 해가 중천에 걸릴 무렵이었다. 그의 제안을 들은 희지재는 비꼬듯 말했다.

"그러니까 지금까지는 싸우는 척만 했는데, 이제 진짜 싸울 테니 우리더러 틈을 만들어달라 이거요?"

간옹은 싱글싱글 웃으며 받아쳤다.

"어허, 무슨 말씀을 그리 서운하게 하십니까. 객관적으로 저희 전력이 확연히 달리니, 신중을 기했던 것뿐입니다. 같은 병력 오천을 잃어도 기주군에게는 10분의 1이지만 저희에게는 4분의 1이니까요. 한데 요 며칠 기주목께서 공세에 박차를 가하시는 모양새인지라, 저희도 뜻을 같이하겠다고 말씀드리는 겁니다. 아니면 뭔가 안 좋은 일이라도?"

"그런데 이 작자가⋯⋯."

늘 상대를 비웃던 희지재가 드물게 발끈하는 순간, 용운이 나서서 둘을 말렸다.

"그만하시죠. 헌화 님, 말씀은 잘 알겠습니다. 응하겠다고 전해주세요."

"역시 현명하십니다. 잘 알겠습니다."

"한 시진 후에 바로 공격을 시작하겠습니다."

"그렇게 알고 있겠습니다."

간옹이 돌아간 후, 곽가가 분하다는 듯 말했다.

"우리를 이용하려는 걸 알면서도 이용당해줄 수밖에 없군요."

용운은 굳은 어조로 말했다.

"어쩔 수 없습니다. 사정이 너무 안 좋아요."

다른 진영에는 아직 비밀로 하고 있었지만, 용운 진영에는 심각한 사태가 벌어졌다. 바로 생각지도 못한 군량의 부족이었다. 다른 건 몰라도 용운은 보급에 대해서는 전혀 걱정하지 않았다. 이미 업성에서 관도성, 관도성에서 청하국, 청하에서 동광현으로 이어지는 보급선을 확보했기 때문이다. 보급 책임자는 진궁이었다. 그의 능력을 익히 알기에 일말의 불안도 없었다. 그런데 원래 보름 전에 도착했어야 할 군량이 늦어지고 있었다. 하필 그 시점이 복양성이 무너졌다는 소식을 들은 후라 용운을 더 불안하게 만들었다.

"현재 상황은 어때요?"

용운의 물음에 순유가 침착하게 답했다.

"배급량을 3할씩 줄였습니다만, 워낙 훈련이 잘되어 있어 아직까지는 전혀 동요가 없습니다. 하지만 이렇게 보급해도 앞으로 사흘이 한계입니다."

"주변에서 자체 조달하는 방법은요?"

"먹을 만한 식량은 싹 거둬갔더군요. 불행 중 다행으로 물은 충분합니다만. 그래서 병사들에게 교대로 물고기를 잡아오도록 시키고 있습니다."

청야전술로 한 번 재미를 본 원소는 이번에도 그것을 응용했다. 연합군의 침공 사실을 알자마자 경작지를 갈아엎고 가축을 모조리 징발한 것이다. 그것으로도 모자라 민가를 약탈하여 식량을 모조리 털어갔으므로 백성들의 원성이 자자했다. 전쟁이 끝나면 다시 제 근거지로 삼아야 했기에, 우물이나 강물에 독을 타지 않은 걸 그나마 다행이라 해야 할까. 물고기를 아무리 많이 잡아와봐야 백 명이나 배를 채울까 말까였다. 용운은 눈살을 찌푸렸다.

"업성에서의 연락은 아직 없나요?"

"예. 거리도 멀뿐더러 아무래도 정보망에 문제가 생긴 것 같습니다. 우리 쪽에서도 사람을 보내둔 상태입니다."

"뭔가 차질이 생긴 듯하지만, 공대(진궁)는 반드시 도착할 거예요. 그때까지만 여포에게서 식량을 좀 빌리면 안 될까요?"

용운의 말에 책사들은 회의적인 반응이었다.

"글쎄요. 괜히 우리 진영의 약점만 노출하는 게 아닌지 모르겠습니다."

"더구나 아직 완전히 믿기 어려운 자라서…….."

하지만 그 밖에는 뾰족한 수가 없었다. 그러자 이번에는 사신으로 보낼 자가 걱정이었다. 동행한 책사들 중 딱히 사신에 적합한 인물이 없었다.

'곽가는 내 쪽에서 사절. 싸움이나 안 나면 다행이다. 희지재도 마찬가지고. 순유는 그나마 말 잘하고 온건하긴 한데, 워낙 곧이곧대로 말하는 성품이라……. 비위를 맞추는 것과는 거리가 멀단 말이지.'

전령 노릇을 하던 흑영대원 4호는 무슨 영문인지는 몰라도 여포 쪽으로부터 출입을 금지당했다. 본인에게 물어봐도 모르겠다고 하니 답답할 노릇이었다. 일반병을 보내자니 상대는 명색이 대장군에다 동맹군의 총지휘관인데 무례를 범하는 게 되는 것이다.

'설득 특기가 있는 최염이나 진림이 아쉽네. 진림은 격문도 써야 하니 데려올 걸 그랬나?'

용운이 골머리를 썩일 때였다. 누군가 말했다.

"제가 다녀올게요."

목소리의 주인은 모습을 드러낸 청몽이었다. 용운은 듣자마자 단칼에 거절했다.

"안 돼."

"제가 부탁하면 군량을 빌려줄 거예요."

"그래서 더 안 돼."

"주군. 지금 자존심을 따질 때가 아니잖아요. 병사들이 굶주리면 전쟁의 승패 자체가……."

"자존심 때문이 아니야!"

용운이 버럭 소리를 질렀다. 그는 청몽에 대한 여포의 감정을 눈치채고 있었다. 그걸 알면서도 그녀를 이용하는 것은, 여포와 자신 또 청몽 세 사람 모두에게 못할 짓이었다. 보기 드물게 용운이 화를 내자, 막사 안에는 잠시 정적이 감돌았다.

"알겠습니다."

무표정하게 대꾸한 청몽이 다시 모습을 감췄다. 왜 이렇게까지 됐는지 용운은 화가 치밀었다. 진궁이 보급을 맡은 이래

한 번도 늦거나 차질을 빚은 적이 없었다. 애써 억눌러온 불길한 생각이 고개를 쳐들었다.

'설마 진궁에게 무슨 일이 생긴 건 아니겠지?'

그는 고개를 세차게 저었다. 괜히 방정은.

눈치를 보던 곽가가 입을 열었다.

"저, 주공. 한 가지 방법이 있긴 합니다."

"그게 뭐죠?"

"장연에게서 얼핏 들은 얘긴데, 말(馬)을 먹는 겁니다."

반색하던 용운의 표정이 굳었다.

"말을……."

"예. 보아하니 원소와의 전쟁은 앞으로도 쭉 공성전이 될 듯합니다. 그럼 상대적으로 기병은 크게 활약할 일이 없습니다. 만일을 대비해 최소한의 전투마만 남겨두고 나머지를 도살하면, 이틀 정도는 더 버틸 겁니다. 물론 이것도 궁여지책이긴 합니다만. 그 전에 공대가 도착하길 바랄 수밖에요."

"후, 말이라……."

용운은 고뇌에 빠졌다. 곽가가 이렇게까지 말하니 문제가 얼마나 심각한지 새삼 와닿았다. 용운 진영의 말들은 보통 말이 아니었다. 장세평이 심혈을 기울여 감별한 후 비싼 돈을 주고 사온 것을, 다시 사들여 오랜 기간 훈련시킨 녀석들이었다. 청광기의 전투마들은 이미 주인과 일심동체나 마찬가지

여서 도살은 꿈도 꿀 수 없었다. 그러나 일반 기병의 말과 짐말만 잡아먹는다 해도 손해는 둘째 치고 반발과 사기 저하가 만만치 않을 터였다.

"차라리 내가 직접 부탁하러 갈까?"

용운의 중얼거림에 곽가와 희지재 그리고 순유는 입을 모아 극구 만류했다.

"안 됩니다."

"그건 절대 안 될 말입니다."

"그냥 말을 징발하시지요."

"으음…… 좀 더 생각해보고 결정하지요."

용운은 다른 방법이 없는지 조금이라도 더 생각해보려고 일단 결정을 미뤘다. 그런데 생각지도 못한 방식으로 해결책을 얻게 되었다.

그날 밤이었다. 또 한바탕 전투를 치른 양쪽 진영은 달콤한 휴식을 취하고 있었다. 물론 보초를 세워 상대의 움직임을 감시하는 것도 잊지 않았다. 용운은 최근에 통 잠을 이루지 못했다. 행방이 묘연해진 보급부대에 대한 염려도 염려지만, 얼마 전에 들은 비보가 가슴을 무겁게 짓눌렀다.

'왕굉 님, 무영…….'

용운은 침상에 누워 뒤척이며 먼저 간 이들을 되새기고 있었다. 왕굉과의 첫 만남부터 자신을 보던 진심 어린 표정과 말투. 졸업하는 무영의 어깨를 두드리며 격려해줬을 때, 그의 눈빛에 떠오른 충심까지. 모두 몇 분 전의 일처럼 생생히 떠올라 용운을 괴롭혔다. 그 둘뿐만 아니라, 복양성에 있던 적뢰기 이만이 모조리 도륙당했다고 들었다. 그 소식을 듣고는 며칠 동안 밥도 제대로 먹지 못했을 정도였다.

'조조, 결국 당신과 나는 한배를 탈 수 없는 운명이군요.'

위원회의 농간인지, 뒤틀린 역사 탓인지는 모르겠지만, 조조는 용운의 소중한 동맹과 수하를 죽이고 말았다. 더구나 조운에게 살인자라는 누명을 씌우고 그 여세를 몰아 업성까지 노리고 있다.

'그러고 보니 복양성 전투 때 이미 적을 진 셈인가. 조조 때문에 전풍이 죽고 자룡 형님마저 잃을 뻔했으니.'

손책 쪽에는 전령을 보내뒀다. 실력도 있고 대담하여, 이런 일을 곧잘 해내는 4호를 보냈다.

'그래도 당장 조조의 세력을 멸절시켜버리겠다고 날뛰지 않는 것만 해도 제법 성장한 건가. 아니면 그만큼 내가 비인간적이 된 걸까. 아니, 이따위 생각을 할 때가 아니야. 일단 식량 문제를 어떻게든……'

용운이 한창 상념에 빠져 있을 때였다.

"주, 주공!"

갑자기 전령이 막사 안으로 급히 뛰어들어왔다. 이런 시간에 불쑥 찾아왔음에도 보초병들이 통과시켰을 뿐만 아니라 청몽도 잠잠하다는 것은 아군이 확실하다는 뜻. 동시에 뭔가 심상치 않은 일이 터졌음을 의미했다. 용운은 침상에서 일어나 앉으며 물었다.

"무슨 일이죠?"

"소, 송구합니다. 이런 시간에 갑자기……."

"괜찮으니까 어서 말해봐요."

"봉선 장군이 갑자기 단신으로 찾아왔습니다."

"뭐라고요? 여봉선이……."

"예. 꼭 주공을 뵙고 부탁드릴 일이 있다며."

"알겠어요. 바로 가도록 하죠."

용운은 전령의 안내에 따라 여포가 기다리는 곳으로 향했다. 모닥불 앞에 여포가 태사자와 장료, 장합에게 둘러싸인 채 우두커니 서 있었다. 여포는 맨손이었는데 분위기가 자못 험악했다.

여포를 노려보던 장료가 용운에게 포권했다.

"주공, 오셨습니까."

"이게 무슨 상황이죠?"

"이자가 갑자기 다짜고짜 찾아왔습니다. 급히 주공을 만나야 한다며, 제지하는 병사를 때려눕히고……."

그때 여포가 장료를 밀치고 앞으로 나섰다. 그는 일직선으로 용운을 향해 다가왔다. 장수들이 미처 반응하기 전에 청몽이 나타나 용운의 앞을 가로막고 섰다. 그녀를 본 여포가 우뚝 걸음을 멈췄다. 청몽이 여포를 향해 매섭게 쏘아붙였다.

"여전히 무례하고 난폭하군요. 이렇게 갑자기. 뭐하는 짓이죠?"

여포는 잠깐 동안 묵묵히 청몽을 응시했다. 다음 순간 용운은 자신의 눈을 의심했다. 여포가 자신을 향해 깊숙이 허리를 숙인 것이다.

"부탁이오."

그는 허리를 굽힌 채 고통스러운 어조로 말했다.

"부탁이오, 기주목. 살려주시오. 내 수하를."

"……뭐라고요?"

"있다고 들었소. 그대에게. 화타라는 천하의 명의가."

"아, 화타……. 네. 있지요."

"치료하게 해주시오. 그로 하여금, 내 수하를."

청몽은 그런 여포를 물끄러미 내려다보았다.

'흥, 양아버지를 두 번이나 해치고 적을 상대할 때는 잔인무도하기 짝이 없는 짐승 같은 놈이, 제 부하가 죽는 건 싫다 이건가?'

그의 이런 모습이 어쩐지 보기 싫었다.

'똑바로 일어서서 부탁해도 되잖아!'

용운은 용운대로 당황스러워서 양 손바닥으로 얼굴을 감싸고 비볐다.

'그러니까 천하의 여포가 지금 내 앞에서 허리를 굽힌 이유가, 자기 부하를 살려달라고 부탁하기 위해서인 거야? 이거 원래 역사상의 캐릭터와 너무 다르잖아. 설마 달라진 역사는 인물의 성격에도 영향을 미치는 건가?'

영 가능성이 없는 얘기는 아니었다. 성격이란 타고나는 부분도 있지만, 주변 환경이나 겪어온 일 등에 의해 변하기도 하니까. 당장 용운 자신만 해도 21세기의 대한민국 서울에서 살던 때와 많이 달라졌다. 좀 더 강인해지고 덜 날카로워진 반면, 가끔 자기 자신도 놀랄 정도로 냉정해진 부분도 있었다. 또한 현대에서 온 지살위들이 어떤 식으로든 여포에게 영향을 끼쳤을 수도 있었다.

"부탁하오. 시간이 없소."

여포의 목소리에 정신을 차린 용운이 말했다.

"휴우, 알겠으니까 일어나세요."

용운은 자신을 데려온 전령에게 명했다.

"최대한 빨리 가서 화 선생을 데려와요. 내가 부탁했다고 하고."

"옛."

여포는 천천히 고개를 들고 용운을 응시했다.

"고맙소."

"아직 인사는 일러요. 그리고 만약 화타가 치료하지 못해서 당신 수하에게 변고가 생겨도, 나나 화 선생에게 해를 끼치지 않겠다고 약속하세요."

"약속하오. 만약 살려준다면 뭐든 들어주겠소. 당신이 원하는 것 한 가지를. 나를 따르는 자들이 있으니, 이 목숨만 빼고 말이오."

"대체 누가 다쳤기에 그러는 거죠?"

"자신의 인생을 버린 녀석들이오. 날 위해서."

"……."

용운은 어쩐지 여포의 기분을 알 것 같았다.

잠시 후, 화타가 놀라서 헐레벌떡 달려왔다.

"주공, 다치셨습니까? 누가 다쳤습니까?"

"화 선생, 미안해요. 늦은 시간에."

"아닙니다. 어차피 안 자고 있었습니다. 그런데 이분은……."

화타는 여포를 흘끔 곁눈질했다.

잠시 후, 용운과 화타 그리고 사천신녀들은 여포의 진영 내에 들어와 있었다. 사천신녀가 동행한다면 여포군 전체가 기습해와도 용운을 보호할 수 있었다. 사천왕은 그 사실을 알기에 용운을 보냈다. 용운이 가겠다고 강력하게 주장한 까닭이기도 했다. 다만, 전군을 비상 대기시킨 상태로 경계 태세는 늦추지 않았다. 특히, 일이 벌어졌을 때 야간 순찰 중이던 조운은 뒤늦게 소식을 듣고 여포군 진영 앞에서 용운을 기다리고 있었다.

환자가 있다는 막사 안에는 주무가 있었다. 그는 용운 일행을 보고 깜짝 놀랐다.

"폐…… 아니, 주공! 이들은……. 갑자기 사라지시더니 기주목에게 부탁하러 가셨던 겁니까?"

"다른 방도가 없었다. 그에게는 화타가 있다."

"이런……."

주무는 여포에 대한 황송함과 그가 다른 사람에게 부탁하도록 만든 분함에 입술을 깨물었다. 안도전의 능력이면 충분히 치료할 수 있을 줄 알았다. 그런데 이런저런 약을 쓰고 주사를 놔봐도 효과를 못 봤다. 오히려 상태가 점점 나빠졌다. 심지어 그녀의 천기인 해독과 치유를 써도 소용없었다. 외상이 없으니 치유는 통하지 않았고 해독에도 나아지지 않았다는 건 체내에 독이 들어간 것도 아니라는 의미였다.

"아아, 도대체 왜 이러는 거지?"

나노 머신을 이용한 의료 로봇은 아직 완성되지 않은 상황이었다. 안도전은 그저 계속 환자의 상태를 살피며 옆에서 간호하는 정도밖에 할 수 있는 일이 없었다.

'우리의 무능력함 탓에 폐하께서 진용운에게 아쉬운 소리를 하게 만들다니. 게다가 화타라고 해봐야 어차피 이 시대 사람이 아닌가. 안도전보다 의술이 나을 리가 없잖아.'

화타는 주무의 불신 어린 눈초리를 받으며 침상으로 다가갔다.

"그럼, 환자를 좀 살펴보겠습니다."

누운 환자를 본 그가 놀라서 중얼거렸다.

"아니, 어린아이들이 아닙니까? 한데 실로 기이한…… 말로만 들어본 이국의 소녀들인가요?"

사린이 작은 소리로 탄성을 질렀다.

"와, 귀여워! 인형 같아."

검후와 성월도 놀라움을 금치 못했다. 침상에는 두 소녀가 의식을 잃은 채 누워 있었다. 한 명은 파란 물빛 머리카락에 피부가 유난히 희었다. 다른 한쪽은 반대로 유난히 가무잡잡했으며 새빨간 단발머리였다.

안도전이 마지못해 둘의 상태를 설명했다.

"특별히 외상은 없는데 계속 정신을 차리지 못하더니 좀 전부터 상태가 이상해졌습니다. 여기 머리가 파란 아이는 계속해서 체온이 내려가고, 반대로 빨간 머리카락 아이는 체온이 올라갑니다. 이제 둘 다 위험할 지경이에요."

화타는 안도전의 말을 들으며 고개를 끄덕였다.

용운은 막사 안의 인물들과 두 소녀를 가만히 살피다가 대인통찰을 발동했다.

무력(武力) 32
통솔력(統率力) 65
지력(智力) 75
정치력(政治力) 28

성수장군 단정규

수공(水攻)
수기통제(水氣統制)
냉정(冷靜)

매력(魅力) 85
호감(好感) 54

무력(武力) 36
통솔력(統率力) 62
지력(智力) 64
정치력(政治力) 25

신화장군 위정국

화공(火攻)
화기통제(火氣統制)
분기(奮起)

매력(魅力) 84
호감(好感) 52

무력(武力) 35　　　　　　　　　통솔력(統率力) 42

신의 안도전
··
외상치유(外傷治癒)
만능해독(萬能解毒)
기기공학(机器工學)

지력(智力) 88　　　　　　　　　정치력(政治力) 74

매력(魅力) 87　　　　　　　　　호감(好感) 56

'아, 역시나 지살위의 인물들이구나. 이런 아이들이……
저 여자도 그렇고.'

천기를 보아하니 두 소녀는 성수장군과 신화장군이라는
별칭답게 각각 물과 불을 조종하는 능력이 있는 듯했다.

'그러고 보니《수호지》에서도 수공과 화공을 잘 쓰는 장군
들이었지. 출연 분량은 미미했지만.'

또 안도전은《수호지》에서 명의로 등장하여 송강의 악성
종기를 치료했다. 의술이 어찌나 뛰어난지 마지막에는 황제
의 곁에 남아 일하게 됐을 정도였다. 가운을 입은 안도전이라
는 여자는 차림새나 분위기가 현대에서도 의사였던 것 같았
다. 거기까지 생각한 용운은 문득 불안해졌다.

'안도전은 명색이 신의인 데다 천기 중에도 외상치유와 만

능해독이라는 게 있고 현대의학까지 익힌 인물이잖아. 그런데도 애들이 의식불명인 이유를 찾지 못했는데 화타가 할 수 있을까?'

만에 하나 이 소녀들이 죽어서 여포가 분노하기라도 하면 골치 아파질 게 뻔했다.

여포는 화타를 향해 또 한 번 부탁했다.

"망탕산에서 여기까지 날 찾아온 아이들이오. 다 죽고 이 둘만 살아왔소. 꼭 살려주시오. 부탁하오."

"겉으로만 봐서는 뭐라 말씀을 못 드리겠지만 최선을 다하겠습니다."

용운은 여포의 말을 듣고 속으로 깜짝 놀랐다. 그러고 보니 패국에 고립되어 있던 조조가 어떻게 진출했는지 궁금했었다. 이 소녀들만 살았다고 하는 걸 보니, 망탕산에 있던 여포군을 아예 몰살해버린 모양이었다.

'심지어 거기 지살위들도 여럿 포함되어 있었는데 그랬단 말이야? 이거 조조군이, 그리고 그 오용이라는 자가 내 생각보다 훨씬 더 위험한 상대인지도 모르겠어. 최악의 경우에는 아버지께서 어떻게든 해주시겠지?'

용운은 자꾸 불안해지는 마음을 애써 가라앉혔다.

모두 긴장해서 지켜보는 가운데 화타가 양손으로 각각 두 소녀의 이마를 짚었다. 그러자 놀라운 일이 벌어졌다.

18

수송부대의 위기

안도전은 화타가 단정규와 위정국의 이마에 손을 얹은 모습을 지켜보고 있었다.

'뭐 하는 거지? 체온을 재는 건가? 어차피 한의학이면 침 놓고 약을 쓰는 게 전부일 텐데.'

안도전이 제일 먼저 한 일도 체온을 잰 거였다. 다쳤다고 하기에는 긁힌 상처 정도가 전부였는데, 근처에 가기만 해도 확연히 이상함이 느껴졌기 때문이다. 단정규에게서는 오싹한 냉기가, 위정국에게서는 후끈거리는 열기가 느껴졌다. 체온계는 없었지만 각각 20도, 45도 정도는 되는 듯했다.

'이건 사람이 살아 있을 수 없는 체온인데······.'

몸의 열을 내리는 약과 올리는 약을 구해와 먹여봤으나 소용없었다. 그게 한 시진 전이었다. 단정규는 몸을 웅크린 자세로 바들바들 떨고 있었고, 위정국은 온몸에서 땀을 흘렸다.

화타는 한동안 두 소녀의 이마에 손을 올린 채 눈을 감고 있었다.

'아니!'

잠시 후, 안도전은 깜짝 놀랐다. 소녀들의 표정이 점점 편안해졌기 때문이다. 반각(약7~8분) 정도 지나자, 화타가 눈을 떴다.

"매우 특이한 아이들이군요. 몸속에서 강한 수기(水氣)와 화기(火氣)가 느껴집니다. 극도로 몸이 약해진 상태라 그 기운들을 다스리지 못해 폭주하면서 문제가 생겼습니다. 안정시켜놨으니 이제 곧 괜찮아질 겁니다."

안도전은 저도 모르게 한 발 앞으로 다가섰다.

'어떻게⋯⋯.'

그러다 주무의 제지로 정신을 차렸다.

"이봐, 왜 그래?"

"아⋯⋯."

그녀는 뜨거운 열기를 머금은 눈으로 화타를 바라보았다.

'저런 방식의 의술은 듣도 보도 못했어.'

단정규와 위정국이 안정되는 모습을 본 후, 여포는 화타와 용운을 향해 정중히 포권했다.

"정말 고맙소. 내 은인이오, 두 분은."

용운은 조심스럽게 물었다.

"무슨 일이 있었던 거죠?"

"……면목이 없군. 말했어야 하는데, 곧바로."

잠시 뜸들인 여포가 입을 열었다.

"무너졌소. 망탕산의 진채가."

"역시……."

"너무 얕본 것 같소, 조조를. 놈은, 거기 있던 내 부하들을
다 죽였소."

말하는 여포의 눈이 섬뜩하게 번들거렸다.

"알아요. 그 길로 북서진해서 복양성을 떨어뜨리고 이제
는 업성까지 위협하고 있죠."

"그랬나."

여포는 고개를 끄덕이며 중얼거렸다.

"어쩌면 먼저 쳐야 할지도 모르겠군. 원술 놈보다 조조
를."

"그럴지도요. 일단은 피차 원소를 하루라도 빨리 무너뜨
리는 게 급선무인 것 같네요."

"맞소."

순간, 둘 사이에 공감대가 형성되었다. 원술이라는 공동

의 적에 조조가 추가되었다. 거기다 둘 다 소중한 수하를 조조에게 잃었다. 여포의 호감도에 큰 변화가 나타나자, 저절로 능력수치가 표시되며 그 부분이 붉게 번쩍였다.

무력(武力) 115

통솔력(統率力) 94

여포

위압(威壓)
분기(奮起)
비장(飛將)
포박(捕縛)
돌파(突破)
인마일체(人馬一體)
인중여포(人中呂布)

지력(智力) 54

정치력(政治力) 62

매력(魅力) 85

호감(好感) 68

여포의 능력치를 본 용운은 내심 혀를 내둘렀다. 조운의 무력이 108에 달한 걸 보고 많이 강해졌다고 흐뭇해했다. 한데 여포 또한 그사이에 더 강해져 있었다. 115의 무력에, 통솔력도 무려 94에 달했다. 거기다 원래는 이보다 훨씬 낮았을 지력과 정치력도 덩달아 올라 있었다. 아마 지살위들의 영향이리라. 한 세력의 주인이니 매력은 말할 것도 없다. 점차 완전체에 가까워지고 있다는 느낌이었다.

'특기도 무려 일곱 개. 그리고 여포는 저 중에 서너 개를 동시에 발동해버릴 수 있지. 적토마를 탄 채 인마일체와 인중여포 특기를 발동하고 거기에 비장과 돌파까지 더해진다면, 과연 여포를 막을 장수가 있을지 모르겠군.'

그때 여포가 한층 부드러워진 목소리로 용운에게 물었다.

"약속했었소. 어떤 청이든 들어주겠다고, 내 수하를 살려주면. 이제 그게 이뤄졌으니, 말해보시오. 뭐든."

"주공……."

옆에 있던 주무가 조심스레 만류했으나 여포는 고개를 저었다.

"약속은 약속이다. 가볍게 만들지 마라. 단정규와 위정국의 생명을."

여포가 이리 말하자 주무는 물러날 수밖에 없었다.

용운은 이미 생각해둔 바가 있었다.

"그럼, 실례를 무릅쓰고 부탁드리겠습니다."

"음."

"식량을 좀…… 빌려주시면 고맙겠습니다."

"식량? 군량 말이오?"

"그렇습니다."

"흐음."

여포는 주무에게 고개를 돌렸다. 용운처럼 책사진이 많지 않은지라 주무가 작전과 보급 등의 임무를 다 처리하고 있었다. 주무는 우물쭈물하며 답을 하지 않았다.

"주무."

그는 여포의 채근을 받고서야 마지못해 말했다.

"……하간국을 점령한 덕에 여유는 있습니다."

"다 줘라. 꼭 필요한 만큼만 남기고."

"주공, 하지만……."

"만들 셈인가, 날? 신의 없는 자로?"

여포의 말에 주무는 정신이 번쩍 들었다. '신의 없는 자.' 이 말이야말로 원래의 이 세계에서 여포에게 찍힌 최악의 낙인이 아니던가.

'그렇다. 폐하는 본래 역사와는 다른 길을 가셔야 한다. 작은 이해득실에 연연할 때가 아니다.'

주무는 공손한 투로 답했다.

"바로 이행하도록 하겠습니다. 기주목, 군량을 실어갈 병력을 보내시지요."

"오, 고맙습니다!"

용운은 진심으로 감사했다. 여포와의 우의를 더 다졌고 급한 불도 껐다. 그러나 말 그대로 급한 불을 끈 것에 불과. 불씨는 여전히 도사리고 있었다. 이제부터 둔전을 시킨다 해도 수확까지는 몇 개월의 시간이 걸릴지 모른다.

'더 늦기 전에 식량을 조달하러 병력을 보내야 하나?'

하지만 그렇게 되면 필연적으로 남쪽 성벽에 대한 압박이 감소하게 된다. 또 병력 분산을 알아챈 원소가 반격을 가해올지도 몰랐다. 고민하던 용운은 결국 수하를 믿는 쪽을 택했다.

'공대…… 믿어요. 기다리고 있겠습니다.'

관도성으로 향하는 도중의 한 협곡.

그 사이에는 무수한 수레와 병사 그리고 백성들이 갇혀 있었다. 바로 진궁이 이끄는 수송부대였다. 오용은 협곡 위에서 그들을 내려다보며 혀를 내둘렀다.

"허어, 정말 끈질기구나. 이쯤 되면 포기할 법도 한데."

몇 주 전.

수송대의 존재와 이동 경로를 알아챈 오용은 어렵지 않게 그들을 찾아냈다. 먼저 출발했지만, 수송부대에는 수레들에 더해 뒤따르는 난민들까지 붙어 있어 속도가 느렸다. 오용은 도중의 협곡에 잠복하여 특기인 천기, 천변만화(天變萬化)를 발동했다. 천변만화는 날씨를 바꾸는 천기로, 염(炎, 더위), 우(雨, 비), 한(寒, 추위), 풍(風, 바람)의 네 가지만 가능했다. 또 그 네 가지는 강도에 따라 다시 극(極), 폭(暴), 평(平), 미(微)의 네 단계로 나뉘었다.

날씨를 바꾼다는 것은 말 그대로 천기를 거스르는 행위였다. 따라서 부작용도 컸다. '염'을 썼다면 한동안 고열에 시달린다. '우'를 썼을 때는 참기 어려운 졸음이 쏟아진다. '한'을 쓰면 오한이 들어 떨게 되며, '풍'을 쓴 후에는 일시적으로 마비되어 움직이지 못한다. 이런 제한에 더해 최대 두 시진(네 시간)밖에 유지되지 않았지만 사용하기에 따라 엄청난 위력을 발휘했다.

오용은 먼저 '폭' 단계의 '우'를 한 시진 동안 썼다. 그러자 일대에 폭우가 내려 수송대의 움직임을 제한했다.

"갑자기 웬 비가?"

진궁은 하늘을 올려다보며 눈살을 찌푸렸다. 현대에서도 국지성 호우가 수십 분 내린 것만으로도 도로가 침수되고 산사태가 일어난다. 그런 폭우가 두 시간 내내 쏟아진 것이다. 흙으로 된 바닥은 금세 진창이 되었다. 돌아가는 상황을 지켜보던 진궁이 급히 명했다.

"수레와 수레를 모두 튼튼한 줄로 연결해라. 서둘러라!"

병사들은 지시대로 수천 대의 수레를 줄로 이었다. 곧 좁은 협곡에 물이 들어차고 근처의 강줄기가 범람하여 수송부대를 덮쳤다.

"높은 곳으로 올라가라! 올라갈 자신이 없는 자는 밧줄을 꼭 붙잡고 버텨라!"

병사들은 바위 위로 기어올라가거나 하여 피했지만, 말과 수레는 버려두는 수밖에 없었다. 다행히 무게가 상당한 수천

대의 수레가 밧줄로 이어져 있어 한 대도 쓸려가지 않았다. 높은 데로 올라가지 못한 백성들도 수레와 수레 사이에서 밧줄에 의지하여 견뎌낼 수 있었다. 힘없는 노인과 여자 몇이 떠내려가고 군량이 젖었으며 말 몇 마리가 익사한 게 전부였다.

적오가 다가와 진궁에게 감탄을 표했다.

"과연 대단하십니다. 덕분에 피해를 최소화할 수 있었습니다."

진궁은 굳은 표정으로 말했다.

"모두를 구하지 못했으니 칭찬받을 일이 아니오. 그보다 이 비는 이상하군. 이 시기에 내릴 비가 아닌데……."

협곡에서 물이 빠지는 데 꼬박 이틀이 걸렸다. 귀한 시간을 허비하게 되자 진궁은 발을 동동 굴렀다. 그게 다가 아니었다. 협곡을 빠져나가지 못하는 사이, 이번에는 안개가 자욱하게 끼기 시작했다. 기이하게도 차가운 냉기를 머금은 안개였다. '우'의 힘을 쓰고 잠들었던 오용이 깨어나, 다시 천기천변만화를, 이번에는 '한'의 힘을 쓴 것이다. '한'의 강도는 '평'이었다. 평범한 초겨울의 추위 정도다. 문제는 수송부대가 모두 홀딱 젖어 있었다는 점이었다. 말과 사람 할 것 없이 몸이 굳으며 오들오들 떨기 시작했다. 강물의 수위는 낮아졌으나 진군 속도가 더욱 느려졌다.

협곡 위에서 내려다보던 오용 또한 '한'의 페널티로 오한

이 들어 떨고 있었다. 그의 옆 허공에서 병마용군 '경'의 걱정스러운 목소리가 들려왔다.

"괜찮으십니까?"

"그래, 견딜 만하다. 평의 강도로밖에 안 썼으니까. 이게 다 이 마지막 패를 위한 것이지."

오용은 수하를 시켜 미리 써둔 죽간을 조조에게 전하게 했다. 그리고 이어서 세 번째 천기를 준비하며 말했다.

"경, 내가 마비되면 부탁한다. 아마 오랫동안 움직이지 못할 것이다."

"위험합니다."

"죽지는 않는다. 좀 고통스러울 뿐."

수송부대가 협곡에 갇힌 지 닷새째 되던 날. 오용은 세 번째 천기를 발동했다.

"천기 천변만화, 풍(風), 극!"

냉기가 침습하여 고통받던 수송부대에 태풍이라 할 만한 바람이 몰아쳤다. 말이 제대로 걷지 못할 정도의 바람이었다. 바람은 협곡 사이에서 더욱 위력이 강해졌다. 극풍은 차갑고 젖은 몸을 가시로 찌르는 것 같은 고통을 주었다. 급기야 백성들 사이에서 하나둘 쓰러지는 사람이 나왔다.

"이게 대체 무슨 조화란 말인가!"

기후를 바꾸는 인간의 능력을 넘어선 힘. 우직하고 지혜로운 진궁이라도 속수무책이었다. 두 시진 후 바람은 그쳤으나, 수송대는 오히려 더 뒤로 물러나 있었다. 진궁은 일단 부대를 멈추고 사람들을 쉬게 했다. 그렇게 또 이틀이 더 지났다.

진군을 재개하려 할 때, 후미의 마초가 말을 몰아오며 외쳤다.

"멀리서 대군이 다가오는 흙먼지가 보입니다. 아무래도 적군인 듯합니다!"

"이런……."

그야말로 엎친 데 덮친 격이었다. 꼬박 일주일을 비와 바람에 시달렸다. 당연히 제대로 자지도 먹지도 못했으며, 병사들의 몸은 굳어 있었다. 그런 상태에서 하필 백성들이 대부분 몰려 있는 후미 쪽으로 적군이 다가오다니!

"속도를 올려라! 서둘러라!"

진궁이 목이 터져라 외쳤으나 행군 속도는 좀체 빨라지지 않았다. 이윽고 '조(曹)' 자 깃발이 보일 정도로 적군이 가까워졌다. 적의 정체가 조조군임을 확인한 백성들이 혼란에 빠지는 바람에 오히려 속도는 더 느려졌다.

"조, 조조군이다!"

"우리를 모조리 죽일 거야!"

앞서 오용이 조조에게 보낸 첫 번째 전갈은 이랬다.

적의 수송대를 감지했습니다. 업성은 방비가 사뭇 단단하니, 그쪽을 무작정 두드리기보다 수송부대를 치면 식량도 확보하고 진용운에게 타격도 줄 수 있어 일석이조가 될 것입니다. 제가 선발대를 이용해 어떻게든 발을 묶어둘 터이니, 서두르시면 따라잡을 수 있습니다.

조조는 이를 타당하다 여겨 행군을 빨리했다. 오용이 수송부대를 지체시킨 사이, 전갈을 받은 조조군은 쾌속 진군, 결국 따라잡은 것이다. 이 고속 기동이야말로 조조군의 특기이기도 했다.

이리 뛰고 저리 뛰며 대열을 수습하려고 애쓰던 적오가 진궁의 옆으로 다가왔다. 그는 결의에 찬 어조로 말했다.

"공대 님, 수송부대의 지휘를 부탁합니다. 저는 아무래도 후위로 가서 조조군을 맞아 싸워야 할 듯합니다."

"적오…… 위험할 거요."

"맹기 님이 아무리 용맹하다 해도 지금 같은 상황에 혼자서는 무리입니다. 제가 시간을 끌 테니, 최대한 서둘러 관도성 쪽으로 달아나십시오."

"……알겠소. 부디 조심하시오."

"공대 님이야말로 무운을 빕니다."

마지막이 될지도 모를 인사를 마친 적오는 조금도 주저하지 않고 대열의 뒤쪽으로 말을 달렸다. 잠시 그의 뒷모습을 바라보던 진궁이 말했다.

"어쩌면 내가 그대보다 먼저 쓰러질지도 모르겠소. 하지만 이 군량은 반드시 주공께 전해드리도록 하겠소. 내 목숨을 바쳐서라도."

그런 그의 얼굴이 벌겋게 달아올라 있었다. 가까이에서 경호하던 흑영대원이 열기를 느낄 정도였다. 비바람과 추위 속에서 필사적으로 부대를 수습하며 심력까지 소모했다. 젖은 간이 막사 안에서나마 병사들이 잠을 청할 때에도 뜬눈으로 밤을 지새우기 일쑤였다. 그 결과, 진궁은 지독한 폐렴에 걸리고 말았다.

"공대 님, 몸 상태가 상당히 안 좋아 보입니다. 잠시 빈 수레에라도 누워서 쉬시지요."

"이미 시일을 상당히 지체했소. 분명 주공께서 걱정하고 계실 거요. 병사들을 굶주리게 하면서 어찌 원소와 맞서 싸워 이길 수 있겠소!"

진궁은 흑영대원의 염려를 일축하고 맨 앞에서 수송부대를 지휘했다.

한편 적오가 후미에 도달했을 때, 마초는 이미 피투성이가 되어 분전 중이었다. 다행히 피의 대부분은 조조군의 것이었다.

"장군! 합세하겠습니다."

적오의 외침에 마초는 반갑다는 듯 씩 웃었다.

"천군만마가 따로 없네."

창 속에서 가슴 졸이던 조개도 한시름 놓았다.

'싸우는 걸 몇 번 본 적 있는데, 타고난 무재였지. 저런 놈이 왜 원래 역사에 이름이 남아 있지 않았는지 의아했을 정도로.'

적오를 보며 생각하던 조개는 고개를 갸웃했다.

'가만? 적오라는 건 말 그대로 붉은 까마귀, 별명이잖아. 그러고 보니 이름이 뭐였지?'

바로 그때, 마초가 조개의 생각을 읽기라도 한 것처럼 적오에게 정중히 말했다.

"그럼, 함께 죽도록 싸워봅시다, 유평(幼平)."

"하하, 제 이름을 제가 듣는 게 오랜만이군요. 같이 싸울 수 있어 영광입니다, 맹기 장군."

마초가 입에 올린 적오의 자(字)를 들은 조개는 어쩐지 귀에 익은 느낌이었다.

'유평? 유평, 유평…….'

몇 번 되뇌던 조개는 깜짝 놀랐다.

'주유평? 주태!'

그랬다. 적오의 본명은 바로 주태. 적오는 그가 강남에서 수적으로 활동하던 때의 별명이었다.

주태(周泰), 자는 유평. 양주 구강군 출신이다. 미천한 집안 출신으로, 수적질을 하다가 손책이 강동을 평정했을 때 장흠과 함께 귀순했다. 그 후 손책의 아우 손권의 대에서 활약했다. 감녕과 더불어 오나라의 쌍벽이라 할 만한 맹장으로, 매우 용맹하고 충직하여 손권의 목숨을 여러 번 구했다. 주태에 관한 유명한 일화로 이런 게 있다.

손권은 주태를 처음 보자마자 마음에 들어 하여 형에게 주태를 달라고 요청했다. 이에 주태는 그 뒤로 손권을 섬기게 되었다. 손책이 육현(六縣)의 반란을 토벌하러 간 사이, 주태는 손권과 함께 천 명 남짓한 병사를 이끌고 선성(宣城)을 지키고 있었다. 그러다 방어선이 완전히 구축되지 않은 상태에서 산월병 수천의 갑작스러운 공격을 받았다. 산월은 한나라 때에 동남부 지역에서 살던 여러 소수민족의 결합체를 칭했다. 급기야 손권은 목숨이 위태로운 지경에 처했다. 다른 가신들은 모두 당황하여 어쩔 줄을 몰랐다. 그런 상황에서 오로지 주태만이 몸으로 칼과 화살을 받아가며 분전하여 손권을 지켜냈다. 이에 손권의 측근들도 정신을 차리고 함께 싸워 마침내 적을 물리쳤다. 주태는 이 싸움에서 열두 군데나 상처를 입어 눈 뜨고 볼 수 없는 지경이 됐다고 한다. 그때부터 손권은 주태를 혈육처럼 여겼다. 훗날 한중태수(漢中太守) 겸 분위

장군(奮威將軍)의 지위에까지 올랐으며, 능양후(陵陽侯)에 봉해진 오나라의 기둥이라 할 수 있는 장수였다.

'그런 주태가 왜 업성까지 와서 청무관을 졸업하여, 진용운의 수하가 됐단 말인가?'

조개는 몰랐지만 사정은 이랬다. 앞서 언급했듯 본래 주태는 손책이 강동을 평정할 때까지 수적질을 하다가 장흠과 함께 그의 밑으로 들어간다. 문제는 손책의 강동 평정이 본래 역사와 그 시기도, 과정도 달라졌다는 것이다. 거기다 손책이 진한성에게 상당 기간 의지하면서 이름을 떨치는 시기도 늦어져버렸다.

주태는 어느 날 문득 수적질에 염증을 느꼈다. 그는 벼슬을 하기 위해 가까운 대도시인 수춘으로 향했다. 한데 수춘에 영향력을 행사하고 있던 원술의 가신은 주태의 출신이 미천하여 등용하지 않았다. 이에 크게 실망한 주태는 무작정 낙양으로 향했다. 황제를 둘러싸고 큰 싸움이 벌어진다 하니 기회를 잡을 수 있다고 여긴 것이다. 그러나 수춘에서 낙양까지의 거리는 상당했다. 그가 낙양에 도착하기 직전, 이미 대장군이 된 여포가 낙양을 차지하고 진류성까지 빼앗은 후였다. 공을 세울 기회를 놓친 주태는 여포라도 만나보기 위해 진류로 향하다가 기주목에 대한 소문을 들었다. 그가 다스리는 업성은 매우 살기 좋으며, 출신을 따지지 않고 실력에 따라 인재를 중용한다는 소문이었다. 귀가 번쩍 뜨인 주태는 즉시 목적지를 업성으로 바꿨다. 그게 그의 운명을 갈랐다.

군이 용운까지 만나볼 것도 없이, 주태는 간단한 무술 시범을 보인 것만으로 청무관에 입학하라는 권유를 받았다. 처음에는 임관이 아니라는 것에 실망했으나, 청무관에서 무예를 익히는 동안에는 먹고 자는 모든 비용이 공짜이며, 졸업 후에는 무조건 중용한다는 설명이었다. 그렇게 청무관에서 수련하는 사이, 주태는 자연스럽게 업성에 자리를 잡았고 가정도 생겼다. 뿐만 아니라 기주목 진용운을 진심으로 경애하게 되었다. 그가 천하의 주인이 된다면, 이 세상은 낙원이 되리라고 굳게 믿게 되었다. 이에 주태는 자연스럽게 용운의 검 중 하나가 된 것이다.

이런 상세한 과정까진 알 수 없었지만 조개는 적오의 정체를 안 것만으로 전율을 느꼈다.

'저 녀석, 청무관 출신이었지. 그렇다면 진용운이 청무관을 세우고 인재를 발굴하는 과정 자체가 주태라는 걸출한 장수를 끌어들인 셈이 된다. 놈의 행보는 대체⋯⋯.'

붉은 까마귀, 주태는 잠깐 숨을 돌리러 들어온 마초와 말 머리를 나란히 했다. 그리고 곧장 함께 돌격해나갔다. 뒤에 처진 백성들을 공격하려던 조조군 선두는 마초 부대에 저지당해 뜻을 이루지 못하고 있었다. 비록 수는 적었지만 용맹함이 성난 범과 같았다. 장소가 좁은 협곡이라는 것도 방어에 용이했다. 그러다 마초의 모습이 잠깐 안 보여 압박을 재개하려던 차에, 이번에는 마초와 더불어 주태의 공격까지 받게 되었다.

"조조의 개들, 모조리 죽여주마!"

마초의 창이 질풍처럼 쑤시고 지나가면, 그 뒤를 적오, 주태의 검이 섬광처럼 베었다. 사나운 청주병 중 누구도 두 사람의 공격에 단 일합을 버티지 못했다. 덩달아 마초가 거느린 소규모 부대도 더욱 기가 살았다. 마초와 주태 그리고 병사들은 수송부대 후미를 종횡무진 누비며 조조군을 참살했다. 급기야 한 시진도 안 되는 사이, 천여 명에 가까운 청주병이 차가운 바닥에 몸을 뉘었다. 찌푸린 얼굴로 이를 지켜보던 조조가 측근에게 물었다.

"마초도 한가락 하더니, 저자는 또 누구냐?"

"송구합니다. 전혀 정보가 없는 자이옵니다. 아무래도 진용운이 키워낸 장수 같습니다."

"어디서 저런 자를……. 그 여무사들과 조자룡만 해도 무서운데, 마초에 이어 그에 버금가는 실력자까지. 더구나 저런 장수들이 원소와 싸우고 있는 상황에서 고작 수송부대의 호위를 맡고 있다니. 대체 진용운에게는 얼마나 많은 용장들이 있단 말인가!"

조조의 탄식에, 듣고 있던 허저가 나섰다.

"주공, 제게 맡겨주십시오. 조조군에도 맹장이 있음을 보여주겠습니다."

"오오, 중강(仲康, 허저의 자)! 그래주겠나?"

조조는 기꺼이 허저의 출진을 허락했다. 허저가 쇠몽둥이 한 자루를 들고 뛰쳐나오자, 마초가 마주 달려 나가려 했다. 그는 허저를 본 순간부터 이상한 호승심을 느꼈다. 원래 역사에서 숙적의 연으로 얽혀 있었기 때문이다.

주태가 그런 마초를 만류했다.

"맹기 님, 저자는 제가 맡겠습니다. 장군은 거느린 병사들이 있으니, 그들을 지휘하여 백성들을 돌보는 편이 나을 듯합니다."

마초는 주태의 말이 옳다 여겨 고개를 끄덕였다.

"알겠소. 조심하시오, 적오."

주태가 씩 웃었다.

"저는 붉은 까마귀 아닙니까. 피에 젖을지언정 절대 추락하지 않습니다. 대신 적에게 죽음을 알려줄 것입니다."

말을 마친 그는 허저를 향해 돌진했다.

마초는 두 장수가 무기를 맞대는 걸 본 후, 제 부대와 함께 선회하여 백성들을 추슬렀다.

'여기서 벌써 며칠이나 허비한 것인가? 이때 최대한 뭉쳐

서 전진하게 해야 한다.'

뒤에는 조조의 대군이 바짝 따라왔고 앞에는 아군의 수송 부대가 느릿느릿 나아가고 있었다. 거기에 더해 돌봐야 할 수만의 백성들까지. 그야말로 암담한 상황이었으나 마초의 가슴에는 오히려 거센 불꽃이 타올랐다.

'멋대로 해치게 둘 것 같으냐. 나, 기주목의 장수 마맹기가 반드시 모두를 구해낼 테다!'

주태는 어느새 허저와 수십 합을 싸웠다. 서로 공격과 방어가 한 차례씩 오가는 것을 한 합이라 한다. 이제 둘 다 상대의 실력에 조금씩 놀라고 있었다.

'정말 무식하게 힘이 센 자로구나.'

'이놈은 검을 저리 휘두르고도 지치지도 않나?'

주태는 본래 적당히 허저를 상대하면서 최대한 시간을 끌려 했다. 그러나 도중에 생각을 바꿨다. 적당히 상대해서는 이기기 어려운 적이었다. 아니, 오히려 패할지도 몰랐다.

'최선을 다해 이자를 쓰러뜨리고 조조군의 기세를 꺾는다.'

지금의 주태는 원래 역사의 그보다 더 강했다. 역사 속 그의 인생에는 없던 과정, 바로 '청무관'이란 곳을 거쳤기 때문이다. 주태는 거기서 배운 무공을 완전히 드러내기로 마음먹었다. 주태의 기도가 달라지자, 허저도 긴장했다. 그 또한 삼

푼의 힘을 숨겨두긴 마찬가지였다. 두 맹장이 다시 격돌하자, 조조군은 속절없이 지켜보는 수밖에 없었다. 허저의 자존심과 안위도 문제였지만, 둘의 싸움이 워낙 장절해서이기도 했다. 어느새 모두 숨죽이고 둘의 혈투를 응시했다.

변화를 감지한 마초는 더욱 바쁘게 움직였다. 그가 이리 뛰고 저리 뛰는 모양새가 영락없이 양 떼를 지키며 몰아가는 양치기 개와 같았다. 그런 마초를 지켜보던 조개는 가슴이 뭉클했다. 마치 제 남자의 성장을 지켜보는 기분이었다. 예전이었으면 앞뒤 안 가리고 허저에게 덤벼들기부터 했을 텐데, 이제 백성들을 먼저 챙기고 있다.

'그 애송이가 이렇게까지 컸구나.'

그런 마초의 머리 위로, 용운에게만 보일 붉은 글자가 떠올랐다. 새로운 특기를 습득했음을 알리는 글자였다.

호위(護衛, 보호하여 지키다)

마초의 분발 덕에 백성들은 점차 진정하고 앞으로 나아갔다. 그중 기운이 남은 젊은이들은 수레를 밀기까지 하여 수송부대는 조금씩 협곡을 벗어나고 있었다.

'빌어먹을. 이대로 가게 두면 안 되는데. 주공은 완전히 따라붙은 것 같더니 뭐 하고 계신 거야?'

오용은 초조해지기 시작했으나, 천변만화 '풍'의 페널티로 마비되어 있어 아무것도 하지 못했다. 그저 '경'의 호위 아래 전장을 바라볼 수밖에. 이제 그가 할 수 있는 일은 다한 것이다.

맨 앞에 있던 진궁이 말 등에서 떨어진 건 그때였다. 옆에 있던 부관이 아슬아슬하게 그를 받아냈다.

"공대 님! 정신 차리십시오."

온몸이 불덩이 같은 진궁은 의식이 희미했다. 더 이상 그의 몸에 무리를 줄 수 없다고 판단한 부관이 진군을 멈추려 했다. 그때 들어 올리려는 그의 팔을 진궁이 붙잡았다.

"고, 공대 님……."

"계속, 전진……. 멈추려거든 차라리 날 버리고 계속 나아가게. 이미 예정보다 며칠이 늦어졌고 이 속도로는 앞으로 더 늦어질 것이네. 나 때문에 주공의 전쟁에 차질을 빚을 순 없네."

"공대 님, 허나……."

"만약 내가 깨어났을 때 관도성에 도달하지 못했다면 그 자리에서 자결할 것이네."

여기까지 말한 진궁은 완전히 정신을 잃었다. 부관은 축 늘어진 그를 뒤에 태우고 수하에게 일러 끈으로 자신의 몸에 묶게 했다. 등으로 타는 듯한 열기가 전해져왔다.

'이런, 열이!'

의학에 무지한 부관이 보기에도 회생하기 어려운 상태였다. 진궁은 목숨과 바꿔서라도 용운에게 최대한 빨리 군량을 보급하려는 것이다. 부관은 눈물을 삼키며 목청을 돋워 외쳤다.

"전진! 바람이 약해졌으니 속도를 높여라!"

수송부대는 관도성을 향해 필사적으로 전진했다.

19

아, 하늘이여!

주태와 허저의 단기전은 이제 백 합을 넘어서고 있었다. 주태는 청무관에서 익힌 비장의 검술을 펼쳤다. 일명 '청무 제2식'이라는 비전 검술이었다. 검후는 원소 가문의 검법서를 완벽히 체득했다. 이를 바탕으로 조운과 함께 연구를 거듭하여 새로운 검술을 창조했는데, 그게 청무검법이었다.

청무검법은 1식부터 5식까지 총 다섯 가지 종류가 있었다. 청무관 생도들은 그중 자신에게 맞는 검식을 골라 익혔다. 주태가 택한 2식은 물 흐르는 듯하면서도 강맹한 위력이 특징이었다. 허저 또한 더는 힘을 아끼지 않고 쇠몽둥이를 휘둘러댔다. 무공의 부족함을 완력으로 메웠다. 얼마나 힘이 강한지, 그의 주변으로 돌풍이 일어날 정도였다.

쉬익! 주태의 검이 날카로운 섬광과 함께 허저의 급소를 노렸다. 허저는 무게 서른 근(약 18킬로그램)의 쇠몽둥이를 바람개비처럼 돌리다가 검을 쳐냈다. 이미 두 사람 다 타고 있던 말을 잃은 지 오래. 허저가 주태의 말 머리를 내리쳐 부수자, 주태는 재빨리 말에서 뛰어내리며 허저가 탄 말의 목을 베어버리는 걸로 응수했다. 둘은 땅에 내려서서 대결을 이어갔다. 말을 탔을 때보다 오히려 움직임은 더 빨라졌다. 연신 불꽃이 튀었으며, 검과 쇠몽둥이가 만들어내는 잔영에 사람의 모습이 안 보일 정도였다.

조조는 두 장수의 싸움을 경이에 차 바라봤다. 그러나 시간이 흐르자 점차 조급해졌다. 이제 업성의 수송부대는 시야에도 안 보일 정도로 멀어져 있었다. 때마침 도착한 오용의 두 번째 죽간이 마침내 그의 인내심을 끝냈다.

신이 최대한 적의 발을 묶었으니, 이제 수레를 불태우고 식량을 빼앗는 것만 남았습니다. 단, 수송부대가 관도에 들어서면 일이 몹시 어려워지니 유념하소서.

죽간을 본 조조가 측근들에게 명했다.
"저자의 솜씨가 장하여 두고 봤지만 더는 안 되겠다. 자렴

(子廉, 조홍), 전위! 그만 싸움을 끝내라. 그리고 저자는 되도록 사로잡아보라."

"알겠습니다, 형님."

"옛."

조조의 친척 동생 조홍과 호위무사 전위가 즉각 말을 몰아 달려 나갔다. 허저의 등 뒤로 그 모습을 본 주태는 죽음을 예감했다. 사실 수송부대를 먼저 보내고 허저를 막아섰을 때부터 각오하고 있던 일이었다. 설령 지금 저 장수들을 모두 쓰러뜨린다 해도, 이미 협곡에는 주태 혼자 남아 있었다. 십만 가까운 조조군을 물리칠 수도 없고 그렇다고 달아나기에도 늦은 상황이었다. 그는 허저와 싸우는 중에 마음속으로 기원했다.

'수송대와 난민들이 무사히 관도성에 들어가야 할 텐데. 주공, 부디 원소를 무찌르고 대업을 이루어 태평성대를 만들어주십시오!'

주태는 이왕 죽을 것, 눈앞에 있는 적장과 함께 죽기로 마음먹었다. 실력으로 보아 살려둔다면 장차 용운에게 큰 위협이 될 듯했다. 그가 막 허저에게 생사를 도외시한 일격을 날리려던 차였다.

"비겁한 놈들, 여기 마맹기도 있다!"

익숙한 목소리가 귓가에 들려왔다. 주태는 제 귀를 의심하다가 곧 반가움이 섞인 쓴웃음을 지었다. 조홍과 전위가 막 코앞에 다다랐을 때였다. 갑작스러운 마초의 등장에, 두 장수는 감히 경시하지 못하고 주변을 돌며 빈틈을 노렸다.

주태가 한 차례 세차게 검을 휘둘러 허저를 떨쳐내자, 마초는 재빨리 주태와 등을 맞대고 섰다.

시선은 앞에 둔 채 주태가 기막히다는 어조로 말했다.

"아니, 어쩌려고 돌아오신 겁니까?"

"이제 수송부대는 내가 없어도 될 정도로 수습이 됐소. 조금만 더 시간을 끌면 조조군이 아무리 강행군을 해도 따라잡기 어려울 거요."

"그러면 장군도 같이 가셨어야지요."

"그대를 적진에 홀로 두고 어찌 혼자 살겠다고 몸을 빼겠소?"

주태는 감격과 부끄러움을 감추려고 괜히 흰소리를 했다.

"그러고 보니 장군께서 머리가 좀 나쁘다는 소문이 있던데, 그게 사실인가 봅니다."

창 안의 조개가 탄식했다.

'내 말이.'

"이런, 누가 그런 소문을! 여기서 돌아가면 내 적오 그대를 엄히 문책할 거요."

"하하, 꼭 그래주십시오."

상황을 보던 조조는 이어서 우금까지 내보냈다. 마침내 4
대 2의 격전이 시작되었다. 조홍, 전위, 허저, 우금 네 장수가
주태와 마초를 둘러싸고 어지러이 돌며 공격을 시작했다. 그
사이 조조는 진군을 재개했다.

"적장은 저들에게 맡겨두고 어서 수송대를 따라잡아라!"

주태와 마초는 자신들을 지나치는 적군을 곁눈질로 바라
봤지만, 할 수 있는 일이 없었다. 허저 한 사람만 해도 주태와
맞먹는 실력자였는데, 거기에 전위와 조홍, 우금 등이 더해
졌다. 잠시라도 집중력이 흐트러지면 목이 달아날 판이었다.
난전 중 마초를 알아본 전위가 말했다.

"그 실력으로 용케 살아 있었구나, 꼬맹이."

마초는 질세라 되받았다.

"흥, 그때 조조의 목을 베어버렸어야 했는데, 네놈이 방해
하는 바람에 실패했지. 이번에야말로 주인과 개를 둘 다 황천
으로 보내주마."

"……주둥이만 자랐구나."

주태와 마초는 조조군의 네 장수를 맞아 치열하게 싸웠다.
처음에 팽팽하던 싸움은, 뒤에 남은 하후연까지 가세하자 급
격히 기울어지기 시작했다. 하후연의 궁술은 그야말로 신기
에 가까웠다. 그는 여섯 명이 뒤얽혀 싸우는 와중에도, 정확
히 주태와 마초를 포착하여 화살을 날려댔다. 두 사람 다 일

반인보다 훨씬 뛰어난 반사 신경 덕에 아슬아슬하게 치명타
는 피했다. 그러나 어깨와 허벅지 등에 화살이 꽂히니 점차
움직임이 둔해졌다.

마침내 주태에게 먼저 위기가 찾아왔다. 그는 허저를 상대
하며 이미 기운이 많이 빠진 상태였다. 하후연의 화살이 날아
오자 급한 김에 칼로 쳐냈는데, 거기 실린 힘에 몸이 휘청하
고 말았다. 그 틈을 놓치지 않고 우금의 극이 찔러 들어왔다.

"큭!"

주태는 필사적으로 몸을 비틀었다. 극의 날이 주태의 옆구
리를 길게 훑고 지나갔다. 비틀거리는 그에게 이번에는 조홍
의 창과 허저의 철곤이 동시에 떨어졌다.

"안 돼!"

마초는 금마창을 팽이처럼 회전시켜 전위를 물러나게 한
후, 몸을 날려 주태를 가로막았다. 챙! 챙! 차앙! 쇠 부딪치는
소리가 요란하게 울리며 창 한 자루가 허공을 날았다. 바로
마초의 금마창이었다. 허저의 괴력에 창을 놓쳐버린 것이다.
맨손이 된 마초를 향해, 조홍이 타이르듯 말했다.

"무기마저 놓쳤으니 그만 항복하라. 주공은 인재를 아끼
는 분이라, 그대들의 실력이면 기꺼이 중용할 것이다."

마초는 그를 노려보며 코웃음을 쳤다.

"그래서 조조 밑에 들어가 죄 없는 양민들을 학살하는 일

이나 하라고?"

거기에 대해서는 다른 장수들도 부끄럽게 여기던 차였다. 정곡을 찔리자 조홍의 얼굴이 붉어졌다.

"권주(勸酒)를 마다하고 기어이 벌주를 택하겠다면 어쩔 수가 없구나!"

마초가 맨손이라 공격을 망설였던 조홍은 분노하여 힘껏 창을 내질렀다. 짧은 순간, 마초의 뇌리로 온갖 생각이 주마등처럼 스쳤다. 그리고 꿈결처럼 조개의 목소리가 울려 퍼졌다.

'애송아, 내가 탁탑천왕술과 유물을 쓰라고 말했잖아!'

순간, 마초는 자신이 착용한 장갑을 기억해냈다. 원술의 장수, 나중에 위원회의 일원임이 밝혀진 '목홍'이란 자가 끼고 있던 장갑이었다. 유물, 투신갑(戰神匣)! 주먹의 세기를 비약적으로 올리며 카운터 데미지를 상쇄해주는 효과가 있었다. 마초는 탁탑천왕술과 더불어 투신갑의 사용법 또한 조개에게서 배웠다. 그의 머릿속에 목홍이 보여주던 기이한 회피가 떠올랐다. 주먹질에 잘 어울리는 동작이었다. 어느새 그는 그 동작대로 움직이고 있었다.

"응?"

마초가 상체를 흔드는 '위빙'으로 연속 찌르기를 피하자 조홍의 눈이 둥그레졌다. 아직 완벽하게 몸에 익은 게 아니라서 창날이 몸을 스쳤다. 하지만 갑옷이 찢기는 정도였다. 그

사이 상체를 잔뜩 웅크린 마초가 조홍에게 돌진하여 바짝 붙었다. 창을 회수함과 동시였다. 조홍은 할 수 있는 일이 없어져버렸다. 그런 조홍의 복부로 마초의 올려치는 주먹이 깊숙이 꽂혔다. 발이 잠깐 뜰 정도의 위력이었다.

"커헉!"

조홍은 피를 토하며 무릎을 꿇고 말았다.

"자렴!"

조홍의 위기를 본 전위와 허저가 그리로 달려들었다. 덕분에 주태는 잠깐 숨을 돌렸다. 마초는 재빨리 달려가 창을 다시 집어들었다. 금마창을 손에 쥐자 말로 표현할 수 없는 안도감이 들었다.

'미안, 잠깐이라도 놓쳐서.'

창이 그의 손 안에서 부르르 떨렸다. 마초가 몸을 일으키는 순간, 쫓아온 허저와 전위의 병장기가 무서운 위력을 품고 떨어져 내렸다.

"어리석은 놈, 죽어라!"

거의 동시에 마초가 나직하게 중얼거렸다.

"1층, 금(金)."

쩌엉! 마초의 전신이 순간적으로 금빛으로 변했다. 그의 정수리를 내리친 쇠몽둥이와 철극이 튕겨나갔다. 두 장수는 크게 놀랐다.

"이, 이게!"

"이건 무슨 사술이냐!"

"2층, 목(木)."

마초는 연이어 탁탑천왕술의 두 번째를 발했다. 그때까지 입은 모든 부상이 나으며 피로가 회복됐다.

"하하, 고마워, 조개!"

마초는 빠르게 달려들어 오른쪽 주먹을 날렸다. 허저와 전위는 얼떨결에 무기를 들어 막았다. 거기 실린 힘이 무기 위로도 묵직할 정도였다. 이 투신갑과 같은 무기 계열의 유물은 사용하는 자의 육체적 능력이 강할수록 더 강한 힘을 발휘했다. 사정없이 날아드는 주먹에 전위의 철극이 휘고 허저의 쇠몽둥이에는 금이 갔다. 급기야 조홍, 허저, 전위 그리고 우금까지 네 장수가 모두 마초를 공격하기 시작했다. 주태는 마초의 옆에 붙어 서서 하후연의 화살을 막아내는 데만 집중했다.

그렇게 한동안 싸우던 중, 전위가 외쳤다.

"그만 포기하게. 그대가 기를 쓰고 싸워봐야 주공의 군대를 막을 순 없네. 수송부대를 처리하고 나면 다음은 그대의 차례야. 차라리 그 전에 투항하여 몸을 온전히 보전하는 게 나을 것이네."

그로서는 드물게 한 긴 말이었다. 전위의 말은 반쯤은 진심이었다. 그는 마초의 끝없는 힘과 투지에 감복한 터였다.

더구나 넷, 아니 하후연까지 다섯 장수가 달려들어도 제압하지 못하니, 조조의 명대로 생포할 자신이 없었다. 이대로 가다가는 마초는 죽음을 면치 못하고 자신들 중 누군가도 크게 다치거나 죽을 상황. 그 전에 마초를 설득하고 싶어졌다.

그때 뭔가를 본 마초의 눈이 번쩍 빛났다. 재빨리 몇 걸음 뒤로 물러난 그가 말했다.

"글쎄, 저건 어떨까?"

마초가 보는 방향을 본 조조군 장수들의 얼굴에 의아한 빛이 떠올랐다. 이제 조조군은 맨 뒤의 병사가 잘 안 보일 정도로 진군한 후였다. 그런데 분명 그 자리에서 멈춰 서 있었다. 게다가 앞쪽에서 세찬 모래바람이 불고 조조군의 그것이 아닌 우렁찬 함성이 울려 퍼졌다.

그들이 본대에 무슨 일이 벌어졌는지 몰라 당황할 때였다. 특이하고 우렁찬 기합과 함께 한 인영이 말 그대로 공중에서부터 날아들었다.

"아쵸오오!"

협곡 위에서 뛰어내린 인영의 발차기에, 명치를 정통으로 맞은 우금은 단말마를 내지르며 나동그라졌다.

"억!"

우금을 날려버린 인영은 착지하자마자 기세 좋게 돌려차기를 했다. 이번 목표는 바로 옆에 있던 조홍이었다.

"와닷!"

마초의 주먹에 맞았다가 겨우 일어난 조홍은 왼쪽 관자놀이에 돌려차기를 맞고 또 쓰러졌다. 조조군의 주력 장수 둘이 한순간에 무력화된 것이다. 엄밀히 말해 허저나 전위, 하후돈처럼 최상위의 장수는 아니었으나 그래도 놀라운 일이었다.

"누구냐?!"

허저와 전위가 한발 늦게 반응하여 붉은색 무복 차림의 인영에게 덤벼들었다.

"와다다!"

"후욱!"

거기에 붉은 무복의 인영과 마초가 동시에 대응했다. 각자 발차기와 창격을 날려 상대를 밀어낸 후, 붉은 무복의 인영이 마초를 향해 빙긋 웃었다.

"여, 오랜만이오."

"백부 님!"

그는 바로 손책이었다. 마초는 손책이 어떻게 여기 나타났는지 몰라 반가우면서도 얼떨떨했다. 손책은 조조군 장수들을 보며 이죽댔다.

"이제 공평하게 2 대 2인가?"

손책의 말이 끝난 직후였다. 쉬익! 매서운 소리와 함께 그의 미간을 향해 한 발의 화살이 날아들었다. 하후연의 솜씨였다. 챙! 그때 누군가가 쇠로 만들어진 피리 한 자루를 휘둘러 화살을 쳐냈다. 쇠 피리를 든 자가 손책의 옆에 서서 말했다.

"아니지요. 3 대 3입니다."

그는 바로 주유였다. 손책이 주유에게 말했다.

"헤헤, 왔어? 공근. 저 앞에서 진법을 살피고 있을 줄 알았는데."

"모시는 주공이 워낙 천둥벌거숭이라서 버려둘 수가 있어야지 말입니다."

"응? 벌거숭이? 나 옷 다 입었는데?"

듣고 있던 마초가 고개를 끄덕였다.

"그러게요."

조개는 손책과 마초를 보며 이상한 기시감을 느꼈다.

'동류다. 이 두 녀석, 같은 과야!'

그때 앉아서 숨을 헐떡이던 주태가 일어섰다.

"이제 4 대 3입니다."

손책은 그를 보며 부드럽게 웃었다.

"이거 미안하게 됐소. 더 싸우기 힘든 줄 알고."

손책은 처음 보는 주태에게서 이상한 친근감과 호의를 느꼈다. 주태도 비슷한 감정이었다.

"백성들과 수송부대를 지키려고 맹기 장군과 둘이 남은 모양이군. 그대야말로 호걸이오."

손책의 칭찬에, 주태는 정중한 어조로 대꾸했다.

"과찬이십니다. 마땅히 해야 할 일을 했을 뿐입니다."

"으음, 아아! 기주목한테 질투가 나는군. 어디서 이런 훌륭한 장수들을 계속 구하는지. 그에 비하면 나는 장흠 같은 깡패나 진무 같은 도깨비만 찾아오니!"

주유가 조용히 첨언했다.

"주공, 장흠과 진무에게 실례입니다."

"어차피 못 들을 텐데, 뭐 어때."

주태는 깜짝 놀라 반문했다.

"장흠이 백부 님 밑에 들어갔습니까?"

"아는 자요?"

"예전에 같이 수적질……, 아니 함께 놀던 동료입니다. 저는 출세하고 싶어서 수춘으로 떠났다가 거기서 그대로 낙양까지 갔고, 그 친구는 여강에 그대로 남았지요."

"아하. 내 밑에서 수군을 맡아 아주 잘해주고 있소."

"그랬군요."

주태는 기쁜 낯빛으로 몇 번이나 고개를 끄덕였다. 헤어진 친우의 안위가 늘 궁금하던 차였다.

'그대로 수적질이나 계속했다가는 언젠가 군벌들의 창칼에 맞아 죽었을 텐데, 백부 님을 모시고 있었다니 정말 잘되었다!'

그때 겨우 정신이 든 조홍이 악에 받쳐 외쳤다.

"손백부! 그대와 우리 주공은 아무 원한이 없는데, 어째서 일을 방해하는 것이오?"

"아, 맞아. 조맹덕과 난 아무 인연이 없지. 한데 기주목의 부친에게 크게 신세 진 게 있어서 말이야. 도저히 거절할 수가 없더라고."

조홍은 이 자리에 있는 조조군의 장수들 중 하후연에 이어 두 번째로 전술을 아는 자였다. 본대의 상황을 보니, 앞쪽에 적군이 나타난 게 분명했다.

'십중팔구 손책이 끌고 온 강남의 병사들일 터.'

아무래도 업성의 수송부대를 따라잡긴 그른 듯했다. 아쉽긴 했지만, 이대로 회군해 업성을 치면 그만이었다. 원래 목적도 그것이었고.

"앞을 가로막는다고 우리 대군을 막을 수 있을 것 같소?"

조홍의 자신만만한 말에, 손책이 콧등을 긁으며 답했다.

"앞만 막았다고 누가 그래?"

"엇?"

순간, 협곡 뒤쪽에서도 큰 함성이 일어났다. 손책은 부대를 두 갈래로 나눠, 한쪽은 협곡의 앞을, 다른 반으로는 뒤를 틀어막은 것이다. 앞쪽에는 주유로 하여금 미리 진법을 만들어 조조군의 혼란을 극대화했다. 그런 상태의 조조군을 뒤에서 들이친다면 엄청난 타격을 입힐 터였다.

"내가 부대보다 앞서서 빨리 왔거든. 오다가 보니까 너네, 좀 선을 넘었더라? 복양성을 아예 거대한 무덤으로 만들어놨던데?"

"그, 그건……."

"그러니 같은 꼴을 당해도 억울하진 않겠지?"

손책은 무시무시하게 웃었다. 그가 제일 질색하는 것이 양민을 해치는 행위였다. 허저와 전위 등은 오싹 소름이 끼쳤다.

'기주목의 장수들을 다 몰아넣었다고 생각했는데, 어쩌면 우리가 위험할지도 모르겠구나.'

"그럼……."

본대의 도착을 확인한 주유가 돌아가려 할 때였다. 손책이 그의 말을 이어서 외쳤다.

"그럼, 이제 제대로 한번 놀아볼까!"

"……그게 아니지 않습니까!"

그러거나 말거나 손책은 이미 조조군 장수들에게 달려가고 있었다. 마초가 곧장 그 뒤를 따랐다.

"하아……."

주유는 긴 한숨을 내쉬며 고개를 저었다. 그와 주태의 눈이 마주쳤다. 주태가 그에게 조심스레 말했다.

"많이 힘드시겠습니다."

"뭐, 원래 저런 작자니까요."

곧 손책과 주유, 마초, 주태 그리고 조조군의 장수들 사이에 싸움이 재개됐다. 그리로 협곡 뒤쪽에서부터 돌입해온 손책군과, 진법에 막혀 뒤로 물러난 조조군이 충돌했다. 분명 손책군이 유리한 위치를 점했으나 무조건 이긴다고 볼 순 없었다. 손책이 이끌고 온 원군은 사만이었다. 조조군은 수적으로 절대 우위에 있었다. 조조의 청주병과 손책군 사이에 격렬한 전투가 벌어졌다.

한편, 천신만고 끝에 손책군의 도움으로 추격을 뿌리친 수송부대는 곧장 관도성으로 향했다. 협곡에 갇힌 채 보낸 시간만 일주일이 넘었다. 관도에 도착했을 때는 이래저래 원래 보급 예정보다 몇 주나 늦은 후였다. 급성폐렴이 온 상태에서 제대로 쉬지 못하고 강행군한 진궁은 상태가 더욱 나빠져 있었다.

"공대 님, 군량을 무사히 받았습니다. 좀 늦긴 했지만 그래도 적에게 빼앗기지 않았고 한 톨도 잃지 않았습니다. 눈 좀 떠보십시오."

먼저 와서 관도성을 지키고 있던 저수가 애타는 목소리로 말했다. 그러나 침상에 누운 진궁은 눈을 뜨지 못했다. 입술은 바짝 마르고 얼굴은 파리하게 질려 있었다. 새어나오는 호흡은 그야말로 가늘어서, 금방이라도 숨이 넘어갈 것 같았다. 그래도 진궁은 뭔가를 기다리기라도 하듯 용케 목숨을 이어갔다.

진궁이 관도에 도착하고 사흘이 지난 후였다. 다섯 사람이 예고 없이 성에 들이닥쳤다. 용운을 업은 검후와 나머지 사천신녀들이었다. 관도에 있던 흑영대원이 진궁의 상태가 심상치 않음을 보고 최고 속도로 용운에게 알린 것이다. 용운은 그 소식을 듣자마자, 사천신녀만을 거느린 채 곧장 관도성으로 향했다. 그 덕에 하루도 안 걸려 주파할 수 있었다.

"공대!"

용운은 성안에 들어오자마자 미친 사람처럼 외치며 진궁을 찾았다.

"주공, 이쪽입니다."

용운이 안내받아 갔을 때, 진궁은 기이하게도 의관을 단정히 하고 침상에 반듯이 앉아 있었다. 용운을 본 진궁이 환하게 웃으며 말했다.

"주공, 오실 줄 알고 기다리고 있었습니다."

용운은 앉아 있는 진궁을 보고 안도의 한숨을 내쉬었다.

"공대! 아, 다행이에요. 상태가 안 좋다기에 내가 얼마나 걱정을……."

"주공, 처음 만났을 때 저와 하셨던 약속, 기억하십니까?"

"네?"

"말씀하셨었지요. 반드시 한 황실을 복권해서 황제 폐하의 아래 천하를 안정시키시겠다고요."

"그랬죠……."

"거기에 너무 얽매이지 않으셔도 됩니다."

뜻밖의 말에 용운이 놀랄 때였다. 진궁이 한바탕 기침을 했다. 그의 입에서 터져 나온 선혈이 장포를 붉게 물들였다.

"공대!"

용운은 기겁하여 달려가, 무너지는 진궁을 부축했다. 그의 품 안에서 진궁이 힘겹게 말했다.

"주공께서 새로운…… 천하를 만드십시오."

"공대, 말하지 말아요."

"저는, 업성에서, 제가 꿈꾸던 세상을 보았습니다……. 쿨럭! 황실이 통치할 때는 도탄에 빠져 신음하던 백성들이…… 주공의 다스림 아래에서는…… 모두 웃었습니다."

"공대……."

"이미 원술의 손아귀에 들어간 황제는…… 더 이상 의미가 없습니다……. 아니, 그 전부터 무의미해진 지 오래입니다. 그저 과거의 그림자에 얽매여 한 가닥 희망을 품었을 뿐……."

"공대, 제발요."

용운의 눈에서 떨어진 눈물이 진궁의 얼굴을 적셨다.

"알았어요. 내가 세상을 바꿀 테니 좀 더 내 옆에 있어요. 바뀐 세상을 직접 봐야죠."

진궁은 떨리는 손을 뻗어 용운의 뺨을 어루만졌다. 처자식을 다 버리고 떠난 그에게 용운은 주군인 동시에 동생이나 자식 같기도 했다. 그래서 더 애틋했는지도 모른다.

"주공을 모셔…… 영광이었……."

그의 깡마른 손이 힘없이 침상에 툭 떨어졌다.

"공대……?"

진궁은 더 이상 대답하지 않았다. 눈을 감은 채 피 묻은 입가에는 희미한 미소가 걸려 있었다.

"공대, 장난하지 마요."

용운은 진궁을 조심스레 눕힌 뒤 가볍게 몸을 흔들었다. 심상치 않음을 느끼고 들어온 저수의 눈에서 눈물이 흘렀다.

"주공."

"아, 저수! 이것 좀 봐요. 공대가 많이 피곤했는지……."

"주공, 진 공은 운명했습니다. 그만 보내주시지요."

"아니야."

중얼거리던 용운이 짐승 같은 절규를 터뜨렸다.

"그럴 리가 없어. 이렇게 허무하게…… 아아아!"

"주군!"

용운의 울음에 사천신녀도 뛰어들어왔다. 그녀들은 다 같이 용운을 얼싸안고 함께 울었다. 정신없이 절규하던 용운의 눈이 기이한 빛을 발했다.

'그래, 아직 끝난 게 아니야.'

천기, 시공복위. 그거라면 진궁을 살릴 수 있었다. 그가 죽기 전의 시점으로 돌아가 구하면 된다.

'며칠 전으로 돌아가면 될까? 닷새? 일주일?'

결국, 보름 전의 세상을 읽어오기로 결심한 용운이 시공복위를 발동하려 할 때였다. 낯선 목소리가 귓가에 들려왔다.

"아서라. 그러다가 이 세상이 파멸한다. 이거 큰일 낼 놈일세."

깜짝 놀란 용운이 주위를 둘러보았다. 세상은 어느새 회색빛으로 변하여 멈춰 있었다. 저수도, 사천신녀도 울던 모습 그대로 굳어 움직이지 않았다.

'이건 좌자를 만났을 때와 비슷한 현상인데.'

그때 방구석에서 검은 그림자가 스윽 몸을 일으켰다. 이 상태의 세상에서 움직일 수 있다니 보통 존재가 아님은 분명했다. 용운은 젖은 눈으로 그를 노려보며 물었다.

"당신은 누구죠?"

"나?"

검은 그림자는 온통 시커먼 복색을 한 청년 도사였다. 그의 모습은 마치 사극에서 봤던 저승사자를 연상케 했다. 검은 도복 차림의 도사가 말했다.

"워낙 이름이 많아서. 네가 아는 건 오래전의 이름인 우길 정도이려나."

"우길? 손책을 죽게 한 도사 말인가요?"

"그래. 그리고 지금은 공손승이라고 불리지."

죽음의 현신, 공손승이 용운 앞에 모습을 드러낸 것이다.

(8권에 계속)

7권의 주요 사건 연표

192년

- 어린 제갈량이 죽을 위기를 맞았으나 흑영대원의 보호를 받아 진용운이 있는 업성에 합류.
- 여포, 유비와 진용운 사이에 화친 제의가 오감.

193년

- 여포, 유비 세력과 반원소 동맹을 결성.
- 조조가 여포 휘하의 망탕산 진영을 섬멸하고 여포의 포위망을 벗어나 풍현까지 진출.
- 조조의 지원을 나선 조숭이 여로에서 피살.
- 황건적을 토벌한 조조는 백만에 이르는 군사를 얻고 청주병을 결성.
- 진용운과 여포 연합군이 청하성을 침공해 함락.

- 천강위 2인자 노준의가 군사를 일으켜 유주를 침공.

- 노준의군이 노성 함락.

- 유비가 반성을 침공해 점령.

- 여포가 안평성을 공략해 점령.

- 진용운이 동광현을 공략해 함락.

- 조조의 청주병이 동군으로 진군해 복양성과 산양성을 치고 백성들을
  잔혹하게 몰살.

- 조조군이 업성으로 진군.

- 용운과 여포와 유비 연합군이 원소의 근거지인 남피성을 침공.

- 조조군이 관도성으로 향하는 진용운군의 수송대를 공격.

- 마초와 주태의 치열한 방어로 수송대는 조조군의 포위를 벗어남.

- 손책과 주유가 진용운군의 수송대를 지원해 조조군을 물러가게 함.

주요 관련 서적

• **삼국지 정사(三國志 正史)**

중국 서진의 역사가이자 학자인 진수(陳壽)가 저술한 삼국시대의 역사서. 위서 30권, 촉서 15권, 오서 20권, 총 65권으로 이뤄졌으며 위나라를 정통 왕조로 보는 시각에서 쓰였다. 내용이 엄격하고 간결해 정사 중의 명저로 손꼽히나, 인용한 사료가 지나치게 간략하거나 누락되어 훗날 남북조시대에 배송지(裴松之, 372~451)가 주석을 달았다.

• **삼국지연의(三國志演義)**

중국 명나라 말기에서 원나라 초의 사람 나관중(羅貫中, 1330?~1400)이 진수의 《삼국지》를 바탕으로, 전승되어온 설화 등을 더하여 재구성한 장편소설이다. 후한 말의 혼란기를 시작으로, 위, 촉, 오 삼국의 정립시대를 거쳐 진나라가 천하를 통일하기까지, 유비, 관우, 장비 삼형제의 무용과 의리 그리고 제갈공명의 지모를 중심으로 서술했다. 《수호전》, 《서유기》, 《금병매》와 함께 중국 4대 기서의 하나로 꼽힌다. 중국인들에게 오랫동안 애독되었고 한국에서도 16세기 조선시대부터 매우 폭넓게 읽혔다. 현대에도 영화, 게임, 애니메이션 등으로 활발히 재생산

되고 있다. 정사와 다르다는 지적이 많은데, 그 이유는 애초에 정사를 참고한 소설인 까닭이다.

• 한서(漢書)

중국의 역사학자 반고(班固)가 편찬한 전한의 역사서. 한 고조 유방이 한나라를 세운 기원전 206년부터 왕망의 신나라가 망한 서기 24년까지의 역사를 다루었다. 총 100편, 120권으로 이뤄졌다.

• 후한서(後漢書)

남북조시대 송나라의 학자 범엽(范曄)이 후한의 역사와 문화를 정리한 책. 서기 25년부터 220년까지의 시기를 다루었으며 본기 10권, 열전 80권, 지 30권으로 이뤄졌다. 후한서 동이열전에 '동이'에 대한 언급이 있는데, 고구려, 부여와 더불어 일본이 동이로 분류되어 있다.

• 수호지(水滸志)

중국 명나라 때 시내암(施耐庵)이 처음 쓴 것을 나관중이 손질한 장편 소설. 북송시대 양산박에서 봉기한 호걸들의 실화를 바탕으로 각색하였다. 우두머리 송강을 중심으로, 별의 운명을 이어받은 108명의 협객들이 호숫가에 양산박이라는 근거지를 만들어, 부패한 조정 및 관료에 대항해 싸워 민중의 갈채를 받는 이야기다. 특히, 《금병매》는 이 《수호지》의 일부를 부분적으로 확대하여 재생산한 것이다.

호접몽전 7

1판 1쇄 발행 2019년 11월 11일

지은이 최영진
펴낸이 윤혜준
편집장 구본근
고 문 손달진
본문 디자인 박정민

펴낸곳 도서출판 폭스코너 | 출판등록 제2015-000059호(2015년 3월 11일)
주소 서울시 마포구 월드컵북로 400 문화콘텐츠센터 5층 15호(우 03925)
전화 02-3291-3397 | 팩스 02-3291-3338 | 이메일 foxcorner15@naver.com
페이스북 www.facebook.com/foxcorner15 | 블로그 https://blog.naver.com/foxcorner15

종이 일문지업(주) 인쇄 수이북스 제본 국일문화사

ⓒ 최영진, 2019

ISBN 979-11-87514-28-2 (04810)
ISBN 979-11-87514-00-8 (세트)

• 이 도서의 국립중앙도서관 출판예정도서목록(CIP)은 서지정보유통지원시스템 홈페이지
  (http://seoji.nl.go.kr)와 국가자료공동목록시스템(http://www.nl.go.kr/kolisnet)에서
  이용하실 수 있습니다.(CIP제어번호: CIP2019042676)